国家社科基金项目
《"全媒体"时代中国报告文学转型研究》(批准号 16BZW025)
研究成果

丁晓原 著

转型的风景
全媒体时代中国报告文学论

中国出版集团 东方出版中心

图书在版编目（CIP）数据

转型的风景：全媒体时代中国报告文学论 / 丁晓原
著. —上海：东方出版中心，2022.12
ISBN 978 - 7 - 5473 - 2067 - 9

Ⅰ.①转…　Ⅱ.①丁…　Ⅲ.①报告文学-文学研究-
中国-当代　Ⅳ.①I207.5

中国版本图书馆 CIP 数据核字（2022）第 237964 号

转型的风景

著　　者　丁晓原
责任编辑　黄升任　钱吉苓
封面设计　钟　颖

出版发行　东方出版中心有限公司
地　　址　上海市仙霞路 345 号
邮政编码　200336
电　　话　021 - 62417400
印 刷 者　上海颛辉印刷厂有限公司

开　　本　710mm×1000mm　1/16
印　　张　18.5
字　　数　241 千字
版　　次　2023 年 3 月第 1 版
印　　次　2023 年 3 月第 1 次印刷
定　　价　88.00 元

目　录

第一章　全媒体时代的中国报告文学转型　　　　　　　　　　1

　一、"全媒体"语境与报告文学　　　　　　　　　　　　4

　二、题材转型：现实与历史的多向拓展　　　　　　　　　8

　三、个人经验的导入：在个人性与公共性之间　　　　　　10

　四、叙事重心的偏转：从新闻性到故事性　　　　　　　　12

　五、表达方式的更新：从报告到对话　　　　　　　　　　16

　六、媒介融合：从纸媒到图文声像　　　　　　　　　　　19

第二章　报告文学：由新闻文学到非虚构写作　　　　　　　23

　一、叙事之于报告文学　　　　　　　　　　　　　　　　27

　二、非虚构叙事的要素　　　　　　　　　　　　　　　　30

　三、叙事自觉与叙事优化　　　　　　　　　　　　　　　34

第三章　报告文学：作为国际性写作方式　　　　　　　　　41

　一、报告文学命名及其他　　　　　　　　　　　　　　　44

　二、关联指称及其争议　　　　　　　　　　　　　　　　46

　三、非虚构语境中的省思　　　　　　　　　　　　　　　48

第四章　非虚构写作的逻辑与伦理　　　　　　　　　　　　53

　一、历时态中的非虚构关联名称　　　　　　　　　　　　56

　二、21 世纪非虚构文学的价值　　　　　　　　　　　　58

　三、非虚构文学的问题与治理　　　　　　　　　　　　　61

第五章　21世纪初十年报告文学的观察　　67

　　一、"复调"的题旨设置　　71

　　二、"复式"的话语时空　　75

　　三、叙事形制的建构　　78

　　四、报告文学生产力的格局　　81

第六章　时代报告的主旋律与异质性　　85

　　一、《大国重器》：叙事的"大"与"小"　　87

　　二、《大国行动》：情与爱的交响　　91

　　三、《乡村国是》：新时代扶贫志　　93

　　四、《出泥涴记》："果子"与"根子"　　96

　　五、"刚性写作"：《一个医生的救赎》　　101

　　六、《十四家》：纯粹的非虚构写作　　104

第七章　历史非虚构的景深与光影　　109

　　一、日出东方的壮美初心　　111

　　二、历史现场的抵达与历史逻辑的诠释　　114

　　三、"中性化"叙事中的历史信度　　117

　　四、"南方"，中国大叙事之视窗　　120

　　五、用脚走出来的粮食"史记"　　123

　　六、共产党人的精神颂　　126

第八章　亦柔也刚的巾帼姿式　　129

　　一、《五环旗下的中国》与奥林匹克精神　　132

　　二、"多声部"的香港书写　　135

　　三、书写新时代精神的红色传奇　　136

　　四、《粲然》：文学与高能物理的"对撞"　　141

　　五、非虚构与《民法典》的"遇见"　　144

　　六、天边有一首深情的歌　　147

第九章　史诗与史诗的深情对话　151

　　一、史诗与作品的史诗要素　154

　　二、结构装置与史诗组织　155

　　三、叙事：宏大背景中的"粒子"聚变　158

　　四、奋斗者的精神史诗　161

第十章　新时代中华民族的史志　165

　　一、作为国家文学行动的写作　168

　　二、新山乡巨变的全景观照　170

　　三、"在场"的本真呈现　173

　　四、叙事的文学达成　175

第十一章　近五年报告文学的色调与意涵　179

　　一、纵深开掘的"红色书写"　181

　　二、"金色叙事"：中国梦的新报告　183

　　三、非常态中的艰难与温馨　185

　　四、致敬平凡中的崇高　187

　　五、生态文学的新气象　189

　　六、漫溢的生活与纪实的原野　191

第十二章　"国家叙事"：何建明论　193

　　一、何建明与国家叙事　197

　　二、国家叙事与审美之维　199

　　三、非虚构叙事的审美意识　202

　　四、非虚构国家叙事的审美可能　205

第十三章　另异中的守正：赵瑜论　211

　　一、特立独行的坚守　213

　　二、公共理想与文体选择　215

三、介入现实的写作   218

四、理性精神与非虚构品质   221

五、公共性与文学性   225

第十四章 有思想的非虚构：李鸣生论   229

一、思想为美与实录写作   232

二、非虚构的故事叙述   238

三、叙述方式与个性语言   242

第十五章 "艺术文告"：李春雷论   247

一、自发的文学与自觉的文学   250

二、艺术统摄思维与文学性生成   253

三、叙事结构的艺术配置   256

四、人物："飞扬的灵魂"   258

五、富有表现力的文学语言   261

第十六章 媒体的融通：张胜友论   265

一、主体素养与融通置备   268

二、短篇报告文学的历练与收获   271

三、宏观报告文学写作的创造   274

四、媒体转型的自觉与建树   278

后记   284

第一章

全媒体时代的中国报告文学转型

第一章
全媒体时代的中国报告文学转型

　　中国报告文学在近代发生,定名于 20 世纪 30 年代,自成一体、蔚为大观则到改革开放后的文学新时期,推衍至今已有百余年的历史。"文变染乎世情,兴废系乎时序"①,时代生活及其特定的社会存在不仅规制着文体的"兴"与"废",也影响着它内在的"文变"。相比其他文体,报告文学与时代关联更为紧密。"每一时代产生了它的特性的文学。'报告'是我们这匆忙而多变化的时代所产生的特性的文学样式。"②茅盾将报告文学定义为一种特殊的时代文体。作为时代文体,报告文学的与时俱进,是它的"体"中应有之义。同时,报告文学又是基于新闻传媒生成的文体。近代而今,新闻传播的载体和方式,发生了许多重大的变化。这也直接导引着报告文学文体的转型开新。观察文体发生和变化的轨迹,我们可见"变"与"不变"是其中重要的规律。金人王若虚曾说过,"定体则无,大体则须有"。③ 所谓"大体则须有",指文体有不变的基本定性;而"定体则无",意谓文体流转之间没有一成不变的定格。就报告文学而言更是这样。它的"大体"就是原初基于新闻文学的客观真实性,即非虚构性,其规定了这一文体的根本属性,未可弃置;而其他的属于某个时段所特有的一些体性,都可能有所变异。

　　全媒体时代不单是媒体技术和传播形态有了史无前例的创新,而且也部分地改变着时代生活和人们的价值取向。它也以一种自觉或不自觉的力量,直接改造着报告文学的内涵和书写形态。本文将报告文学置于全媒体时代这

---

① 刘勰著,范文澜注:《文心雕龙注》,北京:人民文学出版社,1958 年,第 675 页。
② 茅盾:《关于"报告文学"》,《中流》第 11 期,1937 年 2 月 20 日。
③ 王若虚著,胡传志、李定乾校注:《文辨》,《滹南遗老集校注》卷三十七,沈阳:辽海出版社,2006 年,第 422 页。

一语境之中,考察在此时空中报告文学转型的具体情状,并分析促成这些变化的因素及其意义。与此同时,在回到全媒体时代报告文学实际存在的前提下,以开放的视野,重新认知报告文学的文体特性,以使报告文学的文体理论走出既有固化的教条,更好地及物而得体。

一、"全媒体"语境与报告文学

"全媒体"并不是一个正式的学术概念,它更多是作为媒体传播形态的一种描述。"全"对应的是单一,全媒体"具体来说,是指综合运用各种表现形式,如文、图、声、光、电,来全方位、立体地展示传播内容,同时通过文字、声像、网络、通信等传播手段来传输的一种新的传播形态"①。全媒体以现代信息、通信、网络技术为前提,"是在具备文字、图形、图像、动画、声音和视频等各种媒体表现手段基础之上进行不同媒介形态(纸媒、电视媒体、广播媒体、网络媒体、手机媒体等)之间的融合,产生质变后形成的一种新的传播形态。全媒体通过提供多种方式和多种层次的各种传播形态来满足受众的细分需求,使得受众获得更及时、更多角度、更多听觉和视觉满足的媒体体验"②。这里的诠释,大致上给出了"全媒体"的生成模式和基本特征。

21 世纪是信息传播的全媒体时代。全媒体的信息传播,实现对受众全方位的、最迅捷的、最具吸附力的传播效果。全媒体时代也是一个"自媒体时代",受众不只是信息的接受者,同时也成为信息的发布者。信息传播的全媒体,不仅使新闻传播本身发生了许多重大的变化,还直接地影响着人们的物质生活和精神生活。"媒体生活"成为我们这个时代人们的一种生活方式。

全媒体语境对文学的写作、传播、消费等产生重要的影响,对于报告文学文体的影响则更为直接和显著。从发生论的原本看,报告文学是一种新闻文学样式。"报告文学乃至通信文学的名称,是 Reportage 的译语。这是从外国Report 而新造的术语,大概,在外国的字典上还没有这个生字";"这种文学样式,当然不是从前就有。这始终是近代工业社会的产物";"报告文学是最新的

---

① 罗鑫:《什么是"全媒体"》,《中国记者》2010 年第 3 期。
② 罗鑫:《什么是"全媒体"》,《中国记者》2010 年第 3 期。

形式的文学"。① 由报告文学的文体定名,我们可以清晰地发现它具有先在的新闻基因。报告文学是基于近代新闻传播而发生的一种独特的写作方式。"报告文学的物质基础就是报纸。它的存在是为了要给读者以新闻(News),读者在他早餐的时候需要有一个世界动态记录的日志,他要知道发生了些什么事,为何发生和如何发生等。"② 这里,揭示的是发生期报告文学的基本载体和它的主要功能,其关键词是新闻。事实上在相当长的一个时期,报告文学是新闻的衍生品,或者就是新闻的一种品类。

作为一种独特的新闻文学样式,报告文学的发生、发展与媒体方式以及特殊的媒体生态有着直接的链接。在传统媒体时代,由于媒体存在着更多的有限性和制约性,报告文学承担着独特而重要的新闻传播功能,报告文学文体的优势很大程度上来自其特殊的新闻性"红利"。我们耳熟能详的报告文学作品《谁是最可爱的人》《为了六十一个阶级兄弟》《县委书记的榜样——焦裕禄》等,有时被指称为散文特写或新闻通讯,这正是报告文学新闻化的例证。其时的作品大多为"文学的"报告(新闻),中心词是新闻,取事关注新闻题材,篇幅多为快捷而成的短制。在 20 世纪 80 年代轰动一时的《中国的"小皇帝"》《国殇》《伐木者,醒来!》等"问题报告文学",与其说是报告文学的成功,倒不如说是新闻借报告文学的形式而代偿的特殊影响。新闻性奠定了这些作品的基本价值和功能。

及至全媒体时代,新闻传播的便捷式、多态化、即时性等,显著地改变着报告文学的写作和接受,报告文学原有的写作制式受到了直接的挑战。先是有评论家发出极具刺激性的"恐龙已死"的预警,"有一种文体确实正在衰亡,那就是报告文学或纪实文学","让我们确认'恐龙已死'"③。此后,曾经发表过《哥德巴赫猜想》等重要作品的《人民文学》,弃现成的报告文学之名不用,开设"非虚构"专栏,"希望由此探索比报告文学或纪实文学更为宽阔的写作,不是虚构的,但从个人到社会,从现实到历史,从微小到宏大,我们各种各样的关切和经验能在文学的书写中得到呈现"④。一时引发了报告文学与非虚构的称名之争。我们无须对其中的因由作具体的分析,但可以肯定,非虚构当是包括了

---

① [日]川口浩著,沈端先译:《报告文学论》,《北斗》第 2 卷第 1 期,1932 年 1 月 20 日。
② [塞尔维亚]巴克著,张元松译:《基希及其报告文学》,《国际文学》1935 年第 4 号。
③ 李敬泽:《报告文学的枯竭和文坛的"青春崇拜"》,《南方周末》2003 年 10 月 30 日。
④ 编者:《留言》,《人民文学》2010 年第 9 期。

报告文学但不等于报告文学的相对于虚构写作的一种文类指称,或谓写作方式、写作姿态;报告文学作为一种具体的文体,是其中的主要存在。也许,问题的实质并不在于此。无论是预告报告文学消亡,还是干脆弃之不用,都可以促使报告文学作家反躬自省,审察既成的写作可能存在的问题和不足。在非虚构倡导者"希望"开拓的"更为宽阔的写作"之中,所包括的"个人""微小""各种各样的关切和经验"等,正是报告文学所缺失的。报告文学作为时代文体,自然需要报告现实的重大题材,相应地构建宏大叙事。这是现实存在和主流意识形态定制的一种具有某种合法性的规则。但如果只偏至宏大叙事这一端,而忽视现实生活的广阔、丰富和复杂,这并不符合客体世界的总体性真实,会陷入一种"高大上"的窄化。与这种窄化不无关联的是基于宣传性功能预设的某种新闻性叙事,此为报告文学写作形成的定势和定式。无论是题材的偏窄,还是叙事的模式化,既脱离了报告文学反映对象的实际,又搁置了在新的时代、新的媒体语境中接受者对写实类作品的新需求、新期待。文体的某种固化,必然会导致其活力的弱化。这样,报告文学的转型,就不只是现实变化的客观使然,也是这一文体葆有内生动力的真实需要。

全媒体时代是文学纪实转向的时代。现代科技日新月异,人类创造的种种奇迹和现实存在的光怪陆离,超出过往人们的想象和虚构。全球化、信息化的便捷,将现实生活中的故事性、传奇性,以实时的、全媒体的方式传输给受众,这些真实存在的故事和传奇,部分地替代了原先虚构的文学世界,甚至有过之而无不及。这样,真实就不只是一种"原型的"真实,而且本身也构成一种"艺术的"真实。正如有学者所指出的,"如果说以往时代的读者还能基本满足这种虚构的真实的话,那也只能说以往的人们对真实性的要求首先在一种艺术性,而不在真实性。但是在今天,当现实本身充满了艺术化的虚幻感的时候,'现实真实'本身便成为当代人对艺术性的一种追求和苛求"①。我当然不会认同虚构艺术已经终结,就像不会认同有人声称的报告文学"恐龙已死"一样,但可以切实感受到的是,纪实俨然成为现时一种普遍的社会心理,由此,包括报告文学在内的纪实文学或是非虚构文学,就有了更大的书写空间和更多的读者需求。正因为这样,非虚构写作日渐成为一个世界性的热点。美国《纽

---

① 吴炫:《作为审美现象的非虚构文学》,《文艺争鸣》1991年第4期。

约时报》书评编辑每年会精选出 100 本值得关注的小说、诗歌和非虚构类作品,非虚构类作品占有其中的二分之一。这一比重真实地反映了文学写作和出版的基本格局。欧洲的情况大致近似。2011 年,报告文学作家邢军纪曾和奥地利作家协会主席海泽内格教授有过交流。他转述海泽内格的介绍,"当下欧洲文学界或者说社会上最走红最受欢迎的文体是非虚构文学作品,如果要给这些文体排序的话,第一是非虚构文学,第二是诗歌,第三才是小说"①。

这是当代文学需求侧所出现的一种大势。因此,从写实性文学(这里主要是指报告文学)供给侧这一端看,需要提供更有质量、更受读者欢迎的作品,才能切合顺应这种大势。所谓"切合",其中包含诸多议题,如果从文体内部来看,最为重要的可能就是如何在报告文学文体审美性建构中,凸显它自身独特的、优长的文本魅力。在全媒体时代,资讯的发达使报告文学本来赖以立体的新闻性优势明显减弱。那种依凭轰动性新闻题材写作的报告文学,不能说没有,但至少出现的概率已经很小。更多的时候,报告文学是在新闻结束之处、热点消隐之时,开始展现它的文体功能。与此相应,其文本的形态与内质等都发生着新变:比如从原先重视"初始的"新闻性到重视新闻背后的故事性,从重视当下叙事到注意开掘历史叙事,从强调宏大叙事到关注"小微叙事";从重视新闻报告到强化故事叙说,以文学思维统摄报告文学写作,重视叙事本身的表现力;从单一的语言文字叙事到多媒体叙事(摄影、影视、图像等),从纸质媒介到电子媒介、网络平台等。这些变化使报告文学能更开阔地拥抱多样多质的现实与历史,漫溢生活的四面八方;更重要的是它以与时俱进的方式,从全媒体时代受众的深度细分中,以文体新魅力的创造和增值,有效地吸附了读者的关注和社会的视听。报告文学正是在诸多变化转型中,激活了它内在的活力,开启了文体的新景。至此,如果不是虚无或偏激者,就不会再对这一文体存在的价值无言漠视。相反,我们能看到有论者对报告文学作出这样的肯定:"现实题材的报告文学、纪实文学创作一家独大,优势明显,尤以总结成就、颂扬英模、反映新气象的作品增长较大,有的也确实产生了不小影响。"②我以为报告文学倒不必自得于"一家独大"之说,但可以乐见的是报告文学不再被歧视,具有了它应当有的文体地位。

---

① 邢军纪:《试论当代中国"非虚构文学"的可能性》,《解放军艺术学院学报》2011 年第 1 期。
② 梁鸿鹰:《坚守、创造与再出发——2018 年文学创作管窥八段》,《光明日报》2019 年 1 月 9 日。

二、题材转型：现实与历史的多向拓展

　　全媒体时代新闻多形态传播的强势，改变着既有的传播和接受的格局。不用说纸媒已没有了曾经的垄断性，就是电视媒体、广播媒体也受到了网络媒体、手机媒体等新兴媒介形态的严重削弱。微信、微博等传播模式的灵便快捷，形成了无处不在的新闻大众互动性传输的优势。这样对原先相对依赖于新闻性题材的报告文学写作必然会产生直接的影响。早先新闻媒体无法报道的一些材料，可以借道报告文学的形式推出，现在这种报告题材的初始性基本不再具有。原先报告文学写作比较多地倚重于题材，现在由于各种新媒体对相关题材多维度、多形态的挖掘，使读者减弱了对其的接受兴趣和期待。这些情况促使报告文学在题材摄取方面出现相应的变化。作者注意对写作题材从现实和历史两个端面作总体性的双向拓展，同时，在现实题材和历史书写两端又各自进行开疆拓土。

　　在现实题材报告方面，重视重大题材、时代杰出人物等的写作，如徐剑《东方哈达》、何建明《浦东史诗》、李鸣生《震中在人心》、肖亦农《毛乌素绿色传奇》、黄传会《大国行动——中国海军也门撤侨》（后简称《大国行动》）、纪红建《乡村国是》、许晨《第四极》、陈启文《袁隆平的世界》、王宏甲《中国天眼：南仁东传》等作品，分别记写青藏铁路建设、浦东开发开放、汶川大地震、生态环保成果、也门撤侨、扶贫脱困、深海探潜等重大题材，以及袁隆平、南仁东等时代杰出人物，其中有的作品以史诗之笔书写史诗性的伟大创造，以宏大叙事的方式讲述展示中华力量、体现时代精神的中国故事，其时代新"史记"的价值不言而喻。

　　与此同时，又不唯重、唯大是取，也关注有价值的日常生活题材的叙写，展现更具广泛性、典型性的基层大多数人的生存景象和精神世界，由此开拓报告文学的话语新空间。《人民文学》等倡导的非虚构写作，其积极的意义在于顺应了报告文学存在语境的新变化，打破报告文学渐显僵化的写作模式，为报告文学提供了新的写作伦理和新的表达可能。由《梁庄》《出梁庄记》《词典：南方工业生活》《工厂女孩》等，可见作品所写多为作者亲历亲验的切实生活，百姓的日常生活以某种"原生态"的面目进入作品。陈庆港的《十四家——中国

农民生存报告(2000—2010)》(后简称《十四家》),历经十年,跟踪调查采访对象,记写的是中西部四省十四个贫困家庭十年间虽有进展但依然艰难的日常生活状况,作者以社会学田野作业的方式和功夫,以小见大地反映现实中国另外的真实存在。梁鸿的《梁庄》,所写景象也许是琐碎的、灰色的,也是我们熟视的,但却很值得关注和重视。城市化进程中村庄的某种凋敝萎缩,为"美丽乡村"之类标签化的描写所遮蔽。这样的状况,明显有违于全面建设小康社会的初衷。有鉴于此,国家提出乡村振兴战略,出台一系列的政策措施。这也说明像《梁庄》这样的写作,揭示现代化进程中存在的痛点,不是无关紧要、无足轻重的。

在题材向现实生活作多向拓展的同时,报告文学作者还致力于从历史的回溯中挖掘材料。通常认为,报告文学的新闻性意指它应当再现行进中的当下现实。这样的理解大体上是得体的,但是又不够完整。这里我们需要对新闻的概念作一基本的明确。新闻是对新近发生或发现的有价值事实的报道。新近发生是指即时的或近时的新闻,而新近发现关涉的时差具有很大的弹性,可以指数十年前发生的情况,也可以指远至百千万年前的存在。这样的理解是符合新闻意涵的逻辑的,这也为报告文学的历史书写提供了逻辑依据。历史报告文学或者说史志报告文学在新时期已经存在,主要是一些历史反思性的报告文学。其时,思想解放、拨乱反正的春风开始解冻冰面下的历史,历史书写因其现实与历史的对话而关联着改革开放的时代主题。

进入 21 世纪,历史非虚构写作数量激增。鲁迅文学奖是一个风向标,也是我们观察文学创作变化的一个有效视窗。2010 年第五届鲁迅文学奖初评入围报告文学奖的作品有 22 部(篇),其中《陈寅恪与傅斯年》《解放大西南》《胡风案中人与事》等 9 部(篇)是历史题材作品。2014 年第六届鲁迅文学奖参评报告文学奖的作品有 190 多部(篇),其中《民国的忧伤》《1911》《帝国的终结》《帝国海关》《陈独秀江津晚歌》《南渡北归·南渡》《板仓绝唱》《旅顺往事》《中国橡胶的红色记忆》《底色》《瞻对:两百年康巴传奇》等 60 部(篇)为历史题材作品。2018 年第七届鲁迅文学奖参评报告文学奖的作品有 230 部(篇),其中《西长城》《围困长春》《守望初心》《世界是这样知道长征的:长征叙述史》《故宫三部曲》《此岸,彼岸》《抗战老兵口述历史》《一个戴灰帽子的人》《大写西域》等 50 多部(篇)为历史题材作品,占比也比较大。这些作品对历史的涉面是多向的,有的是影响历史进程的重大事件,有的则是抖落在历史皱褶里的微尘,但却是可以洞见社会巨大存在的化石。之所以出现这样的情形,首先是因为历史题材本身所具有的价值和魅力。现实是历史的流向,历史是现实背景。读者的精神心理往往存在于历史与现实的勾连之中。其次是新媒体更多关注当下发生的五光十色的新闻,而对沉寂的具有某种弱新闻性的历史题材关注度相对较低。然而,正是这些丰富的、沉入时间地平线以下的人与事,成为报告文学不竭的写作资源库藏。

关于报告文学历史书写的可能性,学界和评论界存有质疑。"'历史题材'的报告文学创作极难或几乎不可能实现'非虚构'的叙述要求。无论是整体还是局部,特别是场面或细节的描写,在完全失去了采访当事人的情况下,要实现既是'报告'又是'文学'的具体生动的'非虚构'叙述,几乎是不可能的。"①持论者提出的问题在性质上又回到了"报告"与"文学"能否一体相生的本源。对此,大量得到普通读者和专业读者认可的作品已经给出了回答。这里的关键点之一是有一些历史写作无法采访当事人,如何达成"报告文学"? 这确实是一个真实的问题。事实上,有不少史志类作品很明显存在着"穿越"和"演义",与非虚构的原则相去甚远。但这又只是问题的一个方面。因为,能采访到当事人,当然更能达成写作的真实性,但这也并不能保证充分的真实性。真实性是一个复杂的命题。报告文学的写作是一种需要作者诚实的写作,在主观上不能故意虚构。历史写作在实现非虚构方面更具难度,这就需要作者更多地采用田野调查、知识考古、文献研读等方式,逼近写作对象,尽可能历史地还原历史存在本身,不能因为片面求取文学性而伤害其根本的历史性。我们也不能依据普适的文学性标准来要求报告文学,尤其是历史题材的报告文学。历史题材报告文学,只要遵循其写作的基本伦理,不仅是有可能的,而且也是富有价值的。

三、个人经验的导入: 在个人性与公共性之间

通常认为,报告文学是一种公共写作模式,这种模式导源于它本有的基于

---

① 周政保:《报告文学创作的若干理论问题》,《文艺评论》1998 年第 5 期。

社会传播的新闻属性。新闻由于其制度的设置和意识形态的导向,主要与时代大局及社会大众相关联,基本上没有接通与个人性经验联系的可能。在中国报告文学发展史上,很长时间里报告文学都只是一种新闻的替代品,两者之间更多体现为异构同质。同质是由相近的宣传功能所定制的,因此,有一种普遍的政治性偏至,成为与现实政治关联甚为紧密的文体,许多作品被视为特殊的"政治文本"。"主旋律"的公共性差不多固化为这一种文体写作的基本制式。这些作品也影响到读者对这一文体的认知,以为作为特殊的时代文体,报告文学应当对大时代作宏大叙事,而将无关宏旨的个人性写作拒之门外。报告文学从它的发生机理和基本功能看,更注重社会性写作,这是有它的合理性的。但是过度拒绝个人性写作,这不符合反映对象的自在逻辑。客观存在是一个多面体,也杂陈有各种色调。从个人性与社会性的关系看,个人是社会的细胞,个人离不开社会孤立地存在,而社会是由个人和组织建构的有机体。因此,在报告文学写作中有机地导入个人经验,通过个人性透见社会性,通过个体生命观照人类精神,在公共性和个人性中形成某种张力,这对于这一文体新的价值生成是很有意义的。

　　全媒体时代的文化生态为报告文学的个人性写作提供了可能。全媒体的传播形成了更为强势的公共空间,使主流意识形态的管理更为强化,但同时又促成了具有相对自由度的私人空间的生成。社会的流动性增大,个人的自主性、主体性进一步提升,个人角色在社会中的影响力日益彰显。个人故事对于普通读者更具吸引力,读者从他者的人生行旅和心路历程中能够获得直接的参照或感悟。这些自当成为报告文学书写的一部分重要质料。打开个人经验与报告文学写作之间通道的契机,是非虚构写作大张旗鼓的倡导。"非虚构"其实不是新的物事,它源自美国 20 世纪 60 年代出现的"非虚构小说"(Nonfiction Novel)。当然,当年的非虚构与今日的非虚构已经有了很大的不同,即由非虚构与虚构的融合到对虚构的拒绝。我们一些非虚构的言说者和写作者,依然含混着虚构与非虚构,自损非虚构写作的基本伦理,由此对读者造成一些误导。但是,全媒体语境中的非虚构,它以取材的基层性、叙事的在场性和内容的个人性等,有效地补足了既成报告文学写作存在的一些缺失,特别是个人性的进入,激活并丰富了报告文学的话语空间和叙事内存,打通了报告文学与普通人物、日常人生的关联,建构了一种接活地气、充满真实生活质感的朴素写作形态。在报告文学写作中,国家叙事、主旋律叙事之外,还应当有基于普通人日常生活的个体生命叙事。只有这样，才能呈现一个更为完整、博大、多质，因而也更真实的现实和历史的时空。

报告文学中的个人性书写，有一种是以自叙的方式展开的，其中又可分为两种模式。一种模式是全自叙。以张雅文的《生命的呐喊》为例，这是一部自传体长篇报告文学作品。1944 年出生的作者，社会角色在体育、文学和影视中跨界转换，身体在病患中浴火重生。人生历程的丰富多彩，个体生命的跌宕起伏，其中的故事性、传奇性，使《生命的呐喊》的叙事充盈饱满，对读者别具吸引力。阅读作品，读者可深切地感受到自叙者生命的进取、坚韧和创造力。在生命的低吟和呐喊中，不止有一种励志的力量，读者也可从与社会历史变动的联系中，瞭望大时代的面影。这部作品获得第五届鲁迅文学奖报告文学奖，可谓是此种写作被获得认可的一种标志。薛舒的《远去的人》，看上去仿佛是一种私人化的家庭生活写作。"远去的人"是他父亲，一个患有阿尔茨海默症的病人。作品既叙父亲的病程、病情，也写由此引起的家庭生活秩序的种种改变。其中有生命的脆弱无奈，也有人性亲情的温暖感人。这其实是一种很有意义的生命写作，在某种程度上具有一定的普世性，也体现了人类的某种公共性价值。另一种模式是局部自叙。如何建明的《浦东史诗》是一部致敬浦东开发开放伟大创举的长篇，作品设计了史诗的构架，以充满激情和诗美的笔墨，再现了浦东伟业设计者、决策者、建设者和见证者有关浦东的故事，还原了浦东地标性建筑背后曾经的场景。

四、叙事重心的偏转：从新闻性到故事性

新闻性无疑是报告文学重要的本体性特征之一，但这种新闻性在报告文学的演化发展中有着不同的表征。在报告文学更多地作为新闻的替代品的时期，新闻性不只是强调它的真实性、现实性，也很注重它的时效性。作品所写多为新闻事件、新闻人物，为了实现迅捷的时效，作者往往速写快发，篇幅大多较短。到了报告文学文体独立自觉时期，新闻性义项中更注重真实性和现实性，强调作品所写的现实意义和时代价值，对时效性的要求有所弱化。这一时期，应合于社会的需要和文体功能的变化，新闻性中增列了信息量的要求。新时期报告文学代表性作家陈祖芬指出："及至改革进入到今天，呈现在我面前

的是社会的一个一个横断面,是一个一个群体的形象。如果囿于一人一事的报告文学,传递的信息量太有限。"①另一位报告文学作家尹卫星也有相同的观点:"现在人们喜欢的一些报告文学信息量比较大,报告文学要有它的信息量和史料价值。"②他们认为报告文学面对新的报告对象,应注重扩充作品的信息容量,即要有信息量,这个信息量就是其时对新闻性的新的解读。与此相应,报告文学的结构模式有了创新,主要有全景式、集纳式和卡片式等。这些结构样式都是适配于作品信息增容需要的。

在全媒体时代,报告文学新闻性中的时效诉求渐次退位。关于时间的新闻性显见弱化,大量的历史书写即是典型的佐证。另外一个重要的例证是非虚构的趋热。有不少论者和写作者,以非虚构文学置换报告文学。我当然不认同这样的举动。但是这种置换从某种角度上说,可表示为以非虚构性替换原来的新闻性(报告),也就意味着报告文学新闻性中时间性的概念已经减持。这种情况在 20 世纪 80 年代不可能发生,尽管当时已有学者和作家开始引进美国非虚构写作的概念,并且对此开展研究,但响应者甚少,因为其时的报告文学正是新闻性强化之时,文学界不可能接受这样一个不合时宜的称名。而到了全媒体时代,以非虚构性表征或部分表征报告文学的新闻性,已体现为文体自身发展的一种逻辑了。报告文学作家在持守新闻的非虚构性、注重作品价值的现实性的前提下,致力于挖掘题材深度的内在的质料,在看似弱化了新闻性的报告对象中,通过深入细致的采访、体验等,寻得能反映写作客体本真又为读者感兴趣的有意义有趣味的故事。由基于新闻性偏转至基于非虚构的故事性,是全媒体时代报告文学写作的一种重要转向。这种转向,着眼于使报告文学由新闻回到叙事文学,回到文学。这是这一文体顺应全媒体文化生态变局的有为转型。在这一转型过程中,报告文学通过非虚构叙事魅力的创造,达成作品最优化的阅读预设,以获得最大化的接受效果。

过往我们总是强调报告文学与小说的区别与分离。如果从非虚构性角度考虑,这无疑是十分必要的,这事关报告文学的根本体性。但同时,我们不能无视报告文学文体构成要素的辩证关联,即不只是"报告的"文学,规定它的客

---

① 陈祖芬:《挑战与机会·选择和被选择》,北京:北京十月文艺出版社,1986 年,第 112 页。
② 尹卫星语,见《1988·关于报告文学的对话》,《花城》1988 年第 6 期。

观真实性,而且也应当是"文学的"报告,是一种文学的形式;而且"报告"与"文学"不是要素的拼接,而是有机的融合。从某种角度而言,报告文学从附庸到独立的过程,正是两者有机融合不断深化优化的过程。读者对报告文学的不满足,主要是文学滋味的寡淡。因此,在全媒体时代报告文学回到叙事文学本身,既是对读者期待的回应,也是对这一文体内在规律的一种尊重。如果从叙事性的视角观照,报告文学与小说都属于叙事文学样式,它们都是通过叙事再现对象世界。只是报告文学由于其非虚构性的前置,它再现的是已经发生的存在,而小说则可以通过虚构拟设生活的种种可能。这就是说,虽然两者叙事生成的性质相异,但是叙事对文本建构的功能却是近似的,具有许多相通之处。在报告文学写作中,我们既要坚持它的非虚构性的底线,又要注意走出与小说文体对立的思维定式,在文本叙事设置等方面作必要而有机的借取。基于这样的认知,我们可以将报告文学定义为一种叙事性非虚构文学写作方式。这不仅可以融通报告文学与非虚构文学的人为的隔绝,而且能够通过非虚构叙事审美的建构,获得抵达报告文学文学性的有效路径。

从时间的维度上看,新闻性更多指向存在的当下情状,而沉入其后的故事性更具有显示事实原图及其意义的可能。从读者普遍的阅读经验看,他们更愿意阅读具有真实而有故事性的作品。这是因为"故事的生物学性"关联着人类生命中某种密码,"很难想象叙事不是我们本能的一部分";"我们视自己的生活为一种叙事,这就是为什么我们对他人的叙事如此着迷。"①叙事所具有的"生物学性"或生命本体性,正是叙事美学发生的重要机理。尽管新时期是一个报告文学的时代,但其时报告文学所产生的重大影响,很大程度上来自它与社会政治的某种共振。进入21世纪,报告文学进入真正的自觉时期,其重要表现就是对作品叙事与故事性的普遍重视。报告文学作家充分认识到非虚构叙事是报告文学本体建构的基础,所以在创作中将故事性作为一种特别的要素加以内置,叙事成为作品的主要表达方式。

"报告文学的文本、叙述姿势和细节的挖掘则是文学性创意标高所在。其包涵了三个要素:文本即结构,叙述即语言,细节即故事,唯有这三个因素的

---

① [美]杰克·哈特著,叶青、曾轶峰译:《故事技巧——叙事性非虚构文学写作指南》,北京:中国人民大学出版社,2012年,第4页。

推动,才是真正意义上的文学。"①徐剑这里所说的报告文学文学性的"三个要素",大多与叙事有关。这源于他长期写作而得的体悟。徐剑所言差不多是一个时期许多作家的共识,并且在他们的作品中有具体的落实。如何建明《部长与国家》、赵瑜《寻找巴金的黛莉》、李鸣生《千古一梦》、徐剑《大国重器》、黄传会《大国行动》、李发锁《围困长春》、王树增《解放战争》、傅宁军《此岸,彼岸》、陈启文《共和国粮食报告》、铁流、徐锦庚《国家记忆》等作品,报告现实与历史种种有意味的题材,作者在写作中充分尊重书写对象本身的复杂性、多样性,写出人物与事件本有的故事性,挖掘蕴含其中的传奇性,作品以题材自带的独特价值和极富故事性的叙写,生成了非虚构叙事应当具有并且能够达成的审美魅力。赵瑜的《寻找巴金的黛莉》是其中的代表性作品。作品的主人公赵黛莉曾是太原女师的学生,因为喜欢巴金的小说而给巴金写信,年轻的巴金复黛莉七封信。赵瑜机缘巧合获得七封原信,深知这是一个极具非虚构写作价值的题材,历时两年多艰难寻找赵黛莉。作品以"寻找"模式展开叙事,还原引人入胜的寻找过程,复现主人公七十几年的曲折人生。这是一种个人性叙事,但时代社会巨大的投影随处可见。是个人史,又是社会史,人生滋味和历史况味交融一体,可嚼味沉思。徐剑的《大国重器》是一部大写"中国火箭军的前世今生"的长篇,"前世今生"表明了作品的叙事指向。从 1956 年元旦钱学森讲授"导弹概述"到 2015 年 12 月 31 日习近平给火箭军授旗,恰好 60 年一个甲子。历史的机缘有时就是这样巧合。更为奇妙的是聆听讲座的"年轻少校一生从此与导弹结缘,而钱学森教授也未曾料到自己的一堂讲座,会在新中国一位年轻军官的成长之旅中划下一道深深的历史之痕,会与一支战略军种的成长壮大密切相连。当时听他课的人很多,但是将来其中走出一位中国战略导弹的司令员,或许令后来的他有点始料未及"。徐剑正是从这些巧合和奇妙之中,开掘作品叙事之流,获得结构故事的契机。傅宁军的《此岸,彼岸》是一部反映两岸关系的作品。作品从 1958 年 8 月金门炮战切入,主要叙述"从炮战中走来"的两岸关系演变。叙事基于民间视角,从分离、敌对走向通商、通婚。当年两岸的播音员是对手,"念的稿子里是针锋相对的语言,还带有战时浓浓的火药味儿",后来台湾地区的播音员许冰莹在"退休之后,又到厦门大学攻读中医专业,成为全校最年长的本科学生"。作者傅宁军以这样的故

---

① 徐剑:《关于非虚构几个关键词的断想》,《中国艺术报》2017 年 4 月 11 日。

事发掘和叙写,写实写活了沧桑变迁中历史的戏剧性,同时在这样的戏剧性中,表现出两岸人民骨肉相连的情分及和谐相生、和平发展的历史大势。从这些作品的叙事中,我们可以发现现实和历史中不是缺少有价值的故事,而是缺少对这些故事的发掘和寻找。"顶尖的非虚构作家都是奇闻趣事的写作高手。在他们的故事中,小的叙事弧线使故事变得更加有趣,无情地牵扯着读者的心。奇闻趣事对于作者表现人物特别具有说服力。"①"奇闻趣事"是对非虚构作品故事性、传奇性的一种具体注释。这样的叙事对作品的审美生成具有重要意义。

五、表达方式的更新: 从报告到对话

报告文学的文体命名,真实地反映了命名者对这一文体实际特征的准确指认和对它发展的想象。从它的发生到发展相当长的一个时期内,"报告"有着多重的解释。其一,Reportage 的词根是 Report,有报道、报导之意,关联着新闻,意在传输真实而时新的信息。其二,报告,表示着作者某种居高俯视的写作姿态。作者往往以一种全知者的角色(信息的专有者和意义的解释者),通过文本告知接受者,有一种"我"报告,"你"聆听的意味在。其三,以一种特殊的表达方式,揭示文本的意涵,对读者作思想的启发。报告的第三种解读关系着对报告文学文体基本特征的认知。以往通常将报告文学的特征表述为新闻性、文学性和政论性,"兼有新闻性、文学性、政论性品格的报告文学,因其自身的特性,作为社会存在、思维变化、心念外烁的直接文学表达,决定了它与社会生活的更密切的联系。"②何谓"政论性"?"报告文学的政论性是指在反映现实生活时,运用夹叙夹议的表现手法,对所'报告'的人物和事件加以评议,抒发作者的感情。"③政论性的语言特征主要体现为论议或夹叙夹议的表达方式,被称为"政论插笔"。"在这千万被压榨的包身工中间,没有光,没有热,没有温情,没有希望……没有人道。这儿有的是二十世纪的技术、机械、体制和对这

---

① [美]杰克·哈特著,叶青、曾轶峰译:《故事技巧——叙事性非虚构文学写作指南》,北京:中国人民大学出版社,2012 年,第 87 页。
② 朱子南:《当代报告文学四十年》,《苏州大学学报》(哲学社会科学版)1990 第 3 期。
③ 罗宜辉:《论报告文学的特征》,《暨南大学学报》(哲学社会科学版)1981 年第 2 期。

种体制忠实服役的十六世纪封建制度下的奴隶！"①这是被视为报告文学经典之作的夏衍《包身工》中的一段政论，就是典型的"政论插笔"。新时期报告文学中体现文体政论性的"政论插笔"，成为一种普遍的文本景观。徐迟的《哥德巴赫猜想》有不少语意精警的文字，如"他生下来的时候，并没有玫瑰花，他反而取得成绩。而现在呢？应有所警惕了呢，当美丽的玫瑰花朵微笑时"②，等等。原先报告文学注重的是"报告"，强化的是新闻信息的传输，并且在特殊的政治生态中，为了满足启蒙叙事等的需要，突出作者主体对文本直接的理性穿透和对读者的思想性言说。这样，新闻性和政论性在报告文学发展的很长阶段，成为它主要的文体特征。

当报告文学的写作由基于新闻性偏转至更倚重故事性，这种情形就发生了显著的变化。"从单方的报告到试图在作者与读者之间建立起一种对话的姿态，是现在这类写作正在发生着的一个变化，也是读者的期许，更是这种文体发展壮大的路径。"③报告文学之所以出现了由报告到对话的变化，不只是报告主体较原先有了退隐，还因为报告文学文体的定位、文本的重心设置以及接受者的期待等，都在新的语境有了移挪和改变。在不同的历史空间中，报告文学具有不同的功能。我曾经"将报告文学命名为知识分子的一种写作方式，提取的是知识分子社会关怀，现实批判的意义"④。很明显，这样的报告文学其主要功能是对非理性存在的批判，作家以报告文学的写作介入、干预现实生活。进行这样的书写，写作者的主体性是自觉的、强烈的、外化的。这样的主体性需要具有介入的对象和载体。它所介入的不仅是现实、历史，还包括文本。体现在文本中就形成作品的政论性及其表征性的"政论插笔"。但从报告文学的历史逻辑看，显然，作为知识分子写作方式的报告文学，只是报告文学的重要义项，而不是它的全部。这一文体推衍至今，实际上已成为更具宽泛意义的非虚构叙事方式。叙事性文学的基本审美特点之一是以具体生动形象的叙述、描写等方式，再现现实生活，作者的主体性隐含在叙事之中。正如恩格斯所说，"我认为倾向应当从场面和情节中自然而然地流露出来，而不应当特别把

① 夏衍：《包身工》，《光明》1936 年 6 月创刊号。
② 徐迟：《哥德巴赫猜想》，《人民文学》1978 年第 1 期。
③ 刘颋：《从报告到对话》，《南方文坛》2012 年第 1 期。
④ 丁晓原：《报告文学：作为知识分子的写作方式——兼论新时期报告文学作家主体性的生成》，《文艺评论》2003 年第 3 期。

它指点出来,同时我认为作家不必要把他所描写的社会冲突的历史的未来的解决办法硬塞给读者"①。场面和情节是叙事文学的基本要素,恩格斯在这里强调的是叙事文学中作家的思想倾向性与作品的形象性之间的关系。报告文学写作中的主体性退隐、直接的政论性的淡化等,都可以视为它对叙事文学叙事性、形象性的基本审美规范的遵循。另外,与作者主体性表达淡化相反的是,读者的主体性有了明显的强化。全媒体语境中读者多路径信息的获取,激发其主体性的跃动。读者不是一般意义上习惯于接受报告的"受众",而更愿意以自己的经验背景参与对作品的认知,建构作品的意义。这样就需要报告文学作者由以往的"报告"式写作,降低姿态,转变成一种贴近书写对象本身的、读者可以参与"对话"的叙事性书写。

写作了《梁庄》《出梁庄记》的梁鸿,是非虚构写作的代表性作家,又是从事当代文学批评的学者。她的作品其实就是报告文学,只不过不是原来的形态,而是一种与时俱进的新形态。作为见证者,梁鸿的观察是敏锐的。"2010 年以后所兴起的非虚构写作中,写作者不但没有扮演上帝的倾向,甚至,连隐藏在文本背后意味深长的暗示都没有。""作家们不约而同地摒弃了这个上帝的叙事人角度,而是以'有限的个人'视角进入文本。"②由在空天的全知的"上帝"降到地面的"有限的个人",作者的写作姿态发生了根本的变化。作为参与者,梁鸿给出了作品内在新的变动。"在这样的作品中,作者放弃了想要提出总体问题的意图,而只是竭力于展示个人对生活的理解和观感。这并不代表作者对他所书写的对象没有大的理论思考,也不代表他就没有立场,而是,作者更愿意把琐细、充满多个方向的生活内部更准确、更深入地呈现出来。""文本所呈现的事实和情感状态是柔软富于弹性的,文本内部有开阔空间和暧昧地带(多向思考地带),读者可以这样理解,也可能会有那样的理解。"③梁鸿的这些言说是有信度的。她写作《梁庄》,自然有着自己的思考,将梁庄的存在呈现给读者本身就是一种具有主体性的选择行为。但读作品,我们可以发现站在我们面前的是梁庄里的人物,作者主要通过他们的口述,以书写对象的"内部叙事",将村庄生活的实情端给了读者。由于作品控制了使用主体对叙事意义的直接

---

① 〔德〕恩格斯:《致敏·考茨基》,《马克思恩格斯选集》第 4 卷,北京:人民出版社,1972 年,第 454 页。
② 梁鸿:《改革开放文学四十年:非虚构文学的兴起及辨析》,《江苏社会科学》2018 年第 5 期。
③ 梁鸿:《改革开放文学四十年:非虚构文学的兴起及辨析》,《江苏社会科学》2018 年第 5 期。

揭示或"旁白"，没有了先验的预设，呈现给接受者的只是生活的原生态，这样读者就会更自主地感受、理解和想象作品。丁燕的《工厂女孩》《工厂男孩》、黄灯的《大地上的亲人》等大多也是这样，这些作品中的人物是生活中的大多数，作者以最贴近他们的方式写作。写作《工厂女孩》，丁燕应聘到电子厂和注塑厂打工200天，成为书写对象中间的一员。"我从不想俯瞰东莞，宏大叙事，而只想以个人视角，平视这个城市。""我写下我所看到的吃、住、行，以及一些人生存的真实场景。我希望我的写作是一次审美和艺术的活动，而不是直接的呐喊或时事评论。"①丁燕等作家的写作，面对写作对象，从介入转成融入，由观察者成为亲验者，文本构建的日常性替换了新闻性。这些作品没有了通常的主题，有的是弥漫的基调或氛围，这样自然少了报告"硬塞给读者"的意味，多了读者参与对话的"弹性"空间。

六、媒介融合：从纸媒到图文声像

"今天的新闻报业正在转型中苦苦挣扎，面临读者群不断细分和新闻媒介传播电子化等诸多挑战。可以想见，下一代非虚构故事作家将会走一条与我们完全不同的路。在其他媒体中从事叙事写作的作家为了争取读者不得不另辟新径。整个媒体市场动荡不定，年轻的故事作家将面临前所未有的挑战。具有创新精神的作家们将主动适应不断变化的创作环境，在数字化时代有效利用印刷、声音、影像这三种手段。"②这是美国新闻学教授杰克·哈特关于全媒体时代新闻境遇的预见，现在已是我们遇见的事实。数字化的全媒体时代，是"读图时代"，图像文化对人的审美产生新的重要影响。有学者从"世界文学"的视域中，给出了"现代文学理论的演变踪迹：从19世纪到20世纪，文学理论的母题经历了从'文学与社会'到'文学与语言'的蜕变，并且正在朝向21世纪的'文学与图像'渐行渐近"③。强大的数字技术创造着逼真又玄幻的图像世界，对受众别有一种魔力。这直接启发了原来只以纸媒为载体的一些报告

① 丁燕：《工厂女孩》，北京：外文出版社，2013年。
② ［美］杰克·哈特著，叶青、曾轶峰译：《故事技巧——叙事性非虚构文学写作指南》，北京：中国人民大学出版社，2012年。
③ 赵宪章：《"文学图像论"之可能与不可能》，《山东师范大学学报》(人文社会科学版)2012年第5期。

文学作家,他们借取新媒体的力量,走纸媒与新媒体融合之路,构建写实类作品图文声像一体的文本形式,从而使这一文体生成新的审美特点。

"文学与世界的图像性关系一方面表现为文学对于世界的'语象'展示,而不是通过'概念'说明世界;另一方面表现为语象文本向视觉图像的外化和延宕,文字和文本造型、诗意画、文学插图、连环画、文学作品的影像改编等就是这种外化和延宕的结果。"①在报告文学的写作中,"语象文本向视觉图像的外化和延宕"的形式,主要有文学插图、文图兼容、电视纪实和影视改编等。电视纪实就是以电视作为载体,以文字语言与电视语言(画面语言)有机融合的方式,真实客观地呈现对象的一种作品(节目)类型。与报告文学有关的是电视政论片,我国的电视政论片最早出现在 20 世纪 80 年代,主题主要与改革开放的时政与历史相关,此后大致延续这样设置。张胜友是电视政论片的代表性作家,他在纸媒报告文学写作方面也有不少建树,但更致力于开拓报告文学新的传播方式,撰写的《十年潮》《历史的抉择——小平南巡》《海南:中国大特区》《让浦东告诉世界》《风从大海来》《风帆起珠江》《百年潮·中国梦》等电视政论片,主题宏大、气势壮阔,通过图、光、色、影、音组构的电视画面语言和有声解说语言的融合,达成了视觉与听觉、抽象与具象、写实与审美等多路通感,更具综合表现力的传播效果。报告文学的影视改编是扩大作品传播的有效方式,此类改编较多,如王宏甲的《中国天眼:南仁东传》改编为电视连续剧《中国天眼》,李迪的报告文学《丹东看守所的故事》改编为同名电视连续剧,何建明以余秋里为主人公的《部长与国家》改编成电影《奠基者》等。但这种改编已不是原来意义上的报告文学,尽管是纪实的,但毕竟具有"表演"的因素。

我们这里更着意以印刷媒体写作的报告文学作家在作品中对图像因素的导入,这是本位意义上的文学与图像的关联。报告文学文体的发生历史较短,原先作品中少见有意为之的图像设置。这种情况到了 21 世纪初十年有了改变。西藏作家加央西热获得第三届鲁迅文学奖报告文学奖的《西藏最后的驼队》,是一部记写藏北驼盐历史文化的作品。作者曾经是驼盐队伍中的一员,亲历亲验的经历使作品更显真实和真切。不仅如此,作品有机地嵌入与叙事相关的人事物景的图片,使得文本图文并茂,增添了别具魅力的美感。到了李

---

① 赵宪章:《"文学图像论"之可能与不可能》,《山东师范大学学报》(人文社会科学版)2012 年第 5 期。

鸣生创作的汶川地震题材作品《震中在人心》，文与图的合致进入作者写作的整体设计。作者将作品定位为长篇摄影报告文学，文本的置备也基于这样的预设。作品用"幕"（章）、镜头（节）、特写（节）这样视觉感强烈的方式结构全篇，由 4 幕、25 个镜头、17 个特写组成，形成了文字叙述与照片叙述"双语"叙事的统摄。文与图共构叙事共同体，冷峻的文字与肃穆的照片互文相生。文字并不就是照片的注释，它深挖与照片有关场景背后的故事；照片也不仅是文字的配图，而且以其强烈的视觉冲击力和现场感的凸显，直抵读者的内心，挥之不去。正是这样的文图一体，使《震中在人心》获得了"用镜头定格真相，让文字留下思考"的迥异同类题材写作的独特效果，有效地深化了地震不仅是地理的，更是心理的、精神的主题表达。作品以另异的主题和别样的表达，在第五届鲁迅文学奖报告文学奖中脱颖而出。在文与图融合叙事成为自觉的报告文学中，赵瑜的《野人山淘金记》也是典型一例。这部作品所写的是鲜为人知的中国冒险家缅甸淘金的故事，在探险叙事中，既有奇异的自然与生命的景象，更有物欲中的人性杂色。在当代报告文学作家中，赵瑜是极具文体创新意识的一位。他将《野人山淘金记》写作作为一次图文融合表达的实验。作品中共收录了 800 余张照片，其规模远超一般的图文模式。更重要的是，"《野人山淘金记》是一次有意识的图文试验。与以往不同的是，这次创作的篇幅比较长，构成了一个立体的故事，成为一部完整的图文交融之作，图与文，不是外在的剥离单列，不是以往著作的插图版本。"①正因为作者能够有机协同文学表述和视觉艺术，所以作品的现场感、影像感很强，有效地丰富优化了报告文学的表达方式。这种协同融合的表达方式，对于具有某种揭秘性的题材书写，是特别合适的。

　　以上是我个人对全媒体时代中国报告文学转型的观察和思考，实际的情形更为繁杂纠缠。无疑，全媒体时代报告文学的转型有着诸多积极的意义，但我们不能陷入凡变化都为进化的文学进化论的片面之潭。三十多年前美国媒体文化研究者尼尔·波兹曼推出了著作《娱乐至死》，批评视觉文化兴盛导致的公共话语娱乐化、思想的非理性和碎片化等问题。当时，我们觉得似乎有些危言耸听，但现在已有不少切实之感。报告文学写作，需要作家具有社会责任

---

① 赵瑜：《后记》，《野人山淘金记》，北京：作家出版社，2014 年。

担当、敏感地关注现实中的矛盾存在，体现"思想性"写作的价值。21 世纪以来的报告文学，伴随着主体性的退位淡化，突出的问题是思想深度不足、批判性弱化。表现为题材的偏转，有价值的现实题材写作的缺席；题旨的单面，深度的缺失，较少像《震中在人心》《天使在作战》《中国水利调查》等具有报告文学文体精神风骨的作品。一方面重视了作品的叙事性，在叙事中建构非虚构文体的审美优势，另一方面又出现了叙事的芜杂、过度的长篇化，这表明作者叙事能力和表现力不足。报告文学出现这种状况的原因较为复杂。全媒体时代信息传播的便捷，演化为信息消费的狂欢；技术主义削弱了主体的思想性建构，信息的碎片化伴生出思想的碎片化；社会转型中，物质主义的抬升与人文精神的流失等，已成为影响报告文学思想性生成的重要原因。这是全媒体时代中国报告文学转型中不可忽视的"变异"。

报告文学：由新闻文学到非虚构写作

第二章
报告文学：由新闻文学到非虚构写作

我们对报告文学这一文体最为基本的释义，即它是一种新闻文学。顾名思义，这是由报告文学的文体名称给出的诠释。报告文学，既可解读为"报告的"文学，突出它的新闻性、非虚构性，以区别于虚构而成的文学；也可解读为"文学的"报告，意谓与一般新闻写作的不同。学界对"报告的"文学的研究，相对较为充分，基本义是新闻性，包括客观真实性、时效性，扩展出时代性、现实性等含义。而对"文学的"报告，虽然相关的指涉很多，也有一些专门的研究，但总体而言，要么语焉不详，要么就是未能及物得体。出现这样的状况，有多种原因。基本的原因是文学这个概念，似乎很难有规范统一的定义，文学的原初意思和后来的命意已发生很多变化，中外对文学的理解也不尽一致。何谓文学，文学何以达成，内中具有一些不确定性。关键的原因则是文学各体，既有若干有关文学性的通义，也有相应的文学特性，小说、戏剧、散文和诗歌等文体，自有其文学的特征和文学性生成的要素。个性与共性的有机融合，才有可能真实地表征不同文体在文学性方面的建构和特征。这里，复杂的是我们对于文学各体文学性的认知很难抵达它们的本真，所以给出的一些表述无法反映文体的实际，甚至离体甚远。而这种情况在报告文学文体中表现得更为突出。

伴生于近代新闻传播的报告文学，是一种后来文体。一百多年来，这一文体在演进流转中，沉淀凝结了如客观真实的非虚构性、合时代受众之需的现实性等一些基本特性。这些成为报告文学文体属性的基本规定。相对于客观真实性这一文体的"刚性"，报告文学中的"文学"则显得富有弹性。在新闻性主导的作品中，报告文学的文学性较多地体现为真实客观的对象还原、形象生动的语言表达、适度的抒情导入等。所以这些作品往往可在新闻通讯和报告文

学中跨体。到了文学的新时期,报告文学的结构形态更加开放多样。在其中
的集纳式结构作品中,情节淡化,人物退隐,代之以铺陈具有某种典型性的现
象或问题。在这种类型的作品中,通常意义上的文学性已不复存在。而同样
在新时期,徐迟的《哥德巴赫猜想》,理由的《痴情》,以及黄宗英、陈祖芬、柯岩
的一些人物类报告文学,人物形象感人,篇章结构精致,语言表现力也较强,作
品的文学性郁然可见。及至正在行进中的全媒体时代,报告文学的形态和内
容等发生着重要的变化。我们读赵瑜《寻找巴金的黛莉》、徐剑《大国重器》、何
建明《浦东史诗》、李鸣生《千古一梦》、王树增《解放战争》等作品,直观的感受
是作品的长篇化。长篇作品在报告文学的写作格局中占有很大比重,获得鲁
迅文学奖报告文学奖的作品,多数是长篇报告文学。与长篇化有着某种关联
的是作品内容新闻性的弱化。这种弱化不仅反映在史志类报告文学规模化写
作上,也体现在现实题材作品内存的拓展与深化上。与内容新闻性弱化相应
的是文本故事性叙事的强化以及叙事中以人物为重心的设置。在这些作品
中,文学性的面目与审美价值,与过往的报告文学又有了不同。报告文学文体
的演化告诉我们,新闻化的报告文学,其新闻叙事强调典型性,叙述较多概括、
凝练,并不讲究叙事的审美性;信息化的报告文学,突破原有的小格局建制,通
过集纳式、卡片式结构,增大作品的信息容量,基本忽视了作品的叙事性生成。
但行进至21世纪,新时代新的传媒语境,新读者新的阅读期待,正在深刻地改
变着报告文学已有的范式。非虚构的盛势而出,其实是对以往范式化报告文
学的不满和挑战。在全媒体时代,在新闻性已大为弱化的写作情势中,报告文
学作家正视不满背后的缺失存在,从挑战中寻得报告文学文体转型的多种可
能,在非虚构性恪守和非虚构审美建构的有机融合中,激扬这一文体的活力,
其中的优秀作品,达成了报告文学独特的比较优势,即既具有小说类创作的艺
术品相和审美要素,更有小说类创作所没有的非虚构特性及其伴生的独特价
值,由此在当代新的文学大图中鲜明地凸显出它的重要位置和绚丽光彩。

　　由此可见,报告文学的文学性是动态的。这种动态既与作品的题材类型、
主题意旨、格局结构的不同有关,也会受到不同时期写作审美取向的影响。因
此,我们不能将报告文学作为一个固化的、封闭的、静态的文体,讨论它的文学
性话题,而应当将其置于一个变量的视角下加以观察。这种变量,既有报告文
学与文学大类的融通后的相异,更有其内部不同时空、不同结构作品间的转承
中的应变。也就是说,我们在报告文学与文学其他门类、报告文学文体内部诸

种存在的关联和区别之中，寻找探讨报告文学文学性话题的有效路径，以获得具体的真实的文学性图景和文学性达成的可能。

一、叙事之于报告文学

无论我们怎样定义报告文学，都不能无视它作为一种文学的门类而存在这一前提。因此，在报告文学这个指称中，"文学"是它的中心词，给出了它在文学中的定位，"报告"是其定语，规定这种"文学"的特殊属性。这是我们讨论报告文学应当明确的基本逻辑框架。文体文学既有它的广谱性，也有它的独特性。因此，需要对讨论的对象作一限定。这意味着讨论的有限性，但正是这样的有限性设置，才有可能获得研究的有效性。我们在这里将报告文学界定为一种叙事性非虚构写作方式，或写作艺术。在这一界定中，"报告"中本有的新闻性由非虚构性置换。这种置换并不是主观的任意而为，也不是对最初由美国命名的"非虚构"(nonfiction)的盲目跟风，而是基于对这一文体现实存在和发展趋势的把握。我并不赞成随意地以非虚构替换报告文学。"你现在翻开的，是一本关于叙事性非虚构文学的创作方法与技巧的书。千万不要被'叙事性非虚构'(narrative nonfiction)这个专有名词吓倒。相信我，这只是翻译的问题。""'叙事性非虚构'作品就是中国读者比较熟悉的报告文学、纪实文学这类说法。我们只要稍稍回忆一篇叫做《为了六十一个阶级兄弟》的文章，就能知道究竟什么是'叙事性非虚构'作品。"[①]非虚构其实就是我们所谓的纪实文学，而报告文学是非虚构大类中的一种主要的文体。但杰克·哈特的"叙事性非虚构"为我们重新认知报告文学提供了新的路径，而这种新路径正好契合了报告文学在全媒体时代叙事的变化。全媒体传播消解了报告文学写作原有的新闻性优势。新闻传播和接受的新方式，使得我们自主或被动地生活在碎片化的信息包围之中，这些信息许多是以文、图、声、光、电融合的方式实时传播。很明显，面对这样的媒体存在，那种作为新闻替代品的报告文学，已失去了它的基本价值。读者阅读报告文学并不在乎作品报道的人物和事件等的时效性，吸引他的主要是所写的客观真实性，即

---

① ［美］杰克·哈特著，叶青、曾轶峰译：《故事技巧——叙事性非虚构文学写作指南》，北京：中国人民大学出版社，2012年。

非虚构性。也就是说,报告文学淡去了它的新闻时效性,强化的是新闻背面与新闻关联着的非虚构故事。正是在这里,报告文学得以建构文体自身新的优势。

在这个界定中,另一个重要的关键词就是叙事性。在过往报告文学文体特征研究中,给出了新闻性、文学性和政论性等作为它的基本特征,很少涉及其文本构成的叙事性。政论性曾经是报告文学的重要特征,作者在书写客体时会择机主动出场,以叙议结合的方式直接揭示其中的意义,或歌咏礼赞,或沉思批判。但现在这种方式已不流行,作者和读者公约的是让意义内含于作品叙写的人物事件之中。文学性作为报告文学的特征,这是它的题中应有之义。关键是报告文学的文学性怎样实现,对此言说者可能会从现场感、人物表现、结构方式、语言表达等方面加以论述。报告文学文学性的这种散在形态相对容易指说,但实际上在写作中文学性的达成具有总体性的集成点。这个集成点主要体现在作品的叙事建构这里。这一点对于报告文学文学性的认知和实现具有重要意义。这一判断首先是建立在报告文学作为再现性文学类型这一逻辑基础之上的。根据文学的叙写对象、表达方式和基本功能等的不同,我们可以将其分为再现性文学样式和表现性文学样式。再现性文学主要通过叙述、描写等方式,真实形象地反映社会生活,人物、情节(故事)和环境(社会的、自然的)等构成了这一文学类型的核心要素。

无疑,就报告文学的基本类型看,它属于再现性文学样式,是叙事文学的一种。在这一点上,报告文学和小说一样。过往,我们只是强调报告文学的新闻性,只看到它与小说的区别,而忽略报告文学内在的叙事性,无视它与小说的关联。这在某种程度上,表明了我们的研究缺少系统辩证的思维品质。其实,现代文学的前辈茅盾早在八十多年前就曾指出:"'报告'的主要性质是将生活中发生的某一事件立即报告给读者。题材既是发生的某一事件,所以'报告'有浓厚的新闻性";"它跟报章新闻不同,因为它必须充分的形象化。必须将事件发生的环境和人物活生生地描写着,读者便就同亲身经验。""好的'报告'具备小说所有的艺术上的条件——人物的刻画,环境的描写,气氛的渲染等等。"①茅盾的论述非常到位,一方面他给出了报告文学"新闻性"的特征,另一方面他又明确地以"必须充分的形象化"将报告文学与"报章新闻"作了区

---

① 茅盾:《关于"报告文学"》,《中流》第 11 期,1937 年 2 月 20 日。

别。"充分的形象化"是文学之为文学的基本前提，当然也是报告文学作为文学样式的要素。何以"充分的形象化"，在茅盾看来，就当"具备小说所有的艺术上的条件"。这就是说，报告文学作为叙事文学样式，其文本的基本构成与小说一样主要是叙事，只不过小说的叙事内容是基于生活而高于生活，作者根据叙事的意旨，通过虚构想象、杂取种种等手段，构建出人物、情节、场景等叙事材料；而报告文学的叙事生成由书写对象的实际存在而给定，作者通过深入的采访、多方的寻获，以掌握更丰富、更具体、更接近本真的材料，作品的叙事内容是基于生活而"少"于生活。所谓基于生活，意指报告文学的叙事来源于对象本身已然的存在，作者不能以虚构越出这种已然存在的人与事、物与景等边线。这里的"少"于生活，其大意包含在基于生活的表述之中。另外，"少"于生活，还指报告文学的非虚构性，决定了它只能是一种选择性的写作，即从已经掌握的有关写作对象的素材中，选择最能真实反映对象实际又能有效表达写作主旨的材料。所谓真实反映，并不是对写作对象作一地鸡毛式的自然主义复写，而要求作者发现并择取其中具有典型性和表现力的内容加以呈现。这样，写入作品的材料自然要比获得的素材"少"，但这种"少"，既能保证写作的客观真实性，又能以少总多，使作品的文学性达成有了可能。这是报告文学与小说在叙事生成方面最为殊异之所在。言及报告文学，我们过往似乎已习惯于它与小说的分道扬镳，很少看到它们之间存在的殊途同归的可能。有一点大约是可以肯定的，就是报告文学和小说，就其文本的基本构成看都属于叙事文学类型，只是两者的叙事生成殊异。这已是常识。一方面，我们强调报告文学的非虚构特性，所以需要旗帜鲜明地拒绝小说的虚构；另一方面，我们又要尊重叙事文学创作的基本规律，所以需要光明正大地借取小说等文体的文学生成艺术。其中，很重要的就是叙事艺术。当然，这里所说的叙事艺术并不完全小说化，而是具有报告文学自身特点和一些规定性的。

正因为如此，所以报告文学写作是"七分采访，三分书写"，真正的功夫要用在包括采访在内周详细致的写作准备上。有经验的报告文学作家都深谙这一事理。"我一直秉承报告文学是'走出来的文学'"，报告文学写作"很大程度还取决于采访是否到位"，"没有采访的写作，不能称之为报告文学"。[①] 黄传会

---

① 黄传会：《后记：报告文学作家永远在路上》，《大国行动——中国海军也门撤侨》，北京：解放军出版社，2019年。

的体会得之于他长期的报告文学写作实践。从某种角度而言,报告文学与其说是作者用笔写就的,还不如说是用脚走出来的。在文学诸体写作中,无疑报告文学是最需要作者勤勉踏实的脚力、慧眼识珠的眼力的。这是作品写作的前提,也是它价值生成的保证。写作了"中国三部曲"《寻路中国》《江城》《奇石》的美国记者作家彼得·海斯勒(Peter Hessler,中文名何伟),也很认同采访对于非虚构文学写作的前置性意义。他认为非虚构文学"不能够编故事,那就只能实事求是地还原现实生活"。他以其代表作《寻路中国》为例进行现身说法:"我就不能够编造那些十分具有戏剧性的情节,比如工业事故、群殴或者犯罪之类的桥段。但是这意味着我要把注意力集中在每一个作为个体的人的身上,关注他们平淡生活中的戏剧性。""我需要更努力,更加专注,才能够挖掘出这些细节。这也是我醉心于非虚构文学的原因之一。在创作非虚构文学时,不能够编造,这就意味着你要竭尽全力去发掘事实,去收集信息。"[①]在海斯勒看来,"实事求是地还原现实生活",是非虚构文学的价值所在和价值实现的方式。而要做到这一点,作者就必须"要竭尽全力去发掘事实,去收集信息"。这才是一个优秀的非虚构写作者应当具有的态度。不仅如此,采访更具体的意义还在于,"深入采访是对写作对象的全面认知,以期获得最饱满的现场感和精彩的故事,挖掘到最鲜活的细节"[②]。海斯勒也有"挖掘细节",关注"平淡生活中的戏剧性"等近似的言说。"最饱满的现场感"、"精彩的故事"("戏剧性"生活)和"最鲜活的细节",这些构成了报告文学叙事不可或缺的要件,也是"文学的"报告得以落实的关键点。由此可见,报告文学的文学性存在于写作对象本身之中,真实性亦即文学性,需要作者用力寻找,用眼发现,用心呈现。这是报告文学文学性生成不同于小说的最重要的特点。

二、非虚构叙事的要素

如果将报告文学界定为一种叙事性非虚构写作方式,或写作艺术,那么相

---

① 南香红、张宇欣:《为何非虚构性写作让人着迷?》,https://cul.qq.com/a/20150829/011871.htm。

② 黄传会:《后记:报告文学作家永远在路上》,《大国行动——中国海军也门撤侨》,北京:解放军出版社,2019年。

应地我们就应当认同叙事文学写作的某种"共识"："叙事需要三大支柱：人物、动作和场景。排在第一位的是人物，因为人物能够推动动作和场景的发展。"①这种共识实际上是常识。不只是意谓更普泛意义上的文学是人学，更是基于叙事文学内部结构组织的认知。叙事文学缘事而成，事又因人而生，同时人和事的存在离不开特定的时空场景（环境）。这样，人物、事件（动作、情节）和环境（场景），就成为叙事文学叙事生成的三个基本要素。但这种情况在报告文学这里有时并没有形成自觉。这是因为报告文学曾经有过某种作为叙事文学的非典型性，或者可以说是异叙事文学性。由此，直接影响到对报告文学文体建构及其价值的判断。"报告文学在彻底摆脱其他文学样式的时候，不要有一种羞羞答答的缠绵，这种缠绵不能要。这并不意味着报告文学本身不需要艺术性，比如小说家一直认为文学是人学，要写人，我认为对我们报告文学家来说束缚最大的就是这东西。我指的是将来，还不是现在，最后的突破也将在于此。这个口号老是在束缚我们，可我们还一直坚信文学就是这个东西。它可以是人学但也可以不是，不一定非得要去那样形容。报告文学在写人时与小说绝对不一样，用得着的时候就把人物拉过来，用不着就把他扔掉。我觉得整个文学最后将突破所谓人学这种模式"②。报告文学作家尹卫星 20 世纪 80 年代这一段观点鲜明的文字，现在读来感觉有一些突兀和费解。但如果将其置于当年的语境中，就很容易理解话意了。尹卫星是很明确主张报告文学与小说分离的，否认报告文学写人的必要性。这是他基于自己的写作实践和对 20 世纪 80 年代中后期社会问题报告文学观察后的一种判断。《中国体育界》《西部在移民》《中国的"小皇帝"》《神圣忧思录》《多思的年华》《走出神农架》《伐木者，醒来！》等批量甚大的作品，聚焦于种种社会问题和现象，由文学跨界到体育、移民扶贫、教育、心理、工业改革、生态环保等领域，在社会上产生了重大反响。这种反响与其说是文学影响，倒不如说是所写问题的重要性决定的。问题报告文学是一类主题在先的写作，所谓主题就是作者要凸显的现象和展呈的问题，人物和情节因问题和现象而存在，基于此，作品淡化人物，淡化情节。在结构上，往往采用"集纳式"组装材料，也有的作品以"卡片式"机动

---

① ［美］杰克·哈特著，叶青、曾轶峰译：《故事技巧——叙事性非虚构文学写作指南》，北京：中国人民大学出版社，2012 年，第 74 页。
② 尹卫星语，《1988·关于报告文学的对话》，《花城》1988 年第 6 期。

穿插内容。这样的设置,旨在以多时空的摄照收纳集成所写的严峻严重。问题报告文学少的是文学品相,多的是信息量以及它对社会现实介入的参与度。它的批量出现,顺应了新时期改革开放的大势,显示了报告文学干预生活的力量。但它与文学的分离,使其更多的只是某种专题的报告。

在全媒体时代,叙事性非虚构写作已成为报告文学写作的一种主型。更重要的是,报告文学作家对此有了更为理性的自觉。这种自觉一方面来自全媒体时代特殊语境的外部激发,另一方面也导源于文体自身发展内生动力的激活。报告文学由新闻文学到非虚构叙事的转变,除主体的自觉以外,生活的赋予是一个根本性要素。"现实生活中所发生的种种故事简直比我们的虚构还要精彩。生活中尤其是目前,在贫与富之间,在权与钱之间,在真善美与假恶丑之间,在利益最大化和道德良知之间,形成无数的故事,所以说,不是缺少故事,而是缺少发现。一个纪实作家要有这个本领,就是能在生活中发现故事的含量,故事的意义。"①现代科技的创新推动世界发展日新月异,人类生活及其精神存在光怪陆离,较之以前更具故事性,甚至传奇性、离奇性,这使生活本身更多了某种"艺术性"。这种情形常常超出小说等虚构文学作家的想象虚构能力。全媒体时代是信息全球化的时代,人们通过各种媒体传播方式,实时分享着远与近、常态与新异的信息。媒体生活成为这一时代人们生活的重要内容。生活自在的丰富复杂、激变多彩,激发了主体对于纪实信息的极大兴趣,由此推衍成一种普遍的社会心理。这为报告文学文体发展提供了更多的资源供给和市场需求。一代有一代的文学。现在的主流文体无疑是小说,国内每年出版的长篇小说就有万部左右,但小说创作中普遍缺乏能够抵达现实和历史深部、具有生活和人性表现力的优秀耐读之作。在这样的语境中,报告文学可以通过与小说文体比较优势的创建,形成新的时空中具有自身长项的文体价值,满足日益增长的社会纪实心理之需。所谓与小说文体的比较优势,就是小说文体所无,报告文学所有;小说文体所有,报告文学可以借取而优。小说文体所无的是非虚构性,是客观真实性。小说本来是通过想象、虚构等手段,达成对生活的艺术真实的反映,现在这种艺术真实再现能力的弱化,更显示报告文学这种写实文体的意义。小说文体艺术所有的种种,除虚构以外,报告文

---

① 赵瑜:《纪实创作真谈录》,太原:北岳文艺出版社,2014年,第45页。

学都可从中借取。特别是小说的叙事艺术，这种叙事艺术正是补足报告文学文学性缺失的基本要素。叙事艺术之所以重要，是因为它源于主体生命的某种本能。这种本能存在于我们作为读者的经验之中。经验告诉我们，读者对充满想象力而具有意味情趣的故事，别具特别的兴趣。喜欢听故事是我们的一种天性，童年记忆里最为幸福的时光可能就有听妈妈讲故事，在简单而有趣味的故事讲述中，在妈妈的怀里酣然而眠。人类生命中这种神奇的遗传密码，在某种程度上命定了叙事成为审美召唤力的一种要素。可以说，注重叙事，讲究叙事艺术，是报告文学对读者生命本能的一种满足，是对基于生命自在的审美奥秘的一种尊重，同时也是报告文学提升文学性最为基础、最为重要而行之有效的路径。21世纪以来优秀的报告文学，大多是讲述了"好故事"（具有现实的或历史的社会价值，或是深蕴独特而普遍的人性价值）和"讲述好"（尊重非虚构叙事艺术生成规律，注重作品的叙事结构和人物形象凸显）了故事的作品。报告文学重视并借取小说的叙事艺术，一方面是对它作为叙事文学样式内在规律的复位，另一方面也是对故事所具有的某种"生物学性"的尊重。

进入21世纪全媒体时代，报告文学的书写形态发生了重大的变化。尽管短、平、快的"轻骑兵"式的写作，在数量上依然很多，但作为主型的则是具有文学"重器"功能的长篇。长篇写作成为这一时期报告文学评价的一个基本的价值尺度。第二至第七届鲁迅文学奖中，共有30部（篇）报告文学获奖，其中长篇作品占80%以上。一般而言，长篇作品的容量和厚重，不是短篇作品可以比拟的，它更适合于对重大题材的报告。长篇作品的写作更依赖于叙事的推衍，故事成为文本建构的基本要素。这就需要作者在恪守非虚构大原则的前提下，讲求故事情节、核心细节，重视人物的再现，注重叙事的结构设置等。"顶尖的非虚构作家都是奇闻趣事的写作高手。在他们的故事中，小的叙事弧线使故事变得更加有趣，无情地牵扯着读者的心。"[①]所谓"叙事弧线"，就是客观生活本身复杂曲折的存在，也就是客体自在的故事性。它不仅构成了文本的内容，而且与非虚构叙事的审美表现力紧密相关。因此，故事性乃至戏剧性、传奇性，就成为作者写作时必须优先满足的构件。当然，这种故事性决不可以由虚构而生成，它必须仰仗作者实实在在的深入采访、扎实的田野调查以及认

① ［美］杰克·哈特著，叶青、曾轶峰译：《故事技巧——叙事性非虚构文学写作指南》，北京：中国人民大学出版社，2012年，第87页。

真的档案检索等。而事由人为,故事的主角无疑是人物,作品的故事性由其中的人物,特别是主人公的行动线索而生成。这样,曾经淡去的人物或只是作为手段的人物,在报告文学写作中就需要重新建构它的叙事地位和价值。人物是叙事文学最为重要的元素,同样也是作为文学样式的报告文学的要素。与小说可以依据典型化原则对人物作虚构处理不同,报告文学只能选择真实的人物,根据写作的具体需要,取其人物自身存在的具有重要特质的部分加以呈现。因此对于生活中有写作价值的人物的发现、选择和再现,是报告文学写作中的重要环节。发现、选择,显现着作者的观察力和判断力,而对发现、选择的客体进行再现,则反映了作者的艺术能力。作者需要从时代的高度和人性的尺度观照对象,取事选人,同时又要从强化作品表现力的角度能动地再现人物,注重人物特质化、性格化的真实书写。

三、叙事自觉与叙事优化

在新的媒体生态和新的写作语境中,报告文学作家提出了具有代表性的观点:"报告文学的文本、叙述姿势和细节的挖掘则是文学性创意标高所在。其包涵了三个要素:文本即结构,叙述即语言,细节即故事,唯有这三个因素的推动,才是真正意义上的文学。"①在徐剑看来,结构、语言和故事是报告文学文学性生成的基本要素,而这些也是报告文学能否获得叙事之美的关键所在。可见,报告文学作家对叙事之于报告文学所具有的重要本体性,不仅具有清晰的意识自觉,而且也注重与此相应的叙事能力的提升。唯其如此,报告文学作为叙事性非虚构写作方式的审美景观,有了整体上的前所未有的刷新。

我们当然不能绝对地说,报告文学的选题决定了它的写作价值;但可以肯定的是,选题在其写作的流程中具有极其重要的前置性意义。如同开掘矿产,须得先探明矿藏的储量及其品质,如果所藏很少,品质也不高,那么就不值得劳心费力开采。报告文学的写作也有近似的原理。生活中的种种存在,并不都需要报告文学作家去关注和书写,只有那些具有重要的认知价值的人物、事

---

① 徐剑:《关于非虚构几个关键词的断想》,《中国艺术报》2017 年 4 月 11 日。

件、现象等具有深刻的时代内容和人性含量的题材，才值得我们体认和报告。不仅如此，报告文学的选题质量不只直接关涉作品的社会价值，而且还影响到作品的艺术建构。这是因为写实类作品的艺术性，在某种程度上先在于它的书写对象之中。不同于虚构性写作，报告文学之"文学"，由于其特殊的写作伦理的设限，在相当程度上存在于报告对象的"原型"之中。非虚构"原型"本身所蕴含的文学含量及其品质（客体自带的故事性、传奇性等），直接影响到文本的文学性生成。从一定意义上说，报告文学的文学性，存在于非虚构写作对象的生活本真之中。这就是我们特别强调报告文学是"行走者的文学"的根本因由，没有扎实的采访、深入的体悟，不能走进写作对象的现场和人物的生活世界及其精神世界，就不可能发现日常中的传奇、寻常中的伟大、表象中的深蕴，也就不可能达成报告文学的写作，报告文学的真实性和文学性也就无从实现。

因此，首先，许多报告文学作家对书写对象本身所具有的故事性独具敏感，注重选择内含时代性、历史性和人性内涵的故事，作有意味的叙事。报告文学是写实性文体，但生活本身不等于文本，只有那些能满足文本叙事性基本要求的客观存在，才有可能转化为既是非虚构又有审美性的作品。可以说，写作对象故事性的含量，直接制约着报告文学的写作。正因为这样，有经验的报告文学作家，会特别注意从芜杂的生活中，寻找、发现有故事的题材。报告文学作家赵瑜，写作之余喜欢收藏。偶得"巴金先生早年写给山西少女的七封老书信，我无法平静待之，反复追索不舍。得信后，展开考证落实，'探索发现'这位女性。前前后后竟用了两年多工夫。故事波澜起伏，值得一记"①。这里赵瑜给出了《寻找巴金的黛莉》这部作品发生史的本源。"寻找"是电影叙事的一种常见模式，"寻找"的曲折离奇，给观众制造引人入胜的艺术效果。赵瑜的"寻找"则是一种真实的存在，作者洞察巴金早年写给山西少女的七封信中必然有着故事，而作者寻找当年的少女又自有故事，故事与故事的叠加，使得"故事波澜起伏"。而这正是作品进行审美的非虚构叙事的客体支撑。题材丰富的故事性以及故事深刻的蕴意，奠定了《寻找巴金的黛莉》的价值之基。作者并没有只是叙写一个私人或个人的传奇故事，而是将其纳入七十多年风云变幻的大历史中加以呈现，这样个人命运史与国家社会史交织在一起，其中多重

---

① 赵瑜：《寻找巴金的黛莉》，西安：陕西人民出版社，2014年，第1页。

滋味令人嚼味而沉郁。铁流、徐锦庚《国家记忆》写作的成功,在很大程度上也是因为他们寻得了具有传奇故事性的重大题材——《共产党宣言》在中国的传播及其影响。《共产党宣言》从国外传至中国,关于它的翻译、传播和影响,其中有着感人至深的传奇故事。这一独特题材先在的故事性,成就了两位作者一部重要作品的写作。

其次,报告文学作家普遍重视作品对于人物的再现,人物的再现不只是作品主题表现的一种手段、一种载体,而是作品叙事的中心和本体。许多获得好评的、有影响力的作品,都是因为写实写活了时代人物。这些时代人物不仅具有时代精神,而且激扬着个体生命的特质。何建明的《部长与国家》《山神》、李鸣生的《发射将军》、李春雷的《木棉花开》、陈启文的《袁隆平的世界》、陈果的《勇闯法兰西》等作品,以纪实的方式,为行进中的 21 世纪中国文学,塑造了各式具有不同事迹和精神个性的大写人物,丰富了中国文学的人物形象谱系。《部长与国家》的主人公是原石油工业部部长余秋里,"部长与国家"的命题,是共和国历史的一种给定,大庆石油会战的传奇故事,成就了感天动地的奠基者的精神史诗。《山神》的主人公黄大发,是当代中国的"愚公",他带领村民三十多年挖山不止,开凿"天渠",改变山村面貌。作者以真实细致的笔墨,描写出一个可触、可摸、可敬、可爱的中国"硬汉"形象。《发射将军》中的将军是我国第一个导弹发射基地的司令员李福泽,作品中的李福泽既有军人使命必达的职业精神、爱国情怀,也有作为一个特殊的个体生命所独具的心性和品格。木棉树是英雄树,《木棉花开》以意象思维叙事写人,一改政治人物书写的标签化,本真地凸显任仲夷这位改革开放前行者苍劲挺拔的伟岸身影。袁隆平是一颗种子,他的世界浩瀚灿烂,《袁隆平的世界》通过人物的人生行旅、育种科研和精神世界的多维观照,写出一个立体的丰赡的人物。相比以上的这些人物,《勇闯法兰西》中的罗维孝,只是一个普通的退休职工,但他却创造了历时 115 天穿越 8 个国家、从中国到法国骑行 3 万里路的奇迹。作品通过个人传奇的讲述,写出了寻常生命的坚韧、勇气和力量。罗维孝"向自己出发"的性格禀赋,使之成为一个生命的勇者、精神的强者和芸芸众生的启示者。

不只是这些以人物作为叙事内容的作品,注重对人的表现刻画,而且相当多的工程类写作,一改过往作品多事少人的不足,既重事也能见人。这样,使这类作品的文学品质有了明显的提升。工程类题材,在报告文学写作中占比较大。如果只以工程事件为中心书写,仅仅将人物视作事件的推动者,那么作品很有可能变成某种工程史或更为具体的大事记，与通常意义上的文学建制相去甚远。而如果能将工程事件与关联人物作融合式的叙写，即既注重工程建设的重大节点的报告，又重视与其相关的重要人物的再现，物与人相生，人以物而得形神，物因人而存真传史，物性与人情合致，那么就有可能达成具有文学意味的真正的作品。徐剑的《大国重器》，看题目就是典型的国家叙事，作品记写的是"中国火箭军的前世今生"，径言之就是中国导弹事业的发展史。对于这样一个重大题材，富有经验、具有非虚构写作高度的文学自觉的徐剑，自有独特又有合乎对象逻辑的认知："重器也，但非器也，大国国器是人，大写的中国人，中国士兵、中国火箭官兵，他们才是真正的大国重器。"①基于此，作者将与导弹事业具有重要关联的人物作为这部作品书写的重心。作品既写到高层的决策者，更不吝笔墨描写李旭阁、向守志、杨业功等火箭军的各级首长，还以大量篇幅为普通的官兵立传。人物的出场都有特殊的场景，因人物而发生的故事，特别是细节，又将人物的形与神真实而生动地存活了起来。由此，一段大的历史具有了灵性、温度和厚度。

再次，就是具有非虚构叙事自觉的报告文学作家，善于从客体自在的有意味的机理中，发现并建构具有某种艺术性的结构逻辑。报告文学是非虚构的，注重反映客观真实的写作类型。但是，我们不能误以为由此可以放弃作为主体的作者在写作中应有的能动性。既谓文学，它必然是客体与主体交互作用的结果。报告文学自然也是这样。它不是对写作对象的机械复制，而应当是对非虚构存在的有机选择、提取，以及体现对象自在逻辑和主体意图的调度性呈现。面对相通的写作对象，报告文学作者的笔下有诸多表达可能，对象的客观性和文本表达的个人性融合，生成具有艺术意义的写实作品。"横看成岭侧成峰，远近高低各不同"，这是我们认知作为文学的报告文学文体的基本逻辑。具有叙事意识自觉的报告文学作家，对所得的题材质料，在充分尊重非虚构原则的前提下，进行合乎逻辑的剪裁、调度、强化等处理，使文本更能体现出非虚构叙事的某些审美属性。所谓的叙事意识，其一是要明确报告文学的文本构成主要是叙事，事件、人物衍生出的故事是作品内存的主干。好的报告文学内中要有好的故事。其二是要对掌握的丰富芜杂写作材料作充分的内化，发现

① 徐剑：《我有重器堪干城》，《文艺报》2018 年 12 月 21 日。

其中的叙事契机,由此建构更符合对象真实存在,也能体现作者自主性的具有审美意义的叙事模式。

报告文学中的结构逻辑是既得之于写作对象的实际存在,是一种客观实在,但又不是客观主义的复写,而是体现作者主体对客观实在能动把握后的一种"再结构",或者说一种有机的"重组"。非虚构性是这种"再结构"或"重组"的属性逻辑,即写作的构件及其要素是真实存在的。这是前提。而叙事性则是文本再现客体的逻辑,这里需要作者遵循叙事艺术的基本规律,设置好故事叙述的关键要素,包括叙事主线的选择、核心材料的安排、主要人物的出场,乃至对"故事可能的起点,扣人心弦的最佳部分,和其他戏剧化的手段"①等的考虑,最终达成最优化的非虚构叙事的审美效果。因此,作者对结构逻辑的处理能力,在具体写作中显得特别重要。这里,关键的是作者要深熟写作对象,在此基础上寻获作品叙事的契机和巧构。"2015 年 12 月 31 日,历史子午线与现实的子午线在这一瞬间重合了。六十年前,钱学森备课,次日下午提出火军概念,六十年后,习近平主席授旗、训词,标志着火箭军的序幕于此刻撩开了。"②这是《大国重器》所写对象的一个自在的大结构。徐剑从客体机缘巧合之中,发现了结构全篇的线索和作品叙事的切入点。1956 年元旦钱学森讲授"导弹概述",听讲座的大多是高级军官,李旭阁可能是"最小官"。"从听钱老的《导弹概述》课开始,他的命运便与中国战略导弹事业连在一起了。"③钱学森当时可能没有想到听他讲座的这位"最小官",日后会成为中国战略导弹的司令员,而李旭阁也对自己的命运之旅会是那样的延展始料未及。这是真实的事实,而故事性和传奇性也在其中。徐剑正是据此设计了足以牵引读者兴趣的叙事结构。李发锁的《围困长春》也是一部为读者认可的作品。不仅是因为这部作品为我们再现了林彪这位重要而敏感的人物在东北解放战争中无法遮蔽的存在,而且也与作者娴熟的叙事艺术有关。长春不只是长春,而是中国解放战争的一个重大节点。作者从宏阔的国际、国内全局中,建构出了一个既符合历史,又具有叙事召唤力的记述模式。作品高开启远:"1945 年 8 月 8 日下午 4 时 50 分,苏联外交部长莫洛托夫紧急召见日本驻苏大使佐藤尚武",照会日本

---

① [美]杰克·哈特著,叶青、曾轶峰译:《故事技巧——叙事性非虚构文学写作指南》,北京:中国人民大学出版社,2012 年,第 6 页。
② 徐剑:《大国重器》,北京:作家出版社,2018 年,第 532 页。
③ 徐剑:《大国重器》,北京:作家出版社,2018 年,第 15 页。

政府，"从 8 月 9 日起，苏联对日本已进入战争状态"。"这一震惊世界的军事行动，各国领袖反应各不相同。"①作者以富有意味的特写镜头将他们的"反应"一一推置读者面前。此后写到围绕东北的苏美角力、国共角逐多有一些重要的历史情节，其中不乏具有戏剧性的细节。而整部作品的总体结构就是一种"角力"结构，矛盾冲突的推衍之中，叙事疾徐而来，有关的历史人物立然可见，渐行渐远的场景得以重现。

赵瑜是报告文学作家中兼具叙事意识和叙事能力卓异者。《寻找巴金的黛莉》源起于业余"好点儿收藏"的作者，从古玩市场的偶然淘得。发现早年巴金给山西少女的七封信，令赵瑜"无法平静待之"，他以两年多时间"探索发现"，"故事波澜起伏，值得一记"。② 这里正说明了赵瑜对于这一故事所具有的独特价值的敏感，而其中的独特价值无疑是传奇化的故事和故事性。这就是报告文学家赵瑜对故事的意识自觉。此外，从作品的写作中，可见作者对于非虚构叙事艺术娴熟运用。"寻找"是一种引人入胜的结构模式，这里的"寻找"一方面是作者寻找这一行为线索的写实，另一方面还是作品结构艺术的一种设计。这体现在对于七封信的具体叙事安排上，可见作者的经心和精心。这七封信可以放在开篇一起推出，也可以放在作品尾篇收结。赵瑜的处理张弛别异。作品起笔落在"巴金致黛莉第一封信"，这样的叙事自然应合了读者的阅读期待。接着赵瑜"回过头来，谈谈这批书信的来历"，插入他与古董商为了巴金书信而展开的"智斗"。正当读者沉浸于他们表演情景之际，作者又断开这一叙事，补入第二封信的内容。如此往复，在续与断、收与放、主线叙说与关联穿插中，完成了关于信的叙事。这样的设置，调控了叙事的节奏，丰富了叙事的内容，有效地牵引了读者的阅读关注，显示了作者对于叙事艺术的讲究。

富有经验的报告文学作家都会用心用力于作品的叙事建构。何建明的《山神》在进入黄大发故事的主体叙事之前，先有一段不短的序篇《上天的路》，极写作者行走"天渠"的艰险。这样的开篇，其实是在为作品的后续叙事蓄势，以此衬托出人物行事的艰难和精神的伟大。黄传会的《大国行动》，关注的是"被宏大叙事所忽略的那部分"，首章叙说的就是两位游客在异国遇险的故事。

---

① 李发锁：《围困长春》，《中国作家·纪实版》2018 年第 3 期。
② 赵瑜：《寻找巴金的黛莉》，西安：陕西人民出版社，2014 年，第 1 页。

《大国行动》由"小人物"的故事开启,整部作品结构的用心和主题的深意由此可见。

一般来说,长篇作品的叙事注重整体性的设计,而短篇之制则讲究具体而微的精心。李春雷的《朋友》只看作品的结构就可知道其精致的艺术布局。从"登门拜访"到视而不见的淡然,从深夜畅谈,知心投意,到病中真情感人至深,欲扬先抑,层递推进,白描传神,细节蕴情,是一篇写实了何谓朋友的精到之作。铁流发表在《人民日报》的《莱西经验诞生记》是一篇主题政治性极强的作品,但作者用足绣花的功夫,尺幅之间详实生动地叙述周明金及其"莱西经验"生成故事。作品紧贴人物,紧贴现实场景,洋溢着一种别样的泥土芬芳。

尽管报告文学是一种特殊的文学样式,但是我们在强调它的特殊性时,不应无视它作为叙事文学类型之一的事实。在恪守其非虚构特性之外,报告文学也得遵循叙事文学写作的一般规律。如此,方为文学。

报告文学：作为国际性写作方式

第三章
报告文学：作为国际性写作方式

写作《战争中没有女性》《切尔诺贝利的祭祷》等作品的白俄罗斯记者阿列克谢耶维奇，以"她回响着多种声音的作品，成为记录我们这个时代苦难与勇气的丰碑"，获得了 2015 年诺贝尔文学奖。诺贝尔奖委员会的评价是十分到位的，"多种声音的作品"（polyphonic writings）正是阿列克谢耶维奇写作的主要特点。"我一直在寻找一种体裁，它将最适合我的世界观，传达我的耳朵如何倾听、眼睛如何看待生命。我尝试这，尝试那，最后选择一种体裁，在这种体裁里，人类的声音自己说话。"①阿列克谢耶维奇采用口述历史、田野调查的方式写作，是一种"声音的写作"，是一种立体的多声部的写作。对阿列克谢耶维奇写作的意义，我们可以给出多种解读；但可以确认的是，这是世界文学对纪实写作价值的尊重和肯定。诺贝尔奖委员会没有明确指认阿列克谢耶维奇作品的文体归类，中国媒体在作相关报道时大多用了纪实文学或非虚构称名。在我看来，如果要将阿列克谢耶维奇的写作归为某一具体的文体，基于作者的记者身份、口述史的写作方式、真实而重大的写作取材等，可以明确为报告文学。报告文学是一种国际性的写作方式，对此一些读者和学者缺乏认知，以为报告文学只是一种独具特色的中国称名、中国文体。一段时间来报告文学、纪实文学、非虚构等概念的人为纠缠，误导了我们对文体的基本判断，部分地造成了文体写作和理论批评的混乱。而报告文学文体自身既成的模式化，也成了为人诟病的事例和理据。正是基于这样的问题意识，本文将讨论与报告文学相关的三个话题。

---

① ［白俄］阿列克谢耶维奇：《寻找永恒的人（代自传）》，《新民晚报》2015 年 10 月 9 日。

一、报告文学命名及其他

写作了长篇写实类战争文学《长征》《朝鲜战争》《解放战争》《抗日战争》和中国近代史系列《1901》《1911》的著名作家王树增认为："报告文学是新中国特有的名词，具有一定的新闻性质，带有纪实性、即时性，很多是来自热点题材。"①王树增关于报告文学的认知是有相应背景的，也具有某种代表性。上海文艺出版社编辑出版的《中国新文学大系》，是大型的中国现当代文学重要资料的系列汇集。最早的《中国新文学大系》(1917—1927)，由出版人赵家璧在 20 世纪 30 年代发起并主编，由上海良友图书印刷公司于 1935 年印行。1980 年上海文艺出版社将其作为《中国新文学大系》第一辑影印出版。20 世纪 80 年代初、20 世纪 90 年代初、1997 年和 21 世纪初，分别编辑出版了《中国新文学大系》第二辑(1927—1937)、第三辑(1937—1949)、第四辑(1949—1976)和第五辑(1977—2000)。第二、第三、第四辑《中国新文学大系》中都设有报告文学卷，而在第五辑中，卷名被置换成了"纪实卷"。对于置换的原因，主编李辉有明确的表述："'纪实文学'的出现绝非偶然，实际上人们意识到报告文学的现有概念，已经无法概括所有纪实类文学作品的全部，需要有所突破其局限，故以'纪实文学'概念来容纳进更为宽泛的内容。""我们不妨套用国际通行的'非虚构'概念，把'纪实文学'确定作为纪实类文学作品的总称，而在中国当代文学中有着特殊历史地位的报告文学，则是其中的一大构成部分。"②李辉的表述中隐含这样的意指，即非虚构是"国际通行"的概念，而报告文学是中国当代文学中特殊的文体。这样，由王树增、李辉的言说，报告文学是中国的独特称名或文体，还是一种国际性写作方式，就成了一个需要说明的问题。

报告文学不是独具中国特色的一国文体，而是一种具有一定历史的国际写作方式。这既有历史的记录，也有现实的印证。报告文学是一个舶来的文

---

① 韩文嘉：《专访〈抗日战争〉作者王树增：非虚构文学写作，需要有使命担当》，《深圳特区报》2016 年 5 月 17 日。
② 李辉：《纪实文学：直面现实，追寻历史——关于〈中国新文学大系〉纪实卷(1977—2000)》，《南方文坛》2009 年第 1 期。

体称名。从现见资料看，报告文学的汉语名称始见于 1930 年的介绍性文章《德国新兴文学》，文章指称："刻羞(Egon Erwin Kisch，1885—1948，现通译为基希)可说是新的形式的无产阶级操觚者，所谓'报告文学'的元祖，写有许多长篇，而他的面目尤在这种报告文学随笔纪行之中。"[①]1937 年初茅盾发表《关于"报告文学"》，其中明确地指认，报告文学"确是'不二价的最新输入'。这一种新样式在国外被称为 Reportage。"[②]报告文学是日文的译名。这一点，在沈端先 1932 年翻译的日本文艺家川口浩的《报告文学论》中可见："报告文学乃至通信文学的名称，是 Reportage 的译语。这是从外国 Report 而新造的术语。"[③]20 世纪 30 年代，中国翻译了不少国外研究报告文学的文章，除川口浩的文章外，还有沈起予译法国作者马尔克斯著《报告文学的必要》和徐懋庸译法国作者梅林著《报告文学论》(《文学界》创刊号，1936 年 6 月)，周行译法国作者加博尔著《"报告文学"的本质与发展》(《文艺阵地》第 1 卷第 6 期，1938 年 7 月)，张元松译塞尔维亚作者巴克著《基希及其报告文学》(《七月》第 4 集第 3 期，1939 年 10 月)等。受到特定时代社会激变的激发和国际报告文学的影响，中国报告文学创作开始活跃，产生了夏衍《包身工》这样"可称在中国的报告文学上开创了新的记录"[④]的标志性作品。

20 世纪 70 年代末和 80 年代是报告文学的中国时代，是中国文学的报告文学时代。《哥德巴赫猜想》《人妖之间》《西部在移民》《世界大串联》《中国农民大趋势》等作品，以其对现实深度的介入和对思想解放进程的独特参与，在文坛和社会产生了重大的影响，成为新时期中国文学的主潮之一。由此，也使一些不熟悉报告文学历史的人产生了误解，以为报告文学是"中国文体"。如上所述，报告文学的称名是从日文而来，而这一文体发端于欧洲，这在报告文学史上有着清晰的记述。而实际上进入 21 世纪，国际上依然有一些组织和人士在倡导、在写作报告文学。如德国国际性文化刊物《国际文学》(Lettre International)和阿文提斯基金会于 2003 年设立了尤利西斯报告文学奖，并在当年进行了首次评奖。历年的获奖作品有中国作家陈桂棣和吴春桃的《中国农民调查》(2004)，英国作家亚历山德拉·弗勒的《与一个非洲士兵一起旅行》

---

① ［日］中野重治著，陶晶孙译：《德国新兴文学》，《大众文艺》1930 年 3 月 1 日。
② 茅盾：《关于"报告文学"》，《中流》第 11 期，1937 年 2 月 20 日。
③ ［日］川口浩著，沈端先译：《报告文学论》，《北斗》第 2 卷第 1 期，1932 年 1 月 20 日。
④ 社评，《光明》创刊号，1936 年 6 月。

(2005)、法国作家埃利克·奥森纳的《棉花国之旅》(2006)等。获奖作家的国籍分布体现了这一国际性奖项的基本格局,也反映出报告文学是一种重要的国际性写作方式。2011 年,中国台湾佛光山星云大师创立全球华文文学星云奖,其中创作奖包括报导文学、历史小说、佛教散文三类(后新增人间禅诗奖),这里的报导文学即报告文学。2011 年 12 月评出了第一届全球华文文学星云奖,杨祖爱的《亚马逊河的药师佛——推展远程医疗的脚印》、吴妮民的《纯真年代——林彦廷医师事件始末》和林中伟的《爱向前走——甘肃陇南支教采访纪事》获得报导文学奖。这从一个方面表征了报告文学这一特殊文体,在全媒体时代具有重要的影响力。由以上有限的梳理可见,基于历史,报告文学的称名早已有之;着眼现实,国际上既没有通行报告文学,也没有通行非虚构,而是各有区域存在。非虚构是一个具有特殊语境和意含的指称,在用以特定的指称时,我们需要对其作必要的意义厘定。

二、关联指称及其争议

文体其实是一个复杂的多义项的概念。"文体是指一定的话语秩序所形成的文本体式,它折射出作家、批评家独特的精神结构、体验方式、思维方式和其他社会历史、文化精神……从表层看,文体是作品的语言秩序、语言体式,从里层看,文体负载着社会的文化精神和作家、批评家的个体的人格内涵。"[①]就其显性的意指而言,它包括了文本与表达对象的关系、文本的表达功能、语言方式等。

本文所说的报告文学关联指称,主要是与报告文学有关的纪实文学、非虚构、写实体作品、传记文学等。我们对文体指称的把握,首先应该明确指称所具有的逻辑性,即需要在逻辑同一性的前提下讨论,否则就会出现不科学的歧见。按文本与表达对象关系的不同,我们可以将文体分成两大类,文本所写"实有其事""实有其人",客观地再现对象,为写实文学,或称非虚构;而以虚设、拟想、组合、"杂取种种"等方式表现对象的,为虚构文学。报告文学从它的

---

① 童庆炳:《文体与文体的创造》,昆明:云南人民出版社,1994 年,第 1 页。

发生看,是基于新闻传播而形成的新闻文学,新闻性和文学性是其文体的基本特征。纪实文学是一个文类的指称,具有新闻性的报告文学属于纪实文学范畴,但纪实文学中还有纪实小说、报告小说等,基于不同的表达价值设计,它在客观的写实性上是漂移的。因此纪实文学不等于报告文学。非虚构如同报告文学一样也是一个舶来品,我们回到它发生的原初语境就可以知道其实非虚构是和虚构同在的。非虚构源于 20 世纪 60 年代的美国。代表作家杜鲁门·卡波特和诺曼·梅勒。卡波特 1966 年出版《冷血》,将传统小说的虚构想象力与新闻报道的写实结合起来,在对真实人物、事件进行描写时使用小说的虚构手法,开创了美国非虚构小说的先河。诺曼·梅勒的代表作是 1968 年出版的《夜幕下的大军》,作品依据作者自己参加的 1976 年美国大规模反战活动(游行)铺展而成。正如其副标题"作为历史的小说""作为小说的历史"所示,作品包含了历史(真实)和小说(虚构)的因素,并不是纯然的"非虚构"作品。从词源本身看,非虚构的完整称名,是非虚构小说(Nonfiction Novel)。这是我们在使用这个概念时应当注意的背景。

　　由于文体认知视角不同或是文体价值取向有异,最近十多年围绕着报告文学的质疑和争议多了起来。以李敬泽为代表的一些评论家,对报告文学的存在表示了明确的怀疑。"我们不大可能创造出一个奇观般的精神废墟:在全世界消灭小说、消灭诗。然而,有一种文体确实正在衰亡,那就是报告文学或纪实文学,真正的衰亡是寂静的,在遗忘中,它老去、枯竭。所以,我赞同编者的议论,让我们确认'恐龙已死'。"①中外报告文学的最新发展,表明这样的预测是不客观、不科学的。可能是言说者也感到自己的断语有了问题,所以直接弃用报告文学的概念,而以纪实文学、非虚构加以置换。李辉将报告文学作为纪实文学的"一大构成部分",认为纪实文学和报告文学两个概念之间存在着属种关系。问题是纪实文学不是文体的概念,而是文类的范畴,其间包含许多子类。这种以总体替代具体的做法,一方面反映了文体分类中的某种难处,另一方面实际上也取消了具体的报告文学的存在。曾经是中国报告文学重镇的《人民文学》在 2010 年后力推"非虚构",设置"非虚构"重点栏目。从《人民文学》"非虚构"专栏发表的作品看,有的直接标注为"非虚构小说",如 2011 年

---

① 李敬泽:《报告文学的枯竭和文坛的"青春崇拜"》,《南方周末》2003 年 10 月 30 日。

第 9 期刊发的乔叶的《拆楼记》，就注上了"非虚构小说"，因此自然"不等于一般所说的'报告文学'"。但不少作品其实就是报告文学，只不过是换一个名称罢了。对于以"非虚构"置换"报告文学"，一些坚守着原有的报告文学观念的评论家，自然不会默不作声。其中的代表是李炳银，他对"非虚构"作了直言不讳的批评："'非虚构'是个很不坐实的概念，它的核心和边缘都没有被阐述得清楚过。所以，在文学创作中，人们已经接受了虚构和写实这样的体裁分类、表达分工局面，还有没有必要再人为强迫地构筑面目并不清晰的阵局呢！难道报告文学、传记文学、回忆录等不是'非虚构'吗？"李炳银以为在报告文学之外推出非虚构，会"使概念越来越变得局促和叠加复杂起来"①。在他看来，非虚构的概念外延和内涵具有某种不确定性，因此不能以一个模糊的称名替代已有定性的报告文学。

阿来《瞻对：两百年康巴传奇》(后简称《瞻对》)进入第六届鲁迅文学奖报告文学奖提名而最终未能正式获奖，成为报告文学和非虚构争论中的一个"事件"。阿来公开发文质疑评委对作品体例、评奖程序和作品艺术水准的把握。其中"一问体例"便关涉非虚构和报告文学的概念："《瞻对》全文二十余万字，发表在《人民文学》杂志'非虚构'栏目。非虚构如果不是报告文学，那么，它是哪一个文学类别？诗歌？或者神话？"②我们不在这里讨论鲁迅奖报告文学奖评委是否认同非虚构，但称名和概念的混乱，确实已经给文学评奖、评价等造成了一定的问题。

三、非虚构语境中的省思

报告文学关联称名的争议，成为一段时间中国文坛的热点；而概念间的纠缠，显见地造成了文体的某种混乱。正如著名报告文学作家何建明所指出的那样，"我国目前的写实体作品归类有些混乱"，"一些人以为凡属于写实体的作品，那么它就应当是非虚构的，其本质就是区别于虚构作品"，"往往也不去分清什么是报告文学，什么是纪实文学，什么是传记文学或纪实作品，于是干

---

① 李炳银：《关于"非虚构"》，《文学报》2012 年 4 月 20 日。
② 阿来：《我对第六届鲁迅文学奖报告文学奖项的三个疑问》，《成都商报》2014 年 8 月 17 日。

脆来个大归口，说这都是非虚构作品。"在他看来，写实体作品相关的"概念混淆而往往造成整个写实体作品的混乱"，因此，何建明认为"规范文体本身是一项急切需要解决的问题"①。规范文体当然是一件重要的事项，但报告文学自身的优化也是亟须的问题。非虚构的语境恰好给我们观照反思报告文学提供了有价值的视镜。

非虚构，如上所述，从词源背景及创作中非虚构和虚构的杂糅等看，它作为一个置换报告文学的新的称名，没有可行的内在逻辑。再者，以"非"来称名文类或文体，也不符合中国文体命名的习惯。无疑，从文体的历史生成和现实存在看，报告文学是能够独立成体、可以独立成体的。但文随世移，固化就意味着文体活力、创造力的弱化。我不认同这样的说法，"对于报告文学，应始终强调其最初由新闻特写演变而来的特性，强调其与现实生活的最为直接、最为密切的关系，从而也就在更大程度上突出其'文学轻骑兵'的地位与作用"②，这样的观点看起来好像维护、坚守了报告文学文体的经典性，但实际上却忽视了报告文学的发展变化；而"始终强调"的结果也使报告文学写作走向了模式化。一些主张以非虚构取代报告文学的言者，他们一方面可能对非虚构的本指不很清楚，但另一方面可以肯定的是他们对报告文学存在的情形有着不满的"情绪"。而正是在这样的情绪中包含着一些有益的见解。阿来的表达是有代表性的："非虚构这一概念在中国文学界的提倡与越来越多的写作者加入这一体裁的写作，正是对日益狭窄与边缘的'报告文学'的拯救。"③这里所用的"拯救"显示着某种作家式的"情绪"，但激发情绪的情由中有着值得反思的理性因素。"今天的报告文学所产生的危机纵然有诸多原因，其中最重要的一条，就是因为其写作陷于某种模式，缺乏创新与开拓的意识与尝试。而'非虚构'这一概念的提倡与实践，正是对这种沉闷局面的有力破解。近年来所产生的一些作品，不论社会影响与还是文体的丰富对于'报告文学'来讲都是充满了正面效应的。而报告文学组的评委们，作为这一领域的专业人士，对此始终视而不见？对此终究毫无感知？而要拒绝'非虚构'进入'报告文学'？"④"陷于某种模

① 何建明：《写实体作品的问题与前景》，《文艺报》2012年2月3日。
② 李辉：《纪实文学：直面现实，追寻历史——关于〈中国新文学大系〉纪实卷（1977—2000）》，《南方文坛》2009年第1期。
③ 张杰：《阿来发声明三问鲁奖"希望以文学之名，受到公正待遇"》，《华西都市报》2014年8月17日。
④ 张杰：《阿来发声明三问鲁奖"希望以文学之名，受到公正待遇"》，《华西都市报》2014年8月17日。

式""缺乏创新与开拓",显然揭示了影响报告文学的症候,坚守报告文学者不应该讳疾忌医。阿来提出非虚构"进入"报告文学,其中就包含有利于报告文学去模式化的合理因素。如果一定要用"非虚构"这个称名,那么报告文学就是其中重要的一体。一些标注为"非虚构"的作品如梁鸿的《中国在梁庄》,包括阿来自己的《瞻对》,就是报告文学作品。非虚构中可以或者应该"进入"报告文学的是什么,在我看来,就是非虚构倡导者所说的,"希望由此探索比报告文学或纪实文学更为宽阔的写作,不是虚构的,但从个人到社会,从现实到历史,从微小到宏大,我们各种各样的关切和经验能在文学的书写中得到呈现"①。

报告文学是一种与时代关联很紧密的"时代文体",应时而化是它的重要品格。传统的报告文学,更多体现为一种新闻文学,题材的新闻性在某种程度上决定着作品的基本价值。报告文学从其发生发展的历史看,是一种意识形态色彩显著的文体。英国学者伊格尔顿指出:"在选取一种形式时,作家发现他的选择已经在意识形态上受到限制。他可以融合和改变文学传统中于他有用的形式,但是,这些形式本身以及他对它们的改造具有意识形态方面意义的。一个作家发现身边的语言和技巧已经浸透一定的意识形态感知方式,即一些既定的解释现实的方式。"②报告文学更是这样,基希所说"报告文学,一个危险的文学体裁",就包含了这样的意指。"具有社会意识的作家承担着双重任务,即斗争的任务和艺术的任务",报告文学"不仅对于世界上的食利者危险,对于他本人也危险,比一个无须乎担心被否认的诗人的劳动更危险"③。在相当长的一段时间里,报告文学过度地新闻化,近似于新闻报道;报告文学重视作品的意识形态功能,忽视它作为文学方式的审美要求,这样报告文学就日渐模式化,其表达对象的丰富性和审美性就不足了。20 世纪 90 年代以来,随着"全媒体"的迅速发展,报告文学原有的新闻优势基本失去,其新闻性明显弱化。这就需要报告文学拓展表现时空,特别是需要从常态的生活存在中探寻新的书写质料。报告文学的读者也发生了变化,新的读者或读者新的兴趣不再仅仅是接受作者的"报告",而更愿意通过进入作品参与和作者的对话。所

---

① 编者:《留言》,《人民文学》2010 年第 9 期。
② [英]伊格尔顿著,陆梅林等译:《马克思主义与文学批评》,《西方马克思主义美学文选》,桂林:漓江出版社,1988 年,第 686 页。
③ [捷]基希著,刘半九译:《报告文学——一个危险的文学体裁》,《时代的报告》1981 年第 3 期。

以作者以"政论"的方式直接揭示作品叙事的"报告"制式，也需要调适为读者参与作品叙事的"对话"的方式，"从单方的报告到试图在作者与读者之间建立起一种对话的姿态"。"报告主体的主体性在纪实那里，变得更为隐晦和深沉，而读者对于文本的参与性，也有了由少到多的变化。"①此外，更为重要的是尽管报告文学意识形态色彩鲜明，但它到底是一种文学方式。因此，它需要回到以文学的方式、以非虚构叙事的方式反映对象世界。这里特别重要的是故事性和个人性。好的报告文学，读者喜欢的报告文学，必须有好的故事叙事。文学要以作家个人的方式表达世界，传统的报告文学更多强调写作的社会性、公共性，忽视其重要的个人性。文学的"个人方式"其义项是丰富的，在我看来，重要的是个人的体验、感受，个人的思想、精神格局和个人的语言等。梁鸿的《中国在梁庄》，以《梁庄》为题首发在《人民文学》非虚构专栏中，但却是"典型的"报告文学。但这一作品又是去报告文学模式化写作的"非典型"报告文学。我们看作品的具体内容，"我的故乡是梁庄""蓬勃的'废墟村庄'""今天的'救救孩子'""离乡出走的理想青年""守在土地上的成年闰土"②，这些叙说已超越了一般所谓的新闻性，作者提取的是一种有分量却为人忽视的生活常态，作者写出的是自己"在生活"中的独特体验感受和深刻的思考。这些正是报告文学必须从非虚构中借取的要素。

观察报告文学发展历史，类似于以非虚构取代报告文学的情况也有发生。20世纪50年代中国的经济文化等很多向当时的苏联看齐。苏联没有报告文学的称名，类似的文体称为特写。"写真人真事，有真实姓名、地点、时间的特写，在苏联叫做记录特写，或写实特写"，还有一种"叫做深思的特写，同时也叫做研究性特写。这种特写用的是假的名字，它虽然从生活现象出发，但并不是具体的哪一件事，所以它允许作家有更多的可能去想象、虚构，在形式上是特写，在内容上与小说差不多"③。由此可见，苏联的特写和美国的非虚构有近似之处，都包括了客观真实和部分虚构两种情况。简单地以特写替代报告文学并不合适，但苏联的特写，强调"我们的力量也正在于我们敢于和善于揭露自己的缺点，大胆承认并克服这些东西"的"直接干预生活"④的品格，恰好贴合

---

① 刘颋：《从报告到对话》，《南方文坛》2012年第1期。
② 梁鸿：《中国在梁庄》，北京：台海出版社，2016年。
③ ［苏］奥维奇金，刘宾雁译：《谈特写》，《文艺报》1955年第7、8期合刊。
④ ［苏］奥维奇金，刘宾雁译：《谈特写》，《文艺报》1955年第7、8期合刊。

了报告文学文体的基本精神,它对当时乃至新时期中国报告文学的写作产生了重要的影响。同样片面地以非虚构替代报告文学也不可取,但毋庸置疑,非虚构的一些倡议和成功的写作实践,为报告文学文体的优化提供了可能性和必要性。

第四章

非虚构写作的逻辑与伦理

第四章
非虚构写作的逻辑与伦理

　　诚然,在非虚构和报告文学之间,我不是一个"暧昧者"。21 世纪初,有评论家宣告:"有一种文体确实正在衰亡,那就是报告文学或纪实文学,真正的衰亡是寂静的,在遗忘中,它老去、枯竭。所以,我赞同编者的议论,让我们确认'恐龙已死'。"[①]对这样的预言,我当然不能认同,作文参与了回应。后来报告文学创作的情形已经作出了回答。此后,"国刊"《人民文学》大张旗鼓地倡导"非虚构":"何为'非虚构'? 一定要我们说,还真说不清。但是,我们认为,它肯定不等于一般所说的'报告文学'或'纪实文学'。……我们其实不能肯定地为'非虚构'划出界限,我们只是强烈地认为,今天的文学不能局限于那个传统的文类秩序,文学性正在向四面八方蔓延,而文学本身也应容纳多姿多彩的书写活动。"[②]倡导非虚构,而又"说不清""何为'非虚构'",这自然引发报告文学忠诚者的反弹,一时称名之争成为文坛的热点。理性告诉我们应当接纳非虚构这样的指称和存在,并且从非虚构倡导者的若干理念和写作实践中,反观反思报告文学,从中借取合理的要素,以优化报告文学的叙事。基于这样的态度被视为报告文学的立场不坚定,于是我就多了一个"暧昧者"的头衔。

　　其实,在我看来,非虚构与报告文学并不是一个水火不容的概念。非虚构是一个包含了报告文学但是大于报告文学的文类指称,就同纪实文学包含了报告文学但不等于报告文学一样。显然,如果划定了基本的逻辑线,认知其中的属与种的关系,就不会也不必要在两者之间生起冲突。经过一段时间的质疑和争议,现在评论界和学术界似乎已经接受了非虚构,非虚构也正成为文学

[①]　李敬泽:《报告文学的枯竭和文坛的"青春崇拜"》,《南方周末》2003 年 10 月 30 日。
[②]　编者:《留言》,《人民文学》2010 年第 2 期。

界的一个热词。但另外的问题又出现了。考察热闹中的非虚构文学,我们可以发现它正在走向它的倡导者所期待的反面,或者说至少已经存在这样的倾向:琐屑和偏窄,以非虚构之名行虚构之实,甚至与资本合谋赚取读者对于非虚构的消费等,成为值得关注的另一种"非虚构"了。因此,有必要进一步确认非虚构文学的基本逻辑,规范其必要的写作伦理,使非虚构成为我们这个时代有信度、有力度的写作方式。

一、历时态中的非虚构关联名称

在论述非虚构文学的逻辑与伦理前,我们对与其具有关联性的称名作一梳理,以了解它的历史前缀和现时状况。观察文学史我们可以知道,文体的称名有一些是属于"追加"的,比如"散文"这个词汇出现得较早,但具有文体意义的"散文"就很滞后了。小说也是,早先"街谈巷语,道听途说"之谓,与后来的小说文体表意并不相同。但与非虚构有关联的报告文学就不是这种情形。在非虚构之前已有的报告文学,是一个具有特殊规定性的现代文体称名,它是一种晚近发生的文体。我们所用的报告文学,是从"Reportage"翻译而来的。"Reportage"中的"Report",有报导、报道等义项,正与新闻相关。日本文艺家川口浩认为报告文学"是近代工业社会的产物"[①],意指报告文学基于近代社会的大众的新闻传播而发生,而近代新闻传播所依赖的是机械印刷工业。对于这一点,塞尔维亚的巴克说得更为明确:"报告文学的物质基础就是报纸。它的存在是为了要给读者以新闻(News),读者在他早餐的时候需要有一个世界动态记录的日志,他要知道发生了些什么事,为何发生和如何发生等。"[②]因此可见,报告文学的文体称名是切合得体的,它是一种基于新闻而成的新闻文学。由此,报告文学就具有新闻性、现实性和文学性等基本特性。报告文学的名称于20世纪30年代经日本译介到我国,很快在写作和初步的研究方面有了及时的跟进。"去年夏季,'文坛'上忽然有了新流行品了,这便是所谓的'报告文学'"。"'报告文学'在中国的'标本'",据审定,并不多;而众所周知,则是

---

① [日]川口浩著,沈端先译:《报告文学论》,《北斗》第2卷第1期,1932年1月20日。
② [塞尔维亚]巴克著,张元松译:《基希及其报告文学》,《国际文学》1935年第4号。

《包身工》。"①这是茅盾 1937 年的一段表述。他所说的夏衍的《包身工》,就是"去年夏季""新流行品"中的一件,作品发表在洪深、沈起予主编的《光明》创刊号(1936 年 6 月)。《光明》社评认为"《包身工》可称在中国的报告文学上开创了新的记录"。在报告文学史上,《包身工》以其题材的现实性,叙写的真实性、文学性与政论性的有机融合,成为经典作品。

20 世纪 50 年代,新闻文学作品常被指称为"特写"。"从全国解放以后,对报告文学的称法就很不一致了。有一个时期,'特写'这个名称很流行,它的性质近似报告文学,却又不能全包括报告文学的多种形式。"②这里的"特写"是从苏联引进的文体名称。苏联著名特写作家奥维奇金 1954 年随团访问中国,1955 年他的《谈特写》在《文艺报》发表,产生了很大的影响。奥维奇金指认:"特写,是文学的一种战斗地体裁。它是艺术品,同时又是报刊文章中的一种形式。"他介绍苏联的特写有两种形式,一种是"写真人真事、有真实姓名、地点、时间的特写,在苏联叫做记录特写,或写实的特写";"但特写并不限于去记录真人真事,特写也不限于只是去描写我们生活中发生的所谓'新人新事'。有一种特写,它的任务是着重提出生活中的问题,概括一定的社会现象,战斗地帮助人民发现和解决生活中的矛盾与冲突"。这种特写"叫做深思的特写,同时也叫做研究性特写"。"它允许作家有更多的可能去想象、虚构,在形式上是特写,在内容上基本上与小说差不多。"奥维奇金主张特写要"直接干预生活"③,他的文章对于中国的文学界不无新意,加之当时取苏学苏的社会文化心理导引,一时影响很大,直接促成了"干预生活"类作品的写作,引发了有关特写的讨论和争议。何直(秦兆阳)、以群、刘白羽、井岩盾和李希凡等分别撰写了《从特写的真实性谈起》《谈直接干预生活的特写》《论特写》《真实和虚构——关于特写、传记、回忆录等一个基本问题的讨论》《所谓"干预生活"、"写真实"的实质是甚么?》文章,对特写的真实性问题、特写能否干预生活等作了深入的探讨。这种探讨总体上是学术的,但也具有特定的时代色彩。

就在非虚构即将被我们隆重倡导,而报告文学称名已有可能为人丢去的时候,事实上已有被置换的典型案例:《中国新文学大系》第二、第三、第四辑都设有报告文学卷,而在第五辑中,卷名则被主编由报告文学替换成了纪实文

---

① 茅盾:《关于"报告文学"》,《中流》第 11 期,1937 年 2 月 20 日。
② 袁鹰等:《报告文学座谈会纪要》,《新闻业务》1963 年第 5、6 期合刊。
③ [苏]奥维奇金,刘宾雁译:《谈特写》,《文艺报》1955 年第 7、8 期合刊。

学。在德国,《国际文学》和阿文提斯基金会于 2003 年设立尤利西斯报告文学奖,并在当年进行了首次评奖,评委的构成是国际性的,获奖者也不拘一地。中国作家陈桂棣和吴春桃夫妇的《中国农民调查》、江浩的《盗猎揭秘》、周勍的《民以何食为天——中国食品安全调查》,均获得过这一奖项。由此可见,报告文学是一种具有一定历史时长、至今仍在使用这一称名的国际性文体。非虚构是由美国命名、具有广泛影响的概念。而"国际通行"[①]之说就未必如此。

二、21 世纪非虚构文学的价值

非虚构写作源于美国 20 世纪 60 年代的"非虚构小说"。杜鲁门·卡波特和诺曼·梅勒等作家采用"非虚构小说"的文体形式,将传统小说的虚构和想象力与新闻报道的写实方法结合起来,开创了美国小说的新的写作方式。

我注意到柯岩和徐迟在其分别主编的《中国新文艺大系·1976—1982报告文学集》《中国新文学大系·1949—1976 报告文学卷》中都提到了"Nonfiction"。柯岩在导言中写道:"美国还有什么非虚构小说……也许,在某些非虚构小说中有某些篇目的某些章节也是报告文学,或与报告文学十分近似;也许它们可以发展成又一种新的文学样式。"[②]徐迟也有序言中介绍道:"现在在国外也流行着所谓'非小说'(Nonfiction),似小说而实非,无虚构亦非虚构,它确是非虚构的'非小说'的一种作品的形式或体裁。似乎'纯文学'并不怎么欢迎它们,但是读者们却是乐于接受它们的。"[③]柯岩主编的报告文学集于1986 年出版,说明在 20 世纪 80 年代就有人关注美国的非虚构小说。学者王晖、南平于 1986 年、1987 年在《当代文艺思潮》《文学评论》《外国文学研究》等刊物介绍过美国的非虚构写作,并用此概念评论中国的非虚构文学。但显然,在当时非虚构之类的称名并未引起更多的关注和更大的反响。

时间推移至 21 世纪初,非虚构文学在中国终于得以引人瞩目地再一次出场,原本只是《人民文学》的一次文学策划或策展也大获成功。非虚构是应运

---

① 李辉:《纪实文学:直面现实,追寻历史——关于〈中国新文学大系〉纪实卷(1977—2000)》,《南方文坛》2009 年第 1 期。
② 柯岩:《导言》,《中国新文艺大系·1976—1982 报告文学集》,北京:中国文联出版社,1986 年。
③ 徐迟:《序言》,《中国新文学大系·1949—976 报告文学卷》,上海:上海文艺出版社,1997 年。

而生、得势以成的。首先以满足读者真实性和真实性心理为要务的非虚构写作，顺应了时代大势和人类审美变化的需要，"在一定意义上，可以说当代社会比以往任何一个时期的社会都充满了各种变异感、复杂感、纷乱感和虚幻感——这些在以往艺术里虚构和想象的世界现在竟然成为了一种现实"①。全球化、信息化的时代，世界日新月异，变幻无处不在，人类生活充满着故事性，甚至传奇性。现实存在有时似乎比小说更小说，它常常逸出了小说家们的想象。在这样的时代、这样的世界，求取真实信息以及时获得对现实存在的了解，就成为一种普遍的社会心理。对于这样的变化，已有读者的选择作出了明晰的标示。报告文学作家邢军纪曾和欧洲文学界人士作过交流，"奥地利作家协会主席海泽内格教授就说，当下欧洲文学界或者说社会上最走红最受欢迎的文体是非虚构文学作品，如果要给这些文体排序的话，第一是非虚构文学，第二是诗歌，第三才是小说"②。而在非虚构的策源地美国情况也近似："虚构文学在美国读者心中的地位日趋下降……而非虚构文学的读者却在不断扩大。"③

　　而在中国，报告文学的理想状态也与国际的大势是一致的。所谓理想状态就是优秀的报告文学作品，在受到文学界和社会关注好评的同时，也赢得了读者之心。但报告文学自身确实一度存在一些问题，失去了如 20 世纪 80 年代那样读者的普遍好感。现在看来，当时认为报告文学正在"老去、枯竭"，用语是有些极端，但何尝不是对这一文体猛击一掌，从而使报告文学者"三省吾身"？我们的时代是一个伟大的时代，作为时代文体的报告文学当然需要宏大叙事，需要有《国家行动》《中国 863》《东方哈达》《天开海岳》《长征》《国运——南方记事》等反映重大题材的大体量的厚重之作，但也不能缺失反映大多数普通人生活的作品和有内涵的个人性言说。题材的相对取大而逼仄、叙写的单一和模式化以及文学品相的不足等，成为读者诟病报告文学的基本问题。而《人民文学》的非虚构设计，击中的就是报告文学的软肋。可以说关注现实与历史，容纳宏大与细微，兼顾家国与个人等这些非虚构写作的期待，恰好可以补给报告文学的不足和缺失。

① 吴炫：《作为审美现象的非虚构文学》，《文艺争鸣》1991 年第 4 期。
② 邢军纪：《试论当代中国"非虚构文学"的可能性》，《解放军艺术学院学报》2011 年第 1 期。
③ ［美］杰克·哈特著，叶青、曾轶峰译：《故事技巧——叙事性非虚构文学写作指南》，北京：中国人民大学出版社，2012 年。

从《人民文学》推出的代表性非虚构作品以及其他发表出版的可读之作来看,非虚构文学以对易被忽视、遮蔽的存在的深切关注和作者亲历亲验的在场性书写,拓展写实类作品写作的时空,接通了这类文学形式与普通人生活的关联,复活了作品的生活质感和个体生命气息,存真了现实的另一种真实,尽管这样的真实也许并不鲜亮,但它毕竟是也是一种色彩,从而呈现出了一个更为全面多样的现实世界。尤其可贵的是非虚构作者沉入生活的信心和行动能力以及以真诚之笔呈现对象真实、真相的勇气,使作品凝聚着一种对于此类写作不可或缺的精神品格。这是作品赢得读者的要素。评论家梁鸿的转型之作《梁庄》并无离奇的叙事和惊人之语,作者只是把你与我见过的景象,以平实之语加以特写与细述。梁鸿将已被媒体和以往的写作标签化、符号化的乡村作了真实的改写。在美丽新农村的另一面,是乡村的寂然和凋敝。这种寂然和凋敝是城市化进程中一道令人反思的伤疤。非虚构文学的一个重要特点是把个人叙事内置为文本内存。这与通式的报告文学有着很大的不同。但不要以为这样的写作全都是无意义的私人书写。张新颖的《沈从文的后半生》、裘山山的《家书》等,将个人史与大时代的叙写交融一体,人生命运之况味流溢其间,大历史的面影也在当中。《沈从文的后半生》主人公是作家,作品的叙事主线是后半生的人生历程和遭际,但决定其个人命运的宏大的社会历史背景无处不在。无疑,这样一部作品是沈从文自己的小历史,但又是一代文化人的命运史。作为同龄人,我对《家书》更感兴趣,子女与父母之间的家书,总有儿女情长,家长里短,而生活的五味流溢其间。但不同时空中连缀起来的家书,自然有着时代行进、历史变迁留下的投影。在这里家的生活史与国的大时代有着丝缕相连的关系。

洪治纲在谈到非虚构文学价值时,注意到了它的多边跨界意义:"'非虚构写作'还使文学创作走向更为开放性的文化语境之中,其中的不少作品已延伸到社会学、历史学或人类学等其他人文领域,成为它们的某种文本参照。"①我以为这一点特别重要,是非虚构文学有别于小说诗歌之类书写价值特殊性之所在,也是这一类写作漫溢生活的多向各面的一种伴随成果。比如,疾病与文学原本就具有关联,因为它是生命的一个构成部分。薛舒的《远去的人》、方格

---

① 洪治纲:《论非虚构写作》,《文学评论》2016 年第 3 期。

子的《一百年的暗与光》、周芳的《重症监护室》等非虚构作品,作者将视点移位到另异的对象,阿尔茨海默症、麻风病、生命垂危患者成为作品叙事的主要对象,这些作品可以说是一种特殊类别的生命写作,别有意义。其中有非常态中的人性景观、社会历史的流变,也有疾病本身的记写,涉及文学、医学、社会学、历史学、心理学等,或可成为某个专门学科有价值的参考读本。

三、非虚构文学的问题与治理

就文本的生成方式和文本与其书写对象所构成的真实性关系来划分,人类的写作方式基本就是虚构写作和非虚构写作两种。这种划分基于的是相对主义而不是绝对论。真实性是一个十分复杂的概念,具有形而上的哲学意义上的理解,也有具体写作实践中的实际把握。而且在不同的写作方式中,它的内涵所指是多种的。有人认为,在虚构写作和非虚构写作中,还有一种浑成了虚构与非虚构的情况。在我看来,这样情形中的虚构和非虚构,其中的比例是无法量化计数的。因此,这种写作类型应该归为虚构写作。如果是这样归类,那么很可能就有人以为写作根本上就不存在真正的非虚构真实。如果从绝对论的本质主义来看,这样的持论当然是成立的。对象的存在是第一种真实,作者对它的认知是第二种真实,作者对认知的叙述是第三种真实,媒体对作者叙述的处理是第四种真实,读者对作品的接受是第五种真实。每一种真实之间都可能发生真实性的流失。但问题是取消相对真实的存在,实际上也取消相对虚构的存在。因为在小说等传统的虚构写作中,也有客观真实性存在,非虚构小说就是现成的例子。这样会导致虚无主义的极端。非虚构写作的成立是由作者的写作态度、写作方式、写作流程等决定的。非虚构文本的生成需要经过采访、田野调查、文献查阅等方式获取材料,文本所写与被写的对象之间具有一种客观实在的直接对应关系。其中有的写作还需经过某种真实性审读审查获得认可,才能正式发表或出版。

回到非虚构的原初语境,需要注意的是"非虚构小说",是一个偏正结构的语词,其中心词是"小说"。我们现在截取了它作为定语的"非虚构",使之成为一个作为主语的"非虚构"。非虚构与非虚构小说之间当是一种不等式的关系。无论是非虚构写作,还是非虚构文学,据说是一个问题。一般认为,非虚构写作比非虚构文学所指外延更大。但一些人倒并不在此探究,他们更愿意接受前者的概念,而对后者颇为质疑。这里的实质涉及非虚构而又文学之间的逻辑存在问题。在虚构文学中心论者看来,两者之间是没有逻辑关联的,他们认定的逻辑是要么非虚构,要么文学,非虚构不可文学,文学无法非虚构。这里的关键词是文学,文学是一个含义复杂也含混不清的概念。在不同的文学书写中,文学(文学性)的要素和表现形式是不一样的。我们很少讨论小说、诗歌的文学或文学性问题,好像只要有了虚构想象、幻想夸张,作品就一定很文学似的。其实不然,不少小说文学性寡淡,没有诗意的诗歌依然诗歌着。判断文学与否的关键,并不是有没有虚构想象。虚构想象对于文学而言是必要,但不是唯一的、必需的。在非虚构文学中,它当然应该具有文学普遍需要的形象、情感、趣味等,但作为叙事文学样式,它不像小说那样需要通过虚构塑造典型人物形象。小说反映可能的存在,非虚构文学再现已经发生的事实。在我看来,非虚构文学的文学性主要存在于其非虚构的真实性之中,这是它文学性生成的基础。在小说写作中需要通过想象建构故事塑造人物,在非虚构写作中则需要通过深入的采访,"发掘事实","挖掘细节",从生活存在中选择具有故事性的内容,以适合的结构方式和具有个人性的语言方式呈现真实。文学性就存在于被选择和结构的真实之中。这是非虚构文学中文学性的一种独特性。赵瑜的《寻找巴金的黛莉》,真实的叙事中充满着故事性,也具有某种传奇性。我们读这样的作品,如同观看悬念电影。徐剑的《大国重器》,其中有不少机缘巧合的人和事,但这些人和事不是虚构而得,而是作者沉入对象之中后的用心发现。

言说非虚构文学的逻辑和伦理,并不是一件十分困难的事。在我看来,其基本逻辑就在它的命名之中。非虚构性是它的核心逻辑,如果缺失了这一点,那么这一类写作也就没有了它的逻辑支点。作者选择了非虚构写作,就选择了与此相关的写作态度、写作方式,对读者作出一种真实的、诚实的写作承诺。尽管实际上没有绝对意义上的非虚构,但作者的一切努力都应指向于非虚构的达成,避免主观故意的虚构。这是非虚构文学的伦理底线。非虚构文学中文学生成有着自己的逻辑,其要旨是文学性存在于叙写对象的真实性之中。在全媒体时代,非虚构文学书写对象新闻性已经弱化,因此这类写作应致力于寻找、发现新闻后面的故事性,在真实故事的结构和叙述中获取作品的文学性。非虚构是一个宽口径的命名,它接纳一切有意义的书写,任何人为的偏执只会走向它的反面。我们检视进行中的非虚构写作，其存在的一些问题就比较容易发现。至于对问题的治理，其大意包含在如下的言说之中。

其一，以非虚构之名，行虚构之实。照理，非虚构的价值正在于它的真实性，作者应当倾力为之，使作品名副其实。但是，当非虚构成为获利的捷径时，它就可能成为一些人用以包装虚构赚取读者消费的手段。有些平台机构深知图书市场对非虚构作品的更多期待，利用读者的求实阅读心理，通过设计、策划等，将虚假的材料编造成貌似非虚构的文本。极端的案例是 2019 年推出的《一个出身寒门的状元之死》，选题极具非虚构性，题目中的关键词颇吸引眼球，文章在咪蒙公众号发出后，引来众多朋友圈的关注。后来证实自称为非虚构写作的文章，内容多为基于流量需要的编造。"咪蒙事件"也许是个别情况，但它反映出的问题是严重的。非虚构的这种悖论，是对这类写作的一种直接的伤害。虚构的非虚构比我们鄙夷的广告报告文学性质更为恶劣，后者是公开交易，前者则是伪装后的欺骗。出现这种现象的原因有很多，但与非虚构写作界不够严谨的写作作风和评论界的一些不准确的解说有关。部分非虚构作家的作品，地名是移植的，人物只有姓而没有名，作品中的叙事没有具体的时空规定性，有一些真实性的要素被虚化了。这样的作家一方面写作非虚构作品，另一方面又不愿意承担相关的责任。还有的作家，一边写作非虚构文学，一边又声言虚构是达到真实的唯一的途径。也许作者所说有着自己特殊的意指，但读者看到的只是他的自我矛盾，这种矛盾会使读者对非虚构到底是真实还是虚构感到困惑。非虚构形成某种热潮后，评论界对此关注、研究多了起来，其中许多文章是具有建设性的，但确实也有一些文章在涉论非虚构与虚构时是含混不清的，甚至是脱实向虚的。"'非虚构'并非只在乎一个'非'字，其恰恰强调的是'虚构'本身，也即对虚构进行一种元认知，在虚构与非虚构间完成某种辩证，从'是'中跃出，以'非'辩'是'，最后进入文学，形成新的面向和转化。"[①]这篇论文的选题很有新意，作者的总体性论述也是比较学理的。但这段表述多少有些玄幻，我不知道这样的论断基于怎样的学术逻辑？其结果可能会对非虚构写作造成一种作者并不愿意看到的误导。

其二，本来应当是开阔的非虚构，却正在走向逼仄。非虚构的命名对它的

---

① 曾攀：《物·知识·非虚构——当代中国文学的"向外转"》，《南方文坛》2019 年第 3 期。

开放性作了前置性的规定。非虚构倡导者的初衷是明确的,他们不满意作为新闻替代品的报告文学题材过于偏向宏大一面,指望非虚构文学能"容纳多姿多彩的书写活动"①,漫溢成一条波浪宽广的大河。非虚构写作的兴盛确实也补足了报告文学的一些缺失。但现在出现的情况是当初报告文学的问题,变成了非虚构自身的问题。一是题材的类型化:《梁庄》获得好评后,"梁庄"成了选题取材的模式。乡村当然是非虚构书写的富矿,但都市更是需要开掘的题材领域。但现见的都市非虚构写作不多,优秀的作品更是不多见。二是题旨的轻量化:作为对原先报告文学宏大化的反拨,非虚构的选题转向对大众生活的关注,这是一种进步。但同时我们看到其中的一些作品容量不足、分量不够,有的只是现象叙写,有的偏向个人生活书写,缺少更多的生活内涵和时代关联。我们看美国《纽约时报》推荐的 2017 年最值得关注的 50 本非虚构类图书,它们的题材是多样的,涉及政治、经济、生态、科技、社会许多方面,多见大题材作品。如《五大湖的生与死》,对由于气候变化、人口增长和入侵物种的破坏,正在改变的五大湖区的生态系统作了描写;《没有意识的世界——大科技公司的生存威胁》,作者以网络怀疑者的身份,对大科技公司对个人和社会所构成的威胁进行批判,选题和题旨都有重要意义。另外,非虚构与报告文学之间持续的关系紧张,某种程度上也造成非虚构写作无以开阔。非虚构包括了报告文学但不等于报告文学,报告文学是非虚构文类中的一种主要文体,这样的逻辑认知意指着非虚构与报告文学之间应当具有兼容关系。但是,实际上两者之间基本上是分而治之。无论是报告文学排行榜,还是非虚构排行榜,彼此之间的融通甚少。这样,在非虚构写作这里,就少了一些兼具题材价值思想意义和文学达成的开宏大气之作。

其三,非虚构文学,有非虚构,但少文学,文学性相对不足。我们以前也曾这样指说报告文学,以为只有报告而没有文学。看来这是此类写作的一个难题。当然,我们不能以从小说文体中提炼出的文学性条条,强求异类的非虚构文学作品。非虚构作品应当具有自适其体的文学性要素。自然,这样的要素不一而足,也会见仁见智。在这里,我很愿意推荐冯骥才《非虚构写作与非虚构文学》一文,作为我们对此话题探讨的参照。冯骥才是一位资深的小说家,

---

① 编者:《留言》,《人民文学》2010 年第 2 期。

同时他又以《一百个人的十年》《炼狱·天堂》《冰河》《凌汛》《激流中》《旋涡里》等作品,闻名于非虚构界。作为非虚构作家,冯骥才是自觉的。他以为非虚构"受制于生活的事实,它不能天马行空般地自由想象,不能对生活改变与随意添加,必须遵守'诚实写作'的原则"。这里的"诚实写作",划出了非虚构文学写作中的伦理准则。对于非虚构的文学性,冯骥才给出了三个要点:思想、细节和语言。"我认为在非虚构的写作中,文学的价值首先是思想价值",因为在他看来,作者对生活的洞察决定了对于生活的再现和开掘的能级。以思想为美,构成了作品重要的审美性内涵。"我把细节作为文学的重要的元素。细节是文学作品'最深刻的支点',它还能点石成金。""再说另一个非虚构文学的文学要素,就是语言。文学是用语言和文字表达的,语言与文字是否精当与生动不仅关乎表现力,还直接体现一种审美。"①冯骥才所说确实是经验之谈,也深得非虚构文学的要义。我们所说的非虚构写作文学性不足,主要就是指作品思想性的缺失,叙事的平面流水、缺少细节支撑以及语言不能及物有度、具形得意,表现力的偏弱。

---

① 冯骥才:《非虚构写作与非虚构文学》,《当代文坛》2019 年第 2 期。

21世纪初十年报告文学的观察

第五章
21世纪初十年报告文学的观察

　　21世纪是文学更加纷呈多态的时代。在这样一个社会继续发生着深刻变动的时代，现实生活的无限丰富性、复杂性，为报告文学提供了不竭的写作资源。这是一个需要报告文学有为，而且也是报告文学能够有为的时代。最近报告文学评论家王晖用"裂变与复兴"评说新世纪报告文学："可以说，裂变与复兴，既是报告文学当下状态的真实写照，也是其赖以生存的转型时期政治社会生态特性的深刻反映。"①所谓"裂变"是指报告文学呈现"多元态势"，而"复兴"是与20世纪90年代的相比较所呈现的一种趋势。这大致是符合新世纪报告文学创作实际的。

　　王晖的"复兴"说涉及20世纪90年代。那个年代是报告文学发展的盘整期，虽然此间也有《沂蒙九章》《昆山之路》《以人民的名义》《落泪是金》《马家军调查》《"希望工程"纪实》《没有家园的灵魂》《淮河的警告》《走出地球村》《大清王朝的最后变革》《远东朝鲜战争》等影响广泛的优秀作品，但无论是文体创作的整体规模、表达深度，还是文体发展的历史推进意义等，都无法与20世纪80年代比拟。到了21世纪，报告文学开始走出盘整期，进入新的活跃期。但这种活跃是不同于新时期的"轰动"的。我们观照21世纪报告文学，无法淡化20世纪80年代这一巨幅背景。那是一个特殊的年代，一个真正的报告文学时代，报告文学成为当时文学大潮中的主潮，很多读者和研究者，正是在那时才认知这一独特文体的。但由此界内与界外形成了一种情结，往往将20世纪80年代作为观察评估报告文学的基本标尺，以此衡量后续这一文体的创作。这

---

① 王晖：《新世纪十年：报告文学的裂变与复兴》，《光明日报》2010年9月1日。

是可以理解和接受的。但问题是这样的定式有可能忽视文体存在具体的历史语境,影响到对报告文学文体发展的准确评价。这就需要我们认真观照并且把握特殊时期报告文学的基本生态。20 世纪 80 年代报告文学留给我们最深的印象就是"轰动",轰动不仅在文坛,而且广及社会,报告文学写作与传播成为一种特殊的社会行为。"轰动"是社会情绪化的一种直观体现,它源于报告文学与时代启蒙主题的谐振。其时,包括报告文学在内的文学主流承载着社会思想启蒙的责任。作为"中心"的文学与社会政治在一定层面上具有某种同构性,尤其是意识形态写作色彩浓郁的报告文学更是这样。而在 21 世纪,随着社会转型的深刻推进,思想启蒙让位于经济中心,物质追求成为社会趋重的价值尺度。作为精神生产重要方式的文学,也被日益的边缘化。这一时期有"知识分子到哪里去了"的强烈设问,可见从一定程度而言,知识分子应有的社会担当被搁置。而报告文学作为知识分子的一种写作方式,正是在这样的社会文化场域中,难以理想化地达成。对于现实的深入介入和对于报告对象的深刻反思等报告文学文体重要的精神品格,不以我们的意志为转移地弱化了。但文学的边缘化,是常态社会的正常图景,它有可能生成适宜文学自由发展的社会政治文化生态。21 世纪初十年是多元纷呈的十年,但也是良莠不齐的时期。就报告文学而言,一方面有祛知识分子写作的倾向;另一方面依然有作家坚守既有的文体写作理想,将报告文学设置成一种特殊的"社会预警"方式。报告文学作家一方面充分认知文体反映现实的独特功能,以报告文学记录 21 世纪中国社会发展的重大进程和这一时段发生的重大事件等;另一方面注意拓展报告文学的题材空间,写作大量具有史志意味的作品。他们一方面顺延这一文体的写作范式,以新闻、文学和政论建构文本;另一方面又努力于文体的新变,在新闻性渐次、主体性表达退位中,重构非虚构叙事本身对于受众的召唤力。简而言之,21 世纪报告文学对于意识形态写作的淡化,对于启蒙写作主题预设模式的分化,使其在题旨价值、话语空间和叙事形式等诸多方面显示出相当充分的开放性,而这种开放性在一定程度上造就了 21 世纪文学边缘化时代报告文学创作的活力和张力。多维多态的"复调"与"复式",成为 21 世纪初十年报告文学文体重要的特质。

一、"复调"的题旨设置

我们说21世纪初十年报告文学写作的知识分子特性有所弱化,这是和20世纪80年代比较而得出的判断。报告文学的知识分子写作,既关乎写作主体自我的角色定位,也与时代社会给予这一特殊文体的可能性相连。总体上,21世纪的社会存在不可能使报告文学实现如同20世纪80年代那样的整体的批判性、启蒙性。在21世纪社会非启蒙的总体规约影响下,报告文学作家自觉、不自觉或可能是无奈地放弃了报告文学"启蒙唯一性"的坚持。无疑,批判性、反思性、启蒙性是报告文学文体的历史传统,也是这一文体基本的功能,报告文学写作仍然必须坚守这样的品格。但报告文学更常态化的功能是"报告",是基于理性精神的文学"非虚构"。批判性是报告文学评价的重要尺度而不是唯一的尺度。正是由于在新的社会文化生态中,报告文学作家对文体有了更为开放、客观、全面的认知,所以在作品的主题设置上有了更多的选择。

每个时代都有其特殊的时代主题规定。21世纪初十年社会主导性的思潮是非启蒙的。启蒙大体意指对于存在的质疑、反思,由此表示对人类公共价值的守持,对社会理想的追寻。它指向人的精神建构。所谓"非启蒙"是基于社会发展阶段性目标而设计的以物质利益为务的价值准则。经济GDP崇拜强势地制导着社会及其成员的行为,人们普遍关注自身生存的物质配置以及在物化社会中所具有的"身价",无暇或不愿思考人类应有的精神取向。20世纪90年代还能启动关于人文精神的大讨论,但在21世纪开始这十年中,似乎连这样的动议都没有了。这从一个侧面反映了新世纪"非启蒙"的特点。社会的这种情势必然影响到报告文学作家的价值追求。因此一般而言,21世纪报告文学的思想性写作是比较缺失的,以对象的呈现代替主体的思考成为一种通常的方式。并不是所有揭示现实矛盾、人性丑陋的作品就一定具有思想的品格和精神的高度,如果把握不当,这类作品就只是事象或问题的铺陈展览。欲望写作是21世纪报告文学一个的话题类型,但反映腐败的作品多数停留于浅层的叙说。2008年汶川大地震成为报告文学写作的一个热点题材,发表出版的地震题材非虚构作品数量甚多,但真正具有思想分量的作品很少,作家的"非启蒙"取向也体现在报告文学的表达上。与20世纪80年代的激情抒写不同,21世纪的报告文学更多的是中和叙事,表现在具有知识分子特性的报告文学写作类型中,可以分出显性和隐性两种。显性的知识分子写作如《中国农民调查》《天使在作战》《集体离婚》《胡风案中人与事》等,题材极具前沿性和尖锐性,但作者采用的是较为客观叙事的方式,在语言类型上节制使用激扬文字的政论语言,克制主体对于对象的直接评说,尽可能在让事实本身说话。《胡风案中人与事》是与知识分子关联的题目,内涵具有难以尽言的社会历史与个人命运的悲怆性,但作者对此的处理却是少露声色的,以"白描式"的叙写,讲述普通人在重大历史事件中莫名的却是宿命的故事。这与启蒙时代这一类型的报告文学写作的主观化有着明显的不同。隐性的知识分子写作如《震中在人心》。这部作品取材于2008年四川汶川大地震。大地震的写作有很多可能性,在第五届鲁迅文学奖报告文学评奖中就有5部(篇)同类作品入围备选篇目,最终《震中在人心》脱颖而出,并且名列获奖作品第一。这是一部具有"复调"主题的长篇摄影报告文学,它"用镜头定格真相,让文字留下思考",不仅有抗震救灾的感人场面,而且也有对人类遭受重大创伤的生命之痛,还有对地震灾害的时刻反思。作品不仅观照地震的视角独异,而且在情感与思考的深度上超越了同类作品。《震中在人心》不经意阅读咀嚼不到它特别的价值,但进入其间,感染随生,像"守望红领巾的狗""废墟上的儿童节"这样的文字,给读者造成的震撼挥之不去。

题材的日常生活化是21世纪初年报告文学一个重要趋向。其深层的原因也与对"启蒙唯一性"报告文学写作伦理的放弃有关。题材的日常生活化的标志物是《人民文学》的"非虚构"。曾经发表过徐迟《哥德巴赫猜想》的《人民文学》,进入21世纪以来,对于报告文学发展的贡献率远不如《当代》《中国作家》《北京文学》等。大约是考虑到作为国家文学重要品牌应该在某些方面发挥它应有的引领作用,《人民文学》从2010年第2期起推出"非虚构"栏目,还举办了"非虚构:新的文学可能性"研讨会,启动名为"人民大地"的非虚构写作计划。这里所说的"非虚构"显然是一个包含了报告文学在内,但比报告文学内涵更多、外延更大的文类概念。《人民文学》"非虚构"的意义不在于命名,因为探讨"非虚构"与报告文学之间到底具有怎样的异同并无多少实际的意义。在我看来,其重要价值在于赋予了"非虚构"更多新的诠释和中国价值。它在现时对"非虚构"的标举,或许能推动包括报告文学在内的非虚构写作。《人民文学》推出的"非虚构"代表作,为这一类写作提供了新的写作伦理和新的表达可能。首先,此类写作应当是经由个体生命体验的写作。现场感和个人性是"非虚构"写作的两个重要关键词。只有亲验,才能有真正的非虚构,才能呈现真实的生活现场,才能溢出滋味情意,才能生成我们所期待的文学的非虚构。萧相风的《词典:南方工业生活》是他打工生活的写真。"打工""电子厂""制衣厂""五金厂""加班""打卡""集体宿舍""出租屋""爱情"等,构成了"南方工业生活"的基本词汇,由此白描出一类人群的基本人生样态。其次,通过这类非虚构写作,现实的普通人的日常生活以某种"原生态"的面目进入作品。这不仅拓殖了文体叙写的空间,而且也形成了作品新的表达风致。"非虚构"在表达上由启蒙叙事的"激扬文字"转型为生活叙事的客观言说。梁鸿的《梁庄》便是其中的佼佼者。中原梁庄是作者生长于斯的故乡,是中国现代化进程中乡村存在的一个标本。梁鸿设置了"静默叙事",讲述乡村景象和百姓的生活故事,表现的是城市化进程中内地农村的现实危机,其间流溢着一种深深的涩味。《梁庄》的"袪政论教训"式的叙事,是对原有报告文学写作范式的一种有意义的改变。这样的一种方式为读者以自己的感知去解读作品提供了更多的可能。

其实,"非启蒙性"只是21世纪初十年报告文学的一种显性取向。这并不表示这一时期报告文学作家全体地放弃他们的社会职志和责任担当,无视社会的问题存在,迁就物化欲望对于人的腐蚀,满足于社会发展所取得的巨大成就而作一味的讴歌。检视21世纪初十年的报告文学,我们可以发现一些作家依然坚守着报告文学文体的基本精神,在现实生活的前沿进行独立的观察、思考并写作反思性的报告。作为知识分子写作方式的报告文学,有一现成的链接就是"问题报告文学"。"问题报告文学"对于"问题"的介入、观照和思考等,与知识分子关注社会、质疑批判不合理存在、追求价值公理的精神具有内在的关联。因此,"问题报告文学"往往成为知识分子介入现实的一种顺手的方式。20世纪80年代"中国潮",报告文学成为其时文学的主潮之一,重要的原因是《人妖之间》《中国的"小皇帝"》《神圣忧思路》《世界大串联》《国殇》《伐木者醒来》等"问题报告文学"产生了重大的社会影响力。显然21世纪的"问题报告文学"的规模小了,其影响也大不如20世纪80年代的作品,但它部分地承接了20世纪80年代"问题报告文学"的基本精神,并且在问题的题材选择以及题旨表达等方面形成了新的特色。在享乐主义盛行的年代,报告文学作家在"繁华"背面看到了"问题",秉具报告文学作家应有的"问题意识"。《中国农民调查》(陈桂棣、春桃)、《集体离婚》(曹筠武)、《昂贵的选票——"230万元选村官事件"再考》(魏荣汉、董江爱)、《天使在作战》(朱晓军)、《老年悲歌》(曲兰)、《矿难如麻》(长江)、《王家岭的诉说》(赵瑜等)、《红与黑》(一合)、《我的课桌在哪里》(黄传会)、《中国式拆迁》(阮梅、吴素梅)等,这些作品提取的问题涉及广泛,有的题材题旨严肃重大,具有很强的反思意识、批判力度和悲悯情怀。

发表于2003年第6期《当代》的《中国农民调查》是新世纪"问题报告文学"中的重要作品,尽管作品可能存在以局部概说整体的不足,但作者陈桂棣、春桃以严肃认真的态度,历时三年采写安徽"三农"(农村、农业、农民)问题的长篇报告,至少在题材的选取和问题的呈示等方面具有重要意义,其引起广泛反响也主要在此。该作品于2006年获得尤利西斯报告文学奖一等奖。

对于心灵物化的批判(如《集体离婚》等)和对于弱势人群的关注(如《我的课桌在哪里》等),是"问题报告文学"中最有新世纪特质的部分,"欲望书写"和"底层叙事",生成了新世纪"问题报告文学"重要的叙写类型。《集体离婚》这一短篇所揭示的问题发人深省。为了获取开发区建设征地补偿政策设计漏洞中可能的利益,成百上千的人上演"集体离婚"的闹剧。在这里开发区实际上成为一个现代物化的意象,婚姻这样的人生大事演化为儿戏。这一切只是为了利益。《集体离婚》提供的是一个极端化的样本,它给出了物质时代人们精神沙化的严肃话题。《昂贵的选票——"230万元选村官事件"再考》《矿难如麻》《红与黑》等作品尽管所写内容不同,但都指向欲望对于人性乃至生命的破坏。投入巨资参与村官选举,其驱动力来自投资后利益回报的预期,而蝇头小利即可收买民意。金钱操控了"民主",左右着选举。矿难是中国之痛,但很多情况下更是欲望之难。作者长江洞察到了这一点:"中国人能在'原始资本积累'的过程中既发展了经济又保持住一份头脑的清醒? 如果我们不能有效地控制住自己的物欲,如果我们的法制不能有效地发挥作用,那么今后等待我们的灾难也许还有许多。"[1]这是发人深省之见。新世纪无疑社会的物质文明更加发达,但与此同时民生问题也日益凸显。在城市化建设中辛劳奉献的大批"外来务工者",自身和他们的子女却在现代化之外。《我的课桌在哪里》以深

---

[1] 长江:《矿难如麻》,《当代》2003年第4期。

沉的设问诉说生活在底层的弱势者的无奈,偌大的城市竟不易找到"外来务工者"子女学习之所。坚硬而华彩的城市对建设它的底层者少了应有的温情。父母到城市打工,孩子留守农村,生存境遇堪忧,阮梅的《农村留守孩子,中国跨世纪之痛》,以"跨世纪之痛"这样很有分量的重词,真实地叙写了农村留守儿童这一重要题材。在我看来,《人民文学》的"非虚构",其最有价值的作品也是如《梁庄》这样反映底层生活真相的作品。

二、"复式"的话语时空

报告文学的文体命名规定了它的基本体性,"报告"所指意味着叙事内容具有新闻性、现实性和当下性。茅盾对报告文学作过颇具经典性的诠释:"每一时代产生了它的特性的文学。'报告'是我们这匆忙而多变化的时代所产生的特性的文学样式。读者大众急不可耐地要求知道生活在昨天所起的变化,作家迫切地要将社会上最新发生的现象(而这是差不多天天有的)解剖给读者大众看,刊物要有敏锐的时代感——这都是'报告'所由产生而且风靡的根因。"①茅盾的言说指出了报告文学与时代所具有的特殊联系。在报告文学史上,许多名篇如夏衍的《包身工》、徐迟的《哥德巴赫猜想》等都是具有很强的现实性的。21世纪的报告文学继承了既往非虚构现实主义的传统,注意发挥这一文体及时反映现实的重要功能,使报告文学成为实录新世纪社会面目的现场报告。新的世纪中国社会进一步转型,时代的步履更为"匆忙而多变化",重大事件更为密集,对此报告文学作出了极为快速的反映。记录2003年的"非典",重要的报告文学作品有何建明的《北京保卫战》、杨黎光的《瘟疫,人类的影子——"非典"溯源》、徐刚的《国难》等,这些作品忠实记录了"非典"的发生、控制、救治等信息,为历史留存了十分珍贵的材料。摄录2008年四川汶川地震境况的报告文学更是数以百计,代表作品有《震中在人心》《感天动地——从唐山到汶川》《天堂上的云朵》《生命第一》《热血师魂》《废墟上的觉醒》《让汶川告诉世界》《北线大出击》《晋人援蜀记》《震不垮的川娃子》等,作者从不同的角

① 茅盾:《关于"报告文学"》,《中流》第11期,1937年2月20日。

度、不同的方面,各有重点地记写了地震灾害的惨烈、抗震救灾的感人和震后的恢复与重建。孙大光的《中国申奥亲历记》、孙晶岩的《五环旗下的中国》、李琭璐的《光荣与梦想》等作品,对中国申办、承办和举办 2008 年奥运会的历程作了较为完整的叙述。2010 年上海世博会刚结束,孙晶岩就出版了长篇《珍藏世博》,在第一时间从文化的视角全面地描写世博仪态万方的场馆。除了这些重大事件,报告文学作家对国家的重大工程也作了迅速真实的载记,李春雷《宝山》、北方《大漠飞天》、孙晶岩《中国动脉》、徐剑《东方哈达》、蒋巍《闪着泪光的事业》等作品,以非虚构文学的方式,分别报告了特大型钢铁企业宝钢的发展、中国首次载人航天的发射、西气东输、青藏铁路以及高铁工程的建设。上述这些作品和反映社会问题的报告文学,成为真实生动地记录新世纪中国社会存在与进展的重要档案。

　　在全面叙写现实生活的同时,21 世纪的报告文学又特别重视开拓历史题材的写作,拓展非虚构写作的话语空间,形成了鲜明的报告文学叙事历史化的倾向。报告文学与历史题材发生较多的关联是在 20 世纪 80 年代,当时出现了一批被称为"史志报告文学"的作品,主要有钱钢的《海葬》、董汉河的《西路军女战士蒙难记》、大鹰的《志愿军战俘记事》和李辉的《文坛悲歌》等,在那样一个特殊的时代,一些"解冻的历史"因其具有某种特殊的新闻性而成为报告文学取材的重要对象,在价值生成上这类作品构成了历史与现实有意味的对话,也就是说这些作品不是单纯的历史非虚构,其意是指向现实的,带有很强的历史反思意识。到了 21 世纪,许多重要作家都参与了历史题材的报告文学写作,如何建明《破天荒——中国对外开放的划时代事件》《台州农民革命风暴》,李鸣生《千古一梦》《发射将军》,吕雷、赵洪《国运——南方记事》等都是历史非虚构叙事的作品。有的作家则专事历史题材的写作,如出版《长征》《朝鲜战争》《解放战争》的王树增。第五届鲁迅文学奖报告文学奖入围作品历史题材比例之高,是创纪录的。初评入围 22 部(篇)作品,其中贾宏图《我们的故事》、李春雷《木棉花开》、岳南《陈寅恪与傅斯年》、丰收《王震和我们》、张培忠《文妖与先知》、陈愉庆《多少往事烟雨中》、彭荆风《解放大西南》、李洁非《胡风案中人与事》、赵瑜《寻找巴金的黛莉》均为历史纪实,或以历史纪实为主的作品。优秀的历史题材作品为鲁迅文学奖所认可,21 世纪初十年的三届评奖每届都有两部(篇)历史题材作品获奖,占报告文学奖总数的五分之二,2004 年《瘟疫,人类的影子——"非典"溯源》(杨黎光)、《革命百里洲》(赵瑜、胡世全)

获奖,2007 年《部长与国家》(何建明)和《长征》(王树增)获奖,2010 年《解放大西南》(彭荆风)、《胡风案中人与事》(李洁非)获奖。这从一个特殊的方面表明,历史非虚构已成为世纪报告文学的重要组成部分。

　　历史叙事之所以在 21 世纪为报告文学作家所重视并且赢得图书市场的青睐,主要在于叙事对象本身具有的价值,同时也与作家的叙事智慧有关。王树增的作品是对长征、朝鲜战争和解放战争等的重新叙事,这些历史题材本身是内涵极其丰富复杂的立体,给作者的再述提供了可能的空间。以往相关的著述,大多是党史或军事史的结撰模式,基于的是集体性的写作设计。而王树增的叙事,在遵循历史本身的逻辑规定性的前提下,强化了某些个人性。在叙述的结构安排上,不照搬历史事件的时间秩序,而是根据表达之需进行调度重构,注意凸显出其中有滋味的段落,以造就叙述的魅力。胡风案是当代中国一个重大的文化事件,对此的写作不少。《胡风案中人与事》选取诸多普通人在胡风案中的遭际,显示出非常政治中寻常人生命运的无常,取事的视角和开掘的深度,使这一作品得到了有效的增值。何建明的《部长与国家》是一部大气感人之作。作品以老一代石油人艰苦创业建设大庆油田的丰功伟绩为主线,将时代大叙事与人物的性格叙事有机地结合了起来,再现激情燃烧时代特别的场景,复活了余秋里、康世恩等独具个性和人格魅力的可敬形象。作品对于过往光荣岁月与人物的缅怀,也正表示了新世纪开创未来需要继承那种感天动地的时代精神。21 世纪报告文学历史题材写作的热门,也应合了改革开放三十年纪念的主题活动。2008 年和 2009 年之际,站在已经发生深刻变化的现时,回望三十年前改革开放的发端和三十年来的历程,别有深意,一些报告文学作家意识到这一叙事的特有价值,写作"纪念"非虚构作品,其中的代表作当属吕雷和赵洪的《国运——南方记事》。作品名为"记事"但重在写人,着力地描写了与广东深圳经济社会发展深有关联的中央高层和省市领导,通过写人而记事,提供了许多有价值的历史细节。写人突破了一般政治人物写作的不足,注意写出在重大历史进程中各人物的气质和个性,是一篇可读性强的政治题材报告文学。

　　21 世纪报告文学历史叙事的意义是不言而喻的。但 21 世纪报告文学对历史题材规模化开发所形成的历史化倾向,也成为这一文体招致诟病的一个话题,说者认为这是报告文学躲避现实前沿的一种表征。其实它的形成有着多种原因。这固然有躲避现实的一面,但同时也与价值拓延的 21 世纪报告文学出现的题材泛化有关。在这种泛化中,历史题材的写作对报告文学作家具有很大诱惑力。现实题材的写作风险、写作成本相对于历史题材的写作明显要高。历史题材是一座富矿,其中很多既可规避现实的限制,又为读者所期待,具有较好的市场预期。它的写作也需要采访,但有的"取巧"者,更多地依赖资料写作,减轻大量采访的辛劳,这样有些历史非虚构就成为纸面"搬运的"写作。面对文体泛化的实情,我们需要突破的是对报告文学的既有认知。"报告"意指第一是非虚构,这是从内容的品质认定的。第二是"新闻",主要考虑对象的时间性。具有新闻特性的报告文学应以报告当下现实为主,但历史存在中那些未被知晓的、对于读者而言具有某种"新闻的意味"的部分,也是报告文学应该加以记写的。不过,报告文学的历史化确是值得我们关注的。历史叙事面临着历史想象如何规避主观虚构的难题,有些作品在还原历史人物与事件时,无节制地采用小说故事化的处理方式,使作品的非虚构性遭到了质疑。另外,报告文学的历史化和某些现实前沿题材写作的缺失,也是被人指说的一个重要原因。21 世纪初十年既是经济社会快速发展的十年,又是各种矛盾凸显的时期,作为时代记录者的报告文学对此是有所反映的,其中也有一些具有相当深度的作品,但总体上少有观照广泛、思考深刻、文学表现力强的优秀作品,如对底层问题、民生问题、公共安全问题、腐败问题和社会管理问题等,还没有兼具整体性、丰富容量和思想力度的大作品。这些话题的写作显然比很多历史叙事难度系数大。21 世纪报告文学某种程度上存在的就易避难、避重就轻、舍近就远,成为这一文体写作的一个问题。

三、叙事形制的建构

报告文学是一种"新闻文学",它的新闻性不仅要求所写取事时新,内容非虚构,而且也体现在作者写作与读者接受的方式上。一般而言,报告文学的写作讲究快速反应,读者也需要以较少的时间阅读作品,因此篇幅大多较短,也有中篇,但很少有长篇作品,《包身工》《谁是最可爱的人》《哥德巴赫猜想》等都是万字以内的作品。20 世纪八九十年代开始出现长篇报告文学的写作,到了21 世纪,报告文学则进入一个全面长篇化的时期。现成的例证是 21 世纪初十年历经三次鲁迅文学奖评奖,共有 15 部(篇)作品获奖,其中长篇占 13 部

（篇），仅有朱晓军发表在《北京文学》2006年第6期的《天使在作战》和李洁非发表在《钟山》2009年第5期的《胡风案中人与事》不是长篇，但也是中篇，短篇报告文学没有在这三届鲁迅文学奖中取得一席之位。

报告文学在21世纪出现长篇化的形制，有其内在的理据。其一是题材本身的需要。有些作品的题材容量大，适宜以长篇的格局加以叙写。如王树增的《解放战争》，所写是现代中国最为重大的事件之一，时间跨度较长，事件关联错综复杂，人物林林总总，所以不是短篇或中篇的形式能够容纳。当然是否有必要以上下两大册一百多万字的巨著规模安排，也是可以探讨的。有些题材是新生的，需要对相关的要素作相对完整全面的报道，如傅宁军的《大学生"村官"》，题材关系着国家的一项重大的战略安排，作品以集纳的方式选取具有代表性的"村官"加以叙写，这样的设置篇幅会长一些，但也有效地增加了报告的信息容量。连载于《报告文学》的王宏甲的《休息的革命》，在题材上独具特色。作品具体且生动形象地从"休息的革命"这一独特的视角，反映了中国改革开放的历史进程。作品所说的"休息的革命"是指改革开放三十年来旅游业的深刻变迁，但其中主要的价值并不是编写当代中国旅游发展史，而是通过特有意味的人物和重要事件的叙述，展示具有特殊史意的中国形象的演进。对于这样的题材显然应以一定体量的作品才可承载。

其二是题材的新闻性相对弱化后，作者注重以叙事的细密化、故事性等的设置，生成作品对于读者的阅读魅力。21世纪是一个全媒体竞呈的时代，资讯发达而空前活跃。原先以新闻性作为作品基本支撑的报告文学必须寻找新的吸引读者的因素，而且这种因素能够最大化地体现语言艺术的特长。于是，加大作品内在的叙事密度，强化作者思考的深度等，就成为非虚构作品写作可以选择的重要路径，但实际上在这样一个"非启蒙"时期，达成思考的深度只是一种理想，普遍的问题是作者的思想能力不济。因此作家能够首选的就是通过多种方式细密叙事，在细密叙事中造就局部的细节的"新闻性"。

航天报告文学作家李鸣生的《千古一梦》《发射将军》，从题材类型而言并无新的开拓，但作品在叙事构件的处理上有新的作为。有些作品适应于读图时代的需要，采用文图结合的叙述方式，以文字的言说为主，同时配以照片。照片是特殊的文字，但更直观真切，与文字的描写相得益彰。获得第三届鲁迅文学奖的西藏作家加央西热的《西藏最后的驮队》，是对藏族"驮盐"文化所作的一次别有滋味的纪事,作品附有许多与叙述内容相关的反映藏地风土人情的图片,读图看文,增强了作品的美感。

其三,21世纪报告文学叙事的粗放也与一些作家对于报告文学体性的把握偏颇、文学表现力的退化有关。报告文学是一种非虚构的文体,因此,从某种角度而言也是一种对报告对象作有效选择的文体。选择不仅反映了作家的眼光和认知能力,而且也体现出了作家的文学表现能力。这就要求作家对于题材能有整体的把握,对于所选人物事件的"二度选择"是写好作品的关键环节。不注意对材料进行精选,不能对材料作有表现力的呈现,那么叙事的粗鄙就是必然。

造成21世纪报告文学长篇化的另外一个重要原因是市场的推力。作者和出版商为"利益最大化"驱使,助长了报告文学的"长风"。21世纪报告文学的生产方式和传播方式较前有明显的不同。许多作品先在一些重要的刊物以大篇幅推出,或在报纸连载、广播电台连播,造势热身,然后再由出版社出版。这是"一箭多雕"的事,作者、刊物媒体和出版社均有利可图。而这样的机制诱发了报告文学写作的长篇追求,由此伴生出报告文学叙事的粗鄙。一些作品小题大做,以无效叙事充填作品;一些作品演绎为枝蔓芜杂、挥洒无度、滋味寡然的"随笔"。

正是在这样的背景中,中国报告文学学会倡导报告文学的精短化,先后组举办"'雪凡妮杯和谐美'全国短篇报告文学征文""'是谁感动我们'全国短篇报告文学征文""'瑞安华富杯'短篇报告文学奖"等活动。但真正对报告文学精短化具有直接推动作用的还是报纸媒体,《人民日报》《光明日报》《南方周末》《文汇报》等发表了不少有影响的作品。由于报纸版面的限制,促使作者自觉地注意在精选材料、精心结构、凝练叙事、优化语言等方面下功夫。何建明的《永远的红树林》(《光明日报》2004年7月9日)所写的人物及其事迹,包括"红树林"的寓意,无不指向并演绎着科学发展的时代命题。作者借象寓意,述事明理,完成了一篇凝练有致的作品。韩小蕙的《吉妮丽吉情歌——写在"中国南方喀斯特"申遗之际》(《光明日报》2006年8月4日),是一篇抒情散文式的报告文学,所写是"中国南方喀斯特"申报世界自然遗产之事,作者没有线性地铺叙相关的申遗活动,而是以散文的方式将瑰丽奇异的自然、美丽丰富的想象和美好的人情品格有机地融合在了一起。曹筠武的《集体离婚》(《南方周末》2006年5月25日)浸润着杂文的滋味,具有很强的阅读张力。题目设置了某种悬念,激发读者的"猎奇"心理,作品通过所叙"奇"事,凸显了我们这一时代的某种"时代病相"。《集体离婚》与其说是闹剧,不如说是现代人集体的精神悲剧。张胜友的《让汶川告诉世界》(《人民日报》2009年5月12日),所写是一个大题目,作品宏阔势壮,取高端视角统摄材料,以跳跃的语言段落,重点报告生命抢救、灾民安置、震后重建等关键环节,以有限的篇幅表现了丰富的主题内容。

四、报告文学生产力的格局

观照报告文学文体的独特,我们还可以从报告文学作家的基本构成取事言说。21世纪初十年三届鲁迅文学奖报告文学类获奖者共17人,年龄最大的彭荆风20世纪20年代出生,获奖时81岁;40年代出生的有王光明、胡世全和张雅文3人;50年代出生的有8人,是王树增、杨黎光、王宏甲、朱晓军、赵瑜、李鸣生、何建明和加央西热;60年代初出生的有姜良纲、党益民、关仁山、李洁非4人;年龄最小的李春雷1968年出生。由此可见报告文学作家的中坚力量是20世纪50年代和60年代初期出生的,具有全国性重要影响的年轻报告文学作家较少。从21世纪初十年报告文学创作的实际贡献看,"跨世纪"报告文学作家支撑了这一文体写作的基本局面。所谓"跨世纪"作家是指20世纪八九十年代进入报告文学领域,创作已有重要实绩,并且在新世纪仍然保持着良好写作状态的一批作者。这里我们可以列出一长串的名字,主要有徐刚、赵瑜、何建明、杨黎光、李鸣生、徐剑、王宏甲、黄传会、陈桂棣、梅洁、孙晶岩、王光明、王树增、胡平、蒋巍、杨守松、刘元举、一合、长江、徐江善、曲兰等。报告文学可能不是属于年轻人的文体,甚至"70后"的报告文学作家在2010年《梁庄》作者梁鸿"冒出"之前似乎也未有所闻。在这样的情势中,21世纪报告文学能有一种稳定常态的局面,主要有赖于跨世纪报告文学作家的作为。跨世纪报告文学作家的存在具有多端的意义。他们持久的、具有活力的、质量较高的创作,使20世纪80年代以来的中国报告文学史的行进未曾终止或停歇;他们中的许多人赓续了20世纪优秀报告文学作家襟怀天下、肩担道义的品格,使报告文学的文体精神在新的世纪得以基本守持。

何建明是报告文学作家中少有的全国劳动模范,他以自己数十部作品诠释着作家劳动模范的真实含义。1995 年推出的《共和国告急》，是当代报告文学中第一部反映矿产开发、管理，揭露矿难问题的作品，获得首届鲁迅文学奖；1998 年出版的《落泪是金》叙写大学生贫困问题，引起广泛影响。进入 21 世纪，何建明的报告文学写作迎来井喷期，出版了《中国高考报告》《根本利益》《国家行动》《部长与国家》《国色重庆》《台州农民革命风暴》《我的天堂》等长篇作品，成为新世纪中国报告文学的领军人物之一。特别可贵的是，何建明没有缺席一些重大突发事件和重大题材的写作，深入现场扎实采访，写出了《北京保卫战》《生命第一——5·12 大地震现场纪实》等具有重要题材价值的作品，显示出报告文学作家的专业精神和职业品格。赵瑜是中国报告文学从新时期到新世纪发展史程中具有贯穿性意义的代表作家。20 世纪 80 年代，赵瑜就以《中国的要害》《太行山断裂》《但悲不见九州同》《强国梦》《兵败汉城》等作品立定了他在报告文学中地位。90 年代的长篇《马家军调查》承继作者此前善于反思、批判的风致，又在客观叙事、文化省思等方面具有新的开拓。21 世纪初十年，赵瑜独立或与人合作写作出版了《革命百里洲》《晋人援蜀记》《火车头震荡》《寻找巴金的黛莉》《王家岭的诉说》等作品，在题材上有所拓展，对于作品叙事艺术的求新更为自觉。以《走出地球村》《中国 863》《震中在人心》分别获得第一、第二和第五届鲁迅文学奖的李鸣生，也是一位重要的跨世纪作家，其题材主要涉及科技尤其是航天领域。李鸣生具有自觉的报告文学文体意识，21 世纪以来出版的《千古一梦》《发射将军》《震中在人心》等作品，重视作品叙事的艺术设计，注重作品文学性的内在生成等。许多跨世纪作家在新世纪成为成熟的作家，形成自己的写作风格。像徐剑表达的诗意、杨黎光人物表现的抵达人性、黄传会对于贫困题材的朴素而深沉的记写、一合反腐写作的心理透视等，各具特色和优长。跨世纪报告文学作家多样化风格的呈现，使新世纪报告文学的景致大体可观。但同时，跨世纪报告文学作家创作中也存有不足，主要表现为全球化时代的视野遮蔽，整体上缺乏开阔的国际视野，无法基于更广的视界观照并解说表达客体。在文本营构中，相当多的作品有一种平面叙事中的深度缺失，一些作家只满足于故事的叙说，自觉或不自觉地忽视或放弃了主体对报告对象的理性穿透。

    关注 21 世纪报告文学的作家构成，我们会发现报告文学新人无多。所以"60 后新生代"这样的表述，不是故意作"悖论性"的语言设置，而是对存在的一种写实。"60 后"报告文学代表作家主要有李春雷、党益民、陈启文、阮梅、朱玉等,其阵营规模大不如"50后"报告文学作家群。我们指说"60后"报告文学作家为"新生代",不是说他们此前没有过成功的写作实践,而是说在21世纪他们能以报告文学作家的身份,开始走到这一文体的前台。党益民有《用胸膛行走西藏》《守望天山》等大写军人兵事的作品,作者以刻骨铭心的亲验感受,真实地记写、讴歌不畏艰险、忠于职守、具有壮美牺牲精神的人物,作品激扬着的巨大的感人力量,可净化我们被污染的生命和心灵。李春雷是这一批报告文学作家中比较年轻、创作活跃且具有较高水准的一位,其工业题材《宝山》和政治题材《木棉花开》的写作有成,显示出作者处理题材、选择质料、布局作品和语言表达等多方面的特异能力。2010年因为《人民文学》"非虚构"专栏的力推,"70后"作者梁鸿以《梁庄》进入报告文学的写作空间。《梁庄》的写作内驱力来自作者浓郁的故乡至情和深刻的现实乡村之痛。"这是一部具有别样之美的田野调查,又是一部与众不同的纪实文本,更是一扇认识当下中国独具慧眼锐思的理论之窗。从这里,正可以触摸今日中国与文学的心脏。"①作品的叙事内容和主题表达,或为非虚构写作的发展给出了一种新的可能。此前梁鸿从事文学研究和评论,此后我想大概也不会有大的改变。因此,我更愿意将"梁鸿"视作一种希望,报告文学文体的继往开来需要有真正的"新生代"接力创造。

---

① 梁鸿:《中国在梁庄》,南京:江苏人民出版社,2010年11月。

时代报告的主旋律与异质性

第六章
时代报告的主旋律与异质性

从新闻文体演化而来的报告文学，与现实生活有着天然的关联。它是立足于现实的时代报告，因而也是一种独特的时代文体。作为时代文体，报告文学的作者是时代的观察者、记录者，而有价值的报告文学，就成为实录我们这个大时代的新"史记"。报告文学对现实的摄照是全景的，现实中重大的事件、感人的人物、值得关注的问题，都会在作家笔下得到及时的反映。北京奥运会、航天工程、高铁建设、港珠澳大桥建造、青藏铁路开通、生态文明建设、脱贫攻坚、汶川大地震，以及许多感动中国的时代楷模等，成为报告文学写作的重要题材。这些作品讲述中国故事，书写中国创造，展示中国力量，凝聚中国精神，在作品的价值取向上，体现出鲜明的主旋律特点。但现实生活是多色调的。报告文学对生活中的问题存在，并不能视而不见。近些年来，问题书写的报告文学总量相对减少了许多，作者的主体性更多退隐于具体的叙事之中。在这样的背景中，一些作家坚守于对现实的介入和干预，在主旋律以外，以某种"复调"的方式呈现更为全面的现实，就显得别具价值和意义的了。本文放弃了过往常用的一种整体性的研究方式，改换为对若干具有代表性的报告文学作品进行具体简评，以此来言说给出的论题。

一、《大国重器》：叙事的"大"与"小"

徐剑是当代资深有为、具有代表性的报告文学作家。《大国重器》是他献给自己60岁生日一份厚重的大礼。"徐剑"其名和它主人的人生之间，有着一种特殊的可"互文"的机缘。徐剑之"剑"与他特色化的写作对象导弹之间，具有某种特殊的关联。他的写作,不只是作者一己的文字编码,而且也是他所心系的中国导弹事业的一部分。

《大国重器》是一部书写中国导弹发展历史的史诗,一部绘写火箭军"前世今生"的大传。全篇除引子和跋外,由上、中、下三卷组成,共 19 章,以叙写对象的关联术语结构篇章,以一甲子的历史纵深和波谲云诡的宏阔世界背景,具体生动地记录了中国火箭军导弹从无到有、从仿制到自创、从低端到尖端发展壮大的辉煌历史。这是当代中国大历史的重要组成部分。

就意义论《大国重器》,有一点是非常重要的,这部导弹发展史,其实就是一部英雄谱。在这样的英雄谱中,蕴含的是大写的中国人、中国军人的中国精神和民族之魂,激扬地体现正大气象的中国气派。徐剑以为,"讲述中国故事,需要诠释的是中国精神,而作为中国精神的文学读本,则应张扬一种中国风格和气派。尤其是承载着强军梦的故事,最能体现这种正大气象"①。徐剑特别看重报告文学中"风神韵"体现,强调"神是神品,是上品的风骨、风神,就是一个民族哲学的向度与精神维度"②,是报告文学不可或缺的要素。在《大国重器》中,作者通过作品具体生动的叙事,激活了一段又一段峥嵘岁月,呈现了一代又一代、一批又一批为国奉献的导弹英雄。在这些英雄的身上,凝聚了崇高感人的中国精神。

对过往的伟大历史的缅怀,于今天砥砺奋进的我们至关重要。不忘初心,方得始终。这是一部向创造了伟大历史的历史致敬的厚重之作。作者的写作使读者走近那渐行渐远的历史,掸去历史的封尘,在阅览先驱的传奇时,完成一次精神的洗礼。英雄总是与传奇相关联。在物质至上主义者这里,以国家民族集体性价值为重的英雄,被他们以自我实现为务的个人价值遮蔽。经济中心主义的价值观,构筑的是物质崇拜和资本英雄。《大国重器》是一部英雄礼赞,作品对导弹英雄的再现与讴歌,是对时代核心价值的一种重申和弘扬。导弹英雄的叙事在《大国重器》中占有很大的篇幅,这也是作品最为感人的地方。而这样的设置在徐剑这里是高度自觉的,是有意为之的。徐剑认为:"在这个物欲横流的社会,在一个没有英雄的时代,我们的民族需要这样的英雄,

---

① 徐剑:《中国故事的中国气派》,《中国艺术报》2016 年 12 月 7 日。
② 徐剑:《新时代主题书写:报告文学要处理好三个关系》,《文艺报》2017 年 12 月 4 日。

我们的国家需要这样的英雄,我们的人民更需要这样的英雄!"①

　　这里有令人心生悲壮崇敬的场景:"导弹筑巢人就是这样,每一个国防工程竣工了,每一个导弹阵地建成了,就会留下一座烈士陵园。""那些日子里,有个故事的细节最打动我,就是一位为导弹筑巢人的儿子,在当年父亲建设的导弹阵地上,当了一位阵管连指导员。每到周末晚点名的时候,他们都会有一个永远不变的仪式,那就是带队进导弹阵地的烈士陵园。面对一座座烈士的水泥小屋,极目远方,看着缓缓而落的夕阳,晚霞染红墓地,犹如喋血一般,然后缓缓地举起右手,行一个最肃穆庄严的军礼。"②读着这样的文字,我们无不为这些英雄而肃然起敬。他们以生命浇铸的中国导弹事业,为我们撑起了一片晴朗和平的天空。我们仰望星空,感念共和国的英雄。

　　言说了《大国重器》题材题旨的意义,我们再回到这部作品的叙事本身,来感知、读解它的特质。报告文学的主要价值可能不在文学方面。但是没有了文学的表达载体,报告文学所要报告的对象当然不复存在,其价值也就无从谈起。报告文学不能满足单一的新闻报道的宣传功能,之所以在新闻之外还需要报告文学,是因为报告文学在报告与文学的统一相生中,能实现非虚构叙事审美的最优化。正是在这一点上,《大国重器》为报告文学的审美性达成提供了成功的经验。这部作品是"中国火箭军的前世今生"的历史叙事,但这并不是历史学中的历史书写,也不是火箭军军史的制式,而是一种非虚构的文学叙事。非虚构的文学方式进入真实的历史存在,其前提是非虚构,而文学则包括语言运用、结构设计、人物再现、现场实感、主体情与思等等,总而言之,要以作家充分的个人化来文学地呈现对象。不同于其他类型的历史写作,文学的历史写作,往往是以小进入历史之大,以故事的讲述和人物的鲜活再现历史。

　　徐剑当然深谙这些非虚构写作之道。在报告文学作家中,他是很有结构意识和结构能力的一位。我们看《大国重器》的结构生成,其中也有精巧。徐剑从火箭军历史的机缘巧合中,发现了结构作品的契机。"2015 年 12 月 31日,历史子午线与现实的子午线在这一瞬间重合了。六十年前,钱学森备课,次日下午提出火箭军概念,六十年后,习近平主席授旗、训词,标志着火箭军的序幕于此刻撩开了。""一个甲子,一枕火箭军之梦。历史于冥冥之中,在辞旧

---

①　徐剑:《大国重器》,北京:作家出版社,2018 年。
②　徐剑:《大国重器》,北京:作家出版社,2018 年。

迎新、一元复转的时空交接之中,预示和影响了中国火箭军的前世今生。"①这种真实的历史巧合,点亮了作者结构作品的灵感,也使作品的故事性建构得以强化。作品的入题正是从钱学森的"导弹概述"开启的。纪实作品的开题至关重要,作品的进入视角、进入方式等,大致上反映了作者的文学能力和作品的艺术水准。《大国重器》是从李旭阁这位当年总参作战部空军处参谋这里展开的。李旭阁由听"导弹概述"的参谋成了共和国第二炮兵的司令。生活不缺乏故事,历史之中有的是传奇。徐剑由对写作对象的深熟中,发现了这种具有传奇色彩的故事性,并且将这种故事性有机地导入文本,这样就使作品的叙事引力随文而出。作者以小微进入大历史,小与大,轻与重,神秘与期待等有机地融合起来,使作品的叙事有了一种特别重要的张力。

文学是人学。《大国重器》是叙大国大事的作品,但作品并没有见事不见人,相反,作者始终注意突出故事中的人物的再现。作品以充分的篇章为我们展示了中国导弹人为国牺牲、卫国精武的感人事迹和崇高的精神形象。塑造再现了不少真实感人、丰富饱满的人物形象。对于人物的再现,不只写到高层的决策人物、火箭军的中高级指挥员,也以许多笔墨为普通的官兵立传,其中有导弹发控号手张元庆、六级军士肖长明、"金号手"军士长康平、"发射战车之王"周文芳等。人物在作品中形成了一个较为完整的谱系。这也体现了徐剑这部作品表现的重心的预设:"重器也,但非器也,大国国器是人,大写的中国人,中国士兵、中国火箭官兵,他们才是真正的大国重器。"②

在人物叙写中,对一些高级首长的写作给我留下很深的印象,其中对向守志的叙写就是代表性的一例。"不当军长当院长,只恨手中剑不长",当军委任命向守芝担任西安高级炮兵学校校长时,他感到"很荣幸,倍感光荣"。"向守志坚定地说,以后我就叫守志吧,我要守国防现代化之志,守中国火箭事业发展壮大之志。"他"将自己档案里的名字向守芝,正式改名为向守志"。《大国重器》对这位守中国火箭事业发展壮大之志的将军,以充分的篇幅给予浓墨重彩的描写。为了不使自己成为永远的外行,向守志特别请学校的专家给自己开小灶补课。他对专家校长特别尊敬,每次都要到楼下迎接。有一天席力给向守志讲课,"他入院长小楼时,发现向守志没有下来迎接,而是由公务员导引上

---

① 徐剑:《大国重器》,北京:作家出版社,2018 年。
② 徐剑:《我有重器堪干城》,《文艺报》2018 年 12 月 21 日。

至楼上,只见向院长坐在一个气充满的游泳圈上。他刚入屋里,向院长站了起来,说,席力主任,请坐,我这几天痔疮犯了,老毛病了,不能下楼接你,抱歉医生给我出了一个好主意,让我坐在游泳圈上听课。"①这里所呈现的场景和细节都非常真实,素朴的文字刻画出人物感人至深的形象和令人崇敬的品格。读这样的文字,即刻就会转换出如在目前的画面,所写人物在读者这里就挥之不去。一个核心细节远胜于泛泛无物的唠叨,这是徐剑《大国重器》给我们的一个有益启示。

二、《大国行动》:情与爱的交响

有着 45 年军龄的老海军黄传会,近 40 年的文学航线大致有两条。一是致力于反贫困题材的报告文学书写,采写过《托起明天的太阳——希望工程纪实》《中国山村教师》《中国新生代农民工》等作品。二是不忘初心和本分的"海军作家"写作,推出了《中国海军三部曲》《中国海军:1949—1955》《潜航——海军第一支潜艇部队追踪》等。这些作品的题材或关涉"让人们最感焦虑和痛苦"的问题,或"包含着时代重大"的主题。作者实录和存活了独具价值的报告对象,而这些作品最终也垒建起一个作家坚实卓然、无可忽视的文坛形象。

《大国行动》叙写的撤侨题材,已经有影视作品及其他报告文学作品加以表现,但黄传会的新作依然别具价值。这部作品首次以非虚构的方式,将中国海军与撤侨关联了起来,一方面真实具体感人地展示了大国力量、大国担当和大国情怀;另一方面通过对作品主情节线的有机穿插,再现了人民海军威武自强的光辉之旅。作者在扉页上赫然标注,"此书谨献给中国人民解放军海军成立 70 周年",此语既表达了作者对人民海军深挚的初心情怀,也正好给出了此作非比同类其他创作的意义。

本部作品以复线落实"大国行动"的叙事。从首章《来自索科特拉岛的呼救》,到《临危受命》及至《回家》共七章,章节标题明示了撤侨救援的写作主线,主线清晰而曲折,扣人心弦,引人入胜;另一条副线则是内蕴其间的人民海军

---

① 徐剑:《大国重器》,北京:作家出版社,2018 年。

成长史的摄取。由"黄水"海军到"绿水"海军,而到"蓝水"海军,"我们的爱是蓝色""亚丁湾,我们来了""真是海军来接我们!"①,这一副线正是作品主线叙事展开的逻辑基线。"微山湖"舰舷挂着的红底白字大标语"祖国派军舰接亲人们回家!"就是新中国发展史、人民海军建设史的特写和剪影。没有祖国的繁荣,没有海军的强大,也就没有也门撤侨的可能。诚如时任中国驻也门使馆领事司长所说,经历了大大小小十几趟中国在海外公民的撤离行动,也门撤侨是最惊心动魄的一次,也是"最扬眉吐气的一次"。这是一个非常事件,同时它也成为特殊的视窗,检验着我国的综合国力,彰显了人民海军是一支使命必达的坚定力量。题材题旨的重大重要,主线副线的交织相应,达成了也门撤侨这一行动中大国的形象及其价值。

在作者黄传会看来,2015 年春中国海军也门撤侨,是"展现沉着理性和人间温情的历史事件"②。这样的感觉和判断,大致上确定了《大国行动》的叙事路向和基调。这里的"沉着理性和人间温情",既是作品报告对象的客观存在,也是作家主体报告文学创作的一种基本风格,只是在这部新作中体现得更为鲜明。黄传会的报告文学,虽为宏大叙事,但并不虚张声势、高悬凌虚,而是一种紧贴对象、深入内核的纯朴写作,因而显得更为踏实真切、信然可感。"人间温情"在这里并不是个体生命中的小情绪,而是有关祖国大爱、家国情怀乃至人道博爱。作者特别设置"生活性叙事",由此铺展"行动"中普通人与祖国之间休戚与共的故事叙说,即通过寻常百姓的命运遭际,表现作品的宏大主题。或有言,"当个体的记忆,以喃喃自语的方式出现,一般是被宏大叙事所忽略的那部分"。黄传会在这部作品中,注重的却是重拾"被宏大叙事所忽略的那部分"。"我采访的第一个对象是一位叫阿美的姑娘。也门撤侨前一周,她与闺蜜布蓝万里迢迢前往也门的索科特拉岛旅游。讵料,战争突然爆发,她们惊慌失措。""没有想到,两天内,三位大使给她们来电话,询问情况,安抚情绪","更让她们没有想到的是,三天后",中国海军"紧急驰援,接她们和岛上的 7 名中国医疗队员回国"。作品第一章《来自索科特拉岛的呼救》和第七章《回家》,正以她们为故事的主人公。其中的故事不是电影式的虚构,而是实际的存在,但又具有非常态的故事性、传奇性。而正是在普通公民这样的生活故事中,盈满

---

① 黄传会:《大国行动——中国海军也门撤侨》,北京:解放军出版社,2019 年。
② 黄传会:《报告文学作家一直在路上(创作谈)》,《今日苍南》2019 年 7 月 17 日。

了真真切切的祖国大爱。"国家""公民"这两个原来似乎只是政治化的词语，在亲历了事件的主人公这里，"听起来却感到特别的亲切，离自己很近很近"①。这样的书写，对象曾有的新闻性已经退去，而深蕴在其中的有意有情的真实故事，经过作者的深入采访和智慧选择得以复现。报告文学的叙事魅力正在这里生成。

报告文学是行走者的文体。黄传会也坚持认为，没有采访的写作，不能称之为报告文学。这位与共和国同龄的海军作家，身体力行，年近七旬，重新踏上"现代化军舰的甲板，再当一回水兵"。正是有了与水兵打成一片的沉入式采访，才有了这样富有对象质感的成功写作。2019 年习近平总书记看望参加全国政协十三届二次会议的文艺界社科界委员时，提出："希望大家承担记录新时代、书写新时代、讴歌新时代的使命，勇于回答时代课题，从当代中国的伟大创造中发现创作的主题、捕捉创新的灵感，深刻反映我们这个时代的历史巨变，描绘我们这个时代的精神图谱，为时代画像、为时代立传、为时代明德。"黄传会的《大国行动》，恰是一部真实描绘时代精神图谱，倾情讴歌祖国强大的报告文学。作品为人民海军也门撤侨的大国行动立传，抒唱内蕴其中的祖国和人民深情厚爱的交响。为此，我们向"解甲未归田，永远在路上"的这位低调的鲁迅文学奖获得者，致以一个标准军礼。

三、《乡村国是》：新时代扶贫志

身板并不硕壮的青年作家纪红建，负重扛起有分量的大题目来写作。其作品《乡村国是》是一部"国字号"题材的长篇报告文学。所谓"国是"，意指影响全局的国家大政，意义深远的重大国策。在纪红建这里，《乡村国是》所写的中国农村扶贫脱困的实景，呈现的正是实施重大国家战略取得的历史性成就。"反映中国农村扶贫，尤其是老少边穷地区精准扶贫现状，为我国的扶贫事业留下一份带着温度的扶贫报告，是我创作的初衷。"②作者其志之崇高，作品题

---

① 黄传会：《大国行动——中国海军也门撤侨》，北京：解放军出版社，2019 年。

② 纪红建：《心声·心愿——长篇报告文学〈乡村国是〉创作谈》，http://old. frguo. com/Info. aspx? ModelId＝1＆Id＝36542。

材之重大,读了近四十万字的《乡村国是》,我想可以肯定地说,纪红建的初衷实现了。作品本身的厚重,担当得起这样一个"国是"书写的题材。写作中体现出的报告文学作家应有的担当精神、卓然的非虚构叙事能力,令我心生敬意。

观览社会发展大概,我们可知现代化的实现,正是一个逐步告别贫困的历史性进程。中国特色社会主义进入新时代,我国社会主要矛盾已经转化为人民日益增长的美好生活需要和不平衡不充分的发展之间的矛盾。这里所说的发展不平衡不充分,其中就关涉到农村的贫困。由此可见,纪红建的《乡村国是》报告的正是有关社会主要矛盾的大"国是",是一部深切时代大主题的文学书写。从新时期到新世纪,作为时代文体的报告文学,对社会重要存在的涉贫题材多有写作,重要的作品有麦天枢《西部在移民》、何建明《落泪是金》、孙晶岩《山脊——中国扶贫行动》、陈庆港《十四家》等,黄传会有一段时间更是致力于《托起明天的太阳——希望工程纪实》《中国山村教师》《中国贫困警示录》等的写作,被称为"反贫困报告文学作家"。检视这些作品的主题,我们可以发现它们基本是一种"问题报告文学"的制式,其基调是揭示贫困问题的严重存在,以期引起高度关注。《乡村国是》不是"问题报告文学"的写法,当然也不是一般所谓的"主旋律"作品。作者所依据的是历史理性的原则,贫困依然是一个问题,但扶贫攻坚的实绩是现实的,是历史性的。作为社会的观察者、记录者和思考者,纪红建有责任将历史的进展,作出真实的报告。因此,在《乡村国是》这里,贫困已整体性地由"问题"转为"话题",作者要与读者分享的是一个有关中国扶贫,特别是精准扶贫的有意味的话题,他所写的是一部新时代中国扶贫攻坚脱困致富的新风景。

《乡村国是》以充分的非虚构文学的具象叙事,富有质感地展示行进中的中国扶贫风景。这是一部涉面广泛的具有宽度的作品,作者力图比较全面完整地记录这一时代扶贫的新进展、新成就。从采写对象的空间分布看,作者走过新疆、西藏、宁夏、甘肃、云南、湖南等 14 个省市自治区的 39 个县市区,足迹印在 202 个村庄的土地上。这样大规模的深度采访,体现了作者严谨认真的写作态度。从某种角度上说,对于已经具有良好写作能力的报告文学作家而言,有了好的写作题材,作者的写作态度大致就决定了作品的质量。报告文学写作的现场就是对象存在的现场。好的作品应当具有真切的现场感,应当反映出能体现对象特质的丰富性和复杂性。《乡村国是》,是作者艰苦行走的馈赠,其间就呈现着现时我国扶贫状况真切的现场感、样本性和丰富性。这从

《乌蒙山的石头开花了》《汉尧屯，那温暖的山泉》《路有荆棘》《南部：可推广模式》《走出去的丰收》《晴隆的忧伤》等章节的记写中，就可获得这样的印象。再从采访对象的类型看，大致上涉及我国目前扶贫脱困的基本方式，包括国家支持、对口援助、社会帮扶、生态养富、交通致富、移民重建、电商脱贫、自强脱贫等。

如果说基于广深采访所得的是《乡村国是》报告对象的宽度，那么作者立足于"以人为本"的叙事建构，则是生成这部长篇内质厚度的关键。前者保证了"报告的"文学所需的信息容量，后者则使"文学的"报告成为可能。扶贫脱困是大事，但事在人为。从《乡村国是》反映题材而言，无论是哪种方式的精准扶贫，其达成的关键都在人。对此，作为一个成熟的报告文学作家，纪红建是非常自觉的，作品最用力处也在于此。作品写到的人物有许多，其中有各级精准扶贫的驻村干部，有为扶贫鼓与呼的有识者，有带领群众艰苦脱贫的老党员、老干部，还有更多深度贫困地区不甘贫困的普通百姓。最为感人的就是作品中写到的那些贫困而不失其志的贫困户，以及那些勇于担当、无私奉献、带领群众艰苦脱贫的基层干部。纪红建在作品后记中说，"我想通过'精神'二字理清全文脉络"，其实"精神"不仅关乎着作品的脉络，更是作品主题价值实现的关键。它是人物的灵魂，也是作品表现力生成之所在。正如作者所说，"最先要说的是贫困山区群众那种自强不息、坚毅与顽强的意志和精神"，"在麻怀村，在十八湾村，在隆雅村，在汉尧屯……我已经深刻感受到了贫困群众精神的力量"。其中有"为了生存，永不放弃"的广西男子汉吴天来，"再高再陡的山他也能踏出路来"，在他的带领下，贫困的村子，变成了"大山深处的桃花源"；有"宁愿苦干、不愿苦熬"的巴中男子余定泗，"他从容淡定的言行，他亲切而坚定的眼神，很是让我吃惊。他的眼神里，没有流露丝毫的失望与放弃，只看到了执着与坚毅"[①]；有"攒劲的小伙子"陈俭银和他的儿子陈泽恩……纪红建以崇敬之心走近他们，以蕴情之笔书写他们，唤起了一种感奋我们的精神力量。纪红建说，要写出带着"温度"的扶贫报告，我想这"温度"就在向"自强不息、坚毅与顽强的意志和精神"致敬的叙写之中。

《乡村国是》中有一处表述是很有意味的："那些个高而看似瘦弱的白杨

---

① 纪红建：《乡村国是》，长沙：湖南人民出版社，2017 年。

树……它们不壮实,但很顽强,条件再艰苦,环境再恶劣,都能生存下来。""我想,这种顽强,就是西海固人的顽强吧! 就是中国贫困山区人们的顽强吧!"①我想起了茅盾先生七十多年前所写的《白杨礼赞》:"我赞美白杨树,就因为它不但象征了北方的农民,尤其象征了今天我们民族……所不可缺的朴质,坚强,以及力求上进的精神。"②读《乡村国是》,白杨和扶贫者、自强者的意象,在我眼前闪回。这是最美的风景!

四、《出泥淖记》:"果子"与"根子"

在阅读《出泥淖记》之前,我已看到发表在《文艺报》上的记者采访任林举的访谈文章。在访谈中,任林举以他的体悟谈了对报告文学的理解:"'报告'是摘果子的,'文学'是挖根子的。新闻告诉人们的是果子有多大,而报告文学要告诉人们的是为什么果子会这么大。这样看,报告文学作家既要有摘果子的敏感,也要有挖根子的深刻。"任林举的"果子""根子"说,不只是新鲜生动,而且蕴含着报告文学写作的要义。作为对这一比喻的诠释,任林举认为:"文学的职责是,不写事件本身的过程和结果,而是通过事件和过程重点表现其中的精神要素,包括人性、境界、情怀、价值追求等等。如果仅仅写了事件的过程和结果,而没有超越这些表面化的东西,自然就是宣传稿,或长篇通讯。严格说,不应该叫做文学。这就要求作家在创作时要保持高度的自觉,让笔触深入到更深的层面。"③不是说不需要新闻宣传写作,只是说之所以在此之外,还要有报告文学,它所意指的是我们应当按照文学的基本规律书写客观实在的对象世界。这样的作品既有新闻价值,也有文学意义。任林举的言说,是他历练后的经验之谈,也是我们现在阅读他作品《出泥淖记》的"导语"。

《出泥淖记》属于脱贫攻坚题材的主题写作。主题写作是具有中国特色文学制度的一种安排,对于推进战略性、全局性重大题材的文学创作,有着不可或缺的作用。摆脱贫困,追求小康,是人类自古以来一直怀揣的美好理想。

---

① 纪红建:《乡村国是》,长沙:湖南人民出版社,2017 年。
② 茅盾:《白杨礼赞》,《文艺阵地》第 6 卷第 3 期,1941 年 3 月 10 日。
③ 李晓晨:《既要有摘果子的敏感 也要有挖根子的深刻——访作家任林举》,《文艺报》2020 年 3 月 16 日。

《诗经·大雅·民劳》就有这样的愿景,"民亦劳止,汔可小康。惠此中国,以绥四方"。2020年全面实现脱贫,是中华民族历史上的伟大壮举,也是中国对全人类作出的彪炳史册的巨大贡献。这是现实生活赋予时代文学的使命,自然值得文学以主题写作的组织方式大书特写。同时,也是文学参与脱贫攻坚伟业,书写新时代新史记的独特方式。2020年,为了完成《人民日报·海外版》和《中国当代文学研究》布置的作业,我集中批量地阅读了较多的脱贫攻坚题材的报告文学作品。其中的不少优秀之作,作者付出了艰辛的脚力,凝聚着精彩的笔力,我深为作品所写而感奋、感动。但非虚构地说,也有一些犹如近地飞翔的"无人机写作",总是有些悬离地面。我们可以从中看到地面树上长得大一些的"果子",但终究无法获知树的年轮,更不要说深植泥土中的根脉了。

可以说,从见"果"得"根"的报告文学文体定位看,《出泥淖记》是当时我读到的相关主题写作中最好的作品之一。主题写作不是大合唱,而是多声部的交响乐。写作者应当通过深入的采访、田野调查和真切的体验等,以个人方式写出公共经验中的独特存在,发出自己的"声音"。任林举花了两个多月采访,接触了解的人大约有200个,重点访谈了60多人。"只要我们能够想象到的故事、细节和心态,生活中早已经存在了,而正在发生的或已经发生的却有很多我们无法想象。"①发现真实而有意味的生活是报告文学写作的前提,而有效的选择和富有表现力的呈现,则是文本生成和价值实现的关键。仅从作品的题目,我们就可以感知作者写作的自出机杼和笔力重点所在。这倒不是说"泥淖"喻说困境是任林举的发明,但将脱贫攻坚写作与此关联起来,任林举是第一人。语言的背后是思维。何谓攻坚脱贫,决战决胜,此时的贫困非比过往,而是坚中之坚,难而又难。因此,以"泥淖"说事,可能是最形象而及物的表述了。如果作者没有深度地体物得意,就不可能有《出泥淖记》这样的命题和命意。

贫困犹如泥淖。泥淖由何形成,各有所异,但主要的无外乎是自然条件和人为因素这两个方面。因此,相应地"出"泥淖,就是要走出不适宜人生存的自然困境和因人造成的精神困境。作品第一章《荒野》显然重在自然泥淖的叙

---

① 李晓晨:《既要有摘果子的敏感 也要有挖根子的深刻——访作家任林举》,《文艺报》2020年3月16日。

事,开篇读者就和严酷的大自然不期而遇:"初春时节,李秋山背着一个装得满满的胶丝口袋走在村庄和种子公司间的小路上。这是一片沙丘、碱土、稀疏的碱蓬草和断续农田交错铺陈的广阔原野。""风卷起地上的沙粒和碱土的粉尘,像鞭子一样抽打在李秋山的身上和脸上。他的身子迎着风,向前倾斜着。也许是风的刺激,也许是痛苦难忍,两行泪水不住地流了下来,在他覆满尘土的脸上冲出了两道弯曲的河流。"①这是一个画面感和镜头感都很强的作品进入方式,有大全景,也有细部的特写。我们可以读出来的画外音就是一个叫靠山村的村子,没有自然的可靠;春天里的人们,依然生活在痛苦的寒冬。《荒野》一章的主人公是李秋山,但一人一章的叙事却有很大的信息量。它是家族近百年的历史流转,李秋山的祖上因为生活困厄,从山东闯荡到关东。岁月流转,只是日子大多依旧。但这一章又不仅仅是一类人宿命的写照,还是靠山村二十几年来的扶贫简史。先发现金,村民即刻买吃、买喝、买衣服;再给拖拉机、水泵,物无所用,成了"一堆废铁";后来又是赠送良种,希望传播秋收。"土地不中用,发再好的种子有什么用?"最后因为靠山村实在不宜人居,无法脱贫,上级决定易地搬迁。李秋山住进社区楼里,摆脱了"贫困拮据的状态"。这一章的叙事落实的主题是精准扶贫,以小叙事来支撑大主题。作者没有运用全景式或集纳式的写法,堆砌展呈更多的人事物景,而是选择具有典型性的对象加以深细的挖掘,这样就使作品所写显得精准具体,具有一种以少总多的叙事表现力。此外作者也没有对易地搬迁脱贫作简单化的报告。"当老李以手推开楼道门的时候,他突然发觉,自己的心竟然没在这个楼里。"②这样的叙写体现了作者知人得心的观察与思考。人的心理,特别是年长者的心理一时无法适应新的生活,这是常情。作者不回避人物搬迁后的种种不适,照实写来,这就使得作品更增强了生活内在的质感,因而更具有真实可信的叙事力量。

很显然《出泥淖记》的叙事重心不在于自然条件,而是由人做成的"泥淖"。人为的泥淖加上自然的泥淖,这样深陷其中就难以自拔了。作者不惜笔墨为读者描写一个个寻常可见却是匪夷所思的情节故事。有的村投票确定贫困户,"单说困难程度的排序,竟然是经济条件最好的一户,得票最多,列于'贫

---

① 任林举:《出泥淖记》,北京:作家出版社,2020 年。
② 任林举:《出泥淖记》,北京:作家出版社,2020 年。

困'首位;而那几个谁都无法否认的贫困人口竟然得票寥寥,排在最后边"。有的村"经济和各项工作一直排在最末,而上访排名却一直稳居第一"。更有甚者,"选举的季节一到,村里就有了热闹可看,跟演警匪片一样,神秘而紧张。那些天,总是有一些村子里的人和社会上流里流气的人堵住每条村巷的两头,不允许老百姓出门'乱窜'……不出一两天就会有人送钱来,一般的一次要送300元。如果收了钱,来人就会告诉你选票怎么画,应该选谁。不收钱,来人的脸色就会很难看,悻悻离去之后,自然就会有人在心里给你记上一笔账"。这些内容不只真实地反映了脱贫攻坚的现实背景,而且更深刻地揭示推进这一国是伟业的难点和重点之所在。各地的问题形态可能不尽相同,但却不是个别的,而是具有某种普遍性和典型性的。脱贫攻坚的关键之处正在这里。正如作品人物所说,"要想彻底解决脱贫、致富的问题,绝不能仅限于物质上的接济和帮扶,最重要的是要把历史的积怨平息掉;把尖锐的矛盾消灭掉;把人心'拢'起来;把村民们向好、向善、向上的内生动力激发出来"①。而脱贫攻坚写作的根本意义也与此相关。

作者将这些存在于贫困村中的真实问题凸显了出来,问题的揭示不是作者的目的,他更致力于何由使然的背景故事挖掘。在这些故事里,是不同的主人公的种种"表演"。作品通过"表演"情景的还原,将人物的"人性、境界、情怀、价值追求等等"的"精神要素"进行一一的透视。而作者笔下的"出泥淖",实际上就是走"出"人的"精神泥淖"。这是艰难的,因而需要攻坚。最后的变化是真切可见的,而关键的变化是人的变化、乡村治理的优化。这样的写作重点设置,一方面反映出作者对贫困村根本问题的了解掌握,体现了报告文学作家介入生活的勇气和品格;另一方面更说明了作者对脱贫攻坚的思考深刻,能透过事象直达本质。在任林举看来,脱贫解困,物质的帮扶是重要的,但最根本、最恒久的还在于人的精神"软件"的升级更新。"这就要求我们在书写攻坚战时,要把着眼点放高,放远,要依托物质而超越物质,依托当下而超越当下,在充分展示物质成果的同时,将这项工作放在中华文明的历史进程和中国社会总体进步的进程中去观照和考量。"②作者对题材思考得深刻一分,他作品的

① 任林举:《出泥淖记》,北京:作家出版社,2020年。
② 任林举语,《新人·乡村·大众——第四届中国文学博鳌论坛聚焦新时代"文学何为"》,《中国艺术报》2019年12月18日。

写作就会胜人一筹。正是由于作者对题材所蕴能有深刻的思想穿透，所以在《出泥淖记》中，我们很少看到同类写作中常见的单纯的"工程化"扶贫的描写，如交通扶贫、产业扶贫、电商扶贫等。作品也涉及一些扶贫项目，但项目只是作为人物故事展开的一个背景或一面镜子而已，表现的重点是人的精神要素。因此，《出泥淖记》不是一般的脱贫攻坚的"物"记，而是一部关于这一题材的具体而微的"人"志。其特质和价值也主要在此。

泥淖已然，走出贫困的泥淖自然需要拉力、推力和内生之力。力量来自物质的支撑，更来自精神的重塑。在《出泥淖记》中，有一章的题目叫《大考》。"大考"在这里不是一个空泛的大词，而是经过作者体察内化以后的及物之言。脱贫攻坚是"一道难度很大的开卷试题"。大考的答卷人有许多，但站在脱贫攻坚第一线的基层干部，无疑是答卷的关键少数人。在《出泥淖记》中，作者将扶贫第一书记作为重要的聚力点进行细致的叙写。他们各有各的模样，也演绎着各自不同的故事，呈现给读者的是丰富的精彩。泥淖就是一个困境，作品将人物置于尖锐复杂的矛盾冲突中展示。毕业于名牌大学物理系的老孙是一名央企的中层干部，担任扶贫第一书记。当他"敲开一户户村民的门时，他遇到的是冷漠的、怀疑的、拒绝的，甚至是轻蔑的、抵抗的目光和表情。有时，他还会猝不及防地遇到毫不客气的'闭门羹'或'驱逐'"。老孙从村民的情绪读出问题的本源，重点做人心的工作，解开心锁，凝聚人心。王平堂这位中央政策研究室办公室的副巡视员，是当时全国最高级别的第一书记，但他履职的贫困村环境脏乱差，是上访"第一村"。王平堂"一大早就起来拿着扫帚去扫大街，清理垃圾"。村民看得不好意思，也跟着扫了，环境自然整洁起来。直奔问题，又能智慧工作，因人制宜开展思想工作，发挥带头上访人的正面作用，提议让其担任村监委主任。这样，人的向善变化也开始了。不仅有资历的第一书记扛起了责任，年轻的一代也独具青春的色彩。李鸿君从转换自己的语言开始，丢掉了"洋腔洋调"，学会"农民嗑"。"因为这不仅是一种简单的语言，更是一种态度和思维方式。"除了书写这些扶贫书记的故事，作品中还有一些扶贫帮困者的暖心小叙事，也令人印象深刻。金田合作社法人李雅繁就是一个代表。她还有好多名头，但自认"我就是农民！"残疾青年李洋来应聘，"李雅繁觉得，这个年轻人现在需要的并不是一份工作，而是一份生或生活的希望"。小辛"之前接了几个家政的活儿因为相貌的问题，没几天就被解雇了"，只是来公司应聘保洁员，"那种胆怯、那种卑微、那种近于乞求的试探，又触动了李雅繁的心"①。一颗善良的心,点亮另一颗、两颗自强之心。读着这样的文字,我们的内心也为之感动。

在脱贫攻坚主题写作中,比起一些宏大叙事的作品来,《出泥淖记》更多的只是一些小微叙事。任林举说:"我写的都是一些小人物,下面的事情办得好坏、老百姓生活和观念的变化就直接体现出了脱贫攻坚的意义。"②因为是紧贴着生活的深挖细写,所以小人物的小叙事中有着独特的样板意义,关联着时代的大主题。林举是诗人、散文家出身,但在《出泥淖记》中,他把与此有关的主体性外溢都收藏了起来,全是客体对象自身的叙事。与此相应,不见了不少主题写作中存有的大话、套话、虚空话,以及由此形成的表面化写作。这样的叙事,保持了更多的生活原生态的质感,我们可以读出不一样的主题写作。主题写作由于所写对象和写作主体的不同,应该呈现自有个性的面貌,但模式化、同质化的问题依然比较突出。任林举的这部看见"果"更洞察"根"的作品,会带给我们一些有益的启发。

五、"刚性写作":《一个医生的救赎》

1955 年出生、工科专业出身的朱晓军之所以能走到报告文学的前台,不是由于他的勤奋高产,而是因为他写出了《天使在作战》这样具有报告文学文体"硬度"的作品。2009 年,中国报告文学学会发布了"中国改革开放优秀报告文学奖"获奖篇目,30 年间共有 33 位作家的 29 篇(部)作品获奖,朱晓军与徐迟、何建明等报告文学名家同时获奖。人民文学出版社作为重点选题出版的朱晓军《一个医生的救赎》,是在《天使在作战》《一家疯狂医院的最后疯狂》基础上,经过深入的补充采写而完成的,这部长篇体现了《天使在作战》既成的特质和风格。

在我看来,《一个医生的救赎》显示着报告文学作为一种"刚性写作"的重要意义。这种意义在这一文体普遍"甜蜜化""软化"的当下语境中,得到了适

---

① 任林举:《出泥淖记》,北京:作家出版社,2020 年。
② 李晓晨:《既要有摘果子的敏感 也要有挖根子的深刻——访作家任林举》,《文艺报》2020 年 3 月 16 日。

时的彰显。我以为《一个医生的救赎》反映了朱晓军作为一个严肃的报告文学作家所具有的"秉笔直书""铁肩担道义"的职业精神,作品体现了报告文学文体应有的介入现实的"战斗性"。"秉笔直书"和"战斗性"是报告文学文体品格的显性表示,是我所意指的"刚性写作"的基本要义。一种文体的生成必然基于它能满足反映对象世界的某种特殊需要,由此也历史地形成它的若干独特的文体功能。从一定意义上说,战斗性是报告文学的文体传统。当然这种战斗性我们不能狭义地将它等同于"批判性",并且因此以坚守批判性而排斥歌颂性。报告文学的战斗性应当指向人类理性,即以人类普遍的价值取向观照和评估报告对象,以良知正义常识透视人物和事件的内质。这样所谓"刚性写作",其首要的无疑是秉持理性精神。基于理性精神写作的《一个医生的救赎》,其主题就不可以简单地指说为揭露性的,或是歌颂型的,而是具有"复调"意味的、有厚度的非虚构作品。

从题材上看,《一个医生的救赎》并不时新,但以往很多作品只是一味地暴露,以书写情绪的激愤吸引读者的关注,但最终却使读者对现实的存在失望。这不是一种"建设性"的写作。而《一个医生的救赎》在揭露医疗行业局部存在严重腐败的同时,却始终以感佩之心大写陈晓兰取义忘我同医疗腐败作抗争的事迹与精神。在这里陈晓兰不只是我们揭露医疗腐败的观察点,一个反映某一行业阳光下黑暗的线索性人物,而更是作为贯穿作品始终的主人公被作者正面叙写着。这是一个牢记医德圣典、守望精诚良知的人,惟其如此,当她见证医疗腐败时才能勇敢地出击,直面邪恶。陈晓兰遭到打击报复,两次被迫下岗,人身安全受到威胁,但依然不屈不挠,为她理想中的大医圣洁而战斗。读这样的作品,我们不仅感到愤怒,而且也能从中获得巨大的感动。陈晓兰被评为中央电视台"2007 年度感动中国人物",她感动中国的是责任、良心与基于责任、良心而抗争腐败的勇敢。"既然身穿白衣,就要对生命负责,在这个神圣的岗位上,良心远比技巧重要得多。作为一位医生,她治疗的不仅是身体的疾病,也让这个环境的机体更纯洁。"颁奖词概括了陈晓兰的精神品格,其实也给出了《一个医生的救赎》的主题价值。我们看作品的题目,就能感知作者对于实现题旨所作的精心设计:"医生"与"救赎"是作品设置的两个关键词,"救赎"有许多义项,有拯救、赎回等。在《一个医生的救赎》中,很显然"救赎"并不意指拯救病人的生命,而是表示拯救灵魂生了病的医界,赎回医生本有的仁爱与良心。并且由此启人省思,在今天的时代,我们比以往更需要精神和心灵的救赎。这是《一个医生的救赎》超越一般"问题报告文学"或"主旋律作品"所抵达的一个独到主题高度。这是一个敏感的、关乎全局的、具有分量的时代性主题。

报告文学是一种非虚构文本,作者只能选择实际存在的报告对象作真实书写,而无法改造客体以虚构叙事。因此,作为一种选择性的文体,报告文学对于人物、事件、现象等的选择,从某种程度上前置地规定了写作的价值。作者选什么题材,舍什么对象,直接地反映了选择主体的写作态度。应当说报告文学的写作空间是开阔的,但无疑它的文体特长是在迅捷地反映现实重大、重要的题材中显现的。所谓重大、重要的题材,关涉的是国是民生,是读者大众关注的要点热点,也往往是现实中纠集的矛盾和问题。在我看来,具有"刚性写作"意义的报告文学,是应该进入当下现实选择一些前沿题材作采写的。但事实上,由于享乐主义文化时尚的销蚀和报告文学作家社会责任感的淡化,导致报告文学"前沿性写作"的严重缺乏。一些作者热衷于打捞历史,写作与现实缺少关联的所谓"史志性"报告文学,还有的与经济"联姻",专为企业和企业家制作文字广告,更多的是作表扬好人好事的通讯报道。在这样的情势中,《天使在作战》《一个医生的救赎》获得了文学界和读者的特别肯定。这表示着我们对于失落了的报告文学文体精神的召回和追寻。

朱晓军有着自觉的报告文学文体意识,他以"刚性的"报告文学写作,担当着一个当代知识分子的社会责任。他注意选择更为读者关注的现实题材进行观察、思考、写作,他认为,"读者不想读的新闻不是真正的新闻,读者不想知道的报告是没有意义的报告。当报告文学的报告游离于读者关注点,那么自然就边缘化了"①。《一个医生的救赎》报告的是一个涉医问题的题材,涉医问题是公众关注的社会民生问题之一。而医疗的问题又关系着社会进程中人的精神生态失衡的问题。因此报告这样的问题既要有不避风险的勇气,又要有洞察问题内质的识见。朱晓军有一种战士的品格,他说"报告文学已是我的战壕";他还以为"报告文学写作者往往需要用医生的目光去观察,关注的不是健康的部位,而是不正常的、有病变的地方"②。但他又不是让读者见病绝望,而是叙写良心良知对于病体的救赎给人以希望。《一个医生的救赎》的写作是对

---

① 朱晓军:《报告文学的责任》,《文学报》2009 年。
② 朱晓军:《报告文学的责任》,《文学报》2009 年。

朱晓军报告文学观一次生动而又具体的诠释。

报告文学的力量在于以事实说话,尤其是具有刚性品格的作品更是这样。《一个医生的救赎》以其质直的实证式的调查作业方法,为读者提供了一份关于医疗腐败和反腐败的信实的报告。朱晓军的写作是严肃和严谨的,这首先表现在采访上。报告文学写作是以采访立基的,采访的质量影响着作品的质量。朱晓军重视采访,他的采访是立体展开的,重点是采访在场者见证人陈晓兰,也访问医疗腐败的直接受害人及其他当事人,并且还采访追踪报道陈晓兰的记者;采访不是一蹴而就、蜻蜓点水,而能循环深化,根据需要不厌其烦作多次的反复的采访。作品采用的是一种节制性写作,作者注重还原的是事实,很少用主观性的语言描叙;作品还原的事实具有明确的规定性,即有规定的人物、规定的时间和规定的地点,摈弃了有些集纳式作品的模糊叙事。为了确保所写真实,作者请主人公陈晓兰和了解事实真相的人认真校阅。《一个医生的救赎》定稿付梓前,朱晓军还请陈晓兰就书稿所涉及的事实一项项审定,前后校对了四遍。也正是由于这样的认真,使《一个医生的救赎》成为报告文学"刚性写作"的一个重要的样本。

六、《十四家》:纯粹的非虚构写作

书的封面颜色是黄的,很容易使人联想到西部黄土,书名则用特大的黑体,几个字弥漫着一片令人沉重的黑色。这是《十四家》给我留下的视觉第一印象。而深读作品,知道这样的设计正是它叙事的一种元素。作者陈庆港早已以新闻摄影而名重海内外,而《十四家》则是他第一次主要以文字的方式所作的非虚构书写。应该说,陈庆港在非虚构写作领地中是一个"陌生者",但正是这样一位"异客",给我们带来了新的阅读体验,更为重要的是由此强化了非虚构写作应追求的基本价值取向。流行的报告文学,以宏大叙事居多,弘扬主旋律,报告大事件、大历史、大工程;新倡导的"非虚构",重视作者个人在场和亲验,自有其可取之处,但在这样的倡导之中,"非虚构""被写作"的设计性意味还是较重。而《十四家》在我看来是一种纯粹的非虚构写作。所谓纯粹,就是主体并没有主题先行地、刻意地歌颂或是批判什么,作者的写作只是为了呈现对象的实在,呈现即是本旨。呈现的过程是抵达对象本真的过程。非虚构写作的要义,就是真实。正是在这里,陈庆港的《十四家》显示出独特的价值。

　　真实,不只是一种书写的方式,也体现着书写者的选择取向。于纪实作品写作而言,社会与自然、现实与历史,真实的存在触目即是。但选择何种真实进行叙写,却可反映写作者不同的写作伦理。《十四家》所写由其副题显示,为"中国农民生存报告(2000—2010)"。作者选择我国西部甘肃、云南、山西、贵州四省十四户农民,记写他们十年的生存状况。21世纪的十年是中国经济社会持续发展的十年,但作者笔下的农户,有的还是食不果腹、衣不蔽体,无钱治病、无钱上学,甚至不得不乞讨为生。陈庆港并没有刻意地渲染他们异样的生活,而只是自然而然地本色地记录他们的日常生活:"他们生活当中最重要的就是今天吃什么,能不能找到东西吃,今天怎么样可以挣到两块钱或者是几块钱给孩子买点什么吃的,他每天充满了细小的东西,就是为了吃饭,为了很简单的事情来盘算。而这些问题,对我们来说,已经不再发愁,而他们在为这个事情发愁。"①对于这样的作品,或许有较真者会提出质疑,以为所写很片面。我甚至也以为有些片面。相对于中国经济的快速发展,人民生活总体上的显著提高,《十四家》给出的只是一个非主流的面。而且以四省十四家农民的生活,说中国农民生存之事,仅从字面上看也显见着片面。但我认为这样的片面值得我们尊重和肯定。在我看来,有一种片面正是我们应该看到的真实。这种真实被许多人视为片面,或视而不见,或不愿正视,由此所谓的"片面"被遮蔽,这样我们已经书写的真实由于一些"片面"的缺失,也显得不完整。于是,我们不自觉地陷入了"片面的悖论"。作为一位很有职业品格的新闻人,陈庆港无疑意识到了这种悖论的矛盾之处。陈庆港以为,"作为一个记者,应该真实地记录和反映我们的当代社会生活,而不应该去粉饰现实。我觉得这是最起码的记者的职业道德"②。他的《十四家》以对另一种存在的祛蔽,达成更为全面的时代真实。同时也凸显了他作为新闻人或非虚构作家独特的风范和操守,可贵,可敬。我以为包括报告文学在内的非虚构文学需要《十四家》这样的"片面"。

　　陈庆港选取西部十四家农户的寻常家事作非虚构叙写,基于他对现实社会的体察和社会心理的把握。一个以经济建设为中心的时代,也是一个更崇

---

① 陈庆港:《十四家——中国农民生存报告(2000—2010)》,南京:江苏文艺出版社,2011年。
② 陈庆港、路斐斐:《陈庆港:我眼中的西部农民》,《三月风》2011年第9期。

拜物质的时代,一个更推重成功者的时代。"无论是平面媒体,还是杂志、网络、电视,我们看到的更多的是一些成功人的声音或者是他们的故事。而事实上,在我们这个社会中,还有很多不成功的人,他们生活在一种和我们的生活状态很远的状况当中。""我们总是有意无意地屏蔽了这种现实。"①这是真实的社会时尚,但它却也消融着人类关怀体恤弱小的真善情怀,是很值得我们内省反思的现象。正是在这样的社会语境中,《十四家》诸类的写作有着重要的意义。它不仅可以打开被屏蔽的现实信息,而且更可以提示我们不可丢失的现代良知和完善的价值体系。《十四家》可以归为"底层写作",但并不属于"问题非虚构"一类。我们常常片面理解"主旋律",因而有时反感"问题""暴露""批判"。在报告文学中有"问题报告文学"之说,这类写作基于"问题",具有主体的批判自觉。陈庆港的《十四家》并无这样设置,作者的写作指向于解蔽求真。如果把这部作品仅仅解读成"问题报告",以为是在揭露批判什么,这可能是一种误读。中国之大,发展不平衡在相当长的时期内难以完全消除。因此《十四家》并不是简单地"暴露"贫困的"问题",而是以一种"摄影"的方式,记录一个特殊的类群在21世纪初年真切的生活样态。作者给出的"存在"即是作品的价值。

我们通常所说的"底层写作"不仅关乎所写对象,更在于其间应充盈真挚的悯怜情怀。但《十四家》又不同于通常的此类写作。首先是写作的方式不同。对象是四省十四家,作者以社会学田野作业的方式和功夫,历经十年跟踪深度调查采访,由此所得的个案极具社会学研究价值。其次是作品的结构以时序流转(夏秋冬春)为经、以十四家各自的生活为纬展开,"账本"式的建构清晰而真实地反映出对象的实际状况。再次是作品的叙事颇多摄影家的个人风致,其基本的特点是"摄影叙事"。摄影叙事是一种对象本身的叙事,"镜头语言"构成了叙事的基本材料,作者只在"镜头"之后,主体的取向呈现在"镜头"的选择和处理之中。作品前没有内容提要,中间没有激扬文字的论议,尾处也没有"卒章显志"式的后记,一切外显的"主体解说"都被抽去。客观的原色呈示做得非常到位,这是很得非虚构写作真意的叙事。在"摄影叙事"中,作者又采用"特写"和"长镜头"等不同方式,呈现十四家日常生活的细部和场景。车应堂母亲在外乞讨而死,兄弟四人运尸返家一路遭遇不堪;小学生李根泉弯下

---

① 陈庆港、路斐斐:《陈庆港:我眼中的西部农民》,《三月风》2011年第9期。

腰时，裤子开洞处露出"两瓣光光的屁股"；"王想来五岁，妈妈喝下的最后一碗药是他煎的"；"史银刚先用手指在每个碗的碗底上刮了一圈，然后将手指放在嘴巴里使劲一咂吧，又用舌头在每只碗的沿上舔了一遍"①，这才拿走洗碗。作者一一把这些十四家的家常事作了摄录。读这样的文字，读者心中自是沉郁。"摄影叙事"是一种富有表现力的文学叙事，它有效地强化叙事的场景感，不仅使所呈现的人事物景更为真实有信度，而且也为读者的进入、感受与思考等提供了可能。《十四家》独特的叙事为非虚构叙事的创新提供了一个成功的实例。

① 陈庆港：《十四家——中国农民生存报告（2000—2010）》，南京：江苏文艺出版社，2011 年。

历史非虚构的景深与光影

第七章
历史非虚构的景深与光影

  报告文学反映题材的时间线越拉越长了。这也引发了一些争论和质疑。有一些基于对报告文学"报告"意指固化认知的人,认为"报告"是报道,是新闻,报告文学只能反映当下的现实。记写历史的写作,或可改称为非虚构。但对非虚构写作的历时性延伸,也有人质疑其中所写的真实性。这些问题涉及需要讨论的话题空间很大,这里自然不能展开。但应当明确的是,报告或新闻,主要是指新近发生的事实,也包括新近发现的事实。报告文学的历史题材书写,其题材中应当具有新发现的内容。正是基于这样的理解,历史非虚构叙事有了它合理的逻辑。当然,我也并不认同这种历史书写可以在时间维度上无限延伸,否则,其非虚构的品质或将难以确保。回到本题,21 世纪以来,历史题材在报告文学文体的题材构成中占了很大的比重,其中不少优秀的作品,深为读者所青睐。不仅如此,此类作品的写作,在很大程度上不再是过往历史与现实的对话,而是尽可能更多地回到历史存在的本身。正因为这样,出现在报告文学中的历史事件、历史人物等,有了不一样的光与影,曾被遮蔽的本真得以还原。本章将选取一些有影响的作品加以评说,或可以少总多,发现这一时期历史报告文学的若干特征。

一、日出东方的壮美初心

  徐剑的长篇作品《天晓:1921》,不是政治读本,也不是研究历史的著述,而是一部致敬党的百年华诞的报告文学作品。作者对日出东方大历史进行钩沉、探微,彰显中国共产党人的初心使命,再现风雨如磐的艰难岁月,谱写出一曲崇高、壮美的信仰之歌。

"一切历史都是当代史。""'当代'是对历史做出叙述时所出现的一种思考状态,这种思考无疑是思想的现实化和历史化。"①这是意大利历史学家、哲学家克罗齐关于历史与当代关系的著名言说。2021 年是中国共产党的百年华诞。从 1921 年建党时全国只有 50 多位党员,跨过百年,已有 9 000 多万党员。不仅如此,从当年积贫积弱、任由列强欺凌的半殖民地半封建的旧中国,经由中国共产党领导人民发动浴血奋斗改天换地的革命,进行了脱贫致富翻天覆地的建设,今天民族伟大复兴的中国梦正在成真,已高歌开启社会主义现代化建设的新征程。在这一宏大而有特殊的语境中,回望百年来路,致敬牺牲与荣光,就成为"当代"思考"历史"的重大时代主题。

《天晓:1921》,如其题目标示,没有铺展中国共产党百年奋斗与辉煌的全史,而是聚焦凝视 1921 年建党初期筚路蓝缕的历史实景和艰苦卓绝的斗争,通过主要建党者和党的一大代表的命运轨迹,以翔实之笔和深刻之思,确证了我们党的宗旨和使命、初心和信仰。"十月革命一声炮响,给我们送来了马克思列宁主义"②,国际革命的大势加快了党诞生的历史进程。通过特写镜头,我们跟随作者走进上海渔阳里 2 号,看到这个陈独秀曾经的住所,一个新思想发生地的模样。在"望志路 106 号"(今兴业路 76 号)中,你可以感受到"石库门里共产党'产床'"流溢的气息。人事渐远,但光影长留。《天晓:1921》就这样将建党史上一个个颇具特殊意义的时空,以有意味的镜头形式推至读者眼前。阅读作品犹如收看一部开天辟地、晨曦初露大叙事的历史连续剧,在回到百年前历史现场中,唤起内心的庄严感和感奋前行的磅礴力量。

《天晓:1921》最具价值的是作者将抖落在历史皱褶中闪光的细粒捡拾出来,在对建党大业参与者人生命运和现代中国演进历史交织流转的观照透视中,诠释了共产党人真正的初心使命和信仰信念。1920 年,毛泽东从北京到上海为赴法勤工俭学的游子送行,同时拜见他心中崇敬的陈独秀。"和陈独秀讨论我读过的马克思主义书籍。陈独秀谈他自己信仰的那些话。"③信仰与信仰的知心,铸就恒久坚定的信念。何叔衡是党的一大代表中最为年长的,这位

① [意]克罗齐著,傅任敢译:《历史学的理论和实际》,北京:商务印书馆,1982 年。
② 毛泽东:《毛泽东选集》(合订本),北京:人民出版社,1964 年,第 1476 页。
③ [美]斯诺著,董乐山译:《西行漫记》,北京:三联书店,1979 年,第 132—133 页。

"前清老秀才,一生都在赶考",最终为革命而献身。作者寻访先烈的故居,"惊诧于眼前一片百年豪宅,一片大院子"。作者明确告知读者,这些革命先烈的伟大之处就在于一切行动不是为了个人的私利,而是为了民族的救亡图强,为了人民大众的安康幸福。

最是坚定的信仰动人心。相约建党的"南陈北李"以自己的生命矗立起共产党人的信念丰碑。《天晓:1921》在书写革命者初心与人生时,没有隐去历史真实的另一面,在《背叛者,失败者》这一章中,以"金陵,绝笔天叹欲无泪""断崖千尺,沅江无声""天笑国泰""孤鸿楚天难归"等数节笔墨,叙写了革命红船前行大浪淘沙中陈公博、周佛海、张国焘、刘仁静等另类的人生和失色的命运。历史是权威的证人,验真了不忘初心、方得始终的真理。作者通过参与建党大业人物的行路和心路的叙事,在蕴含着深意的对比中,大写出中国共产党人的初心本真及其重大意义,深切新时代党的建设核心主题。因此,在某种意义上,《天晓:1921》是一部进行初心信仰教育的生动而有说服力的历史教科书。

报告文学的历史叙事自然不同于历史学中的叙事,但是,报告文学的写作者也应当恪守历史真实的内在逻辑,秉持实录历史的写作伦理。在这一点上,徐剑的意识是自觉的。初期建党的史料,当时文字的记录不多,留存下来的更少。其后当事人的回忆和研究者的著述由于种种原因,有不少疏漏和不实。对此,作者注重从大量阅读中梳理出相关诸说,根据历史语境的可能进行辨证。不少存在争议的细节和环节,作者舍得花力气爬梳史料加以考订,基于考订再采信接近史实的观点。党史上有些特殊人物,不少现有记述语焉不详,作者想方设法进行史料的搜集,吹去历史的尘埃,使读者能够了然曾经谜一样的历史人物的具体情况。这样的努力使作品的叙事变得丰富而饱满。对一些存疑的历史细节,作者尽力求证以还原真实,如1920年陈独秀离沪赴粤的具体时间,有说11月,有说12月,行程有说3天,也有说12天。作者查阅《民国日报》《申报》当时的报道,确定陈独秀是12月17日离沪,26日抵粤。凡此种种,显示着《天晓:1921》对历史本体的尊重。因此作品的叙事更显严谨可信,具备了相应的历史品格和价值。

当然,《天晓:1921》是一部基于历史而又不止于历史的文学作品,体现了作者主体表达的能动性和诗性。作品的题目就是一个巨大的意象,既给出了题材所蕴含的宏大历史气场,又打开了作品文本建构的诗性场域。莫道君行早,东方欲晓。1921年的建党伟业谱写的正是一个古老民族长夜将尽、旭日东升的新篇章。标题的诗性设置为作品的诗意叙事提供了可能性与必要性。这种诗意一方面是书写对象自带的,另一方面也是徐剑主体写作心理的外显。徐剑在客观对象与主体介入的互文建构中,形成了他鲜明的报告文学写作风格。其实因客体激发而生成的主体反应及其表达,也是报告文学真实性的重要组成部分,而且是报告文学之为报告文学的要素。

在《天晓：1921》中,作者面对一些历史情境和人物情形,常常情不能自已,激扬文字,或景中寓情,或精警论议,或赋诗填词。这种主体性语言的有机生成,对客观叙事是一种调节,也是一种滋润,有效地增强了文本的感染力。此外,作品的结构处理也能自出机杼。作者善于从散落的书写材料中发现具有结构价值的人物或事件,将其设置为叙事的视角、视点。作为党的一大会议的在场者,王会悟就是这样的结构人物,"她觉得自己就像一架老唱机,回忆的撞针一放,嵌入一圈又一圈的轨道,最后的落点仍旧是中共一大召开那前后的十天"①。以此展开叙事,作品就获得了一种自适于书写对象的述史模式。在这样的结构基线中,材料的调度安置开合有序,信息丰沛而浑然一体。

二、历史现场的抵达与历史逻辑的诠释

近读丁晓平 50 万字的新作《人民的胜利》,使得我沉浸在那宏大的历史叙事中有点不能自拔。"一切历史都是当代史。"②这不仅因为"历史"是"当代"的前提,更在于历史的创造奠定了未来的基业,它所孕育的精神会成为一代代接续者的力量之源。"我们走得再远都不能忘记来时的路。"习近平总书记这一朴素的话语,道出的正是历史之于当代所蕴有的深意。《人民的胜利》叙述的是七十几年前"新中国是这样诞生的"传奇故事。这是一部领袖与人民书写的波澜壮阔的创世纪史诗。阅读这样一部信息丰富厚重的作品,生活在盛世中国新时代的读者,会随着作者富有吸引力的笔墨,"穿越"到那开天辟地的历史现场。置身于大历史的氛围之中,读者聆听历史开创者艰苦卓绝而又激动人心的故事,和他们一起激扬豪迈。《人民的胜利》描绘了一代为中国人民翻身

---

① 徐剑：《天晓：1921》,沈阳：万卷出版公司,2012 年。
② ［意］克罗齐著,傅任敢译：《历史学的理论和实际》,北京：商务印书馆,1982 年。

得解放倾力奉献的"人民之子",他们气韵生动的形象跃然纸上,矗立在我们的眼前,召唤着走在新征程上的后来人砥砺奋进。

逝者如斯,已然自在的历史渐行渐远,因此,能够存活历史现场和气息,揭示历史真谛的有为的"叙事的历史",就显得不可或缺,意义重大。2021 年是中国共产党成立 100 周年。百年恰是风华正茂,党史、革命史、建设史等写作蔚然成风。丁晓平的《人民的胜利》以其对特定历史时段所做的一种"总体性写作",显示出非虚构历史叙事的大格局、大气象以及内含其中的大主题。作者以"人民的胜利——新中国是这样诞生的"这一超大命题,为我们打开了一片硕大的历史的天空。其实"人民的胜利"此语本于毛泽东主席在新中国成立前夕抚今追昔的体悟之言:"党的二十八年是一个长时期,我们仅仅做了一件事,这就是取得了革命战争的基本胜利。这是值得庆祝的,因为这是人民的胜利,因为这是在中国这样一个大国的胜利。"但丁晓平没有着意于"二十八年史"编年体式的书写,他选取的只是其中的关键一节,即致力于 1946 年到 1949 年解放战争时段历史的特写。作品叙事的时空关联解放战争,但作者的取事又不只限于"大决战",包括《前夜》《翻身》《决战》《统战》《外交》《开国》六章,广泛涉及军事、政治、经济、外交、文化等诸多方面,全面真实生动地揭示了实现"人民的胜利"这一伟大事件所蕴含的历史逻辑,从而使作品对历史现场的文学重述具有了历史哲学的意义。

要有效地再现过往时空中的重大存在,就需要作者能够深度地抵达历史的现场,再现特殊现场中的人物、事件以及相应的场景,并且能够从中透见历史的气场及其精神特质。"现场感"是叙事性非虚构写作获得成功的基本要求。一方面,"现场感"中包含着的人物、事件及其存在的环境,构成了作品叙事的基本要素;另一方面,"现场感"有益于作品真实感和文学性的增强,从而使文本历史性和文学性的相生得以增值。读者可以显见,在《人民的胜利》中,"现场"是一个重要的关键词。在作者看来,他的这部作品再现的"是一个创造历史的时刻。那是一个创造历史的现场,也是一个历史创造的现场"。"历史创造"与"创造历史"体现着深刻的历史唯物主义和辩证唯物主义的思想。作品的全部内容可以概括为,在 1946 年到 1949 年这"历史创造的现场",毛泽东等第一代中国共产党人艰苦卓绝,奋勇前行,改天换地,创立了人民的新中国。正像毛泽东主席所说的"中国人从此站立起来了","我们的工作将写在人类的历史上"。这是一个伟大的"创造历史的现场"。《人民的胜利》正是呈现了一系列与此相关的全景的或特写的历史场景。

在作品的六章安排中,无疑第六章《开国》是全篇叙事的高潮部分。其中有新政协会议筹备的种种精心而细致的物事现场,有第一届中国人民政治协商会议召开时,代表讨论审议的热烈和欢欣的精神现场,更有开国大典上毛泽东庄严宣告和人民笑逐颜开的历史现场。所有这些,作者都作了充满画面感和镜头化的处理,同时又通过不同方式配以历史在场者的种种"声音",使作品的叙事具有视与听同在的效果,更真实更富有表现力地还原了创造历史的伟大现场。如果说《开国》是"人民的胜利"的集中体现,那么,其他章节的叙写则是对夺取这一胜利必备要素的系统报告。每一个章节涉及的都是重大的历史课题,需要作者熟悉和掌握丰富的史料并能把握其中的大端。多年的主题写作,使得丁晓平对党史、革命史十分熟稔。从书中规范的标注,可以看出作者作了大量的专门性阅读,将丰富的史料熔铸一体,使作品在呈现历史存在时有着特别的厚实和新意。第五章中"莫斯科神秘客人访问西柏坡""中美关系碰撞师生关系""刘少奇秘密访问苏联"等节的叙事,再现新中国成立前的外交战略和路径,是对那一段特殊外交史的钩沉。而《统战》一章中对七批旅港民主人士北上故事的一一详述,回放了人心所向的珍贵的历史镜头。其间,存录了许多有情有义也不乏趣味的细节,这是对历史的一种追怀和致敬。

《人民的胜利》不仅注重对物事的历史现场的呈现,也强化对人的精神现场的摄照。无疑,作品最重要的主人公是开国领袖毛泽东,作者对毛泽东的叙事是充分的、多维立体的,其中最为感人心怀的是对他特有的精神气场的表现。在延安杨家岭窑洞前的苹果树下,毛泽东接受斯特朗的采访,纵论国内外大势,"一切反动派都是纸老虎"的名言写满的是理性与自信。在陕北的山沟里,"不打败胡宗南决不过黄河!"显示出的是镇定自若、临危不乱的精神风度。而在西柏坡这个"世界上最小的司令部里,指挥了最大的人民解放战争",彰显的则是历史创造者的雄才大略。与此相关的种种精神叙事,复现的是人物独具魅力的人格,这也是这种大历史书写中最为动人的篇章。

"历史,不仅仅是历史,而是一种世界观、人生观,也是一种文化观、价值观。"①丁晓平如是说。正因为作者具有这样的认知自觉,所以《人民的胜利》对

---

① 丁晓平:《这是人民的胜利》,《解放军报》2021 年 6 月 26 日。

大历史现场的抵达和再现,就不是或主要不是其终极的目的。作品的大旨是通过这样的历史叙事,揭示"开国领袖毛泽东那一代中国共产党人的世界观、人生观和价值观",诠释历史大势与历史逻辑。人民,既是历史结构的一种伦理,也是观照历史的一种尺度。江山就是人民,人民就是江山。"人民的胜利""新中国的诞生",是对中国共产党人的人民观及其成功实践最为真切生动的历史写真。

三、"中性化"叙事中的历史信度

王树增以《远东朝鲜战争》《长征》这些具有"王氏"特色的厚重之作,在军事题材非虚构文学的写作中,竖起了为界内人士和普通读者认可的一种标高。而他2009年推出的《解放战争》,再次证明了他是从事军事题材非虚构文学写作最优秀的作家之一。从接受者的心理而言,战争诸类的"冲突性"题材,对于受众别有一种吸附力。但像解放战争这样的"熟题重述",如果其间没有充分的召唤读者的意义元素,那么读者只能对作品说"不"。解放战争一类的题材,各式著述作品不计其数,很多读者对其耳熟能详,因此"接受疲劳"成为一种"宿命"。而王树增的《解放战争》却依然获得了读者普遍的青睐。这部"熟题重述"的长篇究竟为什么吸引着广大读者,这是本文想要探讨的话题。

从非虚构写作类型看,王树增所写为"史志"。这一类写作在近30年的报告文学中占有较大的比重。有些作品因获得曾经尘封的历史材料,而以其揭秘性获得了写作的价值,"打捞历史",自然建立起一种题材的优势。但是显然《解放战争》在整体上已无这样的题材优势,相反,这样眼熟的题材处理不当就会弱势尽显。应当说,就其叙述对象而言,《解放战争》并没有也不可能再为我们提供更多重大的新鲜的材料,整个事件大端有其历史的规定,在非虚构写作伦理中,作者是无法"改造"叙事对象的。作为史学的特殊形态,党史、军史等都是按照其自身的逻辑,呈现着对象,其核心是一种基于历史的集体或集团写作。而作为非虚构文学的一种存在,需要既能满足非虚构的纪实性,又能表达写作主体的个人性。这里的关键是历史叙事的个人性。是否具有个人性,这是作为史学的叙事与作为文学的叙事的根本性区别之一。史志写作,一方面,作者主体应以自己的眼光选择作为写作对象的历史存在。这种选择既体现为对巨大的历史本体作总体的摄取,又体现为对富有意味的历史细节进行呈示。另一方面,主体应以鲜明的个人方式展示所择取的人物事件,其中包含了很多要点,但可归结为个人的历史叙事方式。在我看来,王树增的《解放战争》以其独特的历史叙事的结构配置、展开艺术、意识形态处理等,实现了作品内容的历史厚重与叙事的个人姿态的有机结合,从而建构了军事题材非虚构叙事的某种范式。由此可见,非虚构历史叙事,对象的历史性与主体的个人性的统一,不仅是可能的,而且是必要的。

《解放战争》给读者的第一感觉是作者十分注意作品的"展开艺术"。叙述解放战争这样一个宏大的历史事件,作者需要选择一个存在于历史之中,又能以新鲜别致的差异性吸引读者眼球的"进入"方式,从而展开对于波澜壮阔历史的叙说。重庆谈判的破裂是解放战争开启的直接的逻辑起点,这是解放战争叙事的历史规定,但《解放战争》却并没有径自从重庆谈判起笔,因为这样难免陈言多、意趣少,而是以"一架带有美军标志的飞机在中国黄土沟壑的上空盘旋","这是一九四四年七月里的一天"①这样的表述开篇,其后引出的主要内容有美军观察组飞赴延安的背景及其在延安的活动、美国总统特使在延安与中共领导人的会谈、日本投降、毛泽东决定到重庆与蒋介石谈判等。导引的选择体现了作者主体的个人性。这样的展开也表示作者会以开阔的国际视野总揽解放战争的大局。

作为叙写重大历史题材的大作品,《解放战争》叙事的个人性是以对象的历史生成为前提的。因此,无论时序的纵向推进,还是与对象密切关联的要素,举凡重大的战役、重要的人物,作者都能予以观照,力图还原、呈现解放战争的本真面目。但作者又不是自然主义地再现历史存在,而是在服从于历史真实的前提下,对材料进行有效的结构配置,从而凸显对象之间的意义关联。这种结构配置是指相关材料在特定的叙事空间中的组合,可以避免对同一对象作过多的线性铺叙,也能通过关联材料的"并叙"或插叙,丰富叙述的内容,给人以宏阔充实之感。作品在内容上既突出军事叙事,也兼有非军事叙事,又能引入相关国际人物或事件;既突出大事要人,也细写细节和普通士兵等。

---

① 王树增:《解放战争》,北京:人民文学出版社,2009年。

　　王树增对解放战争有着自己的认知,他以为:"这场战争与其说是军事的胜负,不如说是共产党以土地改革为引领,逐步获得民心的过程,是人民对战争双方做出了胜负的选择。"其实也表达了《解放战争》主题的基本义项。但在作品中作者并没有更多地直接言说,而是通过具体的叙事加以表现。按照一般的战争文学叙事模式,可能只是就军事言其事,而《解放战争》则特别注意通过材料的组合处理,强化了对于战争内在规律的叙事解读。如第三章"农民厌恶马师长"和"姑嫂二人忙点灯"两节,分别写了鲁南战役和莱芜战役,作品主要叙述战役谋划、战役过程以及结果等,但同时根据其中的情节,接续了解放区人民支持人民军队的生动故事。

　　此外,《解放战争》在叙写重大事件的同时,也十分注意导入有意趣的细节。如"胡宗南:为人民服务处"写胡宗南攻占延安后,"开设了一个'为人民服务处'","挂牌那天很是热闹",又是发救济金,又是发棉布、发米等,"胡宗南发现这样下去实在难以承担,而更重要的是民众依旧不说国民党的好话,所有的服务内容只好停止"。这一细节不只新鲜生动,而且具有复合的表达意义。又如王震与被俘的旅长,他们"互通姓名,一如朋友相见",晚上一起吃饭聊天,"几个小时之前还和身边的这个人拼死厮杀,而现在却如同兄弟一样睡在一条炕上"①。这样的细节在我们的阅读经验中是未曾有过的。人性的美好之光在这里熠熠生辉,温暖着读者。

　　以往的军事题材非虚构写作,更多的是一种意识形态写作。作品预设的价值取向制导着作品中的人物与情节乃至语言的运用。这多少导致作品叙事的简单化和模式化,更为要紧的是这样会使作品失去历史非虚构叙事应有的真实品格,从而失去它的读者。当然我们不能要求像解放战争这样的叙事可以"祛"意识形态,事实上《解放战争》选择在新中国成立 60 周年之际推出,并且作者表示,"我写这些,就是为了给现在的年轻人看的",这一目标读者的设定具有中国现代史教育、爱国主义教育的意味。但这样的意味并不是以一种先在的、外加的方式出现的,而是自然地客观地包含在作品具体的叙事之中。作者摒弃既成的意识形态叙事的套子,在回到历史现场时真实地再现历史。作品大写人民解放军的军事胜利,也不回避对大同、集宁战役,南麻、临朐战

---

① 王树增:《解放战争》,北京:人民文学出版社,2009 年。

役,四平战役等许多战事的严重失利的实录。对于国民党也没有一味地揭露他们的凶残不仁,如写济南战役时国民党守军司令官王耀武在守城无望时,"命令将所有在押犯人全部释放。对于关押的共产党员和俘虏的解放军官兵,军官发给金圆券五元,士兵三元,全部送出城区一个也不许伤害"①。这样的"中性化"叙事使《解放战争》具有一种充分的历史信度。这样的信度生成了作为非虚构军事叙事重要的历史品格。

四、"南方",中国大叙事之视窗

  吕雷、赵洪所著《国运——南方记事》(后简称《国运》),属于纪念改革开放30年主题报告文学的一种。改革开放的发轫以及演进,是值得大书特书的重大题材。2008年恰逢改革开放30周年,30年书写成为报告文学写作的一个热点。何建明《破天荒》(《中国作家·纪实》第6期)、《1978:春雷响起的地方——中国改革开放农民革命风暴发祥地纪实》(《北京文学》第6期),刘长根《万里在安徽》(《报告文学》第4期),肖舟《胡福明与真理标准大讨论》(《中国作家·纪实》第4期)等,都可归为这一总题下的作品。何建明的两篇作品分别叙写的是中外合作开发中国石油的决策、实施,以及浙江台州农民首创分田到户的"改革风暴"。而刘长根、肖舟的作品以对与万里、胡福明两位人物深有关联的安徽改革和真理标准讨论的回叙,刻录他们对于改革开放所作出的历史功绩。《国运》则是一部以更开阔的时空背景、更风云际会的历史交响,宏大地演绎了我国南方改革开放波澜壮丽历史画卷的诗史。历史渐行渐远,而又如在目前,可感可触。读者阅读这样的作品,敬畏于历史,感奋于历史,同时又增加了一种继往开来的历史使命感。

  《国运》扑面而来的是一种历史的大气象。作品不是写一个人、一个单位的历史变迁,或者是一个事件的始末,而是对一个特别的省份,在一个特别重要的历史时期,发生的特别重大的社会演进所作的"史记"。"南方"在地缘文化政治视阈中,是一个颇有意味的意象。"南方"偏离中心,但"天高皇帝远",

---

① 王树增:《解放战争》,北京:人民文学出版社,2009年。

倒也时常可以滋生出许多超逸陈规旧制的新的创造。《国运》叙写的"南方",特指广东。作为"南方"的广东,在中国当代改革开放的历史运程中,具有重大的先导和引领的意义。"南方"探索关系国运,国运鸿福实有"南方"的历史性"进贡"。

《国运》是一部基于中国改革开放时代风云的具有独特景深的史志性报告文学,"南方"在此成为结构当代中国大叙事的一个别具丰采的视窗。作为一部主题重大的史志长篇,作品全景而立体地叙写了广东改革开放新时期,具有可载入史册意义的历史场景、历史人物、历史事件。但作品又不拘于直接的核心叙事,而是高开远起,将晚近的存在推置于具有关联性的历史背景中加以凸显。《序篇》以"其生命显得轰轰烈烈而又潇潇洒洒"①的南国大江珠江的形势气韵落笔,简写明代以降及至民初在这片热土上书写过历史的人物。南粤自然的灵性养育了广东人立本开新的性格。气势不凡的开局,为全篇的大叙事立定了基点。第一章到第六章,从民主革命时期广东志士的取义抗争,写到开国初年的艰难探索、"文革"时期的动乱和萧条,沉郁顿挫的叙写,不仅给出了历史曲折逶迤的图景,而且也告示我们改革开放是一种历史的必然。第七章到第二十五章,全面具体地描叙了广东改革开放 30 年的风雨历程。广东人于绝路处"杀出一条血路",他们凭着"开荒牛的勇气",摸着石头过河,"以身试水,以脚蹚雷",作品对"热土雄风"作了全景而又特写的观照与透视,其间对广东人的敢于任事、智慧与胆略、沉着与务实等"广东性格"进行了淋漓尽致的雕刻。

当然,作品更以浓墨重彩记录了改革开放总设计师邓小平 1984 年 1 月和 1992 年 1 月两次南方视察的历史事件及其效应。这里记载着邓小平对"特区"命名的最终敲定,记载着他在特区遭受非议、争议时,在特区处于彷徨迷惘时,以其过人的胆识、非凡的智勇与务实的品格,给予特区独特的支持、指导以及精神的感染。"小平撬动了中国的历史巨轮向有中国特色的社会主义迈进,而广东就是他的支点;当改革开放面临难以跨越的陡坡时,广东更像奋勇向珠穆朗玛峰冲击的登顶突击队;小平指挥了登顶的全过程,而且在每一个节骨眼上都为广东登顶助推了一把。"②对这种形象的譬说,作品运用大量珍贵的史料,

---

① 吕雷、赵洪:《国运——南方记事》,北京:人民文学出版社,2008 年。
② 吕雷、赵洪:《国运——南方记事》,北京:人民文学出版社,2008 年。

作了具体生动的注释。

《国运》在记写改革开放历史大事时，注意恪守报告文学真实、信实的文体品格。可以说《国运》是一部关于叙事对象的信史。改革开放是史无前例的艰难的革命性实践，其间充满了曲折矛盾甚至是冲突。作者不回避其中的困难挫折，不粉刷正面的历史进程，以对历史忠诚的叙事态度、对历史本真非虚构的还原方式，写出新时期改革开放的本来面目。"杀出一条血路"，表征了除旧开新的不易。新历史启航之际，计划经济与市场经济矛盾交织，加之特区走私贩私、贪污受贿掺杂，广东的改革开放一时成为众矢之的。省委领导先是无奈进京参加"学习班"，而后补课"二进宫"作检讨，特区负责人更是十易其稿写作特区总结，但"来自高层的批示令深圳特区的负责人闷闷不乐"。特区哪怕是一个具体的管理举措，在当时都会成为"重大的问题"："一个工地的超产奖，就直接惊动了北京，有关部门一声令下，这种奖金要停。""深圳人一遇到与现行体制的冲突，自己就如坐针毡，担心一项奖金的事搞不定，就会引发一连串多米诺效应，最终危及特区的生存权。"①正是作品介入对象矛盾的这种深度叙事，使其平添了一种吸附读者的魅力。同时，这也使历史叙事在走向远去的历史时，能够真正地回到历史的实然，作品的文献价值也由此得到了提升。

《国运》显见的是关于"大人物"的历史叙事。人民群众是创造历史的主人，于新时期的改革开放当然也是如此。但作为一种更为直接的推动因素，伟人们的运筹帷幄与亲历亲为，更从总体上规定了历史运程的方向，影响着历史事件的成败。中国的改革开放，从整体设计、决策部署到实践试验、完善推进等，无不关联着邓小平等一代伟人或伟人式的人物。《国运》其历史本身的叙事主体正是这样一批"要人"。作为改革开放的决策者和实践者，从邓小平等中央领导，到习仲勋、任仲夷、谢非等广东省委领导以及吴南生、袁庚、厉有为、梁广大等特区领导，他们居处不同层面，对改革开放史程的影响自然不同，但这些人物都是坚定的改革开放者。对这些人物，作品并没有作粗线条的模式化处理，而是将他们置于特定的历史方位与环节中，再现其各具姿势的、作为生命主体的历史举止与精神风范。如邓小平更注重刻画他作为改革开放总设

---

① 吕雷、赵洪：《国运——南方记事》，北京：人民文学出版社，2008 年。

计师,在若干关键时段的关键作为。写新时期首任广东省委书记习仲勋,则突出这位曾经沧海的长者拨乱反正的勇士形象,率先提出"先行一步,加快发展"、设立"贸易合作区"构想的特区先行者的形象。对于"官不逢时"的任仲夷,作品更多地表现他忍辱负重、知难而行的坚韧和毅勇。谢非差不多是贯穿全篇的人物,这位广东本土的领导,他的成长见证了广东从民主革命到 20 世纪至 21 世纪之交历史前行的步履。这种贯穿性的安排具有一种重要的结构功能。同时,谢非作为广东改革中的重要领导,也是作品叙写的主要对象。作者通过大量具体事例的描写,表现了谢非低调务实、沉着稳健、颇多智慧的丰采。

对于改革开放的"要人",作品自然多以"要事"铺陈,但同时也间有以插笔的方式记叙有关大人物的小故事。比如 1992 年邓小平视察珠海喝酒,随行保健医生只准他"喝三小杯,多一杯也不行","当时,小餐厅服务员每次走到邓小平跟前斟酒时,邓小平都伸着两个指头轻敲着桌面说:'斟多点,加满,加满。'"这一细节侧写出人物对于特区情不自禁的赞许和喜悦。再如胡耀邦考察广东,1983 年"元旦前夕晚上突然提出要求理个发,说:新年要有个新气象"①。这一时难为地方同志,情急之中找来"理发周"为总书记服务。这个很生活化的小事,在作者看来正有大意蕴涵其中,也使作品更富趣味。

五、用脚走出来的粮食"史记"

一边称"我是一个职业虚构者",一边又说"还有比小说更重要的事要做"②,志在成为"宽阔的写作者"③的陈启文,游弋在小说、散文等多文体之间,近年来在报告文学的写作中,真有一点大器"中"成地闪亮登场。《共和国粮食报告》先获中国出版政府奖图书奖,后入选国家新闻出版总署原创出版工程。这部长篇报告文学作品,以其题材的重大、题旨的分量、构篇的史化和表达的独特等,成为类型写作中一部值得解读的作品,是新世纪报告文学的重要代

---

① 吕雷、赵洪:《国运——南方记事》,北京:人民文学出版社,2008 年。
② 陈启文话,见《水,一种与生俱来的生命情结——陈启文访谈》,《中国节水》2014 年第 4 期。
③ 何晶:《陈启文推〈江州义门〉:努力成为宽阔的写作者》,《文学报》2011 年 12 月 22 日。

表作。

《共和国粮食报告》是一部当代中国的粮食"史记"。"史记"既外指作品的写作类型,更表示着它内在的品格与价值。民以食为天,粮食可以说是国计民生的第一大事。这一题材事大体重,写作难度很高。陈启文以长篇报告文学的形式叙写当代中国的粮食历史,题材的初始和重大奠定了作品的基本价值。通常而言,报告文学是一种新闻文学,新闻性是这一文体生成的前提。新时期以来,历史题材大量地进入报告文学,出现了被论者指称为"史志性报告文学"的写作类型,尤其是在 21 世纪,历史写作在报告文学中占有更大的比重。这是报告文学开放而多元发展的必然。但这一类写作呈现出边际任意延伸的泛化,其实其中的一些作品只能算是历史纪实。有些可以说是历史报告文学的作品,但作者的写作只是依凭档案文献,从纸面到纸面,好像是文字的搬运工,作品少了真切的历史质感和作者个体生命的体温。陈启文的《共和国粮食报告》既具有厚重的历史意味,又不乏重大的现实意义,是一部真正的史志报告文学。作品的写作不是为历史而历史,其直接的触发来自当下现实的严峻存在。"一场半个多世纪以来的全球粮食危机,如同无声的海啸,已经波及世界上七十多个国家",这激活了陈启文作为报告文学作家应有的社会责任感,又立定了作品采写的基本基调。作者将作品的写作,设定为"一次用粮食记录生命的历程,也是用粮食回溯历史的历程"[①]。作者从现实进入历史,又从历史辗转到现实,历史与现实交织关联形成一个叙事的有机体。作品以史化的设计构篇,引子《人间食粮》,是浓缩版的中国粮食大历史,"粮食,不是附加给生活的任何寓意;饥饿,一个民族五千年不愈的伤口",概括了历史之重。对于当代中国粮食史的提取,作者是很智慧的。粮食在作品中是叙事的"扭结点"实际是写与粮食关联的土地上的那些事,包括农村、农业和农民。陈启文选取构成当代粮食史的关键段落,土地改革、人民公社、三年困难时期、学大寨、治淮修渠、小岗村农民承包、北大荒建设、袁隆平杂交水稻、城镇化中的粮食生产等,以及其间的历史主体人物,典型而又概括地再现了共和国粮食史的演进。正如作者自己所说的,"我选择了以历史大背景、大框架和个体生命的生存细节互相穿插的叙述方式,通过这样一种既是线性

---

① 陈启文:《共和国粮食报告》,湖南:湘潭大学出版社,2009 年。

发展、又有在场感的叙事"，"更清晰地反映中国粮食六十年的发展之路"。作者以史立体、以事构架、以人为本的叙事设计，使作品具有了极其丰富的历史容量。

《共和国粮食报告》虽为史志写作，但它不是书斋文抄，而是作者用双脚走出来的踏实文字。报告文学的文体规定性决定了不仅现实题材的报告文学写作要倚重采访，而且在史志写作中，采访也是一个重要的环节，但这一环节往往为一些作者所弱化。在这一点上，陈启文舍得花大工夫认真采访，为这类写作提供了示范。作者采访历时半年，广及 20 多个省的主要产粮区。大范围的实地调查和对亲历者的口述实录，不仅使作者能够获得大量的第一手材料，而且通过作者的某种亲验感受，可以进入并且呈现过往的历史现场，真切地抒写历史的多种声部。作品第一章《以"暴风骤雨"为背景》的写作就是典型一例。这一章写共和国粮食史的开篇是从"中国土改文化第一村"起笔的。作者将周立波小说《暴风骤雨》的原型黑龙江省尚志市的元宝村（小说中为"元茂屯"），通过历史与现实，虚构与真实的切换，剪辑成别致的电影，"岁月，就像一部电影"，而电影的制作在于采访的展开："这些当年闯关东的先民后代，也似乎比久居一地的人更容易对一个陌生人敞开胸怀。我们的话题，在老汉的咳嗽声中，很快进入了我关注的那个年代。"又如第七章《小岗村话语》，小岗村在共和国粮食史上是一个重要的站点，作者通过四天的重点采访，以口述实录再现当时冒险分田承包的历史细节，又以人物以及小岗村当下现实的叙写，反映了改革不进则退的历史规律。此外由深入采访所还原出的某种历史气场，也会激活静态的历史档案、文献资料，使材料的运用得到优化。"万里无法给予农民什么，这些农民却把热腾腾的炒花生一把一把塞到他的兜里。这哪里像是面对一个省委书记啊，这就像在送别一个远行的亲人。""他把小岗人塞给他的炒花生带到了省常委会上，尝尝，尝尝！"①这种带有特殊的历史体温和历史况味的细节，成为作品牵引读者的重要看点。

报告文学有时不被人看好，其中重要的原因是作品有"报告"而少"文学"。从《共和国粮食报告》的写作看，"文学的"报告文学写作需要作者具有对非虚构文学文体的自觉，具有相应的非虚构文学叙事能力。陈启文以为："报告文

---

① 陈启文：《共和国粮食报告》，长沙：湘潭大学出版社，2009 年。

学除了对基本事实的'报告',还必须有写作者真诚的精神参与,理性的思辨,深刻的穿透力和个性化的表达。原因很简单,因为它是文学。"①《共和国粮食报告》无疑是作者自觉的报告文学文体观的一次成功实践。作者多种文体写作的优长在作品中得到了发挥,如小说的人物要素迁移,作者重视与叙事主线关联的人物叙写,"尊重而且正视每一个人、每一个生命存在",尤其显见的是作品的散文化。报告文学的非虚构,既要再现对象客体的真实,也要写出叙写主体作者自己的真实。散文正是一种适宜进行客观叙事与主观叙写的文体,报告文学中的散文化,使"写作者真诚的精神参与,理性的思辨,深刻的穿透力和个性化的表达"②等成为可能。而这也有赖于作者扎实而有效的采访。只有这样,作者才能充分地熟稔对象,把握对象,内化对象,从而形成具有独特个人性的叙事方式与话语。"而我,一身风尘地走来,一到这里,我就安静了,那种奇异的安静,只属于天空宁静的蓝、人间诚挚感人的阳光。我甚至为自己身上的风尘而深感羞愧,或许,人类只有在大自然面前才会自惭形秽。"这是《北大荒的太阳》一章中的文字,散文的,礼赞北大荒和北大荒的人,若非身临其境,移情其中,我想是写不出这样洁净的语言的。

六、共产党人的精神颂

报告文学是行走者的文学。资深军旅报告文学作家高建国"先后十六次奔赴河南,两度远及东北,数番踏勘焦裕禄出生的博山北崮山村"③,以其超常的脚力和卓然的眼力、脑力、笔力,写成厚重感人的长篇报告文学《大河初心——焦裕禄精神诞生的风雨历程》(后简称《大河初心》)。我品读会意,心中溢满了感动;在致敬人物与历史的同时,也随着作者的故事讲述和理性言说而沉思探寻。《大河初心》是一部深得叙写对象历史之本真,而其大旨又能直达

① 陈启文:《天下大命——〈共和国粮食报告〉创作手记》,湖南名人博文,http://www. txhn. net/hnmrbw/chenqw/201211/t20121130_24196. htm。
② 陈启文:《天下大命——〈共和国粮食报告〉创作手记》,湖南名人博文,http://www. txhn. net/hnmrbw/chenqw/201211/t20121130_24196. htm。
③ 高建国:《大河初心——焦裕禄精神诞生的风雨历程》,北京:作家出版社,2020 年,第 593—594 页。

当下的共产党人的精神颂。

如我者最初知道焦裕禄,大多是因为阅读了穆青等人写作的《县委书记的榜样——焦裕禄》。"他心里装着全体人民,唯独没有他自己。"作为"在严重自然灾害面前,巍然屹立的共产党员英雄形象的代表"①,焦裕禄走进了广大读者的心里。时光流转,半个多世纪过去了。今天的读者,更想了解焦裕禄的精神成长史,还有焦裕禄之后及其关联者在风云际会历史中的际遇。更为重要的是在新的时代焦裕禄精神有何价值,这是读者之思,更是时代之问。作为对这一期待的回应,《大河初心》显示着它不可或缺的特殊意义。

作品的副题"焦裕禄精神诞生的风雨历程",揭示了《大河初心》的基本内容。这里的关键词是"精神诞生"和"风雨历程"。"风雨历程"是对象历史存在的客观本真,具有多重丰富的意指,它包括孕育、弘扬焦裕禄精神的阶级和社会基础、文化因素、时代因素,焦裕禄精神的宣传铸造,焦裕禄精神在不同时期的认知与接受等。"风雨历程"既是焦裕禄个人史的写照,也是波澜浩荡的现代中国历史的纪实。作品在大背景中透视焦裕禄的人生行旅和精神史,同时通过对人物精神世界的展现,反映时代与社会的演进。作者努力在历史风尘遮蔽处发幽索微,最大限度还原焦裕禄精神形成的真实轨迹和风貌。"吃别人嚼过的馍没有味道",焦裕禄求真务实的工作作风深深影响着作者的写作态度。作者除了大量参阅资料,更多地以自己勤敬的采访、严谨的档案查询和深入的实地调研等方式,努力写真写实焦裕禄精神史。这是一部关于焦裕禄精神的完全史。这种"全"不只是体现为主体叙事时间的上下纵贯近百年,更体现为"焦裕禄精神诞生的风雨历程"的要素集成。从某种意义上说,《大河初心》是一座关于焦裕禄和焦裕禄精神的文字博物馆,弥足珍贵。

作为一部以表现人物精神为中心的非虚构作品,作者以清晰完整而又具体生动的叙事,描写焦裕禄的人生轨迹和心灵世界,成功地塑造了融忠诚党性与仁善人性于一体的人物形象。有效垒筑起人物精神丰碑的是一系列"焦裕禄化"情节和细节的叙写。"一点五书记"折射出共产党人的博大胸襟;代理第二书记、第二书记,"没有第一书记之名,却负第一书记之责",尽显党的领导干部不计名利的担当精神;"筑路总指挥天当被、地当床",干部"席棚让给工人",

① 穆青、冯健、周原:《县委书记的榜样——焦裕禄》,北京:中国言实出版社,2014年。

在制造大型机械的攻关阶段,"有五十多个凌晨,都是在这条板凳上度过的",特写出的是焦裕禄艰苦奋斗的意志品格。细节无声却有情意。作品既用大量细节正面展示焦裕禄一心为民的朴素情感,也有不少感人至深的侧面描写。"他下乡常'丢'衣服,去世后两个农民哭着找到家里,家人一看,来人穿的正是焦裕禄的衣服!""岂曰无衣,与子同袍。"①一个大爱之人的形象跃然纸上,光彩照人。作为另一种形态的历史写作,《大河初心》体现着基本的"实录"精神。作者不忽视人物成长过程中的缺点,不回避历史进程中的冲突与矛盾,真实地写出焦裕禄精神诞生中的偶然性、必然性和复杂性。作品详细纪实《县委书记榜样——焦裕禄》的生成,故事多有波澜,其中的个别当事人对宣传焦裕禄多有抵触。作者没有简单将他们处理成"反面人物",而是置于具体的历史语境中作写实性叙述。对于在宣传焦裕禄精神中起着关键作用的"中国良心",而人生几多沉浮的人物,作品也以重笔记写,既显示出焦裕禄精神诞生中的"风雨",也存真了大历史流转中的个人命运。

理性精神是报告文学的重要品格。这种理性品格在具体的写作中,由于题材和主体素养的差异,会有种种不同的存在方式。焦裕禄自然是一个具有政治属性的题材。高建国长期从事政治工作,有着丰富的经验和相应的政治敏感,又是军事学博士,理性思维训练有素。因此《大河初心》的写作体现出高度的政治自觉和鲜明的理性特质。作为统摄全片叙述的轴心,"大河初心"既是作品的主题,又是焦裕禄精神之魂的核心,还是一个大气磅礴的、富有表现力的意象。作者将对"大河初心"的认知和想象融进了作品的具体叙述之中,不仅讲述焦裕禄感人的精神故事,而且对焦裕禄精神诞生的内在逻辑和重大价值作了精深的阐释:"亲民爱民"展示的是水乳交融的大河禀赋;"艰苦奋斗"彰显的是坚韧不拔的大河风骨;"科学求实"蕴含的是脚踏实地的大河品格;"迎难而上"体现的是勇往直前的大河气派;"无私奉献"渗透的是造福中华的大河情怀。在作品的谋篇布局上,序章《历史在东坝头聚焦》,高开大起;尾声《情满东坝头》,首尾应合。"读懂黄河,就能解读沧桑中国的历史;读懂兰考,就可管窥神奇中国的巨变。"②作品皆意蕴丰富、激荡人心。

---

① 高建国:《大河初心——焦裕禄精神诞生的风雨历程》,北京:作家出版社,2020 年。
② 高建国:《大河初心——焦裕禄精神诞生的风雨历程》,北京:作家出版社,2020 年。

亦柔也刚的巾帼姿式

第八章
亦柔也刚的巾帼姿式

在现在的各种文学门类中，小说无疑是"主角"，但报告文学或者说非虚构写作似乎也不再是配角。事实上，它已经是一种全球化的重要写作方式。在此语境中，作为一种没有专属指向的普适的书写，无论是哪种性别，都可参与其事。但实际上，更多的时候报告文学被指认为是男性作家的天地，这样就把女性在其中的创造给不同程度地遮蔽了。因此讨论女性报告文学这一话题显然有着它重要的意义。

作家选择何种文体写作，这是基于作者多种因素而决定的。报告文学的写作，既是一种写作方式的选择，即选择以非虚构的（调查采访、亲历亲验等）写法生成作品，同时从某种程度上又可显示出作者的写作态度、精神立场的取向，即对无谓虚构的放弃，对客观实在中故事及其蕴含的追寻。从这一角度看，女性报告文学的写作，是女性自我现代性的一种表征。从逼仄的自我世界走向漫溢的宏阔生活，从沉浸于私我空间到关注流动的时代现实，体现出的是女性的某种主体性存在的自觉。

新时期的报告文学由文体附庸变成蔚然时潮，这一时期也正是女报告文学作家集体出场之时，茹志鹃、刘真、黄宗英、柯岩、草明、陈祖芬、李玲修、孟晓云、霍达、何晓鲁、鲁娃、刘茵、谢致红等老中青年作家，她们的创作成为新时期报告文学不可或缺的重要部分。在中国作协举办的四次全国优秀报告文学的评奖中，获奖的女作家有 23 人次，获奖作品 25 篇（内含与男作家合作完成的作品 5 篇），占获奖总数的 25%。到了新时代，女性报告文学的写作再一次显示出其亦柔也刚的力量，参与写作的作家队伍更为壮大，广东丁燕、黄灯、彭名燕，湖北梅洁、周芳、朱朝敏，重庆李燕燕，陕西杜文娟，浙江方格子，上海薛舒、杨绣丽，江苏唐晓玲、肖静、周淑娟，山东李玉梅（笔名一半）、朵拉图，黑龙江张雅文,辽宁孙学丽,新疆毛眉,北京长江、孙晶岩、叶梅、李琭璐,湖南更有余艳、王杏芬、王丽君、杨丰美、何宇红、张雪云、谢慧等一批女报告文学作家。包括报告文学在内的女性非虚构写作,虽不能说在这类书写中占有"半边天",但也是三分天下有其一。她们的写作无论是在题材的选择、叙事的设置,还是在自我进入书写客体等方面,都有着诸多的特质,许多作者都形成自己独特的风格。

一、《五环旗下的中国》与奥林匹克精神

作为五千年文明古国百年的梦想与光荣,申办、筹办和举办一届有特色、高水平的奥运会,不仅将以浓墨重彩的一页载入中华民族的伟大史册,而且也必将会对世界奥林匹克运动发展史产生深远的影响。对于这样重大的具有史性和诗意的题材,优长于宏大的非虚构叙事的报告文学当然不会阙如。在以奥运为叙写对象的作品中,人民文学出版社 2008 年推出的孙晶岩的《五环旗下的中国》以大体量的建构、全景式的摄录、朴素而蕴情的笔调、写实与写意的叙写设计等,成为别具一格、自有分量的力作。

不同于 2007 年人民文学出版社出版的孙大光所著《中国申奥亲历记——两次申奥背后的故事》,《五环旗下的中国》是一部原生的自然线索并不清晰、需要作者根据主题预设进行精心结构的作品。《中国申奥亲历记——两次申奥背后的故事》,由题目所示,作品叙写的是基于作者亲历的与申奥有关的故事,"亲历性"与"故事性",构成了作品基本的线索。而《五环旗下的中国》没有一以贯之的实体性的故事加以支撑,"五环旗"和"中国"只是作为两大书写元素,规定了作品总体性的叙事空间,具体的叙事话语还需要作者根据自己对题材题旨的充分把握作出特别的安排。在这里有一点是可以确定的,这就是作品无法设置线性推衍的结构方式,而应以集纳的方式全景地多声部演出"五环旗下的中国"这一宏大的主题交响乐章。正是在这个基点上,《五环旗下的中国》生成了其制式的独特及其意义的特质。作品以中华民族百年奥运梦想与中国体育发展的历史为纵轴背景,以奥运筹办的诸种关联存在作为横向的主体性坐标,立体地、全方位地完成了一部关于奥林匹克与中国精神的风云际会的宏大历史书写。全篇凡 12 章,第一章以"世纪猜想""中国奥运第一人""艰

难申奥路"为节目,闪回了中国百年的奥运情结和走近奥运的曲折史程。对历史梦寻和前人壮怀的"记忆",虽笔墨简约,却也因精神的绵延,关联当下,感奋今日的读者。其余 11 章都是围绕筹办北京奥运会的大主题展开的。奥运筹办是一个硕大的系统工程,其中不仅包含了竞技奥运的准备,还广泛涉及奥运场馆建设、海外华人对奥运的奉献、奥运火炬传递、奥运志愿者组织、奥运新闻安排等,对于这些北京奥运的重要组成部分,作品都安排专章给予详尽的报告。同时,作品紧扣北京奥运基本理念,《伟哉,中华文明》《奥运是科技的试验田》《送你一块绿地毯》三章,以具象的材料,分别对人文奥运、科技奥运、绿色奥运作了具体可感、富有说服力的言说。正是由于对报告对象作了这样大范围的有机集纳,所以使得《五环旗下的中国》这样宏大得容易浮泛的选题,有了丰富充实而有意味的质料的支撑。由此,生成了一个信息容量巨大的关于北京奥运筹办的全景报告。在今天看来,这一作品可以作为我们了解奥运筹办信息详备的案头手册,走向未来,它将成为后人研究中国奥运的重要文献。

如上所说,《五环旗下的中国》价值生成的基点是作者建构了可以全景展示中国式奥运真实镜像和精神风致的体制,但这样的体制只是解决作品外在的结构配置,而更为关键的是需要作者在一个庞大的预设空间中,以非虚构文学的方式装备具体可感并且具有某种滋味的人事物景。这样,作者对集纳对象的熟稔就显得特别重要了。这种熟稔的获取可经由多种路径,一是通过某种"编辑"的方式,将相关的现成资料直接导入作品,这似乎是目前一些类型化报告文学写作的"潜规则"。二是通过自身走近或走进对象的深入采访,获得具有某种体温的真切材料。当然前者是"聪明人"的捷径,后者需要作者付出更多艰苦的努力。孙晶岩拒绝以"编辑"的方式获取材料,而坚守于报告文学作者作为"行者"的主体品格,以费孝通先生倡导的田野调查方法,对数以百计的对象作马拉松长跑式的采访。这样的采访需要耐力、勇气和智慧,其间也体现了作者对报告文学文体品格的忠诚。报告文学是一种需要行走的文体,扎实的采访于报告文学写作而言是不可或缺的。但要完成《五环旗下的中国》这部作品写作的采访是颇具难度的。一方面,所写的对象在作者经验之外。孙晶岩是一位极为勤勉的、不愿意守成既有题材的报告文学作家,她已出版的《中国动脉》《山脊——中国扶贫行动》《中国金融黑洞》《中国女子监狱调查手记》等九部长篇报告文学,题材大多不相重合。虽然孙晶岩在 1990 年发表的获得全国优秀报告文学奖的作品《冲击亚洲的坎坷》,也是以体育为题材的,但这是一篇小体量的作品,其采访的经验难以迁移至本篇的写作。另一方面,《五环旗下的中国》的写作涉及体育内外的诸多门类,跨学科、跨类属,远离本有知识背景的采访,对作者而言是一次自陷困厄但又能实现自我提升的挑战。难能可贵的是,孙晶岩对田野调查的作业方式已经内化为报告文学写作的自觉意识,而事实上这样的方式,最终也成就了《五环旗下的中国》的品质。报告文学采访的核心价值在于获取对采访对象的发现。对于中国奥运第一人刘长春,既成的材料不一而足,孙晶岩完全可以选用现成的材料。但作者不满足于做文字的搬运工,而是沉潜史海,在尘封的故纸堆中发现了刘长春手稿等很多重要的新材料。同时,作者又拜谒刘长春生命历程的留痕处,寻找与刘长春有关的人物作访谈。这样的沉潜与寻访,不仅使作者挖掘到关于刘长春的独家第一手资料,而且也使作者在走近对象时,获得了一种主体与客体互通的感应,从而使所报告的人物及其故事具有了更多的可触可摸的质感。

《五环旗下的中国》是一部主题正大的长篇报告文学。"五环旗"作为蕴涵人类共同理想的世界通识意象,以极大的感召力召唤着世界各国与人民为建设和平友谊自强进取的人类美好家园而奋发有为。"更快、更高、更强"是奥运精神,是人类精神,更是中国精神。"同一个世界,同一个梦想",中国对奥运期盼的热切、对筹办奥运的精心,无不关联着一个伟大民族走向复兴的光荣与梦想。报告文学要表现这样重大的主题,必须寻得自己的并且与具体报告对象相适配的方式。文学以形象表现主题,这是文学的通则,非虚构的报告文学则要以真实的人物和事件揭示题旨。在一个集纳式的全景叙事的报告文学作品中,防止主题表达空洞化的有效方式,是要选取具有典型性的人物作深度报道。孙晶岩深谙此理,并作了游刃有余的设置。为准备写作,作者采访了400多位奥运人士,写入作品的是其中有代表性、有合适表达功能的人物。在大部分的章节中,作者都安置了若干人物,人物成为作品叙写的基本结点。除刘长春外,还写到奥运英杰刘翔、李宁、邓亚萍、杨扬、杨博尊等,对他们不作全传式处理,而只是抠出其中特有意味的段落作展示。写到鸟巢和水立方的中外设计师、海外华人捐助者、圣火采集者、火炬传递者、奥运志愿者、新闻工作者、奥运福娃设计者等,对这些人物,作者着重叙写与其身份职志相关的投身奥运的事迹与精神。其中"懂得巴尔扎克和雨果"的国际体育活动家魏纪中、具有"东方情结"的"美国大兵"志愿者杜大伟,退休大使志愿者史永久等人物形象,因得有具体别致生动有趣的故事细节支撑,跃然纸上,留存于读者的记忆中。他们以各自的方式,聚合成中国奥运风采,以此对奥林匹克精神作着具有中国水准的阐释。

二、"多声部"的香港书写

《百年钟声——香港沉思录》(后简称《百年钟声》)的写作于张雅文而言,无疑是一个难度系数极大的挑战。以《生命的呐喊》而获得鲁迅文学奖报告文学奖的张雅文,擅长个体生命的叙说。由人生故事到"香港沉思",不仅需要相应的叙事变革和知识储备,而且还需要在具体叙说中强化理性思考的力量。此外,香港是一个文学书写的重要话题,仅报告文学就有《香港心态录》《晚来香港一百年》《香港驻军十年》《大逃港》《交接香港——亲历中英谈判最后 1208 天》等,面对已有的文学存在,需要作者开新而为,这样才能使作品具有写作的价值。我读四十万字的长篇报告文学《百年钟声》,以为张雅文在开掘转型中,成功地实现了报告文学写作中的超越。这一作品以"多声部"的香港进行时的书写,在众多香港非虚构作品中别具特质和意义。

张雅文的作品虽然以《百年钟声》为题,但并不是真正意义上的史志作品。百年的时间维度给出了作者言说的背景和沉思的激发点。张雅文"奔跑于现实与历史之间",对于现实的香港和行进中的香港的书写才是作品报告的重心所在。历史与现实构成两个音调不同的声部,形成一种有意味的对话关系。作者在主写对象的现实状态时,历史以悠远而又近切之声回响,"百年"成为一种特殊的"钟声",时时警醒读者勿忘历史,在向前迈步中由"沉思"而获得力量。报告文学是一种非虚构的选择性文体,作者基于特殊表达的意图,选择对象有价值的质料,对于作品的质量保障特别重要。张雅文有着自己的构想,并且在采写中不断调整优化文思,"不再盯着那些大人物,而是走进香港的各个领域"①,"走进民生,走进小巷,走进笼屋,走进医院,走进大学,走进她独特的廉政公署"②,视角的特别和开掘的深入,使作者获取更多的鲜活素材,触摸到香港灵魂深处的脉搏。真实是报告文学文体价值存在的前提,张雅文对于香

---

① 张雅文:《以良知书写真实》,《中华读书报》2014 年 3 月 26 日。
② 刘斌:《张雅文:从小山沟走向大世界》,《时代报告·中国报告文学》2015 年。

港的书写不虚美，也不隐恶，多方位、具体地展示了香港回归后经济社会发展的成就，但也不回避它存在的问题，如第六章，作者零距离地走进底层弱势者灰色无奈的生活空间，以特写镜头的方式将笼屋中人生存景象推至读者面前，写出了香港的另一种真实。

《百年钟声》在叙事上将大叙事和小叙事有机配置。所谓大叙事就是国家叙事、民族叙事和香港城市叙事，这与《百年钟声》的主题表达和题材选择密切相关；而小叙事则是支撑大叙事的关于个体的具体叙事。在这部作品中，许多小叙事成为富有表现力的看点。在第一章《漫长而艰难的中英谈判》中，作者回叙了这一重大历史事件中的重要历史场景，但更吸引读者的是参与者或见证者的个人故事。父亲"得了健忘症、脑痴呆，到楼道里倒垃圾都找不到回家门"；儿子忙于谈判，深夜下班回家，父亲"佝偻着身子坐在客厅沙发上，等着儿子下班"，重复着每天都要叮嘱我的一句话"你要当心"①。这样的细节把香港回归谈判的艰难，把民族深厚的充分内化了的爱国主义精神，写实、写活、写得感人至深。

很明显，《百年钟声》是一部具有理性力量的作品。这种力量一方面来自作者的主体自觉，"沉思"成为贯穿始终的心理状态；另一方面是通过作品具体的书写而达成的。不同于张雅文以往的作品以感性叙事为主，她的香港书写既延续了感性叙事的优长，又强化了理性思考的分量。这种思考既体现为整体性的主题阐释，"百年钟声一再警示我们：世界是弱肉强食的世界，落后就要挨打，软弱就要被欺"②，也体现为结构的具体安排，作品直接增加了思辨性的主观表达的比重，如第八章《百年钟声敲响了什么》，整章采用卒章显志的写法，解析"香港，带着历史走来"的意义。读着这样的文字，读者会油然掩卷而沉思。

三、书写新时代精神的红色传奇

阅读余艳的《守望初心》，我们可以清晰地感知这是一部具有高度主题自

① 张雅文：《百年钟声——香港沉思录》，西安：陕西人民教育出版社，2013年。
② 张雅文：《百年钟声——香港沉思录》，西安：陕西人民教育出版社，2013年。

觉的作品。题目本身就是作品的主题。"用鲜活历史,寻找信仰的初心","信仰高于生命,血肉铸就史诗——向英雄致敬",在作者这里,"守望初心"是具体而明确的:"我党,牢记初心不忘人民——万水千山不忘来时路,树高千尺滋养在沃土;人民,不变初心跟党走——生死相依只为最初的承诺,报答党恩是今生唯一行动。"①由此可见,作品的主题自觉,源于作者的政治自觉。报告文学是一种独特的时代文体,它是基于作者个体文学表达的一种社会写作模式。"时代感"②是报告文学之所以成为报告文学的必备要素,是报告文学价值生成的基本要求,也是我们评价报告文学的重要尺度。刊物的"时代感"来源于作品的"时代感",而作品的"时代感"又源于作家对时代主题的敏感和把握。一个优秀的报告文学作家,不一定就是政治家,但政治敏锐、政治意识,对其而言是必不可少的。在报告文学这里,所谓"时代感",就是作品报告的内容具有时代的特征,反映着人民主体的时代创造;作品的意蕴体现出时代的精神,激扬着时代的主流价值。

　　无疑,余艳《守望初心》的选题和立意的时代感是十分强烈的。这反映了作者灵敏的时代感应和对时代政治把握的自觉。"初心"就是我们党创始时秉具的不畏艰难险阻流血牺牲的"奋斗精神",就是来自人民、依靠人民、一切为了人民、服务人民的"赤子之心"。这是我们党的立党之基,也是党发展壮大的力量之源。2017 年 10 月 18 日召开的中国共产党第十九次全国代表大会,"大会的主题是:不忘初心,牢记使命,高举中国特色社会主义伟大旗帜,决胜全面建成小康社会,夺取新时代中国特色社会主义伟大胜利,为实现中华民族伟大复兴的中国梦不懈奋斗"。由此可见,"不忘初心"具有特别重大的分量和特别重要的意义。观览时代的大局,"不忘初心"已然成为我们这个时代重要的主题词,它标明了党和人民面对历史的基本态度和坚定立场。同时,"不忘初心"也成为中国特色社会主义新时代的重大精神主题,导引着党和人民继往开来,不断奋进,谱写实现民族伟大复兴中国梦的新篇章。回到作品《守望初心》,在我看来,这是第一部以红色传奇的非虚构书写直接回应,并具体生动表现"不忘初心"时代精神主题的文学作品,这是一部在主题表达上具有时代高度的长篇报告文学。

① 余艳:《守望初心》,北京:中译出版社,2017 年。
② 茅盾:《关于"报告文学"》,《中流》第 11 期,1937 年 2 月 20 日。

再从《守望初心》叙写的人物故事看，"守望初心"正是她们共同的精神指向。湖湘山水是中国革命的重要策源地，这里的先烈志士曾经也是血染风采，牺牲壮烈。就像《守望初心》中写到的，"八一南昌起义前后，人口不过 10 万的桑植县，有 2 万多人当红军，最后活着回来的不足一个连，命运给这片血染的土地留下 3 000 红寡妇。女人们唱着凄美的桑植情歌，几乎定格成一个姿势——含悲，抚孤，守望"。"守望"是这一段人民历史的主题，在这里"守望"的主语是红军，是红嫂。"带一颗初心，帽子上顶着红五星的男人走了，女人们站成一道守望的风景。坚守的红嫂，苦水、泪水、汗水，流成一条绿色的河；不屈的红军，红星、红旗、鲜血，走出一条长征路。红军，把艰难时光化成绝对忠诚，把不屈生命站成耸立丰碑；红嫂，把悠长寂寞化作无尽怀念，用痴情坚贞把岁月等老。"今天的中国早已站起来，正在步入由富起来走向强起来的社会主义新时代。在新的时代，"守望"的主语推展为人民和执政的中国共产党："人民，初心不变跟党走；党，赢民心者赢天下。党和人民血肉相连，走到今天，才开启崭新时代。"①余艳以凝练蕴情富有诗意的语言，很是到位精准地给出了《守望初心》主题生成的逻辑，这个逻辑不是由作者臆想所得，而是来自对作品所写历史的观照与发现，来自对作品所写人物命运和品格的归结和呈现。明白了这样的逻辑存在，我们就可以走进作品叙写的历史和人物，领略作品是怎样具体生动文学地表达"不忘初心"这一宏大崇高的时代主题的。

《守望初心》的叙事很有特点，作品采用了"寻找"和"守望"两种模式来结构整部作品。"寻找"和"守望"的结构设置，基于作者对叙写对象内部本有肌理的发现和再现。作品所叙写的红嫂和红军的故事丰富多样，但基本上都可以归为"寻找"和"守望"两类。其中，"寻找"是作品显性的结构主线，由主人公之一的殷成福及其家人的故事连缀而成。殷成福一家八口经过"特批"跟随红军长征，结果四死两散，"死了的革命到底了，活着的继续革命"。作品开篇即由"寻找"进入，烘托出作品叙事凝重沉郁的氛围。三个关于"寻找"的场景以叠加的方式推至读者面前：一是，1973 年 9 月 13 日的湘西大庸，84 岁的老红军殷成福嘱托也是老红军的儿子侯清芝："清芝，你要接着找，孙儿们也要找。他是……是侯家的骨血，是红军的血脉。"二是，1987 年元旦刚过的一个有月亮

---

① 余艳：《守望初心》，北京：中译出版社，2017 年。

的晚上,侯清芝郑重其事地对儿子说:"德永啊! 记得奶奶去世时那双期盼的眼睛吧? 雪山、草地留下了侯家的骨肉亲人,要团圆啊。有一天有了你那哥哥或姐姐的消息,你一定要去找找。你要告诉他,爸爸生前一直找他们母子,只是没有找到。"①三是,2004 年中央电视台的节目中,四川阿坝藏族羌族自治州红原县瓦切乡,一个藏名叫罗尔伍、汉名叫侯德明的流散老红军在寻找他湖南大庸的亲人。以这样的方式进入作品的叙事,可见作者对于叙事艺术的经心和精心,它强化了作品的故事性,甚至传奇性,并且创设引人入胜的悬念模式,以特殊的"召唤结构"将读者的阅读兴趣激活起来,使之吸附在作品叙事创设的场域中。文本的主干之一就是对开篇设置的"寻找"悬念的"释念",随着故事的展开,长征的艰苦卓绝和人物的悲欢离合依次推衍开来。这种"寻找"结构在小说、电影和戏剧中较为多见,其艺术的"召唤"效果明显。《守望初心》借鉴这样的方式,显然是有效的。

"守望"是《守望初心》另一个基本建构。以戴桂香为代表的银姑、幺姑、菊姑等,她们唱着《马桑树儿搭灯台》,矢志不移,坚贞守望。这一部分的内容不是以贯穿性的结构线性展开,而是选择坚贞守望的代表性红嫂的故事,将其"嵌入""寻找"这一轴线上。这样一种有机的立体结构,使作品的叙事纵横展开,丰富且丰满。"守望"的故事可歌可泣、令人唏嘘。戴桂香 26 岁守寡,红旗、红星、红军染红一颗心,一生红色"基因"不改;佘芝姑躲进深山 15 年开荒种"军粮",储存 38 000 多斤苞谷、2 400 多斤腊肉,坚信红军会回家,等等。

《守望初心》的主人公是殷成福、戴桂香等红嫂群体,作者通过"寻找""守望"故事的具体展开,以细致的情节和典型的细节,写实了她们坚贞、果敢、博大的形象和品格,读来感人至深。人物及其故事是作品思想的载体。正是这些红嫂形象的成功再现,使作品"不忘初心"的时代主题表达得到了落实。作品既概括了红嫂湘妹子的总体性格,"湘妹子,人称辣妹子。湘妹子辣,辣妹子人辣命更辣。她们是越辣越过瘾的一群","面对苦难,闯;历经磨难,撑"。又根据个体的不同命运遭际,写出各自的独特。"金香的丈夫红宝儿牺牲了。再后来,公公贺仕光也牺牲了……年迈的婆婆从此恍恍惚惚,金香姑娘的日子从此拉开戚戚的守望,还要用她柔弱的双肩挑起这个婆媳之家。""一对苦命的婆

---

① 余艳:《守望初心》,北京:中译出版社,2017 年。

媳,就这样相依相偎,撑过苦难,挑战命运。"这里显示着人物的坚贞和坚韧。汤小妹为了掩护伤员,引开敌人,"突然将小儿贺学伦往悬崖外抛去",嘴里哭喊道:"儿啊,要死,我们娘俩与红军死做一处……"自己遇难,儿子重伤,奄奄一息。这里有着为红军敢于牺牲自己的无畏精神。而殷成福,"饱经沧桑一辈子没什么殊荣、不曾有过一官半职,到晚年也没享受什么待遇。如此这般默默无闻、普普通通、辛辛苦苦一生"①。这里又有何等博大的胸怀,何等无私无我的大爱!这些红嫂都是一些普普通通的人物,然而却又是这样的伟大!我想这些人物一定使作者感动得潸然泪下,我们读到这样的文字又怎么会无动于衷呢?

　　《守望初心》叙事的另一个重要特点是"民歌叙事"。这一叙事的设置来自作品叙写对象实际存在的启示。"桑植有什么?有民歌,有贺龙。这里是民歌的海洋……当民歌遇上了革命,革命融进了民歌,整个大革命时期,桑植的几万儿女卷入革命洪流,先后参加红军的子弟有两万多。"因此,从一定意义上说,"民歌叙事"是对生活存在的提取。这种提取在《守望初心》中成为一种普遍化的文本景观,具有多种表达功能。首先,显见的是结构性作用,每一章由一首民歌导引,使整部作品具有贯通全篇的统一的链接件,在结构上更显浑然一体。其次,大量穿插引用民歌,使作品弥漫着一股音乐的气息,民歌所特有的基调和作品的主题氛围是有机谐和的,更强化了作品的革命浪漫主义、英雄主义的情调和意蕴。再次,也是最主要的是"民歌叙事"成为人物精神世界写意最有表现力的方式。戴桂香是作品中的代表性人物,而与其有关的《马桑树儿搭灯台》也成为作品中的代表性民歌。"那是年轻的红军师长贺锦斋改写、妻子戴桂香传唱的。正是这歌,丈夫牺牲后,妻子用68年的守候诠释着音乐精髓,再带动一片恒久的坚守。""老人在光荣院里度过晚年。她依然在传唱着《马桑树儿搭灯台》。还不断摘些马桑树叶压放在枕头下或箱子里。"马桑树在作品中已然成为一个意象,它是戴桂香等红嫂不屈不绝精神的一种象征,而《马桑树儿搭灯台》的故事则无疑成为何谓"守望"、何为"守望"的生动注释。"马桑树、戴桂香、《马桑树儿搭灯台》,似乎已成不可分割的一体,纵然是漫长的岁月也无法把他们分开。""一个美丽多情的女子,一个革命者的遗孀,用她

---

① 余艳:《守望初心》,北京:中译出版社,2017 年。

一生的光阴诠释着这首歌的内涵。什么样的力量可以让贺锦斋们为之献出生命，是信仰。什么样的力量可以让戴桂香们等待一生，同样是信仰。忠诚着等待就是信仰！高山仰止的深情、马拉松式的坚持，漫漫岁月苦寂的守望，谁能说不是在深度、长度上的更具耐力的信仰？""《马桑树儿搭灯台》就不再是春生和阿香的歌，而是那一方山山水水、男人女人的精神之魂。"[1]作者对作品民歌叙事意义的表述，是这样的到位，我就不必再赘言了。

四、《粲然》：文学与高能物理的"对撞"

叶梅的《粲然》是一部独具特质与价值的长篇报告文学。叶梅记写的本事为"北京正负电子对撞机建造始末"，这是我国第一个大科学装置。《粲然》之"粲"可远见于《国风·唐风·绸缪》，"绸缪束楚，三星在户。今夕何夕，见此粲者。子兮子兮，如此粲者何！""粲"，一个表情达意明媚，视觉感又那样超强的大美意境。由"粲者"而至"粲夸克"（charm quark），"正负电子对撞之后，那些粒子翻飞的情景，就犹如满天繁星，银河灿烂，一片粲然。"[2]古远的诗美与现代科学的创造交相辉映，非虚构文学与高能物理"对撞"生成的引力场，对于读者自有不一样的"魔力"。

新时期以来的中国报告文学和科学技术有着特别的情缘。徐迟的《哥德巴赫猜想》是檄文，更是诗篇，它宣告了一个贬抑科学和科学家时代的结束，以纪实与诗情兼容的笔致，再现陈景润的真切形象，歌颂一代科学家崇高的精神品格。报告文学，作为一种独特的写作方式，它的纪实性、文学性和时代性等融合一体的优长，使之在传播科学知识、展示科学成就、叙写科学家事迹、弘扬科学精神等方面，具有不可替代的重要价值。优秀的科学技术题材的报告文学作品，其内存是文学与科技化合而成的结晶，而人文精神和科学精神的相生，则是其核心价值之所在。阅读《粲然》，可以发现作者对此是高度自觉的。因此，《粲然》是新时代同类写作中的一部重要作品，很值得我们关注研读。

不同于通常的社会性写作，《粲然》具有特殊的专业性。专业性以及相关

① 余艳：《守望初心》，北京：中译出版社，2017年。
② 叶梅：《粲然》，杭州：浙江教育出版社，2020年。

科学规范的必要置备,是科技题材报告文学写作的基点和前提,也是一个难点。作者可能不是相关领域的专家,但起码应该部分地进入这个领域,知其大概,了然其中的细微,熟悉专业话语,尽量避免说外行话。这对于作家来说,是一个很大的挑战,而《粲然》所写涉及高大上的高能物理,我们可以想见作者叶梅的"蜀道之难,难于上青天"了。但叶梅是一位资深有为且有志的作家。她深知题材所具有的重大写作价值。北京正负电子对撞机这一大科学装置的建成和投用,是我国继"两弹一星"之后,在高科技领域中的又一重大突破性的成就,为我国的粒子物理研究和同步辐射应用开辟了广阔的前景。巨大的民族自傲感和社会责任感,成为作者敢于迎接挑战、克服困难的内生动力。"我一本本啃读那些初读极为晦涩,但渐渐有了味道的书,粒子、轻子、介子、中微子……它们像一颗颗小星星,在我眼前飞舞。"更重要的是叶梅极有耐力,历时近五年通过深入扎实的采访,走近并熟悉对撞机创建的具体时空,尤其是致力于走进对撞机创造者,那些伟大的物理学家和许多普通的参与者的心灵世界。叶梅舍得脚力,"走过四季,高能所大门前的雕塑也早已成为我的'老朋友'",并且她还走访与北京对撞机有关的"上海之光",南下广东江门实地踏看中微子实验站。"对撞机工程的来龙去脉就像长长的电影,人物、事件,矛盾冲突,不断推进,剧中的主人公就是当年的亲历者。"①正是这样,作者由一个外在闯入的陌生人,转型为身入心随的"准"亲历者。叶梅对写作对象尽可能的熟稔和较为充分的内化,使之成为以报告文学的方式讲述这一故事最为合适的作家。

在《粲然》中,我们可以看到作者对北京正负电子对撞机前世今生的叙述,主线清晰而又峰回路转,插叙多姿,余韵富彩。对撞机"七下八上"的建造故事和工程的升级改造,波澜曲折。其中有毛泽东、周恩来、邓小平、习近平等领导人与此有关的珍贵材料,更多的是"十八位科学家的联名信""想吃馒头,先种麦子""半夜隧道进水""今夕何夕,见此粲者""康奈尔大学来信"②等科学家艰辛创业历程中大事与细节的具体讲述。这既是一部专门的关于对撞机的建设史,同时也折射出当代中国科学技术发展的艰难历程。此外,科学从来就不只是科学专业内的事,它与社会政治等关联紧密。因此"七下八上"的故事,也可

---

① 叶梅:《粲然》,杭州:浙江教育出版社,2020年。
② 叶梅:《粲然》,杭州:浙江教育出版社,2020年。

视作是新中国科学技术发展与其时社会政治生态的一种特殊"对撞"的摄照。

从自在的写作题材，转化成非虚构的文学文本，不仅需要作者能充分地熟悉题材，把握对象，而且更有赖于作者具有得心应手的非虚构写作能力。科技题材的报告文学，它不是专业工作的总结报告，也不是新闻性的通讯报道，而是一种应当具有非虚构美学滋味的文学叙事。因此，这一类写作的理想目标是纪实性、专业性、时代性和文学性的融合。纪实性规定了写作文体的属性，专业性给出了书写对象的质性特点，时代性体现了题材的主题价值，而文学性则规定了文本的呈现方式，是作品价值达成的关键所在。

读《粲然》，我们首先感觉到的是作品整体性艺术构想，作者是在用文学的思维方式写作。这一点最为重要。现在不少报告文学作品，题目好用大词虚语，近似标语口号，文学感荡然无存。《粲然》的命名是逻辑的、及物的，"粲"与"charm"（charm quark，粲夸克）关联，贴合着写作对象；又是写意出新的，有一种诗象意境在。作品的题目是作者的思维之眼。"粲然"，既是题目，又是出现频次很高的一个关键词，它点亮了作品的建构要素，奠定了作品的叙事基调，使之形成了有利于文学性生成的叙事氛围或调性。另外，深具文学素养，还要谙熟叙事文学写作的审美规律。文学不是写报道，不光要把一件事说清楚，更重要的是对人的了解。《粲然》是叙事的，叙说大科学装置的建造史；但对撞机是科学家创造的，因此创造者成为这部作品的主角，是叙事的重心所在。涉及的人物有李政道、杨振宁、丁肇中等诺贝尔奖获得者，也有在漂移室从事平凡工作的"金花"。较为详写的重点科学家方守贤、张文裕、谢家麟、叶铭汉、陈森玉、郑志鹏、陈和生、王贻芳等，星光粲然。这些科学家有着不同的学历、经历、性格、爱好，他们在对撞机建造的不同节点上，都做出了各自独特的贡献。记写他们，就是记录历史。

作品不只是描写一代代高能物理人接力奋进的事迹，更重视通过具体生动的情节和细节表现他们热爱科学、报效祖国、沉潜事业、求是创新的伟大的科学家精神。为对撞机的升级改造，陈和生等科学家专程到美国康奈尔大学实验室访问交流，发现康奈尔大学实验室的改造方案与北京方案趋同。"这让人始料不及，真是充满了戏剧性。""在科学研究上，只有第一，没有第二，我们要让北京正负电子对撞机始终在世界高科技领域占有一席之地。"后来康奈尔大学实验室只好放弃他们的计划。这样的叙述不仅反映出中国科学家的志气，更凸显出卓然的中国智慧、中国力量和中国精神。人物描写最好的方法是精选富有表现力的核心细节加以雕刻。在对撞机工程的重要关头，方守贤的妻子突然生病住院。方守贤既要忙于工作，又要照看家人，时间不够用，本就是近视眼的他"连奔带跑"，"夜色朦胧中，他一头撞在一根斜撑在人行道边上拉电线杆的钢丝上"①。阅读这样的文字，读者自然可见人见心，人物的精神形象真实而崇高，感染力油然而生。《粲然》还有一个显著的特点，就是作者善于运用闲笔插叙。这些闲笔插叙不是作品叙事主线上的"粒子"，但与科学史、科学家有关。比如开篇写到中国高等科学技术中心会议室所挂名家画品，还有李政道、王贻芳等与画家交往的叙写，既显示着科学家丰富的精神世界，又使作品平添了艺术气息，有效增强了文本的可读性。

《粲然》的收尾颇有蕴意。"有一天，高能所内聚集了数百名可爱的孩子，他们是来参观北京正负电子对撞机的。""孩子们从对撞机旁走过，他们会感受到一代科学家的神奇气韵，那些曾经穿行于其间的中微子，或许仍存留于此，向后来者传递着强有力的暗示。"②少年强则国强，科技兴则国兴。我想《粲然》也是写给新时代青少年的励志读本，他们是叶梅预想中的读者之一。

五、非虚构与《民法典》的"遇见"

李燕燕这个名字，听上去好像有着一种跃动飞翔的感觉。是的，青年报告文学作家李燕燕，近年来一直在非虚构这片广阔无垠的空域展翅浩翔。《天使 PK 魔鬼》《山城不可见的故事》《无声之辩》《拯救睡眠》《军嫂奏鸣曲》等作品，以鲜明的题材特色和价值取向，为她划出了一条属于自己的航线。在蓝天白云之间，李燕燕是一只极具辨识度的"燕子"，向着理想的目标，迎风高飞。

《你的声音，唤我回头》的副标题"与《民法典》关联的女性权益故事"已昭示了作品所写的内容。在大类上此篇的题材与以前的作品是一致的，不是宏大叙事那一种制式，而是为弱者、为普通人的写作。在见惯了重大题材以及主题写作的"大作"后，李燕燕式的书写，不只是题材上别异出新，而且内存的意

---

① 叶梅：《粲然》，杭州：浙江教育出版社，2020 年。
② 叶梅：《粲然》，杭州：浙江教育出版社，2020 年。

蕴也是极有价值的。有位国际著名政治家曾经说过,衡量一个国家的文明程度,可以看这个国家的人们怎样对待动物、妇女、老人和弱者。李燕燕作品的意义正与此关联。但这部作品的题材明显不同于《无声之辩》《拯救睡眠》等题材的弱新闻性,而具有很强的新闻性。《民法典》全称为《中华人民共和国民法典》,2020年5月28日由十三届全国人大三次会议表决通过,自2021年1月1日起施行。一时间,"民法典"成为一个热词,也是重要的新闻话题。李燕燕以此作为报告的对象,可见她对此话题的关注和内在意义的敏感,也反映出作者作为报告文学作家所具有的社会责任感。在我的视域中,这是非虚构文学与《民法典》的首次"遇见"。题材的初次性、题旨的人民性以及文本的非虚构性,奠定了李燕燕这一《民法典》文学叙事的重要价值。

　　报告文学是一种选择性写实文学方式。《民法典》涉及民事的诸多方面,作者不可能也没有必要对《民法典》作一一对应的叙写。李燕燕现在的选择是极其聪明的。"与《民法典》关联的女性权益故事"这一写作定位,既凸显了选题与当下关联的新闻性,又与原先作品取材类型有所接续,可以放大自己写作的特色和优势。在这一定位中,"民法典"和"女性权益"是两个引人瞩目的关键词,而"故事"则通过非虚构的文学文本的组织,将两者有机地链接起来,可以达成对这一话题或议题新的、更为有效的传播方式。《民法典》的颁布施行,坚持以人民为中心的治国理政根本理念,展示了新时代社会主义法治建设的重大成就,体现了对人民基本权利的尊重和保障。由于种种原因,在多种权利主体中,女性、儿童、老人等主体的权益受损更为严重。因此,李燕燕通过非虚构叙事的方式,将《民法典》与女性权益关联起来,以女性主体权益保护的典型个案生动地反映出这一重要法典对于人民利益的切实维护。可以说,李燕燕的这一作品是从女性权益保护的视角,对《民法典》所作的一次有意义的文学普法。从作品的取事形态看,是日常立地的,甚至有些琐屑杂陈,但其内涵也可"通天",关乎宏旨。作者在国之《民法典》与家之民生图之间,沟通了重大国法与人民生活的联系。因此,这样的写作与优秀的宏大叙事作品一样,也具有重大的主题价值。

　　《你的声音,唤我回头》篇幅不长,但内容却很丰富。这种丰富首先在于《民法典》中涉及女性权益保护的条款较多,同时也与作品具体叙事设置有关。作品由《谁来保护她》《远远看着你》《黑夜的猛兽》等九个故事组成,分别关联到女性的名誉权、男女平等的财产继承权、无效或者被撤销婚姻中无过错方请求损害赔偿权、家庭暴力中妇女权益的保护等,这些情况涉及女性权益受到侵害的最为常见的部分,与千万家庭和广大女性的福祉息息相关。而刚刚施行的《民法典》对这些事项情形,正好都有相应明确而清晰的法条。因此,《民法典》不仅是新时代人民权利的"宣言书",也更是女性权益的"保护伞"。李燕燕和她的书写,其意义在于作者以女性作家对自身权益受损问题的性别敏感,选取与此相关的《民法典》叙事,体现出对女性权益维护的高度自觉。并且,通过这种更具传播力的文学方式,唤醒更多的女性能够以法护身。

我读这篇作品,看到的是作者对于法学、文学、心理学、女性学、社会学等多学科融合叙事的努力及其效果。作品所写涉及《民法典》,其中自然有法学的内容,每一部分作者都列出了有关的具体法条,可见作者对法的学习和熟悉,使涉法写作有了某种专业性,而作品的本事是"与《民法典》关联的女性权益故事","故事"成为作品的基本构建;"故事"的创造者是人物,人物日常生活中所遇的人与事、各种遭际,推衍了文本的铺展。故事性及其由此呈现的各式人性景观,调制出作品的文学性。这里有着非虚构文学写作的审美意味。李燕燕笔下这些日常故事的获得,部分与资深心理咨询师汤朝千有关,如故事《谁来保护她》的主人公就是汤朝千的女性"来访者"。这样,心理学也就成为作品生成的一个要素。这样的要素不是人为的植入,而是叙事对象本有的自在逻辑。《谁来保护她》讲述的是名誉权受到侵害的故事,故事中化名李珍的主人公(这一化名是必要的,反映了作者对叙写对象名誉权的尊重),她的遭遇在女性日常生活中司空见惯。"肥胖以及无处可藏的个人隐私,才是她一步步陷入重度抑郁症泥沼,差一点无法自拔的重要原因"[1],而重度抑郁症又成为她重要的"个人隐私",个人的隐私权又受到新的侵害。在李燕燕的作品中,不仅心理问题与当事人的名誉权受损直接有关,成为叙事的内容之一,而且心理学也是作品分析人物行为模式的一种有效方法。多学科相生的叙事,融法学的规制、心理学的学理、社会学的实证和文学的形象感性等于一体,使得作品多质而饱满,读者从中可获知更多的信息。

《你的声音,唤我回头》,在李燕燕讲述的"与《民法典》关联的女性权益故事"中,我们可以听到多种的"声音"。你不妨也侧耳倾听一下。

---

[1] 李燕燕:《你的声音,唤我回头——与〈民法典〉关联的女性权益故事》,成都:四川大学出版社,2021年。

六、天边有一首深情的歌

就作品的题材和题旨而言,辛茜的《我的青海,我的雪原》是一部脱贫攻坚主题的文学创作。作为一项国家文学行动,似乎这一类型文学写作的高潮已过。但脱贫攻坚、乡村振兴、开启现代化建设新征程,是一个相承接续壮丽辉煌的历史性进程,是实现中华民族伟大复兴的千秋伟业。因此,相关的题材是以描绘时代恢宏气象、书写生生不息人民史诗为己任的报告文学作家写作的首选事项。当然,成功的报告文学创作是一种需要具有更多独创性的精神活动,这就要求写作者在类型化的主题写作中,注重作品内容组织的别开新景、主题呈现的别出心裁、语言表达的真切及物和充分的个人性等,力避写作同质化和模式化。我读《我的青海,我的雪原》,感觉耳旁回响着从天边雪域传来的深情悠扬的歌曲,也好像是在吟诵作者饱蘸着湛蓝的青海湖水写就的动人心扉的诗章。这是一部在脱贫攻坚主题写作中具有独特的取材面向、人事物景组织别具特质的作品。

《我的青海,我的雪原》显见的是它题材的别样。在脱贫攻坚报告文学中,我们多见的是有关援藏、援疆的作品,而少有境界开阔、信息容量博大的援青写作。在我的阅读视野中,这部列为中国作协重点扶持项目的作品,是首次以全景呈现的方式报告青海全域对口帮扶的大体量纪实之作品。由于特殊的地理条件和历史原因,青海有集中连片的特困地区和深度贫困地区,脱贫攻坚的任务艰巨。作为青海作家,辛茜从国家对口援建脱困的全局出发,锐敏地认知和把握援青工作的重大意义,行程万里,经过一年多的追踪采访,记录下自己的所见所闻所感所思。近 35 万字的作品,以 2010 年中央第五次西藏工作座谈会作出的对口支援青海的重大战略部署为背景,以北京、上海、浙江等地和有关国家部委、中央企业的援青工作为叙事内容,真实、具体、全面地反映了援建各方和青海人民所付出的巨大努力、所取得的喜人成果。作品视镜较为开阔,涵盖西宁市、玉树州、果洛州、黄南州和海西州等援青事业主要地区,同时,具体的人事叙述、物景描写、情思论议等又颇为细实精深,从而挖掘出丰富个案里的共性和典型性。作者从面与点的结合上建构作品的叙事结构,有助于使读者从整体和细部多维角度达成对党的十八大以来援青事业的立体认知。

因此,可以说辛茜的《我的青海,我的雪原》,是对新时代脱贫攻坚主题文学写作具有重要补充意义的有为之作。

在我看来,更值得我们看取的是作者辛茜在具体写作中,设计并落实了一条可使作品呈现异质的抵达之路。同类作品中,多见的是一种项目化或工程化的叙事模式,将对口援助或脱贫攻坚的叙写,围绕产业帮扶、教育帮扶、医疗帮扶、交通基础建设、异地搬迁重建等具体的工作展开,作品叙事的基点和线索主要是有关项目的推进和成效。这样的写作,凸显的是事件,淡隐的是人物。由于事件类型具有某种公共性,作品往往很难避免模式化和文学性不足的问题。但《我的青海,我的雪原》另辟蹊径,聚焦人物,用援青人物串联全篇,颇具文学性。作者采访上百人,具体写入作品的有数十人之多。人物各取其类,各有各的人生故事和志趣性格,在援青工作中也有各自的岗位和贡献。作品通过个性化、典型化的人物故事,既凸显人物形象及其精神品格,又给出援助帮扶的实践经验和发展成果。这种以人带事的有效组织,因为人物的丰富存在和作者对他们的深度表现,使得作品对于题材的展现有了更多的可能。

《我的青海,我的雪原》这一题目透示了作品以人物为叙事重心的基本设置。这里的"我"有着多重的指代,而其主要所指是援青人,是复数的"我们",是援青者群体,他们是作品的主人公。"援青十多年,近千名援青人、志愿者满怀豪情、义无反顾地来到青海,把自己的情与爱洒在了青海高原这片奇崛浪漫又充满艰辛的土地上。"①作者在叙写具体故事时,注重表现深蕴于人物内心的崇高精神和真挚情感。援青人"以伟大的牺牲精神服务于光荣的事业和人民"。他们在担当中奉献,挚爱中奋斗,既基于牢记国之大者深厚的民族情感,又反映出他们扶弱济困乐善好施的大爱人性。来到玉树的北京援青人找到当地先天性心脏病患儿,称那"都是我们的孩子",想方设法送他们到北京接受免费治疗。光明日报社负责扶贫工作的张君华事无巨细,"对囊谦人那么耐心,那么周到","可能,我的前世就是囊谦人吧! 今生,我就是回家,帮助自己的亲人。"在海西州的浙江援青人徐文的父亲生前曾在拉萨支教,徐文因工作繁忙清明节不能给父亲扫墓,就在日记中写下心语,"我远赴青海高原,要和您一样

---

① 辛茜:《我的青海,我的雪原》,石家庄:河北教育出版社,2022 年。

为人民的幸福生活努力工作"。① 作品中多有这样的实录记叙,非虚构叙事的审美感染力由此升腾,人物的精神形象从作品中站立起来,走进读者的心灵,深深地感染着我们。

如果说有志有为者丰富感人的援青故事建构了《我的青海,我的雪原》的主文本,那么作者对青海自然风景、人文历史、风物习俗等的描写就生成为这部作品的副文本,其中有松赞干布、文成公主与玛多藏羊的传说,有关于野牦牛前世今生的小史,更多则是像"每一座山,每一座银峰,都好似笑傲江湖的剑客""每一片海子,每一片青草,都好似轻纱翩翩的仙女"②这样新奇灵妙的摄照。组成这一副文本的还有穿插其中的160幅照片。对生于斯、长于斯、长期工作在青海的辛茜而言,这部作品属于真正的"在地写作"。作者熟稔青海的雪山与草原、现实与过往,以散文家的笔调和盈溢的诗意,在主线叙事的另一面,有机地配置并切换与之相辅相成的大美青海独特、神奇、神秘的异彩背景。这样的配置和切换,不仅具体地给出了与援青人工作相关的人文环境和自然环境,而且也有效地调节丰富作品构成的内容。同时,这也是对青海之美的一种特殊的推介。其中,漫溢着作者对这一片山川雪原的一往情深。说到这里,我想《我的青海,我的雪原》之"我",其中也包括了作者自己。这是一部有"我"自在的报告文学作品。

---

① 辛茜:《我的青海,我的雪原》,石家庄:河北教育出版社,2022年。
② 辛茜:《我的青海,我的雪原》,石家庄:河北教育出版社,2022年。

第九章

史诗与史诗的深情对话

第九章
史诗与史诗的深情对话

　　阅读由张培忠总撰稿、章石山著的《奋斗与辉煌——广东小康叙事》（后简称《奋斗与辉煌》），有读者或许会想到美国著名历史学家威廉·曼彻斯特所写的《光荣与梦想：1932—1972年美国社会实录》。的确，那是一部具有全球影响力的作品，以至于直到今天"光荣与梦想"依然是人们经常使用的一个热词。但两者不只是书写的对象不同，而且从根本上说，作品的主题设置与价值、观照视角与取事、结构模式与叙事调性等也有着显见的差异。因此我在这里更愿意将《奋斗与辉煌》指认为一部具有鲜明中国特色的"光荣与梦想"。《奋斗与辉煌》自有其历史逻辑、主题逻辑和叙事逻辑。

　　《奋斗与辉煌》皇皇四卷合100多万字，是一部超大的报告文学作品。2020年11月23日，在自然时间的标示上似乎并没有什么特殊，但这一天恰是中华民族千百年来梦想成真的欢欣时辰。是日，贵州省宣布剩余九个贫困县退出贫困县序列，至此，我国现行标准下近一亿农村贫困人口全部脱贫，832个贫困县全部摘帽。这是一个具有特别重大意义的历史时刻。摆脱贫困，全面建成小康社会，是实现伟大中国梦的首要而关键的一步。正是立足于这一宏大的时代基点和时空维度，《奋斗与辉煌》具有重大的时代主题价值和特殊的历史意义。广东的小康叙事并不只是广东一域一隅的地方书写，而是中国小康宏大国家叙事中的一个典范样本。因此，作为国内第一部全景立体而体系化的小康建设的文学报告，在我看来，《奋斗与辉煌》是当代岭南的大史记，又是伟大中国梦的华彩篇章。作品以大量客观详备事实的生动叙述，通过广东这一个富有表现力的典型，大写了中国小康建设的伟大成就，再现了民族波澜壮阔的改革开放的历史场景，激扬起人类创造历史中的中国力量、中国精神，从而富有说服力地彰显了中国共产党领导的中国特色社会主义制度的巨大优越性。

一、史诗与作品的史诗要素

《奋斗与辉煌》指涉的题材无疑具有宏大的史诗性，而在文本的建构上，我们可以看出作者有着致力于与客体相适配的史诗模式营造的自觉。这是这部作品价值生成的支撑性置备。因此，从整体上看，作品的大构架是一种史诗与史诗的对话，即写作主体通过文本的有机组构，与对象客体之间建立起一种时空纵深开阔的述史模式，由此使客观实在的史诗转换成为具有主体性取向的非虚构叙事的史诗。

"史诗"是一个跨时空的有着某种流动性的概念范畴。过往一般认为是指反映英雄传说和重大历史事件的叙事长诗，在现代语境中则可泛化为题材涉及时空背景宏大、包容人物事件众多重大、主题具有厚重历史分量的叙事文类。"史诗就是一个民族的'传奇故事'、'书'或'圣经'。每一个伟大的民族都有这样绝对原始的书，来表现全民族的原始精神。"①这是黑格尔关于史诗颇为经典的一种表述。他这里所给出的"民族的'传奇故事'""全民族的原始精神"等语词，无不关联着史诗的本真意蕴。对于史诗黑格尔还有一段言说也是十分重要的："史诗作为一部实在的作品，毕竟只能由某一个人生产出来。尽管史诗所叙述的是全民族的大事，作诗者毕竟不是民族集体而是某某个人。尽管一个时代和一个民族的精神是史诗的有实体性的起作用的根源，要使这种精神实现于艺术作品，毕竟要由一个诗人凭他的天才把它集中地掌握住，使这种精神的内容意蕴渗透到他的意识里，凝为他自己的观感和作品而表现出来。"②对这段论述的含义，我们可作多向的接受和理解。从顺向看，它侧重于对史诗中"史"与"诗"关系问题的考察，强调的是要以"诗"的艺术规制，以文学的个人的方式表现"史"的存在。但是如果从反向来思辨其中的意义同样也是成立的。"史诗""叙述的是全民族的大事"，反映的是"一个时代和一个民族的精神"，这是史诗性存在的基本前提。事实上史诗拒绝个人化的私人叙事，"史"与"诗"是辩证共生关系，"民族的大事"和"民族的精神"是史诗之为史诗

---

① ［德］黑格尔著，朱光潜译：《美学》(第三卷下册)，北京：商务印书馆，1981年，第108页。
② ［德］黑格尔著，朱光潜译：《美学》(第三卷下册)，北京：商务印书馆，1981年，第113—114页。

的体类规定,而个人的诗性的创造是使其达成"艺术作品"的实现方式。

基于这样的认知,我们可以发现《奋斗与辉煌》这部长篇满足了史诗之为史诗的基本要素,有着饱满的史诗品格和超逸的史诗价值。这种史诗品格和史诗价值的获得,既直接导源于书写对象自在的"民族传奇性",又得之于写作者与之相匹配的作品的史诗建构。改革开放以来小康社会的建设,使中华大地发生了翻天覆地的历史性巨变,亿万人民的生活有了实实在在的获得感、安全感和幸福感。这是中华民族对人类文明史作出的最伟大的贡献,也是一个史无前例的世界性民族传奇。作为中国伟业样本的广东小康建设,在全国具有先行性和示范性。2015 年广东率先实现了国家标准下绝对贫困的减贫。2019 年广东地区生产总值达 10.5 万亿元,成为全国第一个突破 10 万亿元的省份。这一水平接近韩国,领先于澳大利亚、西班牙、荷兰、瑞士等发达国家。40 年沧桑涅槃,新时期新时代奋斗铸就辉煌。《奋斗与辉煌》报告的是广东小康史,展示的则是中国的大事、世界的大事,讴歌的是人类的精神、中华民族的力量。区别于传统史诗作品表现民族传奇和重大历史事件的虚构性,《奋斗与辉煌》所写的传奇是非虚构的,是人民以勤劳的双手创造出来的伟大事业,是可闻、可见、可触、可摸、真实的创世纪神话。但同时它又具有由虚构生成的史诗的传奇性,只是它已远远超越了庸常的虚构玄幻的想象力。真正的传奇,真实的奇幻,存在于历史的巨变之中。《奋斗与辉煌》这一宏大的非虚构的民族传奇,兼具了史诗的"史记性""诗学性"以及它特殊的人民性。

二、结构装置与史诗组织

诚然,报告文学写作中题材的价值对于作品价值的获得具有某种前置性,但是作品最终价值的实现,有赖于作者将有价值的书写对象有效地转化为有价值的非虚构文学的文本。非虚构的史诗作品的写作同样也是这样。作为一部巨型作品《奋斗与辉煌》的写作者,在将对象史诗转化成文本史诗时,作者章石山首先构建了与题材相适配的结构。其结构模型宏大开远,多维度兼容,史诗性的结构设置与史诗性存在高度相应。从时间轴线上,作品起自 1978 年收于 2020 年,纵深长达四十几年,与改革开放的大叙事重合一致。作者依据写作对象历史演进的肌理和作品分卷的需要,将其分为四卷:1978—1991 年"百端待举"、1992—2001 年"风生水起"、2002—2011 年"攻坚克难"、2012—2020 年"逐梦飞扬"。每一卷卷名的标立,给出了相关时段的历史特质和小康叙事的阶段性主题。这样的叙事安排既清晰地呈现了历史进程的客观存在,同时又通过主体对题材的调度和组织,凸显了蕴含在历史演进中的史性意义。从作品叙事轴线的设置中,我们可以读出作者对广东小康叙事内在历史逻辑的准确认知。改革开放开通了告别贫困奔向小康的大道,没有改革开放春风的吹拂,也就没有脱贫解困实现小康的春天故事。

基于对历史逻辑的深刻认识,由此立定叙事的时间轴线。同时作者还能注意本部作品主题词"小康"内涵的科学把握。这决定着作品在历时的时间轴线如何有效地组织有机的写作材料,影响到作者取景视野、取事视点等的具体设置。这是一个具有某种复杂性的关键议题。可喜的是作者的认知是清晰而开放的,深得"小康"这一概念的大要。小康既是一个历史性的范畴,不同的社会时期有着不同的意涵指向,更是一个具有鲜明时代特征的反映人民生活水平和社会建设综合文明程度的特殊概念。"我们的人民热爱生活,期盼有更好的教育、更稳定的工作、更满意的收入、更可靠的社会保障、更高水平的医疗卫生服务、更舒适的居住条件、更优美的环境,期盼着孩子们能成长得更好、工作得更好、生活得更好。人民对美好生活的向往,就是我们的奋斗目标。"[①]序言引用了习近平总书记的这段论述,以定性的方式描绘出新时代小康中国建设的美好图景。"中国共产党对小康的理解","从物质生活的富足进一步发展为包括精神生活和社会福利等全方位提升的整体性概念"[②]。作者认识到行进中的小康其实不只是一个主要是经济的或物质的语词,而是一个包含了经济、政治、文化、科技、教育、卫生、公共安全等多要素集成的宏大系统,是一个"全方位的整体性概念"。正是因为作者对新时代中国小康逻辑内涵的准确理解和充分把握,作品才会在流线的纵轴上建构起一个纵横共生枝繁叶茂的庞大而有机的叙事结构。只有这样的结构装置才能有效地集纳广博丰赡的写作内容,使作品获得作为史诗叙事名副其实的博大与饱满的存量和分量。我们看第一卷的章目大致可以了然作品全部的取材涉面。第一卷的主题词是"百端

---

① 习近平:《人民对美好生活的向往,就是我们的奋斗目标》,《习近平谈治国理政》,北京:外文出版社,2014 年,第 4 页。
② 章石山:《奋斗与辉煌——广东小康叙事》,广州:花城出版社,2020 年,第 8 页。

待举",广泛涉及改革开放新时期的拨乱反正思想解放、体制机制改革的艰难探索、经济特区的初创、人民衣食住行的变化、文化的跃动、人才与劳动力的流动、交通基础建设和正风肃纪、加强党的建设等,是从社会层面的大全景摄取。其他各卷的取材大致与此相同,所不同的是更注重突出各个时段特具价值的时代镜像。四卷长篇采入 600 多个故事,容纳 1 000 多个人物,在这些故事和人物中嵌入的是广东小康建设史、改革开放史中具有初始性、标志性、历史性的重大事件、奋斗传奇和重大成就。其间可辐射出巨量的社会演进信息,实录并存活着大时代变迁中种种耐人回味的细节和气息。历史已经渐行渐远,今日、未来迎面而至。阅读《奋斗与辉煌》仿佛是在阅读一部卷帙浩繁关于当代广东、关于中国小康建设的百科全书,犹如走进了广东及至中国改革开放的历史博物馆,也好像是在聆听着一场气势恢宏的交响乐,主旋律激扬高远,多声部和鸣悦耳。这正是《奋斗与辉煌》这一作品史诗性结构建制所达成的效果。"史诗尽管有较多的节外生枝,并且由于各部分有较大的独立性,联系是比较松散的。我们却不能因此就设想史诗可以无休止地一直歌唱下去,史诗像其他诗作品一样,也须构成一个本身完满的有机整体,只是它的进展却保持着客观的平静,便于我们能对个别细节以及生动现实的图景发生兴趣。"①《奋斗与辉煌》的结构是一个"完满的有机整体"。在这个由叙写对象的历史逻辑和逻辑内涵统摄所建构起"有机整体"中,大量的"个别细节"和丰富的"生动现实的图景"获得了它们的叙事表现力。尽管作品所写头绪纷繁、包罗万象,但"有机整体"的史诗结构的建立,使得作品的叙事显得言之有序、言而有意。

《奋斗与辉煌》不只是高度重视作品结构整体性的史诗性设置,而且对结构的局部安排,对局部细节的设计也是十分精心。作为长篇叙事作品,由作品起笔和最终收尾的处理,可以看出作者的写作智慧和写作能力,也大约可以评判出全篇作品叙事的调性和品质。因此有经验的作者大多愿意在作品开篇和收结这些结构要素上下功夫。100 多万字的《奋斗与辉煌》从何处落笔,在哪里收笔,是一个需要颇费思虑的重要课题。报告文学不像小说等虚构作品,根据叙事艺术的需要可以虚构具有意味和表现力场景或情节,非虚构作品是一种选择的艺术,只能依靠作者的眼力和脑力,从大量的真实材料中挑选出有助于

---

① [德]黑格尔著,朱光潜译:《美学》(第三卷下册),北京:商务印书馆,1981 年,第 108 页。

作品主题表现和结构设计的质料。《奋斗与辉煌》的叙事是从"大逃港"这里开启的："20世纪70年代末的一天，暮色四合，广东省宝安县布吉公社沙西大队南岭第一生产队（现深圳市龙岗区南岭村），突然家家户户屋门大开，人们趁着夜色倾巢出动。他们的目的地，是十几公里以外的东方之珠——香港。"最后，作品收结于"大湾区奏鸣曲"。昔日的逃港地如今已成为港澳才俊的梦工厂，广州城也"会集了来自港澳的青年创业者"。"跨过罗湖桥，蹚过深圳河，穿过横琴岛……来自粤港澳大湾区的故事每天都在生动上演"，"粤港澳大湾区的奏鸣曲正汇集成一支广东奋进新时代的盛世交响，在和鸣，在共鸣……"①时空流转几多梦幻，历史铸就大时代辉煌传奇。作者对作品开合所作的这种细部处理，具有极其重要的主题凸显和史诗性强化的作用。开篇和尾声形成了巨大的反差，从而有效地增强了叙事故事性戏剧性和传奇性的张力，而这种反差和张力进一步制造了作品内在的史诗意义。由此作品也以非虚构文学生动而有力量的叙事，深化了对中国社会主义制度治理之特、之优、之强的理论逻辑、历史逻辑和实践逻辑这一宏大主题的表达。习近平总书记2014年在文艺工作座谈会上提出："我国作家艺术家应该成为时代风气的先觉者、先行者、先倡者，通过更多有筋骨、有道德、有温度的文艺作品，书写和记录人民的伟大实践、时代的进步要求，彰显信仰之美、崇高之美，弘扬中国精神、凝聚中国力量，鼓舞全国各族人民朝气蓬勃迈向未来。"②在我看来，《奋斗与辉煌》就是一部"书写和记录人民的伟大实践"，"弘扬中国精神、凝聚中国力量，鼓舞全国各族人民朝气蓬勃迈向未来"的重要的优秀作品。

三、叙事：宏大背景中的"粒子"聚变

"报告文学是非虚构的、注重反映客观真实的写作类型。但是，我们不能误以为由此可以放弃作为主体的作者在写作中应有的能动性。既谓文学，它必然是客体与主体交互作用的结果。报告文学自然也是这样。它不是对写作对象的机械复制，而应当是对非虚构存在的有机选择、提取和体现对象自在逻

① 章石山：《奋斗与辉煌——广东小康叙事》，广州：花城出版社，2020年。
② 习近平：《在文艺工作座谈会上的讲话》，《人民日报》2015年10月15日。

辑和主体意图的调度性呈现。""具有叙事意识自觉的报告文学作家,对所得的
题材质料,在充分尊重非虚构原则的前提下,进行合乎逻辑的剪裁、调度、强化
等处理,使文本更能体现出非虚构叙事的某些审美属性。"①这是我对报告文学
写作中叙事艺术生成问题的一段言说。报告文学的写作可以而且应当有多样
的制式,但我以为其中最主要的还是它是一种非虚构的叙事文学样式。这是
我们基于报告文学取材由新闻性向非虚构性转向后它的叙事规制的一种确
认,我想强调的是作者自觉的叙事意识和卓越的叙事能力,对于作品高质量叙
事达成所具有的保障作用。无疑《奋斗与辉煌》的作者是有这样的意识和能力
的。无论是总撰稿,还是参与其事、各负其责的作者,都是历练有成、经验丰富
的作家。他们面对这样的宏大题材,根据整部作品的总设计要旨和思路,善于
从纷繁芜杂的原生材料中精选出有历史意味有叙事表现力的场景、事件和人
物等。而所谓的历史意味不是就广东言说广东,而是放眼中国及至世界,从更
大的格局中读取书写对象的内涵,提取以实录其中广东发生、饱有中国价值甚
至世界意义的故事。

　　当年的"大逃港"和今天的"大湾区奏鸣曲",以毋庸置辩的事实证明唯有
改革开放才能改变人民的贫困命运,因此,广东小康建设与广东改革开放有机
结合起来叙事,是《奋斗与辉煌》材料组构的必然选择。在这部作品中改革开
放史记述更见浓墨重彩,许多广东创造的"第一"得到了切实而充分的叙事:
中国第一家"三来一补"(来料加工、来样加工、来件装配、补偿贸易)加工厂东
莞太平手套厂的开办,打响了"改革开放的第一声开山炮"的中国第一个出口
加工工业区蛇口工业区的建设;深圳、珠海、汕头等第一批经济特区的创立,开
创了我国证券集中交易先河的深圳交易所的开业等。现在看起来已是微不足
道或者早已成为许多人日常生活内容的物与事,在当年的创造中经历了"破
冰"般的艰难险阻,这样的艰难险阻已经定格在共和国宏大多彩的历史中,成
为刻录历史重大进程的某种标志物。现在是否还有东莞太平手套厂,这已并
不重要。借助作者之笔的存活,我们看到这家中国"三来一补"第一厂的"历史
档案":时间精确到 1978 年 7 月 29 日傍晚,人物是东莞本地的有关负责人、香
港手袋公司的老板张子弥、东莞太平服装厂厂长刘艮和供销员唐志平等。"跟

―――――――――
① 丁晓原:《报告文学叙事三题》,《中国作家·纪实》2019 年第 3 期。

港商合作,是不是和资本主义混到一起了？会不会犯错误?”“但厂里有业务,大家就有收入,先干了再说,总比逃港好吧。”经过一番纠结和商谈,工商批文为“粤字0001号”的东莞太平手袋厂历史性地挂牌成立了。作品对此的记述虽然篇幅不多,但以真实场景的特写和人物情态的复活,极有表现力地写活了广东走向小康的历史性坚实步履。“东莞地处珠江东岸,相对低廉的劳动力成本,使它成为香港加工制造业转移的重要落脚点”,“一拨拨农民顺势'洗脚上田',开始经商,开办工厂”。“'村村点火,家家冒烟',成为东莞奔小康的别样风景。”①工厂虽小,但它们却为一拨拨贫困的农民打开了一扇扇通向小康的大门。这样的叙事将当年真实的情状再现在读者面前,它既是小康建设清亮的序曲,又是改革开放重要的先行,有着多重丰富的表意。

小康中国关乎着家与国的千年梦想。关于它的叙事应当有宏大的铺陈,但也不能少了对具有某种聚变效应的具体而微小的“粒子”的凝视。对于非虚构的文学叙事而言,这种“粒子”的凝视会生成滴水见太阳的表达效果。《奋斗与辉煌》有像特区设立这样高端视角的回望,但更多的是基于社会主体对基层物事和人物的注视,作品注重形态小微但富有意蕴的品质叙事。农民脱贫、乡村振兴关键要有“雄心、诚心、热心、公心”的“四心”“领头羊”,彻底改变“党员都是胡子长的,挂着拐棍扶着墙的,七个党员来开会,一数总共八颗牙”的“笑话”局面。卷二“攻坚克难”第二章《固本强基》,重点记述广东推进农村基层治理及其带来的深刻变化。其中有一件趣事给人留下难忘的印象,“一辆三轮车在村头停了下来,车上的中年妇女探头看了看,一脸疑惑,大声质问:'我要去大寮,你把我拉到这里干什么?'司机有点委屈:'你是不是大寮人啊？这不是大寮吗?'”原来“想不到我出门没多久,大寮就变得不认识了!”②这样戏剧性的描写,以一胜十地写出了“固本强基”这个有些抽象的概念背后的鲜活面貌。这是非虚构的,又很文学。这样的材料不会在既成的总结报告中,它需要作者用心去发现。

《奋斗与辉煌》在叙事手段的运用上还有一个特点就是影像叙事。大量的图像有机地嵌入相应的文字叙述,成为一种有意味的风景。这是对全媒体时代写作潮流的一种积极跟进。“具有创新精神的作家们将主动适应不断变化

---

① 章石山:《奋斗与辉煌——广东小康叙事》,广州：花城出版社,2020年。
② 章石山:《奋斗与辉煌——广东小康叙事》,广州：花城出版社,2020年。

的创作环境,在数字化时代有效利用印刷、声音、影像这三种手段。"①《奋斗与辉煌》中的图像不只是数量较多,而且成为文本建构的一种有机物。它没有像一些报告文学中将许多彩色照片堆集在文本之前,给读者造成眩目之感,而是以逼真的手绘素描加以呈现。简笔素绘增强了作品的历史感,显示出本色的历史滋味。同时,影像与文字互文适配,使报告文学写作有了一种十分重要的现场感和由此强化出的真实感。

四、奋斗者的精神史诗

作为史诗与史诗对话建构的《奋斗与辉煌》,充分展示了史诗主体在作品的重要存在。从对象本质上看,书写改革开放和全面小康中华民族辉煌传奇的是中国共产党领导下的全体人民;从文本组织上看,构成其中基本叙事的是"我们都是追梦人"的奋斗者故事。因此,在这部作品中,史诗的主体是明确的、突出鲜明的。这样的设定与置备一方面符合叙事客体自在的历史逻辑,另一方面也体现了写作者对文学基本逻辑的尊重和遵循。从基本面讲,文学一定是关于人的文学。在史诗性作品写作中,只有对作为史诗主体的人物给予充分而有特质的再现,作品的史诗性的获得才有可能。

"东西南北中,发财到广东",这是一句曾经的流行语,在《奋斗与辉煌》中多有提及。这从一定意义说明,广东确实是改革开放的热土,也是实现小康的乐土。广东之所以拥有吸引各类劳动者来此追梦的强大磁场,不只是这里可以帮助他们脱贫致富,更重要的是能够帮助他们实现自我价值,满足现代人的自我设计。现代人不仅需要满足生存需求、安全需求、社交需求,还需要满足受到尊重的需求和自我实现的需求。在广东,在深圳,人的多次需求能够得到较好的满足。在卷四"逐梦飞扬"第五章《人的尊严与价值》中,不只是有人的精彩故事,还有广东尊重人的尊严与价值的感人细节。在广东,诞生了第一位农民工全国人大代表,"让劳动不仅仅是谋生";也是在广东,"外来工"正式改称为"异地务工人员",可以报考公务员。这一调整"体现了劳动者的普遍尊

---

① [美]杰克·哈特著,叶青、曾轶峰译:《故事技巧——叙事性非虚构文学写作指南》,北京:中国人民大学出版社,2012年。

严,体现了广东的包容与气度"。称呼的置换内在反映出人的角色深刻的改变,由"漂泊"变成"栖居",由"打工"变成"生活","捞仔"变成"新粤人"。正是在这种种的改变中,广东成就了人气爆满的大气场,也才会有了千万人奋斗创造世界、创造自我天地的气韵生动的人的故事。

从某个角度看,《奋斗与辉煌》是一部致敬社会主体——劳动者的作品。劳动者是这一史诗叙事的主人公。我们所说的劳动者包括企业家、企业主,科学家、科技人员,更多的是农民和在城市不同岗位上劳作的人们。在这部超常规模的作品中几乎没有较高级别的领导干部,哪怕选取一些著名人物作为叙事的对象也不是因为其知名度,而是因为曾经寂寂无名的他们历尽艰难才有成事业,与作品的叙事取向紧密关联。从直接的显见的层面上看,广东小康叙事其实更多的是一部奋斗者、逐梦者的命运史。奋斗是奋斗者、逐梦者的人生主题,也是关于他们的叙事的一种基调。"科技创新,就像撬动地球的杠杆,总能创造令人意想不到的奇迹。"深圳大疆的"80后"创业者"汪滔就是这样一个奇迹的创造者",卷三"攻坚克难"第一章《世界之门》中对他作了大写。创业之初的大疆"与其说它是一家商业化公司,不如说是一家只有投入没有产出的研究所或实验室。汪滔不得不四处筹资维持公司的运转"。他"习惯于熬夜工作,在自己的办公室桌边放上一张简易的单人床"。不断失败,不断尝试,不停进取,汪滔和他的团队"如创世神话,在全球无人机市场份额提升至五成多"。与汪滔大疆的举世闻名不同,卷二"风生水起"第一章《东方风来》中写到的谢吴艳可能知之者不多。但"无论是书写广东小康叙事,还是书写中国小康史,研究'攸县的哥'都是绝佳的,甚至是不容忽略的标本",而攸县的哥创始人正是谢吴艳。传奇不只是因为她是女子。谢吴艳是一个逃婚者,她是跟着大巴司机到深圳打工的七个女孩之一,其余六个"找不到工作就回了湖南,只有谢吴艳坚持了下来。谢吴艳没有退路"。她谋到了一份银行职员的工作,后来听说承包的士能赚钱,就"东拼西凑凑够了承包费,也承包了一辆的士",之后包租了20辆,再后来"一次性买断了一家公司49辆的士10年的经营权",最后自己创办了拥有100多台车辆的运输公司。这样悲欢忧乐的传奇命运主人公自己无法预知,小说家的想象力也不能企及。这是大时代的赋能,奋斗者在天时地利中创造着辉煌,有梦想者终成自己命运的主人。

有品质的非虚构人物叙事除了具备丰富生动的故事,还需要注意挖掘人物的性格,努力写出人物的精神。从某种角度看,《奋斗与辉煌》是一部饱满动人的奋斗者、追梦人的精神史。这是写作者自觉的设计和追求,也是从作品所写人物故事中获得启示——"奋斗"是一种崇高的精神品质,小康和幸福是靠奋斗创造出来的。"精神的力量支撑着奋斗,创造了辉煌。那是'敢为天下先'的冒险精神,敢于触及未知世界的探索精神,在特殊语境中只做不说的务实精神","不观望不等待、适时选择最优选项的灵活精神,不排外、不排他的包容精神,讲规矩、守规矩的契约精神,敢闯敢试、敢为人先、埋头苦干的特区精神"。[①]精神叙事成为作品人物叙事的要素。在众多人物的精神叙事中,"把自己种在广东"的胡小燕的故事令人感动又感奋。贫困的年代命运没有眷顾过她,"和许许多多农民工一样,胡小燕南下打工也是因为贫穷","在弥漫着青橘子和方便面味道的火车上晃了三天三夜,胡小燕终于来到广东"。那时亚洲金融危机的影响未消,工作难找,"她不断地更换工厂"。为了不被炒鱿鱼,"她把自己一天的时间,分成 3 个 8 小时:8 个小时工作,8 个小时睡觉,剩下 8 个小时用来'偷师学艺'"。在瓷砖厂工作特别辛苦,但胡小燕不怕苦、不怕累,晕倒在车间里,"她只休息了 1 小时,就又出现在工作岗位上",是一个出了名的"拼命三娘"。"机遇总会眷顾有准备的人,正是这种爱岗敬业的精神,让胡小燕从众多的员工中脱颖而出。"她被提拔为车间副主任,获得佛山市"十佳外来工"的称号,当选为中国历史上首位农民工全国人大代表。胡小燕说过"只要努力,所有的梦想都会开花"。是的,在胡小燕身上既有传统移民吃得了天下苦中苦的坚韧奋斗的精神,也有新广东人埋头苦干、务实进取的现代精神。

　　人物有精神才有灵魂,有灵魂才有光彩。文学作品只有塑造了有性格、有精神的人物,才能具有它的价值。广东的小康、中国的辉煌由一代代的奋斗者所创造。《奋斗与辉煌》是一部奋斗者的精神颂,其中闪亮着追梦人普通而伟大的灵魂,让我们心生感动。

---

① 章石山:《奋斗与辉煌——广东小康叙事》,广州:花城出版社,2020 年,第 20—21 页。

第十章

新时代中华民族的史志

第十章
新时代中华民族的史志

　　脱贫解困,追求小康和美的生活,是中华民族诗经时代就开始憧憬的美好理想:"民亦劳止,汔可小康。惠此中国,以绥四方。"①扶贫济困,建设小康社会,是历代善政良制所追求的基本目标。中国共产党以全心全意为人民谋幸福作为自己的根本宗旨。"人民对美好生活的向往,就是我们的奋斗目标。"②党的十八大以来,党中央提出坚决打赢脱贫攻坚战,确保到 2020 年所有贫困地区、全部贫困人口实现脱贫,全面建成小康社会。党的十九大又进一步宣誓,"让贫困人口和贫困地区同全国一道进入全面小康社会是我们党的庄严承诺。"③全面脱贫,举国小康,这是中华民族实现的第一个百年奋斗目标,也是人类社会历史上最伟大的壮举。

　　脱贫攻坚,新时代最响亮的号角;小康建设,现实最壮美的画卷。生活是文学不竭的源泉,文学是现实生动的写照。观照与呈现最新近、最重大的现实生活,更是报告文学最为重要的文体功能,也是其价值生成的根本所在。党的十八大以来,我国坚决打赢脱贫攻坚战伟大实践及其取得的辉煌成就,为报告文学写作提供了大量生动丰富的题材资源。具有社会责任感和使命感的报告文学作家,以脱贫攻坚题材的书写,作为自己对于这一重大时代主题生活的特殊参与。中国作家协会和许多地方作协的组织安排、各级主题出版和《人民文学》《中国作家·纪实》《北京文学》《人民日报》《光明日报》等媒体的倡导促进等,有力地推动了脱贫攻坚题材的报告文学写作,使之一时成为纪实类书写的

---

① 《诗经·大雅·民劳》,周振甫《〈诗经〉译注》,南京:江苏教育出版社,2005 年,第 408 页。
② 习近平:《习近平谈治国理政》,北京:外文出版社,2014 年,第 4 页。
③ 习近平:《决胜全面建成小康社会 夺取新时代中国特色社会主义伟大胜利——在中国共产党第十九次全国代表大会上的报告》,《人民日报》2017 年 10 月 28 日。

重点和热点。这类作品全景地记录了新时代脱贫攻坚具有历史性意义的进程,大写了在攻坚克难中形成的中国力量、中国创造和中国精神,生动地塑造了具有中国脊梁式的扶贫楷模、脱贫强者,以全新的文学经验和有效的文学书写,丰富了当代中国报告文学史的内存。

一、作为国家文学行动的写作

在当代报告文学史上,涉及扶贫脱困的作品并非只是近年才出现。从广义上说,柳青的《王家斌》、东生的《看愚公怎样移山》、黄宗英的《小丫扛大旗》、穆青等的《县委书记的榜样——焦裕禄》这些 20 世纪五六十年代叙写艰苦奋斗建设社会主义新农村人与事的作品,也可视为一种特殊的反贫困写作。但真正具有某种自觉的扶贫主题意识的写作要到文学的新时期。麦天枢发表在《人民文学》1988 年第 5 期的《西部在移民》是一篇重要的作品。在这篇以西部移民为题材的作品中,作者选取贫困地区贫困户许多耐人寻味的人事个案,揭示了物质贫困与精神贫困深度关联这一严肃而沉重的话题,作品的主题首次深入精神扶贫,与"五四"文学所提出的"改造国民性"遥相呼应。作品以题材的严峻与思想的深刻,在当时产生了广泛的影响。20 世纪 90 年代孙晶岩的《山脊》、何建明的《落泪是金》等作品,或总览"中国扶贫行动",或聚焦贫困大学生的生活,是其时此类写作中的重要作品。黄传会更多地致力于贫困题材的纪实书写,出版有《托起明天的太阳——希望工程纪实》《中国山村教师》《中国贫困警示录》《我的课桌在哪里——农民工子女调查》《为了那渴望的目光——希望工程 20 年记事》等一系列涉及贫困地区教育问题的作品,被誉为"反贫困作家"。总体上,过往报告文学作家参与扶贫、脱贫、涉贫题材写作的较少,作品数量也不多。

从新时期、新世纪到新时代,我国扶贫脱困进入了精准施策、攻坚克难收官的新的历史阶段,脱贫攻坚,实现全面小康,成为国是之重。面对这样的国家重大战略决策,文学,特别是报告文学当然不能无视、忽视,而自当以自己的方式加以回应和反映,在回应和反映中,实现这个时代文学应有的价值。我们可以看到的是,报告文学对于扶贫脱贫现实生活的介入,是积极能动的。这首先得力于某种程度上脱贫攻坚书写作为国家文学行动的设计。2019 年 9 月

19 日,中国作家协会举行脱贫攻坚形势政策报告会,邀请时任国务院扶贫办党组书记、主任刘永富作报告。这既是一次脱贫攻坚形势政策的专题宣讲会,也是一次中国作协推动脱贫攻坚题材文学创作的再动员会。中国作协希望作家深入脱贫攻坚第一线,创作更多的深刻反映脱贫攻坚题材的文学精品。报告会后随即召开了中国作协"脱贫攻坚题材报告文学创作工程"启动座谈会。参与这一创作工程的有 20 多位作家,他们是脱贫攻坚题材报告文学创作的国家队。此前和此后,中国作协在年度重点作品扶持项目、少数民族文学重点作品扶持项目和定点深入生活项目等安排方面,或将"决胜全面小康、决战脱贫攻坚"列为"主题专项",或把"反映决战脱贫攻坚、全面建成小康社会、创造美好生活"列入"重点申报选题方向",其中重中之重便是报告文学。中国作协还联合人民日报社共同举办"决战 2020"征文活动。多地作协也举办各具特点的相关活动,如湖南"梦圆 2020"、陕西"作家眼中的脱贫攻坚"主题征文、四川脱贫攻坚"万千百十"工程和"四川报告:脱贫攻坚·大决战"报告文学(非虚构)专栏、安徽"决胜小康、奋斗有我"文学创作竞赛、贵州"第一书记——贵州决胜脱贫攻坚先进群像"大型报告文学采风、云南脱贫攻坚主题文学创作采风等。这些设置和举措,有效地活跃了报告文学的写作氛围,有力地促成了报告文学主题写作高潮的形成。此外,在国家级文学奖的评奖中,反映脱贫攻坚内容的优秀报告文学作品也受到关注。龙宁英《逐梦——湘西扶贫纪事》获 2016 年第十一届全国少数民族文学创作"骏马奖"、纪红建《乡村国是》获 2018 年第七届鲁迅文学奖。前者集中于湘西扶贫工作的观照,后者较为全面地反映全国脱贫攻坚的新进展。扶贫书写获得"骏马奖"、鲁迅文学奖,是一种积极的价值引领,直接激励了报告文学作家投入脱贫攻坚的主题写作。

　　报告文学作家是促进报告文学创作发展的第一生产力。新时代脱贫攻坚写作,已由原来少数作家的"游击作战",变成了大部队的"集团冲锋"。作家们以"永远在路上"的精神,用报告文学的新作力作,见证并致敬进行中的脱贫攻坚伟大事业。何建明至少有三部长篇报告文学,记录他所关注的脱贫攻坚风景和风景的创造者。《山神》雕刻的是获得"全国脱贫攻坚奋进奖"黄大发的本真形象,这位脱贫攻坚中的中国"硬汉",带领村民修筑"天渠",改变山村的面貌。《时代大决战——贵州毕节精准扶贫纪实》,是一部特写恒大集团毕节扶贫模式的深度报告。《诗在远方》叙写的则是习近平总书记在福建工作时曾直接领导的"闽宁合作脱贫"。王宏甲既有中篇作品《塘约道路》,微观取景贵州山村塘约之变,又有长篇《庄严的承诺——甘肃脱贫攻坚纪实》(合作),全景呈现甘肃脱贫攻坚的成就和感人的故事。徐剑也关注家乡云南的脱贫攻坚,他深入边地一个多月,采写了反映独龙族"原始部落千年直过,刀耕火种走向小康人家"①精彩故事的长篇《怒放》(合作)。欧阳黔森在 2018 年的《人民文学》上发表了三篇反映扶贫脱困的作品——《花繁叶茂,倾听花开的声音》《报得三春晖》《看万山红遍》,为脱贫攻坚重点地区的主题写作作了示范。李春雷对脱贫攻坚写作也表现出很大的热情,《大山教授》《妮妮下乡——定西"精准扶贫"纪事》《一场特殊的精准扶贫》等长中短篇作品陆续出版。任林举的《出泥淖记》以细实之笔,为读者讲述了吉林乡村如何走出贫困的人与事。青年作家纪红建在《乡村国是》获得鲁迅文学奖后,未曾停歇,继续前行在扶贫脱贫书写的一线。《家住武陵源》以儿童视角反映重大的家国题材。发表在《光明日报》的《曙光》,报告曾经的贫困乡村与山寨脱贫"曙光"在前的欣喜图景。参与脱贫攻坚写的队伍浩浩荡荡,彭学明、李朝全、长江、许晨、李迪、孙晶岩、艾平、劳罕、丁一鹤、郑彦英、梁庆才、郑旺盛、徐富敏、毛眉、戴时昌、凌翼、康纲联、贺享雍、刘光富、秦岭、鲁顺民、叶多多、沈洋、刘裕国、刘标玖、吉米平阶、逄春阶、朵拉图、朱朝敏、阮梅、李万军、王丽君、杨丰美、尹红芳、谢慧等老中青三代作家,以他们各自不一样的脚力、眼力、脑力和笔力,为读者描写出脱贫攻坚的艰难和精彩,由此汇成了声势浩大的报告文学写作的脱贫攻坚潮。

二、新山乡巨变的全景观照

新时代扶贫脱贫工作进入了攻坚的阶段。"攻坚"一则意指其难度更大,二则也表示曙光在前。这一阶段的脱贫攻坚具有精准扶贫和全面脱贫的时代特征。我们阅读这一时期脱贫攻坚题材的报告文学,可以明显地感觉到这些时代特征。报告文学作家,深刻领会脱贫攻坚的国是大政,全域观览、全景摄照中国脱贫这一人类历史上的伟大事业,以各得其所的视角,选择各自眼底和心中各美其美的风景,以不同的笔墨给读者报告一个异彩纷呈的脱贫攻坚的

① 徐剑、李玉梅:《怒放》,昆明:云南教育出版社,2020 年。

当代中国。这些作品现时看是一个时代光与影的实录存真,而留给未来的则是关于中国脱贫史的弥足珍贵的文字档案。

脱贫攻坚的主阵地在乡村和山村。相应地,这一题材书写的基本视点也在村庄。对此,不少报告文学作家跋山涉水,来到脱贫攻坚的前沿,感受旧貌换新颜的现场,寻觅其中富有意味的人物和事件,将一个个村庄告别贫困的故事娓娓道来。其中首先值得关注的是彭学明的《人间正是艳阳天——湖南湘西十八洞的故事》。作者讲述十八洞村的故事,不仅是游子要抒唱对故乡的思恋,更因为十八洞村是习近平总书记 2013 年 11 月 3 日首次提出精准扶贫重要思想的地方。作品上篇"看春风,春风徐徐入心田",回叙习近平总书记到访山村带给村民的精神之变,春风入心,欢欣振奋;下篇"描秋色,秋色如许好灿烂",记写十八洞村践行精准扶贫思想,"凤凰涅槃,成为全国精准扶贫的一面最为鲜艳的旗帜、一道最为明丽的风景"[1]。如果说彭学明的作品是一曲诗意葱茏的赞歌,那么,鲁顺民、陈克海的《赵家洼——一个村庄的消失与重生》,就是一段质朴厚实的村史的白描。地处吕梁山区有着近百年历史的赵家洼,也曾有过它"最红火"的时代,但在历史的流转中逐渐贫困而凋寂。2017 年 6 月 21 日下午,习近平总书记走进村里,赵家洼人开启了易地搬迁的新时代。一个不适宜人居的赵家洼村消失了,赵家洼人在新的生活中开始了他们的重生。劳罕的《心无百姓莫为官——精准脱贫的下姜模式》,细致生动地反映了浙江淳安下姜村由最穷村到最美最富村化茧成蝶的过程,作品既给出脱贫致富的模式,又主题鲜明地强化了"心无百姓莫为官"这一根本要旨。

县域是脱贫攻坚的基本组织单位,其中的深度贫困区县则是脱贫攻坚中的"坚中之坚"。因此,成为许多报告文学作家重点关注的写作对象。2017 年 2 月 26 日,井冈山市第一个从全国近 600 个国家级贫困县中摘去沉重的贫困帽子。这里有两部反映这一题材的长篇报告文学,一部是刘洪的《井冈答卷》,另一部是凌翼的《井冈山的答卷》,"答卷"是两部作品中共享的关键词,可见两位作者对题旨深意共同的体认和把握。刘洪是井冈山管理局党工委书记、井冈山市委书记,作为井冈山脱贫攻坚战的组织者、实践者,作者的叙写既宏阔又质实。作品中有精心谋划的工作思路、卓见成效的举措、鲜活典型的真实案

---

① 彭学明:《人间正是艳阳天——湖南湘西十八洞的故事》,广州:广东人民教育出版社,2018 年。

例,还有不忘初心、牢记使命的深入思考。凌翼的《井冈山的答卷》则是报告文学作家的文学报告。作者通过大量深入的采访,获得对井冈山率先脱贫摘帽的全面了解和细部感知,作品结构开合圆满,叙事丰富生动,全篇从习近平总书记"井冈山要在脱贫攻坚中作示范、带好头"的"殷殷嘱托"开卷,主体部分设置十卷,收尾以"人民是阅卷人"为跋,全景、立体、文学地记录了井冈山率先告别千年贫困的伟大实践。时代是出卷人,我们是答卷人,人民是阅卷人。作品以井冈山率先脱贫的生动故事,深刻地诠释了重大的政治主题。刘裕国、郑赤鹰的《通江水暖——一个国家级贫困县的"造血"之路》写的也是一个革命老区。地处秦巴山区的四川省通江县,曾经是川陕革命根据地的首府。这个当年人口不足 30 万的地方,先后有近 5 万人参加红军。"曾经有多少从通江走出去的将士,在生命的最后一刻,把目光投向了家乡的土地与天空? 通江人能用什么告慰数万英灵?"①这部作品没有对脱贫攻坚作全景摄照,而是紧扣通江"造血"脱贫这一主线展开具体叙事。"造血"首先是精神的"造血",脱贫关键在于精神的脱贫。作品通过先烈革命叙事与通江后来者脱贫攻坚叙事的有机结合,告诉读者通江脱贫攻坚之路是革命先烈精神引领的奋进之路。在此基础上,作品具体描写通江的脱贫攻坚中的交通大会战、城镇大会战、旅游大会战和特色产业大发展的扶贫脱贫之路,让读者遇见了一个国家级贫困县冬去春来的美好风景。此外,像梁庆才《时代答卷——来自一个国家级贫困县的报告》和郑旺盛的《庄严的承诺——兰考脱贫记》等聚焦县域脱贫的作品,也都值得读者关注阅读。

脱贫攻坚题材书写在对象空间上由村及县、由县及地区再到省域等的拓展,这既是中国脱贫攻坚现实存在的真实反映,同时也反映了作者取景视域视角的不同选择。更大视域的取材,相应地汇聚着更为丰富的类型和资讯,为读者在不同层级认知中国的脱贫攻坚事业提供了更多的可能。读者既可从微观、中观层面获取对作品所写对象的细部体察感受,也能从宏观层面获得对脱贫攻坚中国全局的认知理解。叙写省域脱贫攻坚的重要作品有叶多多的《一个都不能掉队——云南脱贫攻坚之路》,鲁顺民、杨遥、陈克海的《掷地有声——脱贫攻坚山西故事》,王宏甲、王琰的《庄严的承诺——甘肃脱贫攻坚纪

① 刘裕国、郑赤鹰:《通江水暖——一个国家级贫困县的"造血"之路》,北京:人民日报出版社,2017 年。

实》等。与此关联有不少写省区间对口帮扶的作品，主要有何建明的《诗在远方——闽宁合作脱贫纪事》，写福建对口帮扶宁夏；孙晶岩的《西望胡杨》，写北京援疆；毛眉的《山海新经——第七批福建援疆纪实》，新疆作家写福建援疆；裔兆宏的《国家情愫》，"全纪实"10多个省市的援疆故事。叶多多的作品通过寻访怒族、拉祜族、景颇族等少数民族，特别是其中的直过民族（由原始社会直达今天社会），反映独特的"云南式脱贫"。王宏甲、王琰的作品以治水、治沙、修梯田、兴产业和扶贫搬迁等为写作视点，较为全景地报告具有甘肃特点的脱贫攻坚实践。孙晶岩近60万字的《西望胡杨》是反映对口帮扶题材作品中的代表作。作品主要报告的是北京援建新疆，推进和田发展的建设成就，书写了北京援疆人的感人事迹和奉献精神，同时这也是使我们进一步感知新疆、了解新疆、情系新疆的具有文化价值的报告文学。

三、"在场"的本真呈现

　　文学的价值在于真实地反映生活、思考生活。具有非虚构规定性的报告文学更是如此。真实是报告文学文体的基本品格。新时代报告文学对于扶贫攻坚事业有价值的书写，不是浅薄、机械地摹写表象的生活，而是深入写作对象的内在肌理，运用自己的眼光和判断，在比较对照中显示真实，在矛盾问题的凸显中呈现真实，在思考叩问中揭示本质。这样报告文学的讴歌赞美就不会只是简单的主旋律，而会因具体又本质的真实具有令人信服的力量。作品中的一些反思质疑也不会陷入片面的"深刻"，而更有理性的逻辑支撑。表现帮扶对象自身的变化，是检验脱贫攻坚成效的最有效办法，也是这一题材写作的基本思路。只是这样的变化需要作者在深入采访中用眼寻找，用心发现。

　　李春雷的短篇《一场特殊的精准扶贫》，是一篇于细微处显见变化、从个案典型中体现精准扶贫价值的富有表现力的作品。作品写到的内蒙古敖汉旗四德堂村，"贫困，是这里千年不变的钉子户"。"62岁的许永章，实在是一个苦命汉子"，妻子身患癌症，住院化疗，三个孩子陆续进入婚龄，住在低矮的土房里。"家里的外债，愈发堆成了丘陵，堆成了大山。"作者将一个深度贫困者的情形，以特写镜头的方式推至读者眼前。东阿阿胶股份有限公司联合当地政府在四德堂村帮扶贫困。许永章用无息贷款买驴养驴卖驴，开始了他精准的脱贫生活。"外债早就还清了,孩子们也都结婚了。妻子的病情趋于稳定,脸上泛动着润红的笑容。""许永章开始抽纸烟了,一次买一条。平时,也常常喝几杯小酒。"①作品以具体的数字、生动的细节和人物的精神面貌,写实写活了精准扶贫带给贫困户生活的真切改变。

沈洋的《磅礴大地——昭通扶贫记》,所写昭通原是一个深度贫困地区。一场前所未有的扶贫战役,全面打响。改变已出现在我们的眼前:"磅礴乌蒙,万物生长""一树苹果香秋城","果园周边的农舍,不再是当年的土墙瓦房,摇身一变,成了红顶白墙的小洋楼,一幢幢,一排排,一片片,向整个昭通坝子蔓延开去"。②贺享雍的《大国扶贫》,也彰显了这样的美好。长期贫困的红色土地上"大自然孕育出的一切,无不焕发出勃勃生机。田畴里一片片玉米和这里的特产——空山土豆葳蕤茂盛,欣欣向荣,好一幅浓墨重彩的水墨画卷。一座座青瓦白墙的农舍,像宝石一样嵌映在墨绿色的田畴和树木之中,是那么安详、静谧,恍如世外桃源"③。脱贫攻坚的过程千难万阻,但它最终所达成的正是人民诗情画意的美好生活。

真实的扶贫脱贫不只是诗情画意,也会有春寒料峭。真实的生活有着它本有的多种色调。脱贫攻坚,其实是攻坚脱贫。这既有客观的自然条件的制约,也有主观的不易改变的人们的精神困厄。因此坚中有坚,难而更难。这是不同以往的重要特点。"只有写出脱贫攻坚生活的本来模样,作品才更有意义。如果所写一切顺当欢快,所见只是一派清风明月,那么这样的写作就自然失去了它的品质。""我告诫自己要尽量用发展和审视的眼光看问题,坚守自己独立的人格、独立的立场、独立的思想。如果不这样,各地脱贫攻坚工作就会显得千篇一律,也就没有了独特的故事、个性化的人物……作品存在的价值在哪儿?"④纪红建的设问表示着一个报告文学写作者应有的清醒。如果脱贫攻坚的作品只能单面地报告成就,就不只是作品反映生活的失真,更重要的是反映了非虚构写作者职业人格的不完善。这是《乡村国是》中的一节叙写:"李国成自力更生的脱贫精神让我感动。我想到了在采访中看到的和听到的另一类人。他们不以贫为耻,反以为荣。一次我到一个贫困村采访时,村里正搞扶贫

① 李春雷:《一场特殊的精准扶贫》,《光明日报》2019 年 2 月 1 日。
② 沈洋:《磅礴大地——昭通扶贫记》,《中国作家》2019 年第 10 期。
③ 贺享雍:《大国扶贫》,成都:四川人民出版社,2018 年。
④ 纪红建:《乡村国是》,长沙:湖南人民出版社,2017 年。

工作数据清理民主评议,由各组组长组织群众参加会议。在现场,我听到的满是争吵、争论:我家比他家还穷呢! 对于这些以当选'贫困户'为荣,想依靠扶贫政策,不劳而获得到钱物补助的,我感到很无语。"①这里体现了作者直面问题、介入现实矛盾的意识和勇气。这样的写作,使作品增强了真实感,同时也强化了脱贫攻坚、知难有为的主题表达。王宏甲是一位善于思辨的报告文学作家,他的不少作品理性色彩较为浓郁。以《塘约道路》为例,作者通过贵州塘约山村经过数年努力,彻底改变贫困落后面貌事实的叙述和解剖,将其提升到"塘约道路"的高度加以总结凝练。"一个好社会,不是有多少富人,而是没有穷人。""一个村庄最伟大的成就,不是出了多少富翁,而是没有贫困户。"②党的领导下的农村集体治理体系的有效建设,是去除贫困实现小康的根本保证。这也正是《塘约道路》所表达的重要主题。

四、叙事的文学达成

报告文学虽然是独特的文体,但它也需要具有文学创作的基本规制。其中最为重要的是对作品叙事重心的合理把握和对原型材料的有机组织。在报告文学中,"文学的职责是,不写事件本身的过程和结果,而是通过事件和过程重点表现其中的精神要素,包括人性、境界、情怀、价值追求等等"③。阅读脱贫攻坚题材的作品,我们可以看到许多报告文学作者对此有着自觉的把握,他们没有把脱贫攻坚简单地处理成工程化的项目写作,而能始终关注这一宏大而艰巨工程中人的存在,将人物的再现设置为作品叙事的中心,体现"以人为本"的文学职责。如果说脱贫攻坚多维空间、多种质感的书写,极大地拓展了当代文学非虚构反映现实生活的经验,有效地记录了中华民族富有历史意义的伟大创造,那么,真实地塑造和表现其中各具故事、个性鲜明,同时襟怀人民、精神崇高的伟大又平凡的人物,则是这一主题写作对当代中国文学史人物画廊的精彩丰富。

脱贫攻坚作品对人物的表现,大致有两种方式。一种是作品直接以人物

---

① 纪红建:《乡村国是》,长沙:湖南人民出版社,2017 年。
② 王宏甲:《塘约道路》,北京:人民出版社,2017 年。
③ 李晓晨:《既要有摘果子的敏感 也要有挖根子的深刻——访作家任林举》,《文艺报》2020 年 3 月 16 日。

叙写作为题材,如何建明的《山神》、阮梅的《文秀,你是青春最美的吟唱》、李万军的《因为信仰——"扶贫楷模"王新法》、戴时昌的《姜仕坤》、艾平的《脱贫路上追梦人》等作品;另一种是在脱贫攻坚叙事中,选取不同类型的典型人物加以描写。这类写作作品更多,涉及的人物也更多。《山神》的主角是黄大发,有着泥土一样的质朴,大山一般的坚定。"凿渠引水,吃大米饭",这是世代居住在深山里的村民朴素而美好的生活理想。他们的带头人"黄大发握了握拳头,朝群山做了个比高低的姿势","黄大发来了!大山深处第一批,也是唯一一批敢于在千米悬崖上开山凿渠的农民大军来了!"[1]千米天渠大写了黄大发这位80多岁的当代愚公的感人形象,村民小康生活的来之不易记录着共产党人的使命担当。《文秀,你是青春最美的吟唱》中的黄文秀,是一位研究生毕业后工作不久的年轻人。黄文秀"有着甜到了人心底的微笑",是一个"爱笑、爱美、特别爱秀的姑娘"。她以乡村扶贫第一书记的角色,作为自己"青春的打开的方式"[2],年轻的第一书记全身心地沉浸在她累并快乐的工作中,最后牺牲在脱贫攻坚的第一线。《因为信仰——"扶贫楷模"王新法》所写人物,参过军,当过警察,蒙受冤屈。平反和退休后,不远千里在异乡开展扶贫帮困,"吃的是自己的饭,花的是自己的钱,干的是老百姓的活"[3]。这些人物普通而又卓然,以身心俱在的扶贫帮困作为自己的责任,奉献力量,牺牲自己,换来的是群众过上小康生活。他们是我们这个时代天幕上最为崇高闪亮的星星。

脱贫攻坚报告文学对于人物的表现,需要克服容易发生的同质化、平面化的问题。作者要在看来相同近似的人物事物中,努力寻找其中的独特之处,在独特中展示丰富,以期还原出一个真实可感的内外兼得的人物。《姜仕坤》这部长篇叙写"倒在脱贫攻坚路上的县委书记",作品全无以前一些写先进模范或领导干部作品的大词、虚词,有的是从人物生活实际中提取出来的、足以真实反映人物事迹和精神的实实在在的场景和情节。人物形象不在会场上塑造,而是将其立在全国最贫困县扶贫的路上、山岗和贫困户的家里。"这人没有架子,原来是农民的儿子,也是我们苗家人呐。"[4]群众的口碑雕刻成姜仕坤永远的丰碑。唯其信实,更为感人;因为独特,愈加崇敬。

---

① 何建明:《山神》,桂林:漓江出版社,2020年。
② 阮梅:《文秀,你是青春最美的吟唱》,《中国作家·纪实版》2019年12月。
③ 李万军:《因为信仰——"扶贫楷模"王新法》,北京:中国国际广播出版社,2017年。
④ 戴时昌:《姜仕坤》,贵阳:孔学堂书局,2017年。

作为叙事文学写作样式,报告文学对于人物表现最有效的办法,就是要通过对人物全面深入的了解挖掘,发现其中富有表现力的生动细节和细节链,以此突显人物作为"这一个"形象特质和精神品格。《脱贫路上追梦人》展示的是黄旭坤、刘叶阳、党桂梅、刘玉国等人物群像,他们或是驻村扶贫的第一书记,或是自强脱贫、创业致富的村民。作者用一个个、一串串具体有味的细节,写实写活了一群攻坚脱贫的追梦者。《通江水暖》中的刘群才,原是山村先富的"刘百万"。组织三次登门才勉强答应出来在村里任职,"他思索半晌,说,好嘛,大家都要我干,我就干嘛!"从我富到富他,从要我干到我要干,刘群才在工作中完全忘我,变电站建好了,他却病倒了。女儿给他十万元钱化疗,他却把这笔钱作为村里干果产业园"三通工程"(通路、通电、通水)的"启动资金,连老伴压箱底的钱都取了出来"①。这样的文字没有形容修饰,声气真切的人物语言、简练素朴的细节描写,就使人物闪光的形象矗立了起来。

报告文学虽为非虚构的写作方式,但它也需要调动作者写作中的主观能动性。作品要真实地反映对象,而不是机械地复写原型。表现在叙事结构的设置上,它无须按照对象自然的时空秩序组织故事,而应当既基于客观存在,又考虑审美接受效果的优化,在结构的艺术化处理方面精心有为。

何建明的《山神》设置了一个"加长版"的序篇《上天的路》,极写黄大发他们开凿天渠的险与难,为作品主体部分叙事蓄势,调动读者的阅读期待。《脱贫路上追梦人》作者将扶贫书记黄旭坤的出场安排在一个具有戏剧化矛盾冲突的场景中。大雨滂沱,山洪倾泻,浮桥飘摇,河对岸的村民担心着,也有的人说着风言冷语。这样的开篇自然有"戏"可看,这出"戏"不是虚构而来,而是得之于作者对真实的具有重要表意性材料的有机调动。相比《山神》《脱贫路上追梦人》,《怒放》的作品营构则体现了两位作者整体性的精心策划。徐剑、李玉梅从诗句"赤橙黄绿青蓝紫,谁持彩练当空舞"②和独龙族独龙毯的编织要素中,寻获具体结构文本的灵感,以"赤橙黄绿青蓝紫"为全篇七章的章名,以编织独龙毯所需的经线、纬线与木梭等,将相关的脱贫攻坚的人物和故事分置其中。结构与所写相适配,在特色化中显示着作者的独具匠心。

---

① 刘裕国、郑赤鹰:《通江水暖——一个国家级贫困县的"造血"之路》,北京:人民日报出版社,2017 年。
② 毛泽东:《菩萨蛮·大柏地》,1933 年夏。

近五年报告文学的色调与意涵

第十一章
近五年报告文学的色调与意涵

一代有一代的时空轴线，建构着独特的时代坐标。新时代的中国，大江竞千帆，雄鹰击长空。现实和历史的巨大存在，是报告文学的源头活水，也是激发作家创作的原动力。在实现"两个一百年"奋斗目标的历史交汇点上，现实传奇抒写中华大地的光荣与梦想，一代风流人物创造历史伟业，星光璀璨。报告文学作家笔墨紧随时代，秉持现实主义创作的新精神，坚持以人民为中心的根本方向，以"国之大者"为创作题材选择和主题表达的优先事项，在一系列的主题写作中，讴歌人民的传奇创造，报告中国力量和中国精神，显示出了它不可或缺的使命担当和厚重的分量，在与时代同频共振中，描绘出报告文学的风景独好。同时，报告文学作家也注重现实与历史的全景面向，既拓展写作的对象世界，也打开主体的精神空间，使这一文体显现出某种程度上的公共性、人文性和个人性相融的"有机态"。2017 年以来，中国报告文学潮涌奔腾，丰富饱满，是一种更具热度、高度、宽度和力度的文体，配得上"时代文体"这一荣光的称号。

一、纵深开掘的"红色书写"

2021 年适逢中国共产党成立 100 周年。本年和近年以党史包括革命史为题材、礼赞党的初心与使命的非虚构"红色叙事"蔚然成风，形成了重要的写作热点。其中值得关注阅读的作品不少，如何建明的《革命者》《雨花台》、徐剑的《天晓：1921》、丁晓平的《红船启航》《人民的胜利》、铁流的《靠山》、海江和凌翼的《孕育》、李发锁的《围困长春》、余艳的《守望初心》、王杏芬的《青春·缪伯英》、杨绣丽的《巾帼的黎明》、杨丰美的《先声》、曾散的《半条被子》、谢友义的《赤魂·赤土·赤旗》、唐明华的《乳娘》、一半的《国碑》和胡启明的《信仰》等。在迎接和庆祝党的百年华诞这一特殊的时间节点上推出的这些作品,以报告文学的方式对党史、革命史上的若干重要存在作了深入的开掘、真切感人的叙述,其中多有新的发现、新的叙述。可以说,这是报告文学对党的百年华诞的隆重礼赞,对党的初心与使命的真挚致敬,对"坚持真理、坚守理想,践行初心、担当使命,不怕牺牲、英勇斗争,对党忠诚、不负人民"的建党精神的生动诠释,实现了文学对党史卓有成效的传播。

北大红楼是一座党史的宝藏,海江、凌翼的长篇报告文学《孕育》以此作为中国共产党"孕育"的原点,深挖细述与这一特殊的时空相关的党史故事和文化人物的行迹心路,形象生动地再现了百年大党成立的历史背景、文化基础和思想基础。《孕育》的命题,深刻地喻意了党这一伟大生命体诞生的时代逻辑和历史因由。《青春·缪伯英》的主人公缪伯英是中国共产党第一位女党员。她和丈夫何孟雄同为革命的先烈。这部作品以清雅深挚的笔墨叙写了缪伯英的革命与爱情,再现了共产党人"英"与"雄"的坚定的信仰和灿烂的青春。《赤魂·赤土·赤旗》是一部刻画中国农民运动杰出领袖彭湃和广东海陆丰农民运动群雕的作品。"一生澎湃","澎湃"是"彭湃",也是一代人物一生火热革命的精神写照。《乳娘》的叙事背景是艰苦卓绝的抗日战争,主人公是胶东众多的乳娘。作品用质朴细致的笔墨,真切感人地叙写了乳娘伟大的母爱和最美的人性。"到底是什么原因,让一个个乳娘在生死关头,宁肯舍弃自己和孩子的生命,也要保证乳儿的安康? 到底是什么原因,让她们毁家纾难,义无反顾,始终无怨无悔地追随中国共产党?"[①]作品以非虚构的叙事,对此作出了信实有力的回答。正是党为劳苦大众求解放、为人民群众谋幸福、全心全意为人民服务的初心和使命,召唤起凝聚人民的伟大力量,人民是江山,党和人民成为水乳交融、血肉相连的生命共同体。《革命者》通过重述革命者的故事和精神,真切地呈现党的先烈的初心和信仰。"为有牺牲多壮志,敢教日月换新天"[②],作品序章就立定了作品的主题和基调。爱国民主人士黄炎培参加新中国的开国典礼,他的儿子黄竞武在上海解放前十来天时牺牲,"成为为新中国诞生而洒

---

① 唐明华:《乳娘》,合肥:安徽人民出版社,2021 年。
② 毛泽东:《七律·到韶山》,1959 年 6 月。

下鲜血、牺牲生命的最后一批烈士之一"①。这是一部缅怀革命者初心，致敬为信仰而奋斗的牺牲者的感人之作、感奋之作。近年来这些党史、革命史叙事作品，作者发掘、发现不同点位上丰富的党史、革命史的事件、场景和人物，具有重要的历史价值，同时，作品的历史叙事中内蕴着具体形象的非虚构艺术的感染力，使读者在获得审美性的精神洗礼中，更有效地达成"学史明理、学史增信、学史崇德、学史力行"。

二、"金色叙事"：中国梦的新报告

"金色"，是盛世开泰、伟大事业成就辉煌的色调，是奋斗者砥砺前行、山河焕新的明媚。新时代报告文学的"金色叙事"，书写中国梦的史诗传奇，唱响"一条大河波浪宽"的进行曲。新中国成立七十多年来，中华大地发生了翻天覆地、日新月异的巨变，中华民族不仅站了起来，而且也富了起来、强了起来、美了起来。进入新时代，我们迎来了改革开放40年、新中国成立70年的欢庆盛典。报告文学作家为国家民族所取得的巨大成就而欢欣自傲，纵情放歌，激扬文字，以各自的取景和笔墨大写波澜壮阔、气韵生动的新中国史、改革开放史和社会主义发展史，从大历史中选取具有中国特色的故事，报告中国创造和中国力量，彰显中国风流和中国精神，形成了这一时期报告文学写作鲜明的"国家叙事"特色。这种国家叙事是一种顶天立地的书写，是宏大叙事与小微叙事的融合，是国与家的统一，以人民为中心的写作。这些国家叙事作品的集成，就是记录当代中国艰难曲折、进入伟大进程的恢宏新"史记"，就是更为壮美多娇的新"江山万里图"，就是引人入胜、扣人心弦的中华民族新传奇史诗。

改革开放成就了中国伟业，中国走出了具有自身特色的社会主义发展道路，民族国家和人民开始走向真正的繁荣富强、安康幸福。这是当代中国最美、最动人的主旋律。报告文学作家参与、见证、感受这一开新向远的历史进程，他们融进自己的观察感悟，更真切生动地叙写现实发生的深刻变动，真实具体地记录具有重大历史意义的时代更新。浦东和深圳是中国改革开放杰作中的经典。何建明的《浦东史诗》是献给浦东开发开放30周年的致敬之作。

---

① 何建明：《革命者》，《中国作家·纪实版》2020年第1期。

作品以史诗的宏大构架和激越之情,报告史诗一样的写作对象。作品再现浦东开发开放的重大历史进程,书写它的艰难曲折和辉煌成就,讲述浦东城市地标背后种种不为人知的故事,凸显创造"史诗浦东"中的各类人物形象及其精神风范。2020年深圳特区成立40周年。从一个曾经的内地人逃港的不堪回首之地,变成一个具有重要的全球影响力的国际化城市,这是一个世界城市史上的奇迹。这样的奇迹值得报告文学作家大书特书。陈启文的《为什么是深圳》没有全面铺展深圳的发展历史和建设成就,而是以具体的设问定题,以自己对深圳的观察感受和深入思考,真实生动并且富有说服力地揭示了隐藏在传奇深圳内里的密码,诠释了深圳发展中的深圳之路和中国之道。中国的改革开放是一部内涵广博的大书,报告文学作家各取视角和题材,从不同的面向叙写其中不同的章节。县域经济社会的繁荣发展,是改革开放的重要推力,也是一个重大成果。李朝全的《最好的时代》,以浙江省长兴县40年改革开放历程为写作对象,全景全面地透视了一个特定县域所发生的深刻的历史变革,通过长兴这一典型的报告,确证了这是一个"最好的时代"。民营经济的发展是改革开放的重要成果,也是改革开放史中异彩纷呈的建构。唐明华的《大风歌》以"中国民营经济四十年"为写作对象,作品再现了改革开放初期个私经济破冰开创的种种"第一",生动地呈现了民营经济在艰难困苦曲折前行中壮大自强的发展历史。李鸣生的《敢为天下先》角度独特,叙写珠海航展的创办及其影响。梁广大们"无中生有"中成就事业"敢"的故事和"敢"的精神,正是中国改革开放者的生动写照。曾维浩的《一个中国人在中国》,以小角度细实真切之笔,反映出一个人眼中的改革开放历史和改革开放史中一个人的生活嬗变,是个人生活史与改革开放大历史的融合叙事。

中国梦是亿万人民创造的繁荣中华、富强民族的复兴之梦;中国人民负重自强,砥砺奋进,光耀中华,点亮未来,是当代中国力量、中国精神的凝聚和升华。近年来,特别是党的十八大以来,有大批量的作品聚焦当代中国,体现中国创造的精彩传奇故事。徐剑的《大国重器》细述"中国火箭军的前世今生",是一部可歌可泣的新中国导弹事业的发展史。叶梅的《粲然》报告的是北京正负电子对撞机建造始末,这是报告文学与高能物理一次有意味的"对撞",投射出中国当代科技史的一个独特缩影。"大三线"建设是当代中国发展意义深远的重大战略安排,只是现在的读者已知之不多。鹤蜚的《热血在燃烧》,通过大量的文档查阅和深入的建设者访谈,为我们再现了激情燃烧的"大三线峥嵘岁月"。沈国凡的《情系大三线》，以自己的亲历体验，深情讲述了一代"大三线"人的青春、理想、奋斗以及爱情。工业强则国民经济强。鹤蜚的《大机车》和李春雷的《北汽时代》等作品，从深邃的历史时空中观照叙写对象，在现当代中国大历史的光影流转中，描绘汽车工业曲折前行的旅程和成就。报告文学作家不仅从过往及今的存在中选取写作材料，更关注最新的中国创造和中国力量，对它们作出及时的鼓舞人心的深度报告。周桐淦的《常州进行曲》，从世界贸易新大势中，看取一个工业城市由制造到"智造"所具有的重大意义，以报告文学的方式及时回答了新发展阶段的时代之问。2018 年建成通行的港珠澳大桥有"新现代世界七大奇迹"之一的称誉，是新时代中国超大工程建设中的重中之重。长江、曾平标和何建明等作家为此激动自傲，以最快时间分别写作出版了《天开海岳——走近港珠澳大桥》《中国桥——港珠澳大桥兴建始末》《大桥》三部长篇报告文学，文本内容各有侧重，叙事风格各得其长，但都旨归于"中国桥"建设中的中国伟力、中国价值及其世界意义的讴歌与表达。只有国强方有民安。黄传会的长篇《大国行动——中国海军也门撤侨》就揭示了这样的主题。作品通过中国海军也门撤侨行动的详细记述，将人民生命的保障与祖国综合国力的跃升有机地关联了起来，真实感人地展示了大国力量、大国担当和大国情怀。

三、非常态中的艰难与温馨

尽管我们已有抗击 2003 年非典的经验，但是不期而遇的新冠肺炎依然令人猝不及防。新冠肺炎是对现代人类的又一次破坏性试验，更是一场我们无法弃考并且必须考好的大考。疫情造成了一种独特的非常态，它为文学烛照社会、透见人性等提供了一个特殊的视窗。抗击新冠肺炎的题材是近年报告文学写作的一大热点，不同时空、不同身份的写作者，以各自的取景和笔墨，叙写具有中国特色的抗疫故事，其中有病毒的肆虐和生命的羸弱，也有由生活的流速突然降减应急而形成的艰难与焦虑，更多的则是对生命第一、人民至上，举国奋力驰援湖北、保卫武汉等真切场景、感人故事的摄取和报告。疫情终将过去，而这些存录了抗疫现场的报告文学，也会因为它们存活了一段艰难而温馨的历史而具有珍贵的价值。

闻令而动,驰援湖北武汉,是抗疫报告文学作品的主题句。张培忠和徐锋的《千里驰援》、李琭璐的《我来自北京》等作品分别记写广东、北京等地第一时间派出援鄂医疗队,紧急赶赴当地参与救治的故事,体现出一方有难、八方支援的中国力量和中国精神。《千里驰援》是这类作品中较早推出的一篇,它以钟南山在武汉封城前数天行程和活动、"团圆夜亦是出征时"、春节正是医疗队"战时"等的散点速写和病区改造、危重病患抢救等镜头的特写,写实了广东"逆行者"的效率和仁爱。《我来自北京》中的"我"其实是复数"我们","我们"中的刘颖、金建敏、王洁等北京医生、护士,以各自都有的"奋不顾身的理由",选择人生的"最美逆行"。当病人由医生衣服上的名字,查到"医生来自北京"时,"眼睛就突然亮了"[1],这些细节的表现力、感染力跃然纸上。

有一些写作者的名字及其作品应当被我们特别提到。李朝全、李春雷、纪红建、曾散等,他们是作家,更是逆行者。在疫情紧张之时,受中国作协指派,奔赴武汉"战场",执行文学战士的使命。李朝全从"战场""战士""鏖战"等多个断面,以细实而颇具现场感的叙写,记录武汉同济医院这一危重症救治基地的战"疫"实况,突显了"一心赴救,无惧生死"的大医精诚。纪红建深入武汉采访35天,访谈医护、病患、志愿者、社区工作者、居民、干警等200多人,写成长篇《大战役》。这是一部全时、全面而又立体多维报告武汉抗疫大战的"大"作品,信息丰富,意旨厚重。武汉本地作家刘诗伟、蔡家园、普玄等的作品,因其"有根"和"在场"自有其质地和色泽。刘诗伟和蔡家园合作的《生命之证》,是一部"武汉'封城'抗疫76天全景报告";普玄的《疫中之家》,取"老计和家""母婴之家""瘟疫和年"等百姓疫中的生活景象,加以摄照呈现。将两个作品合成起来,就是一部叙事很饱满的武汉抗击新冠肺炎疫情的第一手"内史"了。

还有一种写作或许更具特质,这就是援鄂医生的亲历写作。《查医生援鄂日记》是其中的代表作。作者是上海仁济医院呼吸科查琼芳医生,她将自己特殊的经历以日记的方式记录下来。作品没有宏大的叙说,有的只是抗疫一线的小微叙事。"无数人都在发一分光,然后萤火汇成星河。"[2]

沧海横流方显英雄本色。大疫迎面,人心可鉴。抗疫战斗中涌现出许多令人感动、感奋的闪光人物,在他们自带光源的抗疫故事中流溢着人性美好的

① 李琭璐:《我来自北京》,《光明日报》2020年4月8日。
② 查琼芳:《查医生援鄂日记》,上海:上海交通大学出版社,2020年。

綮然。熊育群的《守护苍生》,主人公是战"疫"中的钟南山。抗击非典时 67 岁的他临危受命,抗击新冠时已是 84 岁他再度披挂上阵,"他劝别人不要去武汉,他却去了。明知道老年人最易感染"。作品通过"天下救人事最大""仁心乃本心""敢医敢言是天性"①多侧面典型情节的描写,垒筑起钟南山这位"共和国勋章"获得者老而弥坚的精神丰碑。李春雷的《铁人张定宇》,深情记写作品主人公大山一样的坚守、钢铁一般的精神。张定宇是武汉金银潭医院院长,同时也是一名行动受限的渐冻症患者。"在这最后的日子里,我必须跑得更快,才能跑赢时间","我们要用自己的生命,保卫武汉!"②作品用一系列独具人物个性的语言和细节,真实生动地再现了这位"人民英雄"的鲜明形象,唤起读者内心庄严的崇高感。除了讴歌钟南山、张定宇这些杰出人物,更多的是为无名者立传的作品。李朝全的《一位叫"大连"的志愿者》、曾散的《甘心》、李春雷的《三月正青春》等主人公或为武汉过客成为志愿者,或为心甘情愿奔赴抗疫前阵的医生、护士,他们都是 90 后年轻人。由此让我们真切地看到年轻的一代在成长。

四、致敬平凡中的崇高

作为非虚构叙事性写作方式,人物是报告文学文本建构的基本要素。2021 年度以人物为书写题材的作品占比较高,人物在报告文学写作的回归,成为一个显著而重要的特点。高保国的《人民英雄张思德》、徐剑和一半的《杨靖宇:白山忠魂》,是对两个著名历史人物的深化叙事。现实生活中的人物报告数量甚多,广及诸多领域。何向阳的《守卫国门的人》是关于"十大国门卫士"何守卫事迹的纪实;欧阳伟的《脊梁》主人公是全国模范法官周春梅;孙侃的《改革先锋谢高华》再现了一个勇于担当的共产党人的精神形象;张茂龙的《永远的初心》通过基层干部郭克生的人生行路和心路,深刻地回答了"一个共产党人的灵魂能走多远"的严肃之问;杨黎光的《脚印》追踪了人民英雄麦贤德的人生轨迹和精神史迹;黄传会的《仰望星空》是一部书写共和国功勋孙

---

① 熊育群:《守护苍生》,《光明日报》2020 年 3 月 1 日。
② 李春雷:《铁人张定宇》,《人民日报》2020 年 4 月 1 日。

家栋事业和精神的纪传之作。青年作家曾散的两部长篇《青春逆行者》《青春中国》,主人公则是"青春"的群体。他们或在抗疫一线"逆行",或作为志愿者告别舒适来到艰苦的西部支教、支医,灿亮的青春在奋斗与奉献中熠熠生辉。

人物报告文学有效写作的前提之一,是所写人物具有独特的事迹和崇高感人的精神品质。孙春龙《格桑花开》中的魏巍,人生刚开花朵却罹患肾衰竭症,他"把自己生命的最后 20 年,献给了希望工程"①。木祥的《张桂梅,用生命点燃希望之光》所写是感动中国年度人物"张妈妈",她以母爱之心自办女子高中,将成千贫困女孩送出大山圆梦人生。陈果的《在那高山顶上》写的是"最美奋斗者"李桂林、陆建芬夫妇开办"夫妻学校",以智力开发助力大凉山的脱贫。2021 年度有两部作品写得尤为富有特质,体现出非虚构叙事强烈的审美感染力。彭东明的《一生的长征》讲述的是参加过长征的老革命喻杰离休返乡后的人生故事。紫金的《大地如歌》主人公是一位社区民警。这两篇作品中的人物没有更多的新闻性,作者致力于从他们人生的日常故事中凸显其伟大的党性和人性,写实写活了人物的精神形象。

人民是真正的星辰大海,他们是时代的主人公。报告文学以时代的主人公为作品的主人公,是其题中应有之义。近年来,报告文学作家更多地瞩目具有某种时代精神史意义的人物,挖掘再现人物善与仁的美好人性、为民族复兴而创造奉献的公民责任心和在党为民的赤诚初心,作品的人物鲜活真实,具有主题的正能量,也不乏审美的感染力。这些人物中有两代县委书记的榜样焦裕禄(《大河初心》)和廖俊波(《一个温暖的"发光体"》),有获得战功而永不褪色的英雄(《脚印——人民英雄麦贤得》《张富清传》),有脱贫攻坚中的时代楷模(《山神》《姜仕坤》),有在各自领域卓有成就的科学家和科技工作者(《惊天动地的"两弹"元勋》《袁隆平的世界》《中国天眼·南仁东传》《张锦秋传:路上的风景》《大地之子黄大年》《永远的李保国》),有奋战在抗疫一线的精诚大医(《钟南山:苍生在上》《铁人张定宇》《张文宏医生》),既有许多如《点亮更多孩子的梦想》这样致敬张桂梅功勋党员、时代先锋的作品,也有不少像《喀喇昆仑雪山下》《行走的脊梁——泰山挑山工纪事》《加油站的故事》《上海工匠》

---

① 孙春龙:《格桑花开》,《北京文学》2020 年第 10 期。

《用爱吻你的痛》《心中的旗帜》等以在各自岗位上作出突出贡献的人们为礼赞对象的作品。人物报告文学琳琅满目，守定初心、使命担肩的精神形象光彩照人。

正能量与感染力兼备的人物报告文学，所塑造的主人公是一些灵魂发光的大写的人，在他们身上融合了鲜明的时代逻辑和个人逻辑。高建国的《大河初心》全息地叙写了焦裕禄精神的生成史、发展史和接受史，既是一部焦裕禄的个人精神传记，又是一曲极具时代价值的共产党人的精神颂。王国平的《一个温暖的"发光体"》，从"谋事""对己""待人"三个方面凸显"全国优秀县委书记"廖俊波这一个"发光体"的"温暖"。王宏甲的《中国天眼·南仁东传》将"中国天眼"建设与人物的个人史及其关联的社会历史进行有机结合的立体叙说，写出了一颗真实多维、富有情趣意味的灵魂。"哪有岁月静好，不过是有人替你负重前行。"①杜文娟的《喀喇昆仑雪山下》，以深情之笔，歌咏在雪域高原戍边官兵的牺牲和奉献。徐锦庚的《行走的脊梁——泰山挑山工纪事》和彭名燕的《用爱吻你的痛》写的是独特的人物群体，前者以造型感极强的白描简笔，写实、写活了泰山挑山工"青春献泰山，风光留大众"这一"行走的脊梁"的诚朴形象；后者写的则是城市救管站中的救助者、志愿者和受助的生活无着者。以大爱深吻痛弱者之痛，托举了物质现代化中的城市文明高度。新时代优秀的人物报告文学，丰富了当代中国文学的人物系列，为中国精神新谱系增添了许多令人敬仰的丰碑。

五、生态文学的新气象

党的十八大以来，生态文明建设被纳入"五位一体"的总体布局加以全面推进，我国进入了人与自然和谐共生的现代化新发展阶段。生态文学也于斯为盛。生态文学不是绝对意义上的"自然文学"，它依然是"人的文学"，但不是"人类中心主义"的文学。写作者基于人与自然和谐相生的新命运共同体的理念（将生态文明作为一种世界观、文学观），在其书写中反思和重建人与自然的

---

① 杜文娟：《喀喇昆仑雪山下》，《文艺报》2021年。

关系。近年来,有为的报告文学作家能锐敏地发现具有时代主题价值的生态题材,写出有思想当量和文学含量的作品。这类写作不再只是对生态问题的揭露,而是以新的生态文明观为导引,着眼于新阶段新生态的报告。报告文学中的"绿色叙事",成为新时代文学书写中一抹亮色,引人关注。

何建明的《那山,那水》叙写浙江余村生态文明建设的成功实践和美丽图景,是首次以报告文学的方式对"绿水青山就是金山银山"的新时代中国特色社会主义生态思想做的富有表现力的诗意阐释。陈启文的《中华水塔》有着纵深的历史、宏阔的视野,作品将青海三江源与全球生态系统关联了起来,显示出人类命运共同体的另一种意义。徐刚的《大森林》是一部大气之作,呈现的既是森林自在系统的大历史,也是一部人与森林的关系史,古今中外的森林与森林文化于此荟聚,可谓大观。

近年来生态报告文学的写作不仅相当活跃,而且作品的取景和意蕴呈现出新的特点。其构架或着眼于生态文明建设某方面的宏观全景,或凝聚在某一自然物事的探索和发现,主题取向上由生态问题的揭露转向对生态建设成就的报告,由对自然的漠视转向对自然的敬畏,反映出作家新的生态文明观。薛亦然的《满城活水》写的是"我的天堂我的水"。水之于苏州是它的建构命脉,是它的气质精神,是苏州的形象代言。在过往与现实的流程中,作者钩沉苏州水的历史,讲述苏州人与水的故事。"满城活水"是现代苏州人创造的古城美丽水生态的实景。余艳的《春天的芭蕾》和连忠诚的《大别山:一家人的朱鹮保卫战》都叙写了人与国家一级保护动物之间的故事。"春天的芭蕾"是那美丽而有灵性的动物,余艳所写唯美而动人。曾经的"老枪杆""被一只鹤求救的眼神软化,救下替它疗伤",白鹤知恩图报,"老枪杆"则"用一辈子护鸟,偿还自己曾欠下的血债"[①]。连忠诚笔下的"鸟人"黄治学为拯救濒危的朱鹮,携妻带女离开安居之所,来到大别山与鸟为伴。这两篇作品从微观视角通过典型个案的细写,呈现了人们生态意识的觉醒和自觉。李青松的生态报告文学作品集《相信自然》内中收有《大马哈鱼》《鳇鱼圈》《乌贼》《水杉王》《苔藓笔记》《金丝楠木》等近 30 个单篇。由这些篇名可知作者专注于生物世界的具体存在,探索它们的奥秘,发现万物本有的法则,人类或许从中获取某种"仿生哲

---

① 余艳:《春天的芭蕾》,《北京文学》2021 年第 5 期。

学"。他的《万物笔记》所写多为"自然""万物",从个别物种的微观细察中呈现其物性与理趣,具有生态情、博物志的价值。此外,哲夫的《水土——中国水土生态报告》、古岳的《冻土笔记》和牛海坤的《额济纳河畔》等作品也各有取材,自成风景。

2021年中国正式设立第一批国家公园。古岳的《源启中国——三江源国家公园诞生记》和任林举的《虎啸——野生东北虎追踪与探秘》。青海作家古岳得地理之便和已有生态写作的积累,新作开阔大气,为读者真切灵动地描绘出三江源特有的动物世界、植物分布和水生态系统,以及与国家公园心灵守望的建设者维护者。吉林作家任林举随山林调查小组,深入东北虎豹活动的腹地。作品以山林调查为结构主线,穿插有关虎的生物史、文化史的叙述,而其最具价值的部分则是为读者展示了一个虎、豹、熊、猪、鹿、鼠、狍等"各从其类"的"山野江湖",生动地演示了地球生命共同体的自然之道、和谐之道。

六、漫溢的生活与纪实的原野

生活是一片广阔的原野,无垠的大海。新时代的报告文学书写,有鲜明的主题主调,但也向着现实与历史作着无限的漫溢,呈现出一些"野蛮生长"的景象。写实类作品,从某种意义上表示着写作对象的打开、叙事模式的别样。有的作者深潜历史的隧道,开挖新的写作题材。高洪雷的《楼兰啊,楼兰》《丝绸之路——从蓬莱到罗马》,基于历史而又不拘泥于历史,打开了丝路写作的新视窗。杨义堂的《千古家训》将读者带回南北朝变幻纷繁的历史时空,看取颜之推的人生命运和家训生成的意义。邱华栋、叶兆言、叶曙明等为城市立传,《北京传》《南京传》《广州传》等,书写历史中的城市和城市中的历史,开启了中国城市非虚构写作的新形态。现实报告更是多向摄照。长江在写作《直面北京大城市病》这类"新闻调查"作品外,还有《我的生命谁做主?》《养老革命》《向肥胖宣战!》等涉及普泛大众的写作。周芳的《重症监护室》《精神病院》透视特殊的生命空间,观照人性另外的样态。

报告文学是人民文学。反映大时代中人民大众生活的"小"叙事作品别有意义。"小"叙事也大,它关联着更多人的生活,流溢的是人间的烟火味。这些作品或许具有某种特定时代社会生活史、风俗史的价值。2021年,我国首部

《民法典》正式施行。李燕燕的《我的声音，唤你回头》以典型个案的访谈和调查，叙说与《民法典》关联的女性权益故事，这些故事涉及有名誉人格、婚姻财产、赡养抚养等。这是一次有意义的报告文学普法行动。中国快递进入"千亿件时代"，从业人员有千万。杨丽萍的《舌尖下的中国外卖小哥》为读者打开了解外卖小哥生活状态的一扇视窗。单腿外卖小哥靠自己的辛劳，支撑起自己人生的天空，赢了个"没有残缺的尊严"①。带着孩子送外卖父与女的特写，让我们心酸而又肃然起敬。这样的作品为我们实录了一代普通人的高尚，留存了现实另一种多味而有暖意的真实。

---

① 杨丽萍：《舌尖下的中国外卖小哥》，《北京文学》2022 年第 4 期。

「国家叙事」：何建明论

第十二章
"国家叙事"：何建明论

在正式进入本题论述之前,我们先对与此相关的话题做一些背景性的言说。文学史学者李杨近期在"漫议"当代文学史时作有这样一个预测:"在可以预见的将来,中国'非虚构写作'极有可能取代影响力急剧下降的小说、诗歌等'虚构写作',成为当代写作的主体以及当代中国文化与政治认同的重要媒介。"[①]李杨基本上是一个"非虚构写作"的"域外"者,他无须为"非虚构"站台,他的预测主要是基于对当代文学现实格局和未来趋势的判断,我想大致是可取的,而实际上这种预测部分地已成为可见的现实。

但是,非虚构写作的若干现实境况却并不令人满意。一是"非虚构"与"报告文学"的称名纠缠以及人为的隔离,彼此抵消着写作主体的创造力。源于欧洲的"Reportage"经由日文转译而谓的"报告文学",似乎已被自美国舶来的"Nonfiction"取代。目前无论是"报告文学"还是"非虚构"都已被作了中国化的"改装",既不是原有的模样,更不是当前同时期国外写作的大体制式。在《纽约时报》书评编辑推荐的年度最值得关注的作品,或是选出的年度好书中,"非虚构"占据了半壁江山。这自然体现了编辑个人的眼光和价值取向,但更反映了图书市场的"行情",背后就是读者的选择。更值得我们注意的是,这些非虚构作品的题材题旨所涉及的面向十分广泛,是对现实和历史博大芜杂存在的一种漫溢。它既包括了我们更多的社会学类型的非虚构底层叙事,也涵盖了我们主题报告文学写作的宏大叙事。而在我们这里,两者有一些人为制造的对立,各是其是,有时甚至不惜以相互的"污名化"为务,这样就可能走向

---

① 李杨:《边界与危机:"当代文学史"漫议》,《中国现代文学研究丛刊》,2020 年第 5 期。

了各自的画地为牢。

二是在"小说中心主义"语境下,文学评论界对写实文学研究普遍忽视。这里,我给出一个片面的却有相当说服力的有关比较。在中国知网用关键词检索学位论文,截至 2022 年 2 月底,关键词为"报告文学"的,包括硕士、博士论文共 125 篇,关键词为"非虚构"的 66 篇,其中涉及报告文学主要代表性作家何建明的 10 篇,专门研究何建明的 5 篇,无博士论文,而关键词为"张爱玲"的高达 767 篇。这倒并不表示张爱玲这样的现代重要作家不必作如此充分的研究,而是说包括报告文学在内的非虚构文学研究的"冷遇",是很值得我们关注的一个问题。一方面是大量存在的重复性研究,另一方面是研究的严重缺失;一方面是报告文学创作的存在感较强,另一方面则是对这一文体的学术性研究相对滞后。导致这一问题出现的原因有许多,但最为重要的原因是文学界的诸多言说者奉行虚构性是文学之为文学的要素,人为地将非虚构的报告文学排除在文学界域外。其实将虚构性视为文学的要素,这是一个很不周延的命题。"无论汉语还是英语,与其他众多表达和指涉事物的语词一样,'文学'的含义由每一个使用者支配并在众力交互的实践中达成。人人皆有界定和解说'文学'的可能和权力,也就是都可以用自己的语言编织文学之筐并承载所需之物。""可见,文学没有定义,难以定义,有的只是多元互补且演化变动的义项选择。有关'文学'的言说与践行,无论针对词筐还是词载,非但没有终结,且将一如既往地持续演变下去。"①我认同如上的观点,它反映出了"文学"在不同时空中的真实存在,也预示了流变中的"文学"在未来有种种的可能。有一点是可以确定的,文学不是以"虚构性"而自闭的狭隘之井,而是一个可以多向漫溢的开放系统。另外一个重要原因则来自非虚构写作内部。非虚构写作也是一个"框"。有数量不少的作品,无论是称名非虚构,还是报告文学,都不同程度地存在着文学性不足的问题,文学品质偏低,文学品相不够悦目,非虚构叙事的审美感染力不强。其中一些非虚构重要作品产生的影响力,主要来自社会学、历史学等层面。而一些报告文学作品,多"报告",少"文学",其价值更多的在于题材的重要和主题的正确。包括但不限于以上的种种原因,直接影响到了文学评论界和学术界对非虚构

---

① 徐新建:《"文学"词变:现代中国的新文学创建》,《文艺理论研究》2019 年第 3 期。

文学作更多、更深、更为系统的研究。这是与这一文类发展的趋态很不相应的。

一、何建明与国家叙事

本文以何建明作为论述对象，不仅因为他是贯串新时期到新时代的重要的报告文学作家，而且更关联着我在上文背景性言说中所包含的对报告文学（非虚构）的价值认知。诚然，报告文学是一种特殊的文学样式，我们不能搬用现成的小说艺术规制对其作简单的取裁；但是它终究又属于文学的体类，也应当遵循作为文学艺术的基本通则。而且基于这一文体存在的显见问题，切实增强对作为审美的非虚构叙事艺术表现力所具有的重要意义的认知自觉，有效地补足此类写作中文学性的缺失，促进其高质量的发展，迎接文学的非虚构时代的到来，这理当成为我们优先关注研究的重要课题。在这一点上，何建明及其新时代报告文学创作有着"样本"的意义。

我在这里给出的论题是"新时代非虚构国家叙事的审美之维"，其中的主要关键词是"国家叙事"和"审美之维"，其指向是报告文学。"审美之维"借取自美国学者马尔库塞的著作《审美之维》。在报告文学创作中，"所谓国家叙事，就是站在时代全局的高度，从现实社会和过往历史的存在中，选取有关国是大端、具有重大社会影响和价值的题材进行叙事。国家叙事是对大题材所作的具有大气象、大主题的是一种宏大叙事。报告文学文体与国家叙事之间具有某种关联。这是一种拒绝私人化、具有鲜明的社会特质的写作方式。"①"国家叙事"并不是一种严格意义上的科学定义，它只是对创作题材选择、主题表达等现象特征的一种可以意会的描述。国家叙事关联着文学的主题写作，而主题写作则源于主题出版。主题出版稍早可见于原国家新闻出版总署2003年开始的相关工作部署，是指以特定的"主题"为出版对象、出版内容、出版重点的出版活动，其"主题"通常就是党和国家的重大战略、重大方针政策、重大节庆和重大活动等，联通党和国家的全局和大局，关乎"国之大者"。报告文学

---

① 丁晓原：《何建明：泛政治化的非虚构叙事》，《当代作家评论》2011年第5期。

是一种具有独特文体优长的时代文学。进入新世纪,特别是新时代以来,改革开放 40 周年、新中国成立 70 周年、中国共产党建党 100 周年、脱贫攻坚、时代楷模、生态文明、抗击新冠等一系列的报告文学主题写作,成为这一时期中国文学的重要组成部分,其中的国家叙事是新时代文学表现中国创造、中国精神具有特别显示度的书写方式。

在报告文学的主题写作中,无疑何建明是最具贡献度的作家之一。尽管他的作品有着多样化的题材类型,但他的主题写作在文学界内外产生了广泛影响,更使其卓然地立定了独具辨识度和高度的报告文学创作地位。从新时期到新时代,何建明创作了近 60 部长篇报告文学,这是一个巨量级的规模。晚近十多年,从报告从利比亚撤侨的《国家——2011·中国外交史上的空前行动》,到描写新时代生态文明新思想及其实践的《那山,那水》、记录浦东开发开放历史的《浦东史诗》、摄照抗击新冠现场的《上海表情》,以及最新推出的反映西部“航空经济”建设成就的《流的金,流的情——双流纪事》等作品,无不围绕现实重大主题,聚焦人民伟大创造,讲述具有典型性的中国故事,激扬踔厉奋发的时代精神。他这一时期的重要作品《山神》《大桥》《革命者》和《诗在远方——“闽宁经验”纪事》等,都入选中宣部年度重点主题出版物。这些作品不仅具有主流意识形态首肯的正确的政治导向,而且其叙事也更多地体现出作为审美的非虚构作品的美学品格。正确的政治导向与审美建构的有机融合一体,这是中国特色报告文学写作的一种理想。可以说,何建明新时代非虚构国家叙事对审美性重建的努力,是实现这一文体理想的有效实践。“何建明的报告文学作品有着鲜明的个人风格。这种风格主要是通过叙事体现的。”“2011—2020 年十年间是何建明报告文学创作的叙事成熟期,此阶段创作的《国家》《那山,那水》《山神》《浦东史诗》《大桥》《革命者》等多部报告文学作品的水准代表了中国当代报告文学创作的高峰水准。”①我大致认同青年学者余飞的评价。尽管此前何建明以《共和国告急》《落泪是金》《部长与国家》三获鲁迅文学奖,但从作品叙事的整体达成度而言,我更看好近十多年来他的有为之作。

---

① 余飞:《何建明十年(2011—2020)报告文学作品的历时分析及启示》,《中国当代文学研究》2021 年第 5 期。

二、国家叙事与审美之维

在报告文学，特别是主题报告文学创作中，作品写什么，即题材的选取，具有特别重要的前置意义。如果题材本身缺少价值含量，那么作者的创作就不具备进行审美性转化的前提。这是由这一文体非虚构特性所规定的。但这绝不意味着报告文学的题材决定论。在我看来，任何没有主体介入参与、没有审美表现力的书写，都不属于真正意义上的文学存在。但从报告文学写作的实际情况看，这种似是而非的题材决定论、主题优先论大行其道，误导了一些作者只用力于重大题材的选择、时代主题的挖掘，而对于作品非虚构叙事审美性建构有所轻视忽视，再加上能力不足，这就导致作品不同程度地出现直接的工具化、同质化、肤浅化等问题。这种仅有公共性、政治性，而缺失个人性、审美性的书写，"浪费"了一些很有价值的创作题材和主题，影响着报告文学的文体声誉。这是报告文学为人诟病的一个真实问题。

基于这类问题的存在，我们必须建立起关于报告文学（非虚构）写作中题材主题与文学艺术之间关系的逻辑的科学的认知。这可能是一个常识，但常识往往会被忘却。"文学并不是因为它写的是工人阶级，写的是'革命'，因而就是革命的。文学的革命性，只有在文学关心它自身的问题，只有把它的内容转化成为形式时，才是富有意义的。因此，艺术的政治潜能仅仅存在于它自身的审美之维。"①著名哲学家、美学家马尔库塞的这段表述正好契合我的想法。这样的观点，对于"革命的"文学具有普适的意义，而我以为它似乎更切合中国的报告文学写作。很显然，并不是作品选择了国家叙事，它就一定具有相应的宏大意义。它的价值达成只能"存在于它自身的审美之维"中。正如艾略特所说，"文学之'伟大'，不能单一地根据文学标准来确定；虽然我们必须记住，作品是否算得上文学，只能根据文学标准来确定"②。艾略特所说很切文学之题，言简却意明。文学反映的是现实和历史、人类与自然，包罗种种，所以"不能单

---

① ［美］马尔库塞著，李小兵译：《审美之维》，桂林：广西师范大学出版社，2001年，第191—192页。
② ［美］韦勒克著，杨自伍译：《托·斯·艾略特》，《近代文学批评史》第5卷第6章，上海：上海译文出版社，2009年，第318页。

一地根据文学标准来确定"它的价值。在这一点上,报告文学的题材和主题本身所具有的内在价值尤为重要;但是文学又不应当是新闻作品,或是历史学、社会学、政治学等的读本,更不是用意直截了当的宣传品,因此又"只能根据文学的标准确定"其意义。这里的"只能"不是排他的,而是强调在诸多的价值标准中,文学的标准是不可或缺的,否则文学就成为非文学。这就是说,在文学的生成和评价中,文学的因素虽然不是充分条件,却是必要条件。艾略特这一"不能""只能"说,充满着文学的辩证法和哲学观,理当成为文学,尤其是报告文学创作和评论的基本准则。当然,"文学标准"是复杂的,甚至是含混模糊的,在不同的体类中也有各自侧重的方面。但是无论怎样的纷异,文学终究是文学,必然有着属于它自身通则。"艺术既表现人们的感情,也表现人们的思想,但是并非抽象地表现,而是用生动的形象来表现。艺术的最主要的特点就在于此。"①这是从中外各体优秀的文学作品中揭示出的基本规律,它也表示了在文学创作中应当遵循的最大公约数共识。

就报告文学而言,无论是从"报告的"文学,还是从"文学的"报告理解这一文体,其关键的要义是"报告"和"文学"是一个有机的相生相成的机构体。"'报告'的主要性质是将生活中发生的某一事件立即报告给读者。题材既是发生的某一事件,所以'报告'有浓厚的新闻性",但"它跟报章新闻不同,因为它必须充分的形象化。必须将事件发生的环境和人物活生生地描写着,读者便就同亲身经验"②。茅盾在《关于"报告文学"》这篇被视为中国报告文学理论批评具有奠基意义的文论中,用"新闻性"和"形象化"极简地给出了这一文体的基本特征。这里的"新闻性"关涉到作品的题材和主题,而"形象化"则是文学之为文学的基本要求。因此,从理论上看,无论是文学的整体规约,还是报告文学具体的文体构成,"革命"的、"政治"的题材和主题等内容,必须赋予它相应的"审美的形式",作品才有可能生成它完整的价值。之所以在这样似乎是常识性的问题上出现偏颇,在我看来,是因为长期以来我们习惯于文学政治化的思维定式和行为模式,表现在报告文学写作方面较多地注重"报告"而淡化"文学",断裂了叙事之重与叙事之美的逻辑联系。这种"断裂"的情况,在国

---

① [俄]普列汉诺夫著,曹葆华译:《没有地址的信》,《普列汉诺夫美学论文集》第 1 卷,北京:人民出版社,1983 年,第 308 页。
② 茅盾:《关于"报告文学"》,《中流》第 11 期,1937 年 2 月 20 日。

家叙事类的主题写作中尤为突出，一些作者只仰仗题材的重大和主题的正大，而对文本叙事的审美化生成用心用力不够。因此，以何建明的创作为视点，论述作为审美的新时代非虚构国家叙事，其意不仅是研究何建明这一个报告文学作家，更是指向报告文学（非虚构文学）这一重要的时代文体。

以何建明的创作为中心讨论非虚构主题写作中国家叙事与审美建构这一重要话题，是因为他是此类写作中最具有代表性和影响力的作家。国家叙事构成了报告文学作家何建明创作的基本风格。这种风格的形成，既是作家居处时代的一种总体性规定，也与他的经历经验以及对于报告文学价值选择等直接相关。"从我个人的写作看，我关注的是重大事件。从中国文学创作来看，自上世纪九十年代后期以来，太多私人化写作越来越多的出现，大有成为文学主流之势，对此我很不满意，因为真正反映社会主流层面的作品太少了。"①何建明的这段言说，给出了他选择宏大叙事进行创作的文学语境。而后来这样的景况发生了根本性的变化，但随之而来新的问题又出现了，至少是在某种层面上可见，创作的公共性、社会性增强了，但作品的个人性、审美性则有所弱化。而恰好在这一时段，何建明的创作较好地平衡了两者的存在，在较高程度上实现了宏大主题与审美叙事的有机配置。在国家叙事与审美建构这一报告文学写作的关键议题上，何建明有自己的认知理解和实现方式。我们可以发现在不同的时段和语境中，作者的认知和理解是有变化的，而这种变化在其创作中可以找到相应的例证。

这里有何建明两段时隔 10 年的关于报告文学思考和体认的文字。其一是他在 2009 年接受《中华读书报》记者访谈时说的："报告文学作家首先必须具备政治家素质，对社会、对时代有高起点。二是有社会学家素质，有很多知识的积累。三是必须有思想家的素质，善于思考，有对社会独立的认识，有很强的判断能力和提炼能力。四是要做好一个普通人，因为做人特别重要，作家不首先做好人，没有普通人的情怀，就不会为身边的人民群众着想。最后他才应该是一名作家，有文学修养、不断进取，善于研究文体，这样才会成为一名优秀的报告文学作家。"②其二是发表在《南方日报》的文章中提出的："真正的优秀的报告文学作品，必定具备'报告性'、'新闻性'和'文学性'这三个'关键

---

① 李冰：《何建明：我成功，因为我感性》，《北京娱乐信报》2004 年 5 月 30 日。

② 舒晋瑜：《何建明：30 年国家叙述》，《中华读书报》2009 年 7 月 15 日。

点'。""报告文学的'文学性',是不言而喻的,它包含了作品的文学语言、文学结构和文学写作手法等等文学要素。""那些能真正震撼你的心灵世界、能真正燃烧你的情感火焰、能真正愉悦你的阅读观感的'报告文学',才是真正的报告文学。"①以上第一段文字从报告文学的主题角度说,"政治家""社会学家""思想家""普通人""作家"这五个要素之间似乎有一定的逻辑排序,在作者看来,"政治""社会""思想"是其优先事项。第二段文字表达的意思十分明确,作者以为"报告性""新闻性""文学性",是"真正的'报告文学'"关键要素。这里所说的"报告性"和"新闻性",其中具有共同的义项,因此,"文学性"在建构"真正的'报告文学'"文本中尤为重要。而且,也是在这里,何建明用"文学语言、文学结构和文学写作手法"等,对报告文学的"文学性"作了具体的解释。同时,他还从作品接受者的角度,描绘了"真正的报告文学"对读者心灵、情感所产生的"震撼""燃烧""愉悦"等富有强度的反应。而这一切都指向非虚构作品的审美表现力和感染力。我们在理解何建明这两段表述的含义时,自然应当考虑具体语境的制约和影响,但是,无论如何其主题的倾向是显而易见的。可以这么认为,如果说过往的何建明将具有更多政治性、社会性、思想性价值的宏大题材题旨的获得,作为自己报告文学写作的优先设置,那么进入新时代后,何建明则把作品国家叙事与审美生成的融合,作为一个有机整体加以建构,并且更强化了对作品文学性的重视和优化。我想这样的变化,也许就是"2011—2020年十年间是何建明报告文学创作的叙事成熟期"这一指认的一种具体注释。无疑,新时代的何建明对于非虚构国家叙事的审美性追求是自觉的,他有着自己明确的报告文学文体观和对报告文学文学性的理解。唯有如此,对作品美学品格的追寻才能经心且精心。这正是何建明的意义之所在。

三、非虚构叙事的审美意识

真正的文学性是一种系统性的生成,它不只是或语言或结构等的单一置

---

① 何建明:《什么是真正的"报告文学"?》,《南方日报》2019年6月2日。

备,而是多要素融合建构的整体面貌和内在品质。阅读何建明新时代的若干报告文学代表作,我们可以看到他对国家叙事审美化的追求大体上是全要素的,从题材的选择,到具体叙事材料的组织调动以及语言运用,甚至包括作品叙事进入的设计、作品的命名等,都体现着主体合审美愿景的有为有效努力。并且这种努力既遵循文学审美性实现的基本通则,也基于写实性作品创作的特殊定制。正如何建明所说:"报告文学的美,包含材料之美、故事之美、结构之美、精神之美和表达之美,以及创新之美、发现之美和视觉之美等等美学方面的东西和实践能力。"①这里所列种种之美相生而成,最后可达成作品整体上的"美美与共"。这样就能实现我们所说的真正意义上的作为审美的非虚构叙事作品。

尊重报告文学文体的独特性,从这种独特性中寻找作品审美性建构的规律,这是何建明新时代国家叙事美学品格生成的逻辑起点。非虚构性是作为文学的报告文学最为重要的特性。这一特性部分地决定了它的文学性的获得有别于小说等虚构性文体。报告文学中的艺术创造以非虚构地再现对象为前提,因此自然不同于虚构文类写作中的"艺术创造"。毛泽东曾在延安文艺座谈会上指出,"文艺作品中反映出来的社会生活却可以而且应该比普通的实际生活更高,更强烈,更有集中性,更典型,更理想,因此就更带普遍性"②。在作品的具体创作中如何获得"六个更",一般的解释就是"人物模特没有专门用过一个人,往往嘴在浙江,脸在北京,衣服在山西,是一个拼凑起来的角色"③。这其实就是关于小说通过虚构进行人物典型化塑造的一种形象说法。报告文学的审美建构当然也需要通过"六个更"进行艺术的创造,但这种创造拒绝"拼凑""虚构"等方式,而更有赖于对有价值的书写对象的发现、发掘和多重的选择,在此基础上作具有充分的审美表现力的再现。

在报告文学等非虚构作品的写作中,文学性的生成至少有两点是特异的。第一,文学性部分地先在于作品所反映的对象之中,事件、人物等"自带"的文学性成为文本文学性生成的重要奠基。这就如同石油制品的生产,首先要开

---

① 何建明、丁晓原:《何来今天的蔚为壮观——关于报告文学的对话》,《文艺报》2021 年 6 月 30 日。
② 毛泽东:《在延安文艺座谈会上的讲话》,《毛泽东选集》第 3 卷,北京:人民出版社,1991 年,第 861 页。
③ 鲁迅:《南腔北调集·我怎么做起小说来》,《鲁迅全集》第 4 卷,北京:人民文学出版社,2005 年,第 527 页。

采到原油,而要开采原油,前提是要发现含量丰富品质优良的油田。现实生活中有着许多值得开采的"油田",这就需要报告文学作家具有善于发现勘探"油田"的眼力,以坚韧苦行的脚力通过深入有效的采访,"开采"到具有足够故事性,甚至有着某种传奇性的丰富生动的人物以及故事。

第二,现实生活不会自动成为报告文学,就像由原油到优质成品油需要通过先进技术和设备进行科学的提炼。它需要写作主体将写作客体有机地转化具有审美特质的艺术文本。关于报告文学,日本文艺家川口浩有一论述:"报告文学的最大的力点,是在事实的报告。但是,这决不是和照相机摄取物象一样地,机械地将现实用文字来表现。这,必然的具有一定的目的,和一定的倾向。"①这里所说的"目的"是一个关键词,含义十分重要,他强调的是这种"事实的报告"也要有"目的性"。既要合主题取向的"目的",也要合审美的,艺术的目的。所谓合审美目的性,就是作品题材主题等的报告,应当是具有形象性、具体性、表现力、感染力等,体现出非虚构叙事的审美召唤力。正是在这里,报告文学的写作有着种种艺术创造的必要和可能。报告文学写作中的艺术创造,主要体现在作者对生活客体的有效选择和提取,体现在叙事中对材料的调度和配置,体现在具体的结构设计,体现在与书写对象关联的及物而富有表现力的语言运用等方面。这样文本呈现出的现实生活或历史存在,既是实有其事、实有其人的客观自在,同时,又能获得"六个更",从而成为审美的具有文学艺术感的作品。

作为资深的有着文体意识自觉的报告文学作家何建明,充分注意到报告文学文学性生成的种种特异性,因此,更注重通过精准的发现、优化的选择和富有表现力的审美转化,使同类创作中主题优先的国家叙事,转制成主题与审美兼得的国家叙事。何建明在选择主题写作的具体题材时,注意优选内含重大而又有更多审美开掘和创造空间的对象。"主题创作是基于时代特定主题而设定的写作类型,其前提关键在于既要充分把握主题创作的总体要义,又要寻得具有某种新意深意的具体的创作主题,只有这样,才能使作品的写作达成独特而重要的价值。"②这里的"前提"不只关联着作品的主题表达,也影响到文本的审美呈现。何建明认为:"没有好的题材,所谓的审美再好,也起不到重要

---

① [日]川口浩著,沈端先译:《报告文学论》,《北斗》第2卷第1期,1932年1月20日。
② 丁晓原:《丁晓平报告文学〈红船启航〉:百年大党精神史的本真叙事》,《文艺报》2022年1月7日。

作用。报告文学不像小说。报告文学的选题本身具有强大的审美意识在其中。选题是一个报告文学作家对作品审美的第一关与开端。"①这是何建明得之于他创作体悟的经验之谈。何建明的创作题材选择注重初次性和叙事的时空容量，注意其中的审美存量和审美转换的可能性。他的《浦东史诗》适配浦东开发开放30年的大历史，此前并无同类大体量的作品，题材的创新度较高。作者在细化题材时，并不满足现成的官方材料和早先的新闻报道，而是从见证了历史并创造了历史的历史建筑和地标性建筑中，寻找背后富有意味的故事。这些都为文本最终的审美性表达供给了大量的"原料"。晚近推出的《流的金，流的情——双流纪事》，是一部反映由四川成都双流航空港建设带动区域经济发展的大叙事作品，为首部书写"航空经济"的长篇报告文学作品。作品共16章，包括《双流密码》《我们没有航海世纪，但必不错失航空时代》《心潮澎湃的流金岁月》《双流式的"呼啸山庄"》《太阳神鸟的金翼》等，我们由这些章目就可以感知到题材中丰富的历史和现实存在。故事中的人和人的故事，构成了作品的基本框架。这样的题材就是何建明所说的"好的题材"，它既事关"国之大者"，又具有审美化非虚构写作的可能。这是审美的非虚构国家叙事写作一个方面。另一方面，"毫无疑问，没有在创作过程中的审美意识和高超的实现审美所需要的写作技能，再好的题材也是浪费的。报告文学的这种'巧妇性'和'原材料'的占有性都是不可或缺的。"②如果说好的"原材料"，为国家叙事的非虚构审美置备了"基因"，那么具有自觉审美意识和卓越审美能力的"巧妇"型报告文学作家，是作品最终达成整体性美学品格的关键，使国家叙事中的审美可能变为审美现实。何建明是一位"巧妇"。

四、非虚构国家叙事的审美可能

对于非虚构国家叙事的审美达成，作者审美意识的自觉无疑是前提，对作品的创作全过程具有总体性的影响，而其非虚构叙事的审美转换和呈现能力则是根本，它使潜在的审美因素通过语言物化对读者产生深度审美感染力。

---

① 何建明、丁晓原：《何来今天的蔚为壮观——关于报告文学的对话》，《文艺报》2021年6月30日。
② 何建明、丁晓原：《何来今天的蔚为壮观——关于报告文学的对话》，《文艺报》2021年6月30日。

由于创作主体、写作方式以及反映对象等存在着种种的殊异,所以,在具体作品的写作中,除应当满足文学审美的通则以外,所采用的审美转化以及呈现的策略和方式也各不相同。重要的是要适配具体的写作题材,彰显作者自己的叙事优长。从何建明重要代表作的创作情况来看,他的新时代非虚构国家叙事审美化的方式,大体上表现在以下五个方面。

一是国家叙事与个人叙事、宏大叙事与小微叙事的有机结合。国家叙事是新时代中国报告文学的一种基本命定,它部分地规定了所写题材和主题的宏大,但叙事作品文学性的生成与这种宏大性不具有相关性。文学性的实现更多地需要从宏大中细化出具体的故事、具有故事性的人物以及事件与人物存在的特定场景等。何建明的报告文学题材具有显见的宏大性,作者对宏大的时代主题有特殊的敏感,用心优选适合自己的写作题材,但在具体的写作中又注意用力于宏中取微,以具体的别具内涵的人物、事件等以小见大、见微知著地反映宏大的题材与主题。这样就以一系列具有表现力的情节、细节等,使其作品的文学性得以具体的落实。《浦东史诗》是一部题材题旨和内容配置都很重大的作品,但就是在这部作品中,作者特置了一个个人意味十足的序篇《太阳升起的地方,"公主"盛装而归》。序篇有奇美的想象:黄浦江是爱情之河,浦东与浦西是一对意味深长的恋人;更有苦涩无奈的家族"上海故事"和个人的创伤记忆。作者回叙曾祖父、祖父和父亲三代在上海讨生活的家族往事,也叙写了自己在外滩与女友约会的私人秘事。作品由这样的私人叙事领起,与全篇的宏大置备形成了看似不搭的反差,但正是这种反差生成了富有引力的叙事张力。读者在这样真切的贴近的小叙事的导引下,进入浦东气势恢宏的史诗书写。而这样的设计也关联着作品主题的表达,这是浦东开发开放的史诗,也是人民的史诗,国家的运势与个体的生活息息相关。长篇《革命者》的写作"非常注意寻找那些英烈人物的个人化'小事''私事''亲情事',如革命家刘伯坚、李硕勋临刑前留下的珍贵家书,舐犊情深,让人见之落泪,'无情未必真豪杰,怜子如何不丈夫';革命家王一飞在戎马倥偬中写给妻子的家书,温情备至,展现了革命者的侠骨柔肠。这些镌刻着历史痕迹的革命细节,托起英烈们作为'普通人'的立体感、丰富性,"让英烈的人格魅力获得彰显"①。正是这

---

① 何建明:《用革命者精神书写〈革命者〉》,《时事报告》2021 年 2 月 19 日。

样"小事""私事""亲情事"的写入,使庄严的革命叙事与温情的人性叙事有了感人至深、难以忘怀的融合,丰富了革命者的形象,有效地增强了作品的审美感染力。

二是国家叙事中人化中心的设置。文学是关于人的文学,报告文学也理当如此。但由于报告文学是从新闻演化而来的,而新闻报道更多的是事物、事件、事态的书写,影响到不少报告文学的写作,也以事件的叙写作为重心,人物的存在或是隐去或是淡化。另外,新时代的报告文学主题写作中,展示中国创造中国力量的国家重大工程题材占比不少,这类作品突出的问题是物化写作,文学报告近似工程报告。何建明的报告文学写作,重视对人物故事与精神品格的表现。《山神》《革命者》等作品直接就是人物类报告,以人物的存在作为叙事的中心,叙事的主线是人物的故事。《山神》的主人公是贵州深山中的村老支书黄大发。作者从这位全国劳动模范和"感动中国人物"的人生故事中,突显其历经数十年带领乡亲开挖"天渠",以解决生活生产用水的事迹,塑造了一个如山一样坚韧厚实的具有党性与山民个性的人物。这是新时代中国报告文学中一个朴实而光辉的精神形象。而何建明在工程类题材的写作中,则注意力避物化写作的模式,将人物的活动设置为叙事的中心。《大桥》取材于被誉为"新世界七大奇迹"之一的港珠澳大桥的建设。有人将大桥"Y"的形上部,视作"V",比喻为"一国两制"的伟大胜利(Victory)。而在作者看来,"这'Y'形桥还代表着另一个形象,它如一个大写的'人'"。"这是'Y'形的港珠澳大桥最富深意的密码,这里的'人'是真实的人,他们是一群让世界同行敬畏的中国工程师。"[①]这是何建明式的文学想象,也反映了他内化了以人为中心写作的文学自觉。这部作品是"以人为本"的写作,叙事重心落实到人物的表现上。《大桥》与其说是一部特大桥梁建设的工程史,不如说是一部以林鸣为代表的创造奇迹的中国工程师的精神史。

三是注重挖掘题材中具体的故事性存在。作为叙事性作品,无论是由虚构而得的小说,还是依赖于写实的报告文学,由人物、事件和环境等结构而成的故事叙说成为文本生成的基本构件。同时,故事性又是形成叙事作品文学性的重要方式,在很大程度上,文学性存在于故事性中。"顶尖的非虚构作家

---

① 何建明:《大桥》,桂林:漓江出版社,2019年,第3页。

都是奇闻趣事的写作高手。"①这里的"奇闻趣事"并不是猎奇虚构,而是意指经由扎实的采访、得法的田野调查等,寻获有效呈现题材内在肌理并且能够召唤读者阅读兴趣的故事质料。浦东题材之大,如何确定具体的取材路线图,如何展开所选材料的叙事,对于作者的写作智慧都是一种特别的考试。何建明以《浦东史诗》为题大写浦东,仅用五章构篇:《历史这样拉开序幕》《跨过浦江去吹响号角》《巅峰上的激情与浪漫》《地标之美》和《不沉的"航母",远方的诗》。在作品中作者不止一处地表达了他对故事与传说打捞的倾心:"楼还在往天宇升腾,路越来越宽阔,人则在一天天衰老","往日的传说和故事,渐渐在被微信上那些瞬间刷屏的每天都在泛滥的'热点'所替代,只是在我们这些'专门'来打听与搜集故事与传说的人旁敲侧击之后,才发现一个个行将'入睡'的'它们'和'他们'又跳跃与沸腾起来了"。"在历史的长河里,最美和最有价值的并不是一定是屹立在我们眼前的高高的大厦,恰恰可能是那些在风中飘落或者在江滩边偶尔被说起的往事。"②但就在楼宇和大厦中深藏了太多的"传说和故事",作者推门而入,倾听当事人讲述浦东大道 141 号当年浦东开发办公室里发生或见证的并不如烟的往事,通过《"金茂",通体流着金光》《与天对话,我是"中心"》等章节的叙写,复活这些地标建筑背后的故事,彰显决策者和建设者的心路历程以及精神之美。读者读来自是兴味盎然。

四是结构设置的艺术性强化。报告文学是非虚构写作方式,但它对客体的反映并不是照相机式的机械复写,而需要摄照者充分调动自己的审美能动性。体现在作品的叙事上,通常不可按照人物事件等的自然顺序简单地"客观"重现,而需要根据书写对象的具体情况和作品的主题表达,进行必要的有机的重组和调度,设置既能反映出题材真实存在,又能具有审美表现力的艺术结构。报告文学的结构艺术包含诸多内容,这里仅以作品的入题开篇看取何建明对作品结构的用心。如何入题开篇是作品结构的"重点工程"之一,它不仅有关作品叙事调性的确定,而且也影响着作品整体的艺术建构。《山神》的序篇《上天的路》,极写作者跟随主人公行走"天渠"的艰险情形,读者读来有身临其境之感。这样的开篇,其实是在为作品正文的主体叙事铺垫蓄势,以此衬托出人物行事的艰难和精神的伟大,有一种引人入胜

---

① [美]杰克·哈特著,叶青、曾轶峰译:《故事技巧——叙事性非虚构文学写作指南》,北京:中国人民大学出版社,2012 年,第 87 页。

② 何建明:《浦东史诗》,上海:上海文艺出版社,2018 年。

的牵引作用。《革命者》是一部致敬上海革命先烈的纪实之作。这部作品的开篇《"十一"的歌者》，可谓报告文学开篇艺术的一个范例："是的，在离新中国成立还有几个月时间、离上海解放仅有十来天时，你的儿子，就这样牺牲了——成为为新中国诞生而洒下鲜血、牺牲生命的最后一批烈士之一……"①这里的"你"就是"'十一'的歌者"，参加了开国大典的黄炎培。作品以电视同框特写镜头式的写法为《革命者》开篇，不仅奠定了全篇叙事的基调，而且差不多同时而空间不同的父与子的情景还原，极富表现力和感染力地强化了作品的主题氛围，彰显了革命者的精神风范和他们牺牲的意义，凸显了革命者和先贤的铁骨柔情。

五是语言的情采与韵味。文学是一种语言艺术，言之无文，自然行而不远。语言是作品审美品质含量的一种直观，作品的文学性最终要落实到作者的语言运用方面。新时代的何建明，在其报告文学语言的审美表现力方面有了更多的讲究和追求。作品人物事件等的基本叙事，力求及物得人，平易中不乏生动。《那山，那水》记写浙江安吉践行生态文明新思想所发生的新故事、呈现的新景象。作品书写生态文明之美，注意语言与内容的适配，具有某种美文的感觉。作者立身触目如诗若画的美丽山村，不由得情动于中，笔下用语诗情流溢，并且多有引用"我种南窗竹，戢戢已抽萌。坐获幽林赏，端居无俗情"等古人诗句。此外，作品的语言颇有"何建明式"的抒情性。抒情性表现在人事物景的描写中自是常见，但伴有抒情意味的论说性却是何建明语言的一种特色。"'上海'二字，其实从来就是一个'动词'、一个'状态'，一种精神，因为这个城市就靠近大海，没有勇敢的行为，没有创新的锐气，没有坚韧的意志，历史和自然的浪潮早已将我们淹没与湮灭。""'上海'，就是重新走到世界舞台的中心"，"所以当我们重新认识上海这个概念，会发现它有着极大的历史意义、现实意义和未来意义。上海永远是个动词，永远是激励上海人奋进、发展的一种动力、一种思想、一种行为。"②这是何建明写作《浦东史诗》时对"上海"语义的一种新发现，精深的论议独到地阐发了"上海"精神的要义。激扬的抒情渲染了论议的思想之美。何建明对语言运用的讲究还体现在对作品命名等细节之处。现在看来，似乎没有比《浦东史诗》《山神》这样更有表现力的作品题名了。

---

① 何建明：《革命者》，上海：上海文艺出版社，2020年。
② 何建明：《浦东史诗》，上海：上海文艺出版社，2018年。

"书写乡村振兴典范的浙江德清的报告文学作品,我用的书名叫《德清清地流》,仅此书名饱含了多少艺术和审美价值在其中。"①这是何建明对《德清清地流》这部长篇命名的自得之语。我们读这部作品,再咀嚼它的命名,确实有一种隽永之味流溢。这就是语言的另一种审美之维。

---

① 何建明、丁晓原:《何来今天的蔚为壮观——关于报告文学的对话》,《文艺报》2021 年 6 月 30 日。

另异中的守正：赵瑜论

第十三章
另异中的守正：赵瑜论

久有其意，但一直迟滞未曾落笔。在我看来，作为报告文学作家的赵瑜，他写作的重要性也许并不仅仅在于某一些具体的作品。尽管赵瑜的许多作品如《马家军调查》《革命百里洲》《王家岭的诉说》《寻找巴金的黛莉》等，都很值得我们一评多论。而我更看重他对于报告文学这一文体所具有的整体性意义和贡献。赵瑜是一个对报告文学具有高度文体自觉的作家，这种自觉体现为既有自己清晰而且较为系统的文体理念，也有基于文体观的较高层级的创作实践。报告文学研究遇见赵瑜，是一种无法绕开的重要话题。

一、特立独行的坚守

现在的赵瑜已是年逾花甲。但遥想当年赵瑜，在 20 世纪 80 年代中期稍后创造过报告文学"轰动效应"的作家中，还是一个小赵，名副其实的青年作家，赵瑜出道早，站位也高。风云际会，时潮流散。我想起了鲁迅曾经说过的话语，"《新青年》的团体散掉了，有的高升，有的退隐，有的前进，我落得一个'作家'的头衔，依然在沙漠中走来走去"。[①] 这样的联想也许并不及物精准。赵瑜他们自然不是鲁迅，但用鲁迅的言说来描写某种形势，我想作为特定历史的在场者或是见证人，是可以从中得其大意的。新时期报告文学退潮之后，报告文学作家中，有的转型，有的去国，有的"退隐"。赵瑜是属于少数"有的前

---

① 鲁迅：《南腔北调集·自选集·自序》，《鲁迅全集》第 4 集，北京：人民文学出版社，1981 年，第 456 页。

进"中的一个,他从新时期迈入新世纪,走进现时代,以其别异而守正的写作,
"落得"一个报告文学作家的"头衔"——一个有操守、有担当、有作为的真正的
报告文学家。

自然,赵瑜属于我曾命名过的"跨世纪"报告文学作家。但很明显,赵瑜是
与众不同的,甚至有一点"另类"。20 世纪 80 年代是一个文学的报告文学年
代。与改革开放主题相应和的"问题报告文学"一时潮起,影响文坛内外。赵
瑜以《中国的要害》《强国梦》《兵败汉城》等作品,强势突入报告文学列阵,是在
主阵地冲锋陷阵的一员猛将。此后他渐离报告文学写作的中心地带,在更多
报告文学作家合唱主旋律的大势中,赵瑜只是在纪实写作的边地特立独行地
开垦,做一些苦心孤诣的"独立调查"。赵瑜的独立自持的突出表现是对于一
些"任务写作"的决然拒绝:"我并不是什么活都接,有些就要抗拒。"他曾例说
有相关部门的领导,带着出版社的负责人,准备了数十万的写作劳务费用,要
求写感动人物,其中"有个残疾人,这个残疾人自己学文化,学文化以后经济条
件好转,然后自办盲人学校,让盲人学文化。你表面一听,这个人也不错,可仔
细想想,我们这样一个国家,都要靠残疾人去开办教育的话,我们的教育部门
都干啥呢?"①细想起来,赵瑜的表述中自有一些片面之处,但谁能否认他的反
思不无深刻的见地呢?报告文学作家赵瑜有着他的"赵氏"清高:"人们看作是
一件肥差,肥肉,有钱呀,容易呀。可我从来没有干过这些活儿。"②对此,萧立
军有过佐证:"你还见过像赵瑜这样下辛苦的作家?现在还有这样的作家没
有?没有一个单位机构给你出经费,兜里揣上自己的三万吃喝费,独身一人跑
南颠北,扎进深山老林,硬是捞出一本有价值的书来。"③萧立军说的是赵瑜写
《马家军调查》的事,"调查"马家军这样的写作,马家军自然不会出资,地方政
府和主管部门也不愿立项,只能由作者自理。赵瑜的清高是为了使自己的写
作能够独立。

赵瑜独立自持另外的表现是对一些"任务写作"的"改道":"《马家军调查》
是我自己要去的;后来的《寻找巴金的黛莉》,也是我自己感兴趣的。而《王家
岭的诉说》难就难在是领导派你去的。但我心里是有个老主意,坚决不能按照

---

① 陈为人:《特立独行话赵瑜》,北京:作家出版社,2015 年,第 300 页。
② 陈为人:《特立独行话赵瑜》,北京:作家出版社,2015 年,第 301 页。
③ 陈为人:《特立独行话赵瑜》,北京:作家出版社,2015 年,第 300 页。

领导的意图来写。""如果仅仅表达救援所做的政绩，你对这次灾难就没有认识了。"①由赵瑜的自述可见，王家岭的写作本是由领导安排的任务，领导一般需要作家正面报道救援，但最后的作品标为"诉说"，主旨不在报告救灾的成功和经验，而是揭示特大透水事故发生的真相和教训。《独立调查启示录·革命百里洲》的写作也有一些近似。"1998 年，百年一遇的特大洪水又临长江。我们结伴而行，专程赴孤岛考察。"②这里的"我们"是指赵瑜和他的合作者胡世全。胡世全也有说明："那是赵瑜为了写长江抗洪到这里来的。"③但我们现在读到的这部作品，主题已经完全变更。放下了抗洪的现实（许多作家写作了抗洪作品），作者进入百里洲的历史。通过田野调查式的钩沉，再现孤岛不孤的小叙事与大历史。故事及其意蕴与原初即时的抗洪意向已是大相径庭。

二、公共理想与文体选择

这些只是一些表象，写与不写是我们看得到的作者的选择行为，但我更感兴趣的是那些影响或定制了作者选择行为背后的心理，或者更为重要的某种"写作哲学"。从作者主体的心理看，赵瑜的性格中自有一种对于从众的逆反："我性格中有种强烈的反叛意识，大胆怀疑，小心求证。我不是没有同情心，处处跟这个社会过不去的人，而是认为在原则问题上是非问题上决不能随波逐流。谁随波逐流，谁最后无非就是个混日子的人，就不是个干事儿的人。"④"反叛意识"是赵瑜的自我认知。从外表看，赵瑜长得大头小眼、国脸佛相，生活中的他很有人缘，与其自许的"反叛""怀疑"似乎相去甚远。这倒使得赵瑜有了更多的自带的张力。在我看来，作为报告文学作家的赵瑜，其写作中的另异和独立，与其主体本有的性格已无直接的关联，而与他作家角色的自我设定和职志取向紧密相关。

---

① 陈为人：《特立独行话赵瑜》，北京：作家出版社，2015 年，第 258 页。
② 赵瑜：《独立调查启示录·革命百里洲》，西安：陕西人民出版社，2014 年，第 323 页。
③ 胡世全：《百里洲记行——谈赵瑜和〈革命百里洲〉的写作》，赵瑜《独立调查启示录·革命百里洲》，西安：陕西人民出版社，2014 年，第 342 页。
④ 陈为人：《特立独行话赵瑜》，北京：作家出版社，2015 年，第 14 页。

　　报告文学是一种怎样的文体，基于不同的认知视角，言说者会给出诸多的解释。但其中核心的关键词只是一个，即真实，非虚构的客观实在。不过，对于事实的真实，有着种种不同的存在。不只是因为报告对象本身具有复杂性、多样性和变异性等，而且不同的认知主体对其的认识、理解也会有各自的差异。报告文学需要书写现实和历史中多样的真实，无论是赞美还是批判，都可以成为作品写作的基调。这里的关键是作者应当秉持体现人类基本价值观的理性精神和人文精神。而从报告文学的写作实际看，由于种种原因的影响，更多的作者更愿意写作表达歌颂性主题的作品，这当然反映了对象存在的自身逻辑，自有它的合理性。在这样的情势下，那种揭示易被遮蔽但却值得关注、深思的现象、人物、事件和问题等，对于报告文学而言就显得特别重要了。这里，直接关乎报告文学作家的价值取向和写作的自我定位。也正是在这里，我们将报告文学定义为一种知识分子的写作方式。在这一指认中，要义是介入和批判。所谓介入是对应当关注的、而实际上关注缺失的存在给予具有某种干预性的观照、审察和呈现，而批判是对这样的存在作深入的分析、深刻的反思和鲜明的否定。

　　无疑，赵瑜是将自己归为知识分子写作的作家。这已由赵瑜所奉行的报告文学文体观及其创作实践清晰自证。关于知识分子，赵瑜有自己的认知，"其实就知识分子独立精神这一点而言，你的使命就是寻找和反思。事实上我们整个中国知识界在新时期以来的文学历程中都是在追问和寻找：寻找我们文学的真谛；追问我们知识分子本身的功能"①。这里的知识分子具有特定的内涵，即他们应有"独立精神"，这将泛化和异化的徒有称名的"知识分子"排除在外。在赵瑜看来，具有独立精神的知识分子其使命和功能就是"寻找""追问""反思"。"寻找"和"追问"的是被遮蔽或未被关注的真相，"反思"的是何以使然的本真。正是在这里，知识分子精神和报告文学文体应有的品格之间具有了内在关联的逻辑。这种关联的逻辑经由具有相应写作伦理操守的作家而达成。

　　对此，赵瑜有自己的诠释："鉴于报告文学的现实性和批判性，报告文学作家在人格建造上也会有所不同。首先，他一定要能忍受孤独，能够忍受苦闷、

---

① 赵瑜：《纪实创作真谈录》，太原：北岳文艺出版社，2014年，第5页。

压抑,甚至灰暗绝望。其次,他还需要有独立精神,懂得独立思考,具有大胆质疑的精神,能够锲而不舍寻求事件的真相。""要敢于讲真话,敢于揭示真相,这是一种不能随意改变的生活方式。""报告文学作家有三个层次：低层次是那种为一时的政策而写作;中等层次就算是为现实呐喊;最高层次是个人化的写作。"①这里,赵瑜将报告文学的主要功能确认为现实性和批判性。自然,批判性并不是所有的报告文学所必备的,但却是这一文体不可或缺的。唯其如此,有理想的报告文学作家特别需要介入时代的现实精神和批判非理性存在的启蒙精神,而这正是知识分子精神的要素。赵瑜将这种精神在报告文学中的实现作了具体化的表述。首先是以"独立"对接"独立",报告文学作家需要基于独立精神作出自己的独立思考;其次是给出独立思考的基本方法,就是对既成的、似是而非的存在大胆质疑;再次指出了知识分子精神在报告文学写作冀希达成的目标：讲真话,寻求事件的真相,揭示真相。这是报告文学之谓报告文学的本质之所在。对于报告文学作家来说,独立精神、独立思考以及大胆质疑等,是实现其理想写作目标的前提条件。赵瑜的报告文学作家三层次说,或许其中也有逻辑缺陷,但如果顺着他完整的言说理路理解,我们可以发现赵瑜所指认的"最高层次是个人化的写作",正是基于知识分子精神、体现报告文学文体本真品格的写作,所谓的"个人化"实际上就是"独立思考""揭示真相"等的简化表达。从这一点上看取,报告文学的个人化写作是此类文体价值生成的根本保证。它所容易缺失的也在这里。

但报告文学个人化写作的有效实现,并不在于一己的、小我的意欲的启动,而得力于作者对于公众价值和公众理想守望的责任自觉。报告文学的写作以公众价值为其立足点,经由个人化的方式而实现。公共与个人结构为一个共生有机的文本,缺一不可。对于这样的结构逻辑,赵瑜了然于心。"真事是肯定的,但其中的价值判断立场体系是不同的。""报告文学读者要求你写的不是宣传品,是思考,是事件的真相,是广大公众的关注与知情权。"②"真事"是报告文学写作基本前提,但仅仅是真事的书写,而没有理性的"价值判断",这样的写作不仅是无益的,而且可能是有害的。赵瑜认识到了价值取向对于报告文学写作的重要性,并且以公众理想作为报告文学价值判断的基本依据。

① 陈为人：《特立独行话赵瑜》,北京：作家出版社,2015年,第237页。
② 赵瑜：《纪实创作真谈录》,太原：北岳文艺出版社,2014年,第16页。

我想这是赵瑜之所以成为赵瑜的关键所在。赵瑜认为："从公众理想出发,为公众解惑,重新梳理被遮蔽的历史和现实,是中外报告文学家的天然职责。所以说,公众理想彰显了报告文学的最大特征。"①"报告文学创作首先要确立公众理想的价值立场,用真善美来战胜假丑恶。"②"公众价值"在赵瑜这里是一个分量很重的词,更是一个有担当的作家的责任。"一个好的报告文学作家,总是从公众理想出发,却每时每刻都在进行着独特的观察、独特的体验和独特的思考。"③无疑,赵瑜是一个好的报告文学作家,他怀揣的是公众理想,而以充分的个人方式加以实现。这就使得赵瑜在报告文学写作中显得颇为另异,而这种另异恰恰是对报告文学文体的守正。从创作的实际看,文学,特别是报告文学的写作,需要十分重视作品的价值取向议题。说到底,文学的价值尺度应当是人类公理或公众理想,而作为报告文学文体价值之基的真实,也应当是基于公众理想的非虚构。"报告文学作家必须履行你的职责,换句话说,当铁匠你就不能怕火星儿。从更高的意义上讲,现代知识分子坚守什么? 当然是坚守科学民主,从这个意义上是信念,往大里说,是信仰。"④"宁愿孤守艰难,也要呈现实事求是,错了就错了,假的就是假的,不能为了苟活而作假而掩盖。"⑤赵瑜不仅将公众理想的表达,作为自己写作的职责,更将它提升为一种职业的信念、信仰。宁愿孤独以求真,不为苟活而作假。这足以让我们向他致敬。

三、介入现实的写作

作为一个知识分子型的作家,赵瑜可不像一些知识分子那样只是语言的巨人、行动的矮子。在他这里,文体认知的自觉与创作实践的执着是相一致的,而且是一以贯之的。他是一个有着自己信仰,并且为实现信仰而行动着的报告文学作家。报告文学的非虚构性,规定了它以客体的选择作为写作的基

---

① 赵瑜:《纪实创作真谈录》,太原:北岳文艺出版社,2014 年,第 14 页。
② 赵瑜:《纪实创作真谈录》,太原:北岳文艺出版社,2014 年,第 30 页。
③ 赵瑜:《纪实创作真谈录》,太原:北岳文艺出版社,2014 年,第 23 页。
④ 赵瑜:《纪实创作真谈录》,太原:北岳文艺出版社,2014 年,第 16 页。
⑤ 赵瑜:《纪实创作真谈录》,太原:北岳文艺出版社,2014 年,第 19 页。

本方式。对象存在的客观性与选择行为的主体性，构成了文本生成的基本关系。主体的选择行为以其确立的价值观为导向，最终也决定了作品的价值生成。公众理想是赵瑜报告文学写作的价值取向，成为他作品题材选择和主题设置的基本尺度。曾在公路管理部门工作的赵瑜，他的成名作《中国的要害》，首发在所在地区文联刊物《热流》1986 年第 2 期，后又被《新华文摘》转载。一篇以中国命题的作品，但写的只是一地所见的公路问题："晋东南至今还积压着 1958 年产的煤"；"年产干鲜水果两亿多斤，大部分只能就地处理，有的甚至白白烂掉"；"40 多公里，带着被褥跑车，听说过吗？"路的问题牵连着国计民生，晋东南是中国的一个标本。作者不止于对路的关注，更进一步思考站在路后面人的状况："在整个太洛复线，自然条件恶劣，工程十分艰巨。但是最令人头疼的不是大自然的刻薄，不是工程本身，寻其根由，阻力来自人。"①赵瑜由一地之事之人的洞察，拓展开去透见更大的背景，由此可见《中国的要害》命题和命意的深刻。《中国的要害》在赵瑜的报告文学写作历程中具有某种奠基意义。一是它体现为作者写作价值立场的选定："作为一个作家，放着那么多民瘼民生的问题，你不去关注，一头钻进象牙之塔，搞杯水微澜，个人自我欣赏，这样的人生又有什么意义？"②赵瑜关注的是"民瘼民生"，放弃的是"杯水微澜"；选择的是问题观察，拒绝的是简单而为的甜蜜歌咏。二是具有透过物象抵达本真的思考能力和理性精神。

赵瑜报告文学的书写空间不拘一隅，因此我们很难从题材上给他一个归类定名。但我们从赵瑜的"出身"和他"体育三部曲"的写作，很自然地将他指认为体育报告文学作家。20 世纪 80 年代，体育报告文学是一种重要的题材类型，理由的《扬眉剑出鞘》、鲁光的《中国姑娘》等作品记写运动员顽强拼搏、为国争光的事迹和精神，在体坛文坛内外产生了广泛的影响。在这样的背景中，赵瑜的《强国梦》突兀而出，一改"冠军文学"主题制式，反思中国体育的体制机制以及由此生成的体育文化，呼吁"体育本质回归"。一片赞歌声中难得的批判性异调，引起了强烈的反响。赵瑜的异调当然不是出自一时的意气用事。"1987 年初，我在晋东南地区文联做事，住址对面是地区医院。就在人们一次次呼唤体坛胜利时，我看到医院门口到处是来自太行山区的病弱贫民，用毛驴

---

① 赵瑜：《中国要害》，《热浪》1986 年第 2 期。
② 陈为人：《特立独行话赵瑜》，北京：作家出版社，2015 年，第 17 页。

拉车,铺些谷草,赶一夜山路,把病号拉到长治来。由此想到许多中青年知识分子同样存在早衰早亡现象,金牌不能保佑国民的健康。国家向现代社会迈进,体育却躲藏在象牙塔中。"①由赵瑜的自述我们可以清晰地了解并理解《强国梦》写作的原初动机。"金牌不能保佑国民的健康",体育更需要普惠大众百姓,这是作者触景生情、有感而发的真实之思。作品体现了作者关怀更大多数人存在的普适的人文情怀,这种情怀表征了人类的基本价值观,善良、悲悯、尊重生命、同情弱势等。作者价值取向的立场是公众的利益。因此,他对书写对象的介入与反思,尽管在当时那样的语境中有些不合时宜,但是因为具有某种公理逻辑,显示出难得的介入的力量。也正因为不合时宜,所以作品的反思才更有意义。

基于公众理想写作的作家,可能更具理想主义的精神。以理想主义作为观照现实的尺度,就会发现现实有种种不"理想"或不够"理想"的存在。这样,作者的写作往往会成为批判的武器。这种情况在报告文学中显现得更为直接。基希曾指出,作家应当同时承担"斗争的任务和艺术的任务","尽管他有一切艺术手段,他还必须提供真实,仅仅提供真实,因为正是由于要求科学的经得起检验的真实,采访员的工作才变得如此危险,不仅对于世界上的食利者危险,对于他本人也危险,比一个无须乎担心被否认的诗人的劳动更危险"②。基希将报告文学指认为"危险的文学体裁",很明显不仅是因为作品需要揭示"经得起检验的真实",而且还在于报告这样的真实,承担着"斗争的任务",也就是批判、反思、干预现实。这是报告文学应当具有但不易达成的一种特殊功能。

赵瑜的报告文学具有总体性的批判主题。《王家岭的诉说》是一个典型文本,作品所写的是 2010 年 3 月 28 日发生在山西王家岭煤矿的重大透水事故,矿难造成 38 人遇难,115 人受伤。对于灾难,尤其是人为的灾难,文学应当如何书写? 作者当然可以也很需要从救灾这一面报告所取得的成就,展示体现制度优势的国家力量,弘扬一方有难、八方支援的集体主义精神,但不能无视的是灾难本有的客观属性,是造成生命和财产重大损失的悲剧。悲剧不仅是一种真实的存在,而且悲剧在带给我们疼痛之外,还唤醒我们对悲剧的反思,

---

① 赵瑜:《纪实创作真谈录》,太原:北岳文艺出版社,2014 年,第 115 页。
② [捷]基希著,刘半九译:《报告文学——一个危险的文学体裁》,《时代的报告》1981 年第 3 期。

避免悲剧的重演。从这个意义上来说，揭示灾难真相、反思悲剧因由的作品更有重要价值，是具有社会担当的报告文学作家义不容辞的写作责任。当媒体注目于王家岭煤矿115人成功获救的"生命奇迹"，重点报道救灾成就时，赵瑜（赵瑜牵头，多位作家参与）直击矿难的另一面，他们"宁可不要此类奇迹，沉痛悼念死难矿工"①，以获救矿工、遇难矿工亲人等多侧面真切沉郁的"诉说"，真实具体地还原了矿难发生的情形，回溯了煤矿管理中存在的问题。作者通过深入的采访、观察和思考，对王家岭矿难作了深刻且富有建设性的分析和反思。这种分析和反思基于王家岭事故，又超越了单一具体的个案，其价值不只是提供了一个纪实性灾难文学的写作样本，也可作为矿业治理者的参考读本。相比《王家岭的诉说》，《野人山淘金记》可能是赵瑜报告文学的一个"边缘"作品。但是，如果我们研读这篇作品，就可以发现其内蕴关联着作者对世象人性解剖的深意。这是赵瑜以亲历亲验取材写作的作品。作者与淘金者一起在缅甸北部野人山生活了40多天，以现场目击者的身份，用数百张照片和真切的文字摄照异域的地理风情，特写淘金场景中的人性图式。作品"冒险家故事悬念多"，更有五味杂陈耐人寻味的"人兽之间的挣扎"②。淘金者既有哥们侠义肝胆相照，更见利益驱动剑拔弩张。导演这出人性活剧的就是"淘金"。"淘金"是这个时代的一个隐喻，对于物质的追寻是人类的本能，而过度的物化却是对善美人性的重创。由此可见，《野人山淘金记》对于现实的沉思和物化时代人性异化的批判。

四、理性精神与非虚构品质

报告文学文体的价值之基在于它的非虚构真实，而真实有力的支点是理性精神。这里的理性精神与作者秉持的公共理性、公共价值有关，需要作者守

---

① 《王家岭的诉说》引子外共14章：第一章《宁肯断臂也不能掉下去》、第二章《可以铭记的矿难往事》、第三章《不同寻常的井口局势》、第四章《要在自救中直面死神》、第五章《此间疑点终成焦点》、第六章《类乎荒谬实系真相》、第七章《奇崛沉重的矿山悲歌》、第八章《迹象与真相都瞒不了我》、第九章《沉寂墓地是怎样修筑的》、第十章《痛苦焦虑中的老煤炭们》、第十一章《悼词里删去了咱的姓名》、第十二章《念一段百年诗歌思真善》、第十三章《死者尸骨可筑新的长城》、第十四章《难以平抚的晋煤巨痛》。取各章首字连缀成"宁可不要此类奇迹，沉痛悼念死难矿工"句。
② 赵瑜：《野人山淘金记》，北京：作家出版社，2014年。

定价值中立的原则,不为个人的私心和情绪所左右,也不为某种外力所影响,而从良知和公心出发,通过对写作对象总体和具体的审察把握,给出符合对象自身逻辑的书写。只有这样的写作,才能确保作品既有人事物象等的材料真实,也有蕴含其中的价值取向的公正不偏。赵瑜对报告文学的理性精神颇为看重。赵瑜认为:"新时期以来的报告文学创作,一个突出的特点,就是理性精神逐渐得到了发扬和体现,弥足珍贵。这是历史发展的必然亦是需要。我热情地赞美这种精神并努力实践之。"①新时期以来报告文学理性精神的显现,既是这一时代社会思潮中理性精神含量提升的一种反映,更是一些报告文学作家主体理性精神自觉的结果。其中就有赵瑜的贡献。对报告文学理性精神的意义,赵瑜有着自觉的理性认知,也有神会身在的感性体验。"更应该实事求是防止片面,事物本身也包含着多个侧面。所以,你在研究一个对象的时候,要特别冷静,要长夜深思,多方面探索它的复杂性。"②这里的"长夜深思"就是报告文学写作理性状态的一种写真。尽管面对一些社会存在,作者会因良知公理而"怒发冲冠",但作为一种非虚构写作行为,更需要作者以理性的心态、心理和精神为导向,避免作品有失公允。"大胆怀疑,小心求证",体现了报告文学求真写作的某种辩证法。没有质疑精神,报告文学就会失去风骨;只有质疑精神,而无求证落实的理性精神伴随,质疑精神就会缺少支撑而虚空无着。

《马家军调查》在"大胆怀疑,小心求证"这一点上具有某种教科书式的意味。成也马家军,败也马家军,成与败都是重大新闻。但很显然《马家军调查》不是制造一时轰动效应的新闻式写作。赵瑜不需要这样的时效。"兵变之后,1995年我在北京时,大家都知道我刚从马家军回来,但是我守口如瓶!我认为,这时说这些问题,不利于民族思考,大家会墙倒众人推,破鼓任人捶,这不好。所以,我一直待到1997年底,关于老马的种种炒作也渐渐平息了,马家军和马俊仁也渐渐成熟,他的承受能力也增强了。"③这里既可洞见赵瑜为人的善良,也可感知其为文的伦理,他对写作对象有着同情的理解。不仅如此,赵瑜在作品发表出版后还对自己的写作进行反思。"现在回过头来看,某些地方我

①　赵瑜:《纪实创作真谈录》,太原:北岳文艺出版社,2014年,第110页。
②　赵瑜:《纪实创作真谈录》,太原:北岳文艺出版社,2014年,第22页。
③　陈为人:《特立独行话赵瑜》,北京:作家出版社,2015年,第164页。

可以为老马做一些修饰和解释，使大家更全面地了解他。比如说，他对运动员有粗暴、严厉的一面，但不可能一年三百六十五天，天天打人。他在训练运动员的过程中也有爱心的一面，这一点我可能就注意不多，写得不够。"①很少有作家这样直言不讳地指说自己作品的不足。这种反思和自省，正是作者理性精神沛然的表征。

其实《马家军调查》写作本身就是以理性精神为指导的。作品题目的定名，标示了作者这样的取向。"调查"意谓致力于排除对象外在的雾障和作者可能的先入为主，尽可能更真实客观地揭示马家军盛极而衰的原因。作品的开篇就设问"谁重创了马家军？"这是赵瑜给作品价值追寻所定下的主旨，这样的提问全篇中至少有五处之多。作品 18 章，分为"天鼎""地鼎""人鼎"三部，具有一种大文化的象征意指。表面看来，《马家军调查》叙写的是体育界的人与事，但细读可见作品是基于此而不拘此。作者将马家军现象置于 20 世纪 90年代中国社会深刻转型的背景中，从中国文化深层结构中加以检视审察。赵瑜通过多维立体的客观叙述和主体解析，试图告诉我们正是小农经济观念与现代体育发展、封建家族式管理与全球性体育项目建设、拜金主义与体育精神、竞技体育与人性关怀等内在矛盾所激起的旋涡，激荡并最终淹没了马家军的辉煌。这样《马家军调查》就不只是一部可以吸附读者的厚重的文学作品，也是一份能够透见特定时期中国社会思想文化矛盾纠缠的深度报告。

"我的写作中，现实与历史一直交叉进行的。而且我越来越觉得，要想写好现实，一定要有历史观照，这两者之间是不可割断的。从来不存在所谓单纯的现实题材，它们一定是互动的关系。同样，写历史也是为了当今，为了当下的变革，为了社会的进步，为了人类生活得更加美好。"②这是赵瑜对自己写作题材选择和文本内容构成基本特点的自评。报告文学文体的新闻性，不仅表示着作品所写具有真实性、时效性，还要求反映出现实性。但我们不能片面地理解它的现实性。报告文学的现实性并不意味着作品只能报告当下近时的社会生活。历史是过往的现实，现实是未来的历史，现实和历史有着有机的联系。报告文学作家在书写现实题材时，从对象内在结构出发，有意识地打通流动的现时与渐远的历史的联系，使作品避免近视性写作的即时易碎，获得丰富

---

① 陈为人：《特立独行话赵瑜》，北京：作家出版社，2015 年，第 132 页。
② 赵瑜：《纪实创作真谈录》，太原：北岳文艺出版社，2014 年，第 8 页。

厚重的历史感。赵瑜的《寻找巴金的黛莉》作品涉及的时间跨度有 70 年。作者从古玩市场偶得巴金在 20 世纪 30 年代写给文学爱好者黛莉七封书信。作品不只是寻找当年巴金与黛莉通信的背景、生活情形和思想心理,主要是寻找在大时代的跌宕起伏中个人与家族的命运流转,寻找现代史陡变中的国对于人的影响牵连。社会激荡所抖落的微尘对于个体或族群,都可能是万劫不复的重击。个人史、家族史与社会史交织一体,历史况味与人生滋味等调制成作品厚重的意味,可咀可嚼。"一部好的叙事作品,无论是纪实性的,还是虚构性的,一定要有广阔的叙事视野,定然有着丰富的历史内容和人生内容。""赵瑜在写《寻找黛莉》的时候,一定意识到了历史感的重要和丰富性的意义,所以,他就努力把它写成能够展示一群人物的整体命运的'传奇',写成能在历史的向度反映社会生活真相的'史记'。"①评论家李建军准确地揭示了赵瑜这部作品的特质和价值。正是这种历史感和丰富性,使赵瑜的报告文学具有更重的历史分量。好的报告文学应当突破即时新闻的单一、单薄,在现实性和历史性的交融中,获得一种走向久远的历史品格。《独立调查启示录·革命百里洲》是一部历史叙事长篇,获得第三届鲁迅文学奖。百里洲地处湖北枝江,实为长江中游的一个岛。但这并没有阻隔百里洲与中国现代历史的关联。作者五下百里洲,深入勘探,多面寻访,阅研史料档案,为读者再现了一个充满江湖味和历史感的现代中国社会的标本,土地、农民、地主、乡绅、政权、洪水等成为百里洲"革命"的种种要素。"孤岛百里洲像一面镜子,折射着长江两岸 20 世纪的江村传奇。我们把这些故事连接起来,借以装点中国农民革命的悲剧之美。"②这是作者在作品后记中所作的"自注","传奇""镜子"等正体现出作品的特殊意义。

《火车头震荡》是一部邀约写作的作品。宜万铁路从动议到建成,历经晚清、民国到 21 世纪初期近百年。这自然是值得一写的重大工程。但赵瑜没有落入工程类报告文学写作的既有模式。火车是承载着现代性的一个物象。这里的"震荡"不仅表示着宜万铁路修建中自然条件的险阻,更联结着特定的社会历史背景和文化场域。"震荡"中有大历史的回声,与此直接相关的护路风潮,推动辛亥革命的爆发,终结了一个漫长而疲惫的王朝。此后欲建又停,折而再回。其间,既有重大的民族危机、有社会的波澜,还有当代中国政治文化

---

① 李建军:《完整的世界在这里反映出来——论赵瑜的〈寻找黛莉〉》,《文艺争鸣》2010 年第 3 期。
② 赵瑜:《独立调查启示录·革命百里洲》,西安:陕西人民出版社,2014 年,第 321 页。

的制导。这样书写对象，就把宜万铁路建设中的历史之重、社会文化之重和工程本身的物理险难之重，有机地融合在全篇叙事之中，使作品在现实与历史的交织中，更贴近所写题材的本真，因充分的历史性生成而更显得更厚重多味，更具独特价值。

五、公共性与文学性

这是赵勇教授一段关于公共性与文学性关系的论述："文学之所以有公共性是因为它站在社会的对立面批判思考的结果，但这种公共性又必须是以文学的文学性为其前提条件的。没有文学性，文学便成了标语口号式的作品，其公共性必然会失去介入社会的力度；而失去了公共性，文学又成了私人化的东西，成了作者自己或少数人手中的玩物。这样的作品不管它有多高的文学性，都不可能具有广泛的社会价值，也不可能有益于世道人心。"①这段论述用之于报告文学文体，我以为特别得体切题。公共性与文学性辩证关系的建构，正是报告文学价值最终达成的根本保证。公共性与文学性关系的提出，点准的是报告文学文体的问题之穴。两者之间的失衡，主要是公共性见强而文学性偏弱，这是制约报告文学文体影响力的重要因素。造成这种状况的原因有种种，有作家文学意识不强、文学能力不及的问题，但根本的还是文体观念的偏颇。"我总想中国的文学出了些毛病，文学界的人太囿于文学来考虑文学了，根本不把文学放到整个社会生活中，放到整个人类生活中，放到整个历史发展过程中，找到文学本身的位置，然后历史地看文学……报告文学如果囿于文学本身，囿于文体本身，它最终也没有前途，也确定不下它的社会地位。"②"不要提什么文学性，把报告文学形成一种独立的东西。现在人们喜欢的一些报告文学信息量比较大，报告文学要有它的信息量和史料价值。"③麦天枢和尹卫星是有影响的报告文学作家，他们的观点一时很有代表性，其言说的语境是 20 世纪 80 年代。可以说，新时期报告文学，尤其是"问题报告文学"，其价值很大程

---

① 赵勇：《在公共性与文学性之间——论赵瑜与他的报告文学写作》，《中国作家》2010 年第 19 期。
② 麦天枢语，《1988·关于报告文学的对话》，《花城》1988 年第 6 期。
③ 尹卫星语，《1988·关于报告文学的对话》，《花城》1988 年第 6 期。

度上来自对社会现实的直接介入。因此，这样的表述自有它的特殊道理。但是，报告文学的社会价值，它的公共性议题，需要通过相应的语言载体或表达方式才能实现。当然，这种载体或方式可以是社会学的、历史学的、政治学的，但报告文学终究是一种文学方式，因此，从总体上说，文学性是这一文体不可或缺的要素。公共性与文学性的有机融合，是报告文学写作的一种理想模式，是其文体功能最优化的置备。

赵瑜对报告文学文学性缺失的问题早有警惕。他在与麦天枢、尹卫星等对话时，就表示了自己不同的看法："我还是很想把自己对社会生活的情感，对人生的想法，从我作品中得到体现，包括文学性及艺术性。""我们不能在报告文学发展上太自信。还有包括我们自身比如越写越长的问题，语言的枯燥等等。"①赵瑜并没有满足于当时报告文学公共性关注所带来的"狂欢"，在普遍忽视作品文学性建构时，明确地表达了对文学性的在意和追求。这在同辈作家中显得较为另异。这倒并不表示赵瑜很早就对报告文学具有文学性的自觉，而是说他对此有着某些本能的认知。此后，赵瑜对报告文学文学性的体悟理解渐深，相关的表述也更为明确。"报告文学毕竟是用文学的形式来报告，不光有两字：报告。"②不仅如此，赵瑜还给出了如何文学的具体实现路径："在报告中'无我'，在文学中'我在'，糅合而成为报告的文学或文学的报告。"③"无我"是为了更客观地"报告"对象，这是"报告"的定性，而"我在"则是既为"报告"而又"文学"的文体必备，是"报告"的存在方式。这里的"我在"是文学写作中不可缺失的要素。文学，说到底是作者以个人方式对世界的一种表达。赵瑜认为报告文学写作"最高层次是个人化的写作"，所谓"个人化"就包含有"我在"的意思。"我在"要求报告文学作者面对客体的真实存在，能够尊重并充分发挥主体的能动性，具有自己的观察与思考、自己的价值立场和选择取向，而在文学地报告对象这一方面，就是遵循文学生成的基本规律，探索非虚构审美的独特性。

报告文学文学性的获得涉及诸多因素，赵瑜特别重视其中的语言和叙事这两个关键要素。文学是语言艺术，"如果说纪实文学还要在人们心目当中真正确立它的历史地位的话，我看首先是语言。语言一定是自己的，而不能是公

---

① 赵瑜语，见《1988·关于报告文学的对话》，《花城》1988 年第 6 期。
② 陈为人：《特立独行话赵瑜》，北京：作家出版社，2015 年，第 36 页。
③ 赵瑜：《纪实创作真谈录》，太原：北岳文艺出版社，2014 年，第 121 页。

共话语。这是纪实写作容易犯的毛病。一句话，报告文学是文学的报告。所以你不能用报章语言，新华体，也就是公共语言。"①报告文学的题材和主题具有鲜明的公共性，但作品的表达语言则需要更多的个人性。个人性的语言首先要求及物达意，准确地反映作者认知内化的书写材料。这既是作品非虚构属性的规定，也是语言因物适配的需要。"《革命百里洲》写的是民间江湖，大江大浪，爱恨情仇，所以要用一种传奇语言，带有说书气氛。这是由内容决定的。《寻找巴金的黛莉》带有很多考证、刑侦、人物臧否，总体上是一种知识分子读物，相对于下里巴人的东西，用那种江湖气很浓的写法不行。语言一定要雅一些，丝丝入扣一些，平和一些，这才符合对事物的探索性。"②赵瑜例说的不同作品不一样的语言设置，体现了他在充分把握写作对象独特性后，对语言表达独特性的自觉求取。这种独特性既是客体的自在反映，又是作者思维个性的语言外化，是作品语言个人性的最重要的表征。又如《野人山淘金记》的写作，擅长摄影的赵瑜有意在语言表达方式上做了"实验"，即在通常的文字语言叙述中融入了数百照片的"图像叙事"。这样的图像融入，并不是过往简单的插图模式，而是通过语图叙事的合致增强作品表现力的有为之举。文字语言与图像语言的有机配置，形成了一种新的表达增值的语言方式。缅北野人山对于读者而言是陌生的天涯，图像语言的运用，有一种直观可视的真实，丰富了作品的现场感。这对于这部报告文学写作表达的优化是重要的。此外，个人性的语言还要求作者在具体的语言表达上具有文学的思维，讲究生动形象具体，别有情采意蕴理趣滋味。我们阅读赵瑜的报告文学，可以感受到鲜明的"赵氏"语言风格。

语言而外是叙事，叙事之于报告文学本是题中应有之义。从报告文学的基本类型看，人物、事件、情节、场景等是文本的主要构件。因此，报告文学和小说一样，是一种再现性的叙事文学样式。茅盾早在1937年就在《关于"报告文学"》一文中论述了这一观点，只是在很长一段时期我们很少注意到这一点，以为小说是虚构性文体，报告文学是写实的，两者之间不可有什么瓜葛。其实这是一种片面之见。尽管小说是虚构性叙事，报告文学是非虚构叙事，但叙事文学的一些基本规律是共通的，叙事的艺术是可以共享的。"小说和纪实本质

---

① 赵瑜：《纪实创作真谈录》，太原：北岳文艺出版社，2014年，第121页。
② 赵瑜：《纪实创作真谈录》，太原：北岳文艺出版社，2014年，第44页。

上都是在讲故事。"①在这一点上,赵瑜的认识是很清晰的:"中国当代纪实文学在严格遵循事件真实性的同时,很需要有意识地向小说甚至戏剧做法倾斜,运用现代小说叙事的优良技巧,创造和使用精美语言,注重伏笔、悬念、结构等创造法,以增强文学性因素,提高作品的血肉生命含量。总之,我们必须学会讲述好看的故事,从而把坚守真实的报告文学,变成经过艺术锤炼的文学报告。"②报告文学写作要由对象的客观存在转化为语言化的文学报告,其文学性的生成至关重要。文学性生成包含诸多方面,颇为复杂,其中最具有可操作性且行之有效的方法可能就是叙事艺术的运用。赵瑜自觉地借取小说、戏剧的叙事艺术为报告文学写作所用,这是他作品文学品相见好的重要因素。

《寻找巴金的黛莉》体现出赵瑜写实作品精湛的叙事艺术水准。作品采用的是"寻找"结构叙事,寻找的过程充满着不确定性的悬念。作者从寻找人物的曲折过程和人物本有的传奇命运中,获得故事叙事的逻辑,按照叙事文学审美的规律,对材料进行有机的重组和调整,使叙事主线清晰而又腾挪回转,悬念蓄势,伏笔照应,穿插补叙,详略有序,张弛相宜,作品丰富多姿、引人入胜,对读者的阅读产生一种强烈的召唤吸附力。《马家军调查》注重人物的叙事,通过个性化的情节、细节和性格化语言等叙写,凸显人物的形象和精神。《革命百里洲》尽显田野史志的叙事特点,有一种民间性充盈的说大书的滋味。由此可见,赵瑜对纪实写作叙事艺术的运用,是经心又尽心的。

赵瑜对当代报告文学的贡献是显见的。但他颇为低调,一如他脸上常有的那微笑时的腼腆。他时常自问:"那些作品,有没有一两部对社会有益,能够留下,有没有一两部真的对于我们国家的非虚构文学写作做了一点贡献。"③我想答案是肯定的。在报告文学作家中,赵瑜"是一种判定报告文学水准的标杆,也是一种人们认识感受报告文学的优选对象","是一个分明具有文体追求意识和自觉的作家"。④ 这样的评价很高,但用在赵瑜这里,我以为是很恰当的。赵瑜坚守着自己的报告文学文体观,他知行合一所达成的公共性与文学性合致的写作高度,创造的正是另异中守正的报告文学文体理想。

① 赵瑜:《纪实创作真谈录》,太原:北岳文艺出版社,2014年,第40页。
② 赵瑜:《纪实创作真谈录》,太原:北岳文艺出版社,2014年,第108页。
③ 赵瑜:《纪实创作真谈录》,太原:北岳文艺出版社,2014年,第48页。
④ 李炳银:《序一:赵瑜和他的报告文学》,《独立调查启示录·革命百里洲》,西安:陕西人民出版社,2014年。

有思想的非虚构：李鸣生论

第十四章
有思想的非虚构：李鸣生论

　　尽管我们有《左传》《史记》这样久远的文学纪实的传统，但具有特指性的报告文学还只是一种只有百余年历史的后起文体。尽管中国报告文学已有百余年的发展历史，但真正自成一体并能蔚然而成文学大观的，还只是在晚近三十多年。徐迟的报告文学《哥德巴赫猜想》，无疑成为新时期报告文学的发轫之作。20世纪70年代后期至20世纪80年代，因着特有的社会政治文化生态，报告文学以新闻与诗和思的表达，参与改革开放和思想解放的时代主题阐释。这是一个报告文学狂欢的时代。20世纪90年代社会深刻转型，报告文学在盘整中前行。进入21世纪，社会进一步快捷跃动，全媒体多维竞力，文化价值更趋开放多元。在新闻性优势弱化、社会非启蒙的语境中，报告文学作家在寻找文体自身优势中，更为关注建构非虚构叙事内在的美学原则。报告文学在守正开新中激发其活力，在行进的中国文学版图中，成为独具姿色与光亮的重要板块。

　　建构晚近三十多年中国报告文学史的优秀作家有许多，其中特别重要的是一批穿越20世纪70年代末期至新的世纪的资深报告文学家，我们称之为跨世纪报告文学作家。但真正具有文体史意义的，或其创作参与了文体建设的报告文学作家，并不是很多。李鸣生是其中不可或缺的一位，他的写作对报告文学文体可作具有典型意义的注释。这位写作了《飞向太空港》《澳星风险发射》《走出地球村》《中国长征号》《远征三万六》《千古一梦》《发射将军》"航天七部曲"的"太史令"，以其独特的创作，为我们书写了新中国航天的壮美诗史，是国志，也是文学。作家的地位是由作品的品位决定的，作家的个人史由其创作史建构。李鸣生以其高水准、大规模的航天写作，铸就了他在文坛作为中国航天首席报告文学家、中国航天文学的领军者的地位，即使在世界航天文学的书写中也可作如是观。此外,《走出地球村》《中国 863》和《震中在人心》三部作品分别获得第一届、第二届和第五届鲁迅文学奖。获得三届鲁迅文学奖的作家很少,尽管获奖本身含有诸多不确定性和复杂性,也不是评价作家创作的唯一尺度,但李鸣生的这些作品摄取独特,叙事宏阔,思考深广,语言表达颇具个性意味,是完全配得上鲁迅奖荣誉的。

对作家的报告文学创作进行价值评估,需要超越作品应时而生的新闻性,获得必要的时间间距和空间背景。时间是最有信度的批评家,空间也为批评提供更多的参数。基于这样的认知,我们将李鸣生个人的报告文学创作史推置于晚近三十多年中国报告文学史中加以观照,解析作家创作的特质,探索其何以并在多大程度上实现了对报告文学文体的有效诠释。这应该是很有意义的。

一、思想为美与实录写作

我以为,报告文学是一种个人化的社会写作。从作者主体角色的存在视之,这是一种典型的知识分子写作方式。对此,李鸣生也是认同的。他在鲁迅文学院第二十届中青年作家高级研讨班的"责任与担当——当代青年报告文学作家的追求专题研讨会"上,就明确地告诉他的青年同道:"我认为,真正的报告文学作家是典型的知识分子。"①

知识分子的范畴具有多种义项。这里所说的知识分子不是"知识"的知识分子或者是"专业"的知识分子。其基本特点是介入社会;作为社会良知,基于独立思想而向社会发言。因此,报告文学的写字间是整个社会,它拒绝一厢情愿的私人写作。并且从根本上说,作家的思想品位决定着报告文学作品的品质,而有品位的思想需要作家秉具独立的人格。在李鸣生看来,"知识分子最大的特点就是他的人格的独立,这点,作为一名优秀的报告文学作家必须具备"。由此李鸣生给出"报告文学作家和新闻记者的区别"的关键之处在于,"新闻记者是要在现场报道,要在第一时间内把最有价值的信息传达出去(深

---

① 李鸣生:《报告文学作家要人格独立》,中国作家网,2013 年 7 月 2 日。

度报道另当别论）；报告文学作家是要在这些新闻事件的基础上作出自己的独立思考，最终传递和表达的是你对这个世界的思考，而你的思考要与众不同。所以，在所有的社会问题上，作为报告文学作家必须建立起自己独立的思想体系，最终发出与众不同的声音，与众不同的思考"①。由此可见，思考、思想之于报告文学作家李鸣生所具有的特别意义。"一个民族光有空间的高度是不够的，还必须要有思想的高度。唯有拥有了思想的高度，其眼光、胸襟和境界才大不一样，甚至说话的气派、分量大不相同；而天天看到、想到的，就不仅仅是秦砖汉瓦巍峨长城，滔滔黄河，滚滚长江，还有五洲四海辽阔世界，万里长空茫茫宇宙！"②这是李鸣生长篇报告文学《千古一梦》中一段具有主题性意义的表述。根据这一表述，结合体现作者追寻思想自觉的创作实践，我们可以获得观照、读取李鸣生报告文学特质与价值的一个优选的视角。在我看来，李鸣生的报告文学体现为一种有思想的非虚构写作范式。

思想为美是报告文学写作美学中的一条重要原则，这是这一文体作为知识分子写作方式的一种内在规定。著有《西部在移民》的麦天枢曾经说过："当思想的深度构成读者对报告文学的普遍要求的时候，思想性就表现为一种美；思想性通过文学手段来承载，思想性就变成了文学性。"③优秀的报告文学是作家卓异思想的产物，同时它又如思想的"发生器"，能够激活读者的关联思考与叩问。《哥德巴赫猜想》在新的历史时期首次正面叙写讴歌科学工作者的业绩和科学精神，在拨乱反正之初具有显然的思想先锋意义。李鸣生初入文坛，就浸润着新时期报告文学的文学精神。在其后的写作中，他奉持"独立人格、独立立场、独立写作、独立思想"的原则。这一原则来自长期写作实践的真切体悟，也视为他对报告文学理想写作的一种诉求。在出版文集时，这一原则被赫然印在文集的封面，充分说明作者对这诸多"独立"的特别看重。

我以为，四个"独立"核心在于"独立思想"。"独立思想"是我们解读李鸣生报告文学的"文眼"。李鸣生是一位对思想有着执着认知的作家。他以为："一个作家的思想非常重要，无论你是写什么的。思想决定作品的高度，决定

① 李鸣生：《报告文学作家要人格独立》，中国作家网，2013 年 7 月 2 日。
② 李鸣生：《千古一梦》，武汉：长江文艺出版社，2017 年。
③ 麦天枢语，《太行夜话——报告文学五人谈》，《光明日报》1988 年 9 月 23 日。

作品的品质,甚至说思想决定一切。而这种思想,必须属于自己的。"①"思想"在李鸣生报告文学写作中是一种整体性的存在,它涉及选题与格局、价值取向和叙事设置、思想表达与语言策略,等等。

特别与众不同的是,思想于报告文学家李鸣生而言,更可贵的是体现为思考的方法、思维的智慧。我们读李鸣生的作品,很容易获得一种直观的感觉,就是大题材、大视野、大构架、大叙事、大主题、大气场。同样是科技题材的报告,徐迟《地质之光》《哥德巴赫猜想》《生命之树长绿》等可谓是精致的诗,而李鸣生的《飞向太空港》《千古一梦》等作品是一种史诗的创制,即便是《发射将军》这样的人物报告文学,也注意将个人史与国史的叙事有机地融合,体现出别有意味的史性。我以为李鸣生写作中显示出的种种大观,从根本上说来自作家的大思维。其中具有李鸣生原创性新思维的,是其关于"星际文明""宇宙文明"的发明与阐释。这是李鸣生卓然有成、自立于文坛的思想前提。

航天书写于李鸣生而言是一种宿命,一种天作之合的情缘,是个体生命史的建构,也是作者贡献天地文明的事业!"十五年的发射场生活,使我比一般人更有条件看到天空,也更有机会随着火箭卫星的一次次升腾,对我们居住的这个星球以及顽强地活在这个星球上的同类进行立体地思索,从而改变了我跪着看待人生的姿势,获得了一个与众不同的审视世界的角度。"②这位结缘于航天伟业的作家,是以航天人的姿态入轨报告文学天地的。从李鸣生的自道中,我们可以获知作者不仅具有得天独厚的熟稔题材的条件,而且更重要的是由此衍生出的心理优势和写作智慧。"发射场成了我的精神牧场。"③在对象主体化的领悟之中,李鸣生开启了辽阔宽广的思维空间。这种思维空间早在写作《飞向太空港》时就已形成了。《飞向太空港》叙写的是中国"长征三号"火箭发射美国"亚洲一号"卫星的故事。这样的题材在当时极易写成高度意识形态化的主题,但李鸣生显然并没有为思维定式所囿。有作品题记可证:"谨以此书,献给创造空间文明,寻找人类新家园的航天勇士们!"④这里所说的"空间文明"为李鸣生首先提出,在作品后记中,作者对此有具体的阐释。他从容地挥

---

① 杨鸥:《李鸣生:中国航天史诗的书写者》,《人民日报·海外版》2010 年 8 月 6 日。

② 李鸣生:《后记:天空使人想起使命》,《飞向太空港》,北京:民主与建设出版社,2020 年。

③ 李鸣生:《千古一梦》,武汉:长江文艺出版社,2017 年。

④ 李鸣生:《题记》,《飞向太空港》,北京:民主与建设出版社,2020 年。

洒着沛然的才情,演绎着飞天想象的迷人:在宇宙文明的时代,"也许,宇宙公民们还会从各自的星球走来,手牵手,肩并肩,欢聚一堂,嬉笑打闹,谈天说地;而地球人回忆的话题一定是:在很久很久以前,他们如何艰难、痛苦地挣扎在地球上"。不只是凌虚的想象,更有对科学逻辑的预知。李鸣生认为:"从区域文明到地球文明,从地球文明到星际文明,从星际文明再到地球文明,应该是一个无法抗拒的自然规律。航天时代带来的宇宙意识,导致了人类认识的飞跃,从而把人类的思想与情感引升到一个辽远而广阔的大境界。"①这一表述中所包含的卓异的宏大思维,表明了作者思维的开阔与大气。而正是这样的思维建构,促成了《飞向太空港》得以大起高开,使李鸣生此后能以高水准的创作在充满竞争的报告文学领域中步履稳健地登堂入室。

自然,爱国主义是《飞向太空港》的基调,作品大写了航天人以高度的民族责任感和使命感,为祖国航天事业的腾飞而奋斗的辉煌业绩和崇高精神。但《飞向太空港》的主题又不只是如此,它的主题是复调的。作者将中外航天合作置于中国改革开放的大背景之中,极其真实地反映了开放之初始,人们在观念、能力、文化以及适应国际规则等方面所面临的种种问题。从这一点而言,这部作品可以说是为中国的开放史留存了一段生动而珍贵的侧影。而更富创意的是作者基于空间文明的思想,将不同文明的交流设置为一个叙写重点,以开放、包容的姿态,使作品超越政治叙事,建构起一个更为宏大的文明叙事。作品共六章,其中第四章《火箭,另一个伟大的文明》、第五章《我们都是地球人》和第六章《跨越国界的飞行》都直接关联了不同文明交流的叙事。正如作品中作者在与美方技术专家交流时所说,中美火箭与卫星的合作,"不单单是一次空间技术的合作,也是两个民族、两种文化、两种感情的一次交流与沟通;不光是发射一颗卫星,也是中美两国科学家在一起共同创造空间文明。因为开发宇宙,造福人类,是全人类的共同使命"②。这里给出的正是《飞向太空港》的核心价值。李鸣生在《中国长征号》中有一段关于"长征号"意义的表述凝练而到位:"'长征号'其实就是中华民族的一种象征,它象征着力量,象征着智慧,象征着精神!'长征号'从封闭走向开放、从靶场走向市场的历史,就是中华民族从传统走向现代、从国内走向世界的历史;'长征号'与世界接轨的历

---

① 李鸣生:《后记:天空使人想起使命》,《飞向太空港》,北京:民主与建设出版社,2020年。
② 李鸣生:《飞向太空港》,北京:民主与建设出版社,2020年。

史,就是中华民族与世界融合的历史。"①我想,这一表述用以对《飞向太空港》多维主题的解读,也是非常合适的。

考察报告文学的发生发展史,可以发现这一文体具有某种"天然"的意识形态叙事的特征。我们在言说报告文学的文体功能和价值取向时,往往会提到"歌颂型"的主旋律作品和"批判性"的问题报告文学等。报告文学作为一种时代文体,书写人民的创造业绩和崇高品格,弘扬时代精神,成为这一文体的应有之义。但与此伴生的是报告文学差不多成为一种成功者的文学,一种变型的新闻通讯稿。"问题报告文学"是 20 世纪 80 年代文坛的重要存在,揭秘与批判成为这类写作的重要看点。如果按照"主旋律"作品的写作制式,李鸣生的《澳星风险发射》当然是无法进入这一"轨道"的;而如果按照"问题报告文学"的写作要求,则这一作品需要设置为"批判"的模式。《澳星风险发射》由作品题目就可知晓所写重心,但这里的"风险"并不是作为一种"问题"来进行否定性报告的。航天是一种高风险的科技,因此,失败也是航天史的一种真实。作者将澳星的 1992 年 3 月 22 日"发射终止"视作一种客观存在,以中性的叙事立场,在中国航天文学中第一次直面"失败",并对此进行全展式的报告,"本来,人们对那个春天的夜晚,寄予了再大不过的希望。结果,那个春天的夜晚回报给人们的,却是天大的懊丧和无尽的遗憾;中华民族的自尊心受到了空前的刺激,火箭子孙的感情遭到了莫名的戏弄";"失败似一道无形的阴影,笼罩在发射场的上空;失败像一个看不见的幽灵,潜伏在人们的心底"②。作品以真实而很有故事性的叙写,凸显了极具中国特色的失败心理和失败文化。但显然,李鸣生并不是因为"懊丧"与"遗恨"而言说失败,而是因为真正领悟了诗人惠特曼所说的"当失败不可避免时,失败也是伟大的"的深意。作者以为:"一个民族,如果不光只会欢呼成功,而且还能正视失败,接受失败,超越失败,甚至达到一种欣赏失败的境界,那这个民族该是多么的伟大而不可战胜啊!"③由此,作品既展示"澳星"发射失败后种种中国式的反应,也不吝笔墨写实了中国航天人艰辛负重、超越失败的壮美精神。这样颠覆常规的写作,在当代中国报告文学史也是少数的典型个例。作品这种有意义的立异,正是建立在作者独立写作、独立思想的基础之上的。从这个角度而言,《澳星风险发射》是有思想

---

① 李鸣生:《中国长征号》,成都:天地出版社,2016 年。
② 李鸣生:《澳星风险发射》,成都:天地出版社,2016 年。
③ 李鸣生:《澳星风险发射》,成都:天地出版社,2016 年。

非虚构的一个典型样本。

如果我们仅仅关注作为航天或科技报告文学作家的李鸣生的存在价值，这是不够的，也是不完整的。我们还应当关注他的另一部作品——《震中在人心》，关注作品的写作怎样"避免概念化，避免传统的主流叙事，怎么转化为作家的作品叙事"①。这一表达实际上涉及了公共的"主流叙事"和作家个人的"作品叙事"这一重要的话题。真正的报告文学需要作家在面对重大的公共写作题材时，善于将新闻写作常设的"主流叙事"有效地转化为文学创作别异的"作品叙事"。这里的"作品叙事"，就是基于主体独特感受、独立价值判断、独立思想的具有个人色彩的非虚构的文学叙事。在这一点上，《震中在人心》尤显其意义。这部取事于汶川特大地震的作品，在第五届鲁迅文学奖终评中以名列第一胜出。有意思的是，在初评时因为作品思想的某种"异调"，主题的非主旋律而差一点遭淘汰出局。这是很值得我们思考的。我们需要反思何为地震非虚构作品的终极价值。我以为钱刚的《唐山大地震》和李鸣生的《震中在人心》，在某种角度上对此作了例说。《唐山大地震》就是一部具有多功能的皇皇之作，它"是作者为今天和明天的人类学家、社会学家、地震学家、心理学家……为我们整个星球上的人们留下的一部关于大毁灭的真实记录，一部蒙受了不可抵御的灾难的人的真实记录"②。《震中在人心》不仅有通常的对抗震救灾的感人场面的描写，而且更有对人类遭受重大创伤的生命之痛的感悟，还有对地震灾害作出的深刻反思。作品不仅观照地震的视角独异，而且在情感与思考的深度上超越了同类作品。作者在题记中写道："面对灾难，作家不应缺席；面对死亡，文学不该沉默。"③大地震的写作有很多可能性，应该有一方有难、八方支援，以人为本、抢救生命等主题的表达。但大地震终究是对人类的重创，因此大悲悯应该是此类写作不可或缺的元素。"我只为真相，只为实情，只为血印，只为泪痕，只为记录，只为见证。我不想把废墟变成大厦，把悲剧变成喜剧；我不想把谎言变成真理，把哭泣变成歌声；我不想把反思变成庆典……公示汶川大地震灾难的真相，传递废墟的气息，留下亡灵的心声，定格人心的表情。"④正是有了这样的思考，作者不仅独异摄取地震的镜头，而

---

①　李鸣生在《千古一梦》研讨会上的发言，中国作家网，2009 年 5 月 22 日。

②　徐怀中：《唐山大地震代序》，《解放军文艺》1986 年第 3 期。

③　李鸣生：《题记》，《震中在人心》，上海：上海文艺出版社，2009 年。

④　李鸣生：《震中在人心》，上海：上海文艺出版社，2009 年。

且在叙事处理、情感书写和思考深度以及批判性等方面超越了同题材的作品。

有思想的非虚构,需要达成报告客体的本真、呈现主体自我的元真,从而实现报告文学文体有自我且真实的体性。真实是报告文学的生命,是其文体力量生成的支点。报告文学的真实说到底需要作家独立地思想和判断,不违心,不唯上,不唯书,不唯权威名家,而能唯实,尊重并敬畏叙写对象本身的历史存在。作为一个有思想的非虚构作家,李鸣生是严格持守这样的写作原则的。其作品里有关于钱学森的个例可以说明这一点。钱学森是名满世界的杰出科学家,"钱学森的脑袋比一般人的大,略呈方形;尤其是额头,非常宽阔,而且发亮。你很难说清他的脑袋具体哪点与众不同,但给你的印象就是与众不同,似乎藏有一座智慧的金山,又像装着一组成功的密码,满脑袋都长满了天才的花朵与知识的森林,甚至连每根头发丝都像是一棵智慧的大树。"[1]可就是这样的科学家,当年坚持航天飞船"五人舱"的设计主张:"一个是指令长,一个是航天员,一个是随船工程师,一个是随船医生,再加上一个政委。"[2]就是"再加上一个政委"的极简叙说,意味无限地写实了当时中国航天发展的复杂的政治生态。尽管科学的"钥匙"可以开启政治的"后门",但科技的研发需要盖上"政治的印章"。"再加上一个政委"并不是钱学森的非科学,而是政治异化下一种集体无意识的表达。这便是历史的真实,也是一个关于钱学森的真实的插曲。

二、非虚构的故事叙述

研读李鸣生报告文学,我以为他的最大优势,并不在于新闻性,而体现为作品思想性的整体生成和他对非虚构文学性的自觉追寻。这是决定李鸣生报告文学写作能在较高水准上长期可持续发展的关键因素。而这对新常态语境中的报告文学写作,更具有切实的意义。所谓"新常态",取自经济学界的一个热词,报告文学的"新常态"就是全媒体或融媒体的存在。全媒体时代的报告

---

① 李鸣生:《走出地球村》,北京:解放军出版社,2000年。
② 李鸣生:《千古一梦》,武汉:长江文艺出版社,2017年。

文学,它原有的"新闻性"红利大为减少,文体一般的新闻优势已不存在。这就需要报告文学基于非虚构原则,通过有深度、有个性的思想表达和非虚构文学的美学建设,激发文体内在的活力,有效强化非虚构叙事的优势。

文学性不高,是制约报告文学作为审美文体而发展的一个重要因素,也是影响读者阅读的一个基本问题。尤其在全媒体时代,报告文学文体的新闻性优势已经失去,报告文学的写作并不能简单依赖新闻性,在此背景中,文学性的意义就显得特别重要。报告文学的文学性是什么,烦琐的学院派式的论证最终也许还是无解。在美国非虚构作家杰克·哈特的《故事技巧——叙事性非虚构文学写作指南》中,"叙事性非虚构文学"命题及其展开的思路,对于报告文学文学性的研究和达成,或许能给我们一些有意义的启发。

我以为作为一种叙事文学样式,将报告文学定义为"叙事性非虚构文学",是符合这一文体逻辑的。这里简明地显示出报告文学和小说的联系和区别。报告文学是真实的叙事,小说是虚构的叙事;它们共同的要求是叙事。因此报告文学和小说一样,情节、细节、人物、场景等构成其叙事的基本要素。只不过这些要素在小说中通过虚构得以生成,而在报告文学中需要通过对真实存在的发现和选择才能获取。无疑,叙事构成报告文学写作的本体,它既承载着作品思想情感等价值表达,同时又是写作本身的重要目的。罗伯特·麦基有一观点很重要,"故事是有关永恒和普遍的形式"[1]。为何故事具有永恒性和普遍性,这是因为故事具有"生物学性"。"很难想象叙事不是我们本能的一部分。""我们视自己的生活为一种叙事,这就是为什么我们对他人的叙事如此着迷。"[2]这在作为读者的我们的阅读经验中可以得到印证。喜欢故事(叙事)是读者的一种"本能"。基于文本建构与读者"本能"的需要,报告文学作家需要具有叙事的自觉,并且应该提升自己的叙事能力。

回到李鸣生作品本身,我们可以看到作者具有强烈的叙事意识。《中国长征号》是中国火箭发射美国卫星的大叙事,作品以事件演化为叙事线索,共20章,依次为:《怪圈》《变轨》《推销》《天机》《谈判》《碰撞》《发射》《草图》《保险》《贷款》《合同》《失败》《检讨》《发愤》《官司》《爆炸》《阵痛》《反省》《雪耻》《代

---

① ［美］杰克·哈特著,叶青、曾轶峰译:《故事技巧——叙事性非虚构文学写作指南》,北京:中国人民大学出版社,2012年,第1页。

② ［美］杰克·哈特著,叶青、曾轶峰译:《故事技巧——叙事性非虚构文学写作指南》,北京:中国人民大学出版社,2012年,第4页。

价》。由章目设置可见,作者十分重视作品的叙事构篇,贯穿其中的线索主干清晰而又跌宕曲折,故事性很强,对读者别有一种牵引力。《发射将军》是一部人物报告,作品以"发射将军"与发射相关的人生历程为叙事线索,具有某种纪传体的特征。作品以第一章《军委令》将主人公由战场奉调至发射场作为故事的发端,以人物离休生活"晚年赋"作结,突出了"故事性"人物的叙事。吸引读者的是将军的传奇和在传奇中蕴含的伟大精神。

一个叙事优化的文本,首先需要建构一个与之适配的叙事结构。李鸣生能根据客体本身内在的逻辑和主题思想表达的需要来配置这样的结构。《走出地球村》写的是"东方红一号"卫星飞天的故事。卫星的研制动议于1958年,发射成功在1970年。这是一个具有特殊的政治生态的时期。根据这样一种特殊的存在,作品设置卫星叙事和政治叙事双线叙事结构。政治叙事在《走出地球村》中是充分的,从开篇"苏联第一颗卫星上天,艾森豪威尔总统手中桥牌落地",到"美国人造'小月亮'挂到天上,周恩来午夜拿起直通毛泽东的电话",一直贯穿到收结"卫星功臣登上天安门"。而"'小弟弟'找'老大哥'学放卫星""忍着饥饿的肚子,中国从八公里起飞""'东方红一号'人造卫星方案诞生""灯前钱学森坐卧不安""火箭司令神游戈壁"[1]等则为卫星叙事。这种双线并置反映的正是"东方红一号"卫星的一种特殊的历史真实,这样的安排一方面强化了对科学家忍辱负重、刻苦创造、献身科学光辉形象的再现,另一方面对非科学的政治对于科学的干预、对于科学家的摧残,进行了深刻的反思和批判。

一般来说,李鸣生的报告文学叙事构架是宏大的,这是因为叙事对象具有先在的宏大性。但是单纯的宏大无法抵达文学叙事所需要的细部深层的景致,宏大叙事需要有具体叙事坚实的支撑。李鸣生也有的作品如《发射将军》,表面看不是宏大题材,书写的只是某个人物。但对于这样的作品作者并不就小写微,而是注意将人物推置于时代与历史的宏大背景中加以表现。在历时演进的纵轴上融合将军的个人叙事、导弹部队的集体叙事和共和国历史的大叙事。作为文学的非虚构叙事,在李鸣生的报告文学中大叙事与小叙事是相生的,而小叙事的核心则是具体的人物叙事。对于人物叙事的意义,李鸣生是

---

[1] 李鸣生:《走出地球村》,北京:解放军出版社,2000年。

充分认知的。他说自己的作品"写人物,希望通过人物把我们的这个历史,一个非同寻常的历史写出来"①。李鸣生把人物作为历史叙事的要素,而在我看来人物就是历史的本身,作者笔下的许多人物,航天人、科学家等,正是他们创造了作者叙写的历史。不仅如此,作者再现的人物,许多是中国脊梁式的人物而又具有常人情怀。作品的感染力来自这些走近读者的真实而感人的人物。

　　李鸣生报告文学的人物叙事,颇多性格叙事、精神叙事。《中国863》是一部题材重大的长篇,作品首章《悄悄发生的革命》格局甚大,由美国"星球大战计划"、欧洲"尤里卡计划"、日本"振兴科学技术政策大纲"叙述领起,导出中国的"863计划"。这是典型的宏大叙事。从第二章到第七章都为具体的人物叙事,其中第二章《科委来了个"厉害的老太婆"》,是作品重点写作的一章。"厉害的老太婆"是朱丽兰。"厉害"是其作为管理者的主导性格,改革创新,敢于担当。但作品没有将她写成一个单面的概念人物,而是运用细节集成的方法,还原朱丽兰既"厉害"又和蔼,既是工作狂,又会理发、织毛衣、弹钢琴圆形立体的本真。李鸣生航天系列中的航天人的形象是最烙印在心底、难忘感人的。作者叙写这些人物,不只写他们的科学智慧、科技才能,而更重于对他们作精神性叙事。赵廉清是西昌发射场的建设指挥,在非常年代,知其不可为而为之,积劳成疾。他留给这个世界最后的镜头是:"他手上紧紧揣着一样东西,这样东西不是别的,就是他生前一直随身携带的那个军用挎包! 而护士打开挎包后,只看见两样东西:一份皱巴巴的施工图纸,一个被啃了小半的冷馒头!"②从这样的细节中,我们可以看到一个瘦小萎弱的生命里,升华出一个伟大的精神形象。在李鸣生的作品中,刘纪原是一个出场频率高的人物。"在引领中国火箭走向世界的进程中",刘纪原"是其中一位重量级的人物",他"似乎天生就是属于那种喜欢攀登的人。无论是在家还是在外,凡是上楼,他从不坐电梯。即便在北京京西宾馆开会,十九层高的楼房,他也只靠自己的双腿,一步一步往上爬。且一步两个台阶"③。作品对刘纪原棱角分明的性格、对他参与的航天事业作有详尽的叙述,但最为打动我们的还是刘纪原奉献祖国航天

---

① 李鸣生:李鸣生在《千古一梦》研讨会上的发言,中国作家网,2009年5月22日。
② 李鸣生:《千古一梦》,武汉:长江文艺出版社,2017年。
③ 李鸣生:《中国长征号》,成都:天地出版社,2016年。

事业的牺牲精神，在航天与家庭之间，刘纪原选择了航天。如果我们留意李鸣生《中国长征号》的结构安排，就可以看出作者对于航天人精神讴歌的用心。作品最后一章《代价》是关于刘纪原的家庭小叙事，这一章的结语是"这位智障孩子，还有希望回到父亲的怀抱吗？"正如作者所说，"如果把国家荣誉比做一座金字塔，塔底便是每个中国航天人付出的代价"①。其实，付出代价的还有航天人的家人。

三、叙述方式与个性语言

故事是什么？乔恩·弗兰克林在《为故事而写作》为我们给出了"定义"之一："当人物遇到错综复杂的情况，而他又不得不面对和解决时，行动就发生了，故事正是由一连串这样的行动所构成的。"②这一表述中关键词是冲突，是矛盾。故事存在于冲突、矛盾之中，冲突、矛盾也推衍出故事。非虚构的报告文学作者无法依靠想象力制造故事，但是他可以从对真实客体冲突、矛盾的存在中，选择并呈现其中的故事。李鸣生说，在他的作品中，"我希望是呈现大的矛盾"③。《走出地球村》中有极"左"政治与卫星科技的矛盾，《中国"长征号"》中有开放与观念、体制与市场、国力基础与航天发展、中外文化等之间的矛盾，航天人存在的价值就是"面对和解决""错综复杂"的矛盾冲突。这些形成了李鸣生航天叙事的基本构架和基础。这样的矛盾构篇也决定了李鸣生报告文学叙事的丰富性和复杂性。在总体的矛盾叙事基础上，作者再相宜地采用悬念式叙事方法，就更有效地强化了作品叙事的故事性。悬念不是虚拟的，而是实际发生的状况，也是航天高风险的一种表征。《澳星风险发射》第九章写1992年8月14日的澳星发射，就在12日中央电视台新闻联播播出发射预告不久，"意想不到的事情，偏偏在这个时候发生了！""突然发现'长二捆'火箭第二级储箱内传感器上少了一个浮子。这个浮子虽然很小，却很重要。"浮子终于找到后，13日天又变脸了，"人们纷纷走出屋子，走出山洞。有的

---

① 李鸣生：《中国长征号》，成都：天地出版社，2016年。

② ［美］杰克·哈特著，叶青、曾轶峰译：《故事技巧——叙事性非虚构文学写作指南》，北京：中国人民大学出版社，2012年，第6页。

③ 李鸣生在《千古一梦》研讨会上的发言，中国作家网，2009年5月22日。

急着望老天,有的忙着看火箭,有的伸手去接雨,有的侧耳听打雷,个个神情紧张,满脸阴云。"而等到雨停天晴,"离发射还有一个多小时,一个消息突然传来：发射塔上出事了!""四个美国人在对'澳星'作最后检查时,其中一人别在衣服上的工作牌不小心掉下去了。这个工作牌掉下去后,到底掉在了什么地方——是在'澳星'上? 还是在火箭里? 谁也不知道。"①作品这样一环一环的悬念叙写,渲染了其时其地其情的紧张感。而报告文学所需的现场感就在这紧张感之中,特别扣人心弦,使人身临其境,强化了故事性叙事对读者的吸引力。

李鸣生报告文学的叙事方法是富有变化的,他能根据不同的报告对象运用相应的方法。在他的作品中读者可以感受到多种叙事艺术所产生的叙事之美。在《千古一梦》中,作者设计了"双声叙事",即作者(采访者)叙事和人物(被访者)叙事的结合,特别是导入当事人的自述,以人物的亲历亲验,真实地还原出特定时空中人物和事件的现场情状。这是一份珍贵的活的航天档案。《发射将军》则注意在实体叙事中有机地穿插"软性叙事",所谓"实体叙事"是指与作品主人公"发射将军"直接关联的主干内容的记写,而"软性叙事"是指如导弹部队饥饿、文艺生活极度贫乏等的叙说。《震中在人心》则是一部自觉运用镜头观察和叙事的作品,"用镜头定格真相,让文字留下思考",大量的照片极具视觉冲击力和情思震撼力,不只是为文字的叙述提供了直观的背景,而且照片本身也成为作品的一种独特的叙事元素,生成了超越文字的叙述力量。

文学是语言的艺术,报告文学也是。语言是作品思想的现实,也是叙事生成的工具,还是作为审美的报告文学的要素。报告文学创作中语言的问题,主要是缺乏主体鲜明个性的语言新闻化,另一个是小说化的语言絮叨铺张。李鸣生的报告文学大多为长篇,但语言凝练具有表现力,诚朴简约不过度藻饰,并且具有自己鲜明的个性,许多语言表达有意味、情味,有效地增强了他作品的文学美感。在这里,我不打算对李鸣生报告文学的语言艺术进行全面的解析,只就他的"智慧语言"和"软语言"运用之美作一解读。

所谓"智慧语言",是指形象生动、意含新异别致、具有特殊表现力的语言。

---

① 李鸣生：《澳星风险发射》,成都：天地出版社,2016年。

比如"已经点火后的火箭竟然无视天下众生,老练得如同一位千岁老人,打个盘腿坐在那儿,连动都懒得动弹一下"①。写卫星发射的失败,作者用拟人化的手法形容,以独特的冷峻与幽默,写意地写出发射失败的状态和航天人的尴尬,用语非常新颖。作者以幽默笔法言说失败,正与作品正视失败、超越失败的主题相关。幽默的语言是典型的智慧语言。在李鸣生的作品中已不是偶一为之,而是一种个人性的语言景观。"在国际市场上,美国人早就大把大把地捞着美元,中国人为什么不能去弄点'零花钱'?在国际空间俱乐部里,美国人可以大口大口地喝着'咖啡',中国人为什么就不能去喝上一杯'清茶'?"②这一表达的语境是,对于中国航天进入国际市场,国内以为冒险,西方设置障碍。这里的美元与"零花钱"之喻,客观地表示中美航天科技实力和航天市场份额的差距,"清茶"之类意含走中国自己的航天发展之路。整体的表意是非常清晰的,就是中国应该进入国际航天市场进行竞争,只不过用"李式语言"表达,意味意趣就大不一样了。"已经欠着一屁股账的中国专家当然拿不出这笔钱来,他们只有一个价值连城的传家宝,这就是:自力更生!"③"一屁股账"与"价值连城"对举,极简地写实了中国航天发展的境况,高度凝练了航天的伟大精神。

李鸣生幽默的语言可分为"麻辣幽默"和"冷幽默"。"据说,两年前一所中学考试时,发生过这样一个故事:试卷问:爱因斯坦是谁?学生答:美国当代著名歌星。"④这种麻辣幽默能唤起读者对非常年代的反思与批判,是对过度娱乐化,忽视科学世相的揭露和讽刺。"美国人把这条山沟称为'神秘的峡谷',而当地彝族老人则说:'什么神秘不神秘,这山沟就是我们过去放羊的地方!'故此,当地人称'赶羊沟'"。⑤ 这样的文字可谓冷幽默,读起来会忍俊不禁的。报告文学拒绝虚构,但它同样需要作家具有丰富的想象力。想象之翼可以飞扬智慧的语言。"世界各国许多中学的少男少女们,每晚相聚在迷人的星空下,像谈论童话似的,长时间地不知疲倦地谈论着卫星、卫星、卫星。仿佛苏联

---

① 李鸣生:《澳星风险发射》,成都:天地出版社,2016年。
② 李鸣生:《中国长征号》,成都:天地出版社,2016年。
③ 李鸣生:《中国长征号》,成都:天地出版社,2016年。
④ 李鸣生:《飞向太空港》,北京:民主与建设出版社,2020年。
⑤ 李鸣生:《飞向太空港》,北京:民主与建设出版社,2020年。

的这颗人造卫星,成了他们嘴里一块永远嚼不够的口香糖。"①以"口香糖"喻说人类第一颗人造卫星发射,对各国学生的影响力,新颖生动,可意味,也可言说,体现了李鸣生语言表达的一种智慧。

软语可人,是我阅读李鸣生作品时的一种直觉。我这里无法给出"软语"的标准解释。所谓软语,是一种"闲语",它不属于主干叙事,但与主干叙事有所关联;在表情表意方面偏于柔细,静安之中,意可人情入心。"将军家院门口有一扇斑斑驳驳的大铁门,夕阳照在门上,给人暖洋洋的感觉。每当这时,将军便坐在一个自做的小折椅上,像一位坐在颗粒饱满的庄稼地边的老农,静静地守候着儿孙们的归来。夕阳在他眼角的皱褶里绣着陈年旧事,时光在他花白的头上写着岁月沧桑。"②将军从战场到发射场,军人形象刚硬,棱角分明。而此时进入晚景的将军没有了豪情、霸气,却有人间的亲情和慈祥。"夕阳在他眼角的皱褶里绣着陈年旧事,时光在他花白的头上写着岁月沧桑。"我们从诗一样的语词中,可以读出将军人生种种的况味。戚发轫是中国航天的功勋人物,"太忙太累"是其生活的常态。《千古一梦》中作者宕开一笔,插入了一段为让戚发轫放松而特别安排的看电影的"闲"叙:"电影开场了,戚发轫神情专注,脸上表情十分丰富,看到高兴处,竟拍手叫好,像一个终于逃离了学校和家长的孩子!""他的手机响了……我只好起身送他出门","我发现他突然停下脚步,回头望了一眼,眼里尽是依依不舍的留恋与遗憾"③。这一段为简笔速写,但写出了人物鲜活丰富的精神世界,并且也从一个小微视角衬托出航天人于事业忘我无私的崇高精神。

李鸣生的报告文学有种种特点和优长,而我最为看重的是他的作品有思想,也是很文学。有思想,也文学,这就是我所希望读到的报告文学。

---

① 李鸣生:《走出地球村》,北京:解放军出版社,2000年。
② 李鸣生:《发射将军》,北京:民主与建设出版社,2010年。
③ 李鸣生:《千古一梦》,武汉:长江文艺出版社,2017年。

『艺术文告』··李春雷论

第十五章
"艺术文告"：李春雷论

　　"文学作品，是艺术地表现社会生活的载体。"①报告文学也是一样。报告文学的"报告"意谓报道，非虚构是它的基本定性。"报告文学的最大的力点，是在事实的报告。"②但它又是文学样式，因此"作家必须要像不使作品失去艺术性那样地审慎地选取绘画器具，在正确的展示中，组织自己的记述而必须把它作为是艺术文告"。③ 川口浩和基希这两段关于报告文学的经典性论述，完整地给出了报告文学文体的特性，即既是"事实的报告"，又要"作为是艺术文告"。"报告"与"文学"有机地融合一体，这是报告文学写作的理想目标，也是报告文学文体走向独立自觉的一个重要表征。

　　但是，许多时候报告文学的"文学"总是作为一个"问题"被言说着，似乎小说等文体就没有文学性的议题，只要有了虚构、想象等也就有了文学。出现这种状况的原因有许多。界外一些人士奉持先验的凡写实无以文学的观念，无视报告文学写作中文学性的存在和可能；也有一些论者以现成的主要是小说的文学性尺度，检视报告文学，所言不能得体及物。但主要的原因还在于报告文学的界内。不少写作者，包括一些资深作家，缺乏对报告文学文学性的自觉，认为内容为王，题材决定作品的价值，由此只求取正确的政治导向，而忽视作品的文学性建构。还有一些写作者或许具有一定程度的文学性意识，但是他们文学写作的基本能力偏弱，更没有掌握写实性作品非虚构审美生成的基本规律。因此，所写作品文学品位不高，文学品相也较为黯然。一方面是文体

① 　李炳银：《春秋多佳日，登高谱新篇——改革开放背景下的报告文学》，《东吴学术》2008 年第 6 期。
② 　［日］川口浩著，沈端先译：《报告文学论》，《北斗》第 2 卷第 1 期，1932 年 1 月 20 日。
③ 　［捷］基希著，贾植芳译：《危险的文学样式》，《报告文学论》，泥土社，1953 年。

歧视者偏见依然,另一方面是相当多的报告文学作品本身艺术性严重不足。这就是报告文学文体之"尴尬"。

我将李春雷报告文学对于"艺术文告"的创构,置于这样一个背景中加以言说,其要义是清晰明确的。其一,纪实的报告文学是能够生成文学性的。其二,得体而优秀的报告文学作品是一种"艺术文告",必须以文学的方式报告非虚构的题材。"报告文学有效地发挥新闻特性,又巧妙融合文学艺术的生动形象"[1]。其实,李春雷只是一批致力于报告文学文学性创造作家中的一个代表。李春雷他们既具有关于报告文学文体特性较为完整的理性把握,特别是对其中的文学性置备的意识自觉,其创作中又颇多文学性达成的精心营构,呈现出作为"艺术文告"的非虚构写作的审美价值。这样的写作经验,对补足报告文学的文学性缺失,推进这一文体的文学化发展,不无切实而重要的意义。

一、自发的文学与自觉的文学

李春雷在报告文学界曾经就是一个"春雷"。他以宝钢建设史为题材的长篇报告文学《宝山》获得第三届(2001—2003)鲁迅文学奖报告文学奖,获奖时年方36岁。这部作品除了题材重大,最为重要的是作者以非虚构的文学叙事,难能可贵地成功地反映了富有价值的工业题材,获得了文学界的高度评价。陈建功为青年报告文学作家的卓然成长而欣喜:"在一般人笔下难免枯燥呆板的工业题材,被作家置之于广阔的世界背景和雄浑的历史纵深中,便被赋予了磅礴的气势、灵动的思想和扑面而来的现代气息。""作为一部全景式地反映重大题材的作品,作家既拥有统揽全局、囊括历史风云的笔力,又具备捕捉生动的人物和生活细节的情致。"[2]这里的所用的"气势""思想""气息""笔力"和"情致"等,正是对《宝山》及物达人的到位评论。而雷达也认为《宝山》"全书大气磅礴、语言精美、思想深邃,堪称当代纪实文学的一

---

[1] 李炳银:《春秋多佳日,登高谱新篇——改革开放背景下的报告文学》,《东吴学术》2008年第6期。
[2] 陈建功:《到人民的历史创造中探胜求宝——评长篇报告文学〈宝山〉》,李春雷《宝山·附录》,石家庄:花山文艺出版社,2017年,第298页。

部具有史诗风韵的佳作"①。其实比《宝山》更早的记写邯钢改革开新、绝地崛起的《钢铁是这样炼成的》，也显示出了李春雷报告文学写作的某种天赋和特质。作品将钢铁的坚硬和文学的柔美融于一体，诚如曾镇南所说，"他用文学的手段和语言，用自己真挚的热情和深刻的思考，为我们画出了可钦可仰、可歌可泣、可触可扪的邯钢魂"。"人并没有被物和数淹没，诗意也没有被大工业的繁响和市场的诡谲逼遁，这委实是写得引人入胜、动人心魄的文学的报告"，是一首"钢铁交响诗"②。曾镇南从工业或企业报告文学写作物化、数字化和市场化泛滥的流弊中，读出了李春雷作品的品格。"钢铁交响诗"即是以文学的"交响诗"的方式报告邯钢的命运史，是报告和文学化合的一种理想状态。

《钢铁是这样炼成的》和《宝山》这两部早期涉钢作品的写作表明，李春雷对报告文学文学性的求取，并不如一些论者和读者以为只体现在他后来的短篇作品之中。对报告文学文学性的追寻，在李春雷这里既是前后全时的，也有多体式的呈现。只不过早期作品的文学性达成更多是一种天成的自发而为，而经历练后作品实现"艺术文告"的创构，更多的则是基于作者对报告文学的文体自觉。所谓天成自发，是指作者具有某种文学的天赋和后天的勤奋习得。"我特别喜欢古典散文，对《左传》《史记》的经典文字，和韩柳欧苏、归有光、桐城派的散文如饥似渴，后来对五四时期和现当代文学家的作品也大量阅读，有了更深的感觉。""从初中一年级开始，我天天写日记，把自己的所见所闻所感所悟，全部写出来。由于是写给自己看的，也没有什么顾虑，写得大胆放肆，天马行空，每天3千字。"③少年李春雷对阅读和写作的喜爱，为成就报告文学作家的李春雷练成坚实的"童子功"。在成为报告文学作家之前，他是一个新闻记者，作品曾获得中国新闻奖。1993年25岁时，李春雷出版了散文集《那一年，我十八岁》。新闻的眼光和散文的笔力，为李春雷向着报告文学的远方前行夯实了基本功。正是有了天成自发的文学性积淀，加以日后对报告文学审美性的自觉追求，使李春雷的报告文学创作呈现出一种整体性的文学性风致

① 雷达：《振奋人心的现实主义力作——评长篇报告文学〈宝山〉》，李春雷《宝山·附录》，石家庄：花山文艺出版社，2017年，第300—301页。
② 曾镇南：《钢铁奏鸣的交响诗——评长篇纪实文学〈钢铁是这样炼成的〉》，李春雷《钢铁是这样炼成的》，北京：中国文联出版社，2001年，第1—2页。
③ 刘斌：《李春雷：花开时节听春雷——从短篇报告文学创作谈起》（访谈），《时代报告·中国报告文学》2015年5月号。

和境界。在我看来,自觉的文学性追求,对于文学性缺失的报告文学界而言更具广谱的意义。

虽然由于非虚构规定性的前置,题材价值在报告文学写作的全要素中的占比更重,但这并不意味着题材就是报告文学写作的一切。"文学并不是因为它写的是工人阶级,写的是'革命',因而就是革命的。文学的革命性,只有在文学关心它自身的问题,只有把它的内容转化成为形式时,才是富有意义的。因此,艺术的政治潜能仅仅存在于它自身的审美之维。"①马尔库塞的"审美之维"论更切中报告文学写作的关键。报告文学是一种叙事文学样式,只有当客观的存在被非虚构审美叙事而进入文本,才会生成它的叙事价值。在报告文学的写作中,能否将原型作有效的有表现力的非虚构转化,是报告文学之谓报告文学的核心课题。从根本上讲,这种转化是客体与特定主体相遇相得的一种结果。也许,李春雷未曾从学理上探索名副其实的报告文学作品的发生机理,但他从自身和其他作家的创作实践中得到了感悟认知。对于报告文学,李春雷有了明确的认知:"报告文学要报告,但更要文学。"基于这样的认识,他在自己的写作中制定了两条准则,"一条是恪守真实性准则,不能有丝毫虚构、夸张";"另一条准则是强化文学性,语言去'新闻体',讲究文学艺术,讲究语言美、意境美"。② 社会上和文学界时常有一种歧见,认为一流作家小说,二流作家诗歌散文,三流作家纪实报告。对此,李春雷并没有急于情绪激昂地论辩,而能反求诸己,作理性的内省思考,以为这在"一定程度上言明了报告文学创作的问题"。正因为有了这样的清醒和气度,所以他对报告文学体性的认识会更完整,对其中的文学性要素的思考更见深入。

李春雷对报告文学文体思考和认知,体现出具有某种逻辑层级的系统性。"真正的报告文学,在坚持真实性的同时,首先是文学。文学是纯美的,是人性的,是温暖的,是向善的,是具有人类感应的。"③这是总的界定,而且针对文学性的不足,突出强调"首先是文学"。"我始终认为,文学作品,最主要的是表现

---

① [美]马尔库塞著,李小兵译:《审美之维》,桂林:广西师范大学出版社,2001年,第191—192页。
② 刘斌:《李春雷:花开时节听春雷——从短篇报告文学创作谈起》(访谈),《时代报告·中国报告文学》2015年5月号。
③ 李春雷:《关于当前报告文学创作的思考》,《报告文学艺术论》,北京:作家出版社,2012年,第90页。

力。或者说,文学之所以是文学,最主要的是艺术表现。"①这里给出的是报告文学文学性实现的具体路径,即要提升艺术表现力。而艺术表现力不足正是制约报告文学文体文学影响力的症结所在。李春雷还以形象的喻说说明艺术之于报告文学写作的重要性:报告文学"更要有其独特的艺术性,就像鸟之羽翼,车之双轮,歌之旋律。没有这些,就不是文学,就不是艺术品"②。检索李春雷有关报告文学的言说,我们可以看到他既有具体的艺术方法论,也有总体上的统一的文体观。而后者更为重要,正是李春雷报告文学创作中艺术化呈现具有稳定性景致的制导因素,这也是他在写作的"艺术文告"这一点上赢得公认的重要原因。

二、艺术统摄思维与文学性生成

报告文学的文学性诉之于接受者更重要的是作品呈现出的整体性的艺术感觉,由于这种整体性体现着作者艺术的统摄思维,并且影响着具体的艺术表达,所以,对于作品文学性的生成具有决定性意义。作者艺术统摄思维的水准,成为检验报告文学作品文学性品质的一个刻度表。这里所谓的艺术统摄思维,是指作者主体能从对象客体的充分内化中,创造出可以支撑起作品整体性构架的艺术支点、特殊意象和深度题旨等。这些构架性的创意既来自物(书写对象),又得之于心,是对象之物与作者之"我"融合生成后的具有足够表现力的艺术结构,是一种有意味的形式。这些形式的寻获和建构是促成客观的书写对象转化为叙事的文本的关键。"艺术之所以具有感染人的功能,就是因为生活要素已经和另一个要素——作家的自我结合了起来,形成一个不可分割的结构……任何形象都产生于再现生活和表现自我的统一。只要生活和自我发生了互相统一的关系,就形成一个二维结构。"③这种"二维结构"的生成对于文学作品的发生具有基础性意义。在报告文学写作中,不少写作者片面以

① 李春雷:《关于当前报告文学创作的思考》,《报告文学艺术论》,北京:作家出版社,2012年,第90页。
② 李春雷:《关于当前报告文学创作的思考》,《报告文学艺术论》,北京:作家出版社,2012年,第90页。
③ 孙绍振:《美的结构》,北京:人民文学出版社,1988年,第12页。

为报告文学是非虚构文体,就放弃主体对于客体的参与和介入,只将对象原型材料依样搬入作品,这样的写作自然无文学性而言。周政保在论及报告文学的文学性时有言,"我们说一部报告文学具有'文学性',是因为我们在阅读的过程中感受到了作品的思情魅力:被它的描写所启示所激动,由局部而整体,由此岸而彼岸,甚至可以倾听到作品所要传递的言外之意、弦外之音,并在其中感悟到某些更深刻而博大的命题,如人生、命运、人的处境、人类前途等"①。周政保所说的"思情魅力",就是客体"生活要素"在主体有机参与后实现非虚构艺术转化后所生成的审美感染力。这种审美感染力来自作品整体性的艺术设计,体现了作者统摄性的艺术思维的有效运用。

我们读李春雷的作品,无论短篇还是长篇,其中一些重要的代表作都有统摄性艺术思维的卓越表现。在我看来,《木棉花开》是李春雷报告文学的代表作。就思想的深刻和艺术的精湛兼胜而言,也是 21 世纪初中国报告文学创作中的重要作品。《木棉花开》是一篇人物报告文学,主人公是中共广东省委原第一书记任仲夷。这是一位在特殊时段对广东改革开放做出独特贡献的特别人物。作者原拟写成长篇人物传记,但后来写成的是一篇不足两万字的短篇作品。就是这样一个短篇,其实也有长篇的历史容量和厚重,可以说是一部反映广东乃至中国改革开放初期艰难岁月的风云史稿。作品一改过往领导人物高大全的写作模式,力求本真地还原人物的本性和形象。"到广东上任的时候,他已经 66 岁了。面皱如核桃,发白如霜草,牙齿全部脱落了,满嘴尽是赝品。心脏早搏,时时伴有杂音,胆囊也隐隐作痛。但他显然还没有服老,一米七一的个头,80 公斤的体重,敦敦实实,走起路来,风风火火,踩得地球'咚咚'直响。""枯黄的秋风吹乱了他的满头白发和满心愁雾。"②作品开篇就将这种特征化、性格化的人物形象陡然推置于读者的面前,并且隐喻了人物遭际的境遇,读者的阅读期待随之被点燃了起来。更为重要的是作者对于"木棉花开"意象的发现和基于此而形成的木棉意象思维,有效地激活了全篇整体的艺术设计。"我是内地河北人,到广州采访,那满目的翠绿花红,眼花缭乱,在住所大院里散步,发现有许多叶红似锦,花蕾炽烈如火的树花,

① 周政保:《非虚构叙述形态——九十年代报告文学批评》,北京:解放军文艺出版社,1999 年,第39 页。
② 李春雷:《木棉花开》,广州:广东人民出版社,2008 年。

这是什么？一问，别人告诉我，这是广州市花：木棉花。马上有了灵感，火红的木棉不正是任老品格的最好象征吗？就这样《木棉花开》油然而生，一锤定音。"①

可以说"木棉花开"是天来之笔，点亮了作者的艺术思维之眼，立定了作品表达的艺术维度。"省委大院里植满了榕树，这南国的公民，站在温润的海风中，悬挂着毛毛茸茸、长长短短的胡须，苍老却又年轻，很像此时的他。""但他似乎更喜欢木棉树，高大挺拔，苍劲有力。二月料峭，忽地一夜春风，千树万树骤然迸发。那硕大丰腴的花瓣红彤彤的，恰似一团团灼灼燃烧的火焰，又如英姿勃发的丈夫。"木棉树是英雄树，任仲夷无疑是改革开放的豪迈英雄。物性与人性融通，木棉树的形象使任仲夷的塑造见形而更传神。作品对于"鱼骨天线"、私营经济、粤港合作、"二进宫"等的叙事，都与作者对人物木棉树性格的认知与把握紧密关联。人物与木棉叠印的特写意象贯串作品首尾。"他的身体在一天天地衰老下去，像一株粗皱枯朽的木棉树，但他思维的枝叶依然滴青流翠，激情的火焰仍旧时时喷薄迸溅。""岭南的疆土上肃立着数不清的木棉树，像一把把硕大的火炬，在默默地燃烧着。"②这样的描写让人物更加鲜活，其"思情魅力"会感人至深，流溢恒久。

《宝山》一篇在全局性的构思方面也有及物而艺术的作为。我们看它的章目命名就可知晓作者艺术思维支点的定位和关联物象的借取。《东海有孕》《第二次起锚》《海风爽爽》《海为媒》《驶入公海》《向海则兴》，"海"在这里成为结构作品的关键词。它贴合书写的对象，写实了宝钢江边靠海的地理，更具有极大的表意性。"宝钢，是中国工业化进程特殊时期的一次巨大的冒险"，"是历史转折关头新旧思维一场你死我活的争锋"③。大海的波高浪急，恰好隐喻着作品扉页上写下的作者对宝钢的深刻认知，而面朝大海，春暖花开，正好象征了中国改革开放所具有的重大意义。可以说，《宝山》以"海"经纬作品，是深得题材内在机理的。对这一题材以长篇的形式写作，似乎没有比这样的借象思维更具统摄性、更有表现力的了。

① 刘斌：《李春雷：花开时节听春雷——从短篇报告文学创作谈起》（访谈），《时代报告·中国报告文学》2015 年 5 月号。
② 李春雷：《木棉花开》，广州：广东人民出版社，2008 年。
③ 李春雷：《宝山》，石家庄：花山文艺出版社，2002 年。

三、叙事结构的艺术配置

如果说，统摄性艺术思维的生成能从总体上奠定作品的艺术感，那么叙事结构的具体配置，是达成作品艺术性的重要环节，也是实现叙事表现力的基础性工作。叙事结构包括许多内容，其中有叙事线索的设置、开篇收尾的安排、叙事的过渡与照应、叙事节奏的控制等。这些因素关联着作品叙事的有效性和审美性，可以反映出作者对题材质料的认知水平和艺术表达的审美能力。常见的报告文学叙事中的问题，主要有长篇作品叙事枝蔓芜杂，无节制地干枯地堆砌材料，平铺直叙地展览材料；短篇作品叙写单一单薄，容量不足。这些问题严重地制约了报告文学对于客体反映的艺术表现力，也影响着它的传播力。据实而艺术地配置好叙事结构，无疑是解决这一类问题的有效方法。

别林斯基曾说："没有内容的形式或没有形式的内容，都是不能存在的。"[①]有效的叙事结构实际上就是内容和形式的有机体，即将叙事内容组织进特设的叙事形式之中，而这种形式能够适配相应的叙事内容，并且由此能丰富叙事的表现力。正是在这里，李春雷的写作显示出高度的叙事自觉和优异的叙事能力，特别是对于叙事线索的设计，在他许多作品中都可见出其经心和精心之处。李春雷的短篇之所以为读者和评论者更为看好，这与他在这一点上的用力有关。李春雷在短篇写作中，注意避免单一线索叙事，较多地采用多线索的有机复合叙事。《我的中国梦》所写主人公是"感动中国"年度人物罗阳。要在有限篇幅中，既实录人物生命最后的步履和事迹，又回溯他的人生历程和精神背景，就需要在线索的组织和叙事方式上作必要的设计。"如果采用传统顺叙的方式，会显'头轻脚重'，如果采用倒叙方式，又会'头重脚轻'，如果采用'插叙'，又会切割分离，凌乱不堪。所以，我采用了'平叙'，两条主线平行叙述，交叉推进。同时，把新闻常用的'倒金字塔'叙事方式应用其中，把人物最突出的、最能显现精神、品格的片断串联起来，一个镜头一个镜头'蒙太奇'地

---

① ［俄］别林斯基著，梁真译：《别林斯基论文学》，上海：新文艺出版社，1958 年，第 76 页。

呈现。"①《我的中国梦》的"平叙"即为人物的当前叙事和过往叙事的并联，作者对两条线索关联的材料又能作"蒙太奇"式的镜头化处理。这样，作品叙事的容量就得到了有效扩大，既较为全面地展示了人物的"全人"，又突出了其中最见精神品格的重点；双线"蒙太奇"叙事的有机相生，使文本表达凝练而丰富，跃动有韵律，显示出作者结构作品的艺术能力。《索南的高原》也是一篇多线索结构的作品。这篇发表在《光明日报》不足 6 000 字的报告文学，叙写的是玉树地震中发生的感人故事。中间设置有三条叙事线：第一条是产妇才仁求吉遇险，被部队野战医院救护，生下婴儿索南的过程；第二条是野战医院政委朱自清父亲去世的家事；第三条是才仁求吉家庭生活的故事。作品中还嵌入了藏族文化的叙说。这三条线索立体交叉，张弛相间。既写出了主线叙事中产妇的危急、医护抢救的紧急、医院政委舍家父急救险的大义，又展示了藏族人家的生活场景和历史文化。一题复意，短篇多汁。而"索南的高原"，不只是表示玉树的地理之高，更象征着一片人间大爱的高原。短篇之外，有一些长篇的叙事组织也颇见匠心之用。近期出版的《北汽时代》，是李春雷"两钢"（邯钢、宝钢）题材的有机延展，叙写的是新时期、新时代北汽（北京汽车）版的跌宕起伏、豪迈开新的中国创业故事。主线从"火急火燎的汽车"到"中国蓝谷"共 12章，主要反映改革开放以来北汽曲折多艰的奋进史，勾画出汽车工业由机械化、信息化到智能化的发展轨迹。主线之外，在每一章后面都设置一个"附录"，以"北汽老照片"图文兼取的形式，回溯老北汽创业史中的光与影。这样的叙事建构，丰富了叙事的媒体形式，使作品具有现实品格，也有历史五味，显得更为厚重耐读。

　　叙事线索的有效设置和组织，是报告文学实现文学化报告的关键中介，而要落实作品的文学化，还需要作者以工匠的精神、绣花的功夫，对叙事线上的基本构建，作出既符合非虚构原则又体现文学审美要求的主体性创造。《朋友——习近平与贾大山交往纪事》（后简称《朋友》），因为所写人物的重要而特殊，所以在作品的真实性方面，作者慎之又慎，而对作品的艺术表达则尽可能做到精益求精。以"朋友"为题，纪实当代版相遇相知的感人故事，提取人物人性人情之美的主题。叙事的线索由两人的交往展开，线索较为单一，但作品的

---

① 刘斌：《李春雷：花开时节听春雷——从短篇报告文学创作谈起》（访谈），《时代报告·中国报告文学》2015 年 5 月号。

叙事并不单薄,而是腾挪有致,精微得韵。叙事的基调欲扬先抑,氛围由冷而热。"两人的初次见面并不顺利":贾大山正热文学,习近平新来初到。"来了个嘴上没毛的管我们","习近平并没有介意,仍然笑容满面"。熟识相知,夜话星语,成为志同道合的朋友。相别心系,病重情深,"大山在人世间的最后一张留影","陪同他的,是他的朋友,他的好朋友"。这样的叙事严守了非虚构的写作逻辑,也体现了"文似看山不喜平"的接受美学原则。此外,作品在细部处理上榫接周实,涵泳有意。唐三彩等物件记写就是一例。全篇三次写到唐三彩:"窗台上摆着两尊仿制唐三彩,一峰骆驼和一匹骏马,那是北京朋友赠送给自己的纪念品。"这是伏笔。"大山妻子告诉我,那天晚上,大山回来时,怀里抱着两尊唐三彩,一峰骆驼和一匹骏马。"置物的空间由习近平办公室兼宿舍,流转到贾大山的家里,表示这是习近平临别赠送,是照应之笔。"唯有那两尊唐三彩,骆驼和骏马,依然新鲜如初,精神而挺拔地矗立着,矗立在时光的流影里,相互顾盼,心照不宣,像一对永恒的朋友。"①收尾再现是升华性呼应,也是"朋友"题旨的点化之笔。这样的伏笔照应既有严密结构的功能,同时,三处静物特写犹如镜头叠映,生成了强烈的情感表现力。

四、人物:"飞扬的灵魂"

"一个与现实零距离的题材,如何让文学性不被坚硬的现实埋没,让艺术在接近纷纭社会时不至于窒息,就必须要有飞扬的灵魂。"②这对于报告文学而言是深中肯綮的。"飞扬的灵魂"从何而来,无疑应当从作品所凸显出的人物精神而来。"作为'文学的'报告文学,其文本的基本建构是叙事。作为叙事的报告文学,它也要像小说一样'以人为本',注重再现人物的存在,表现人物的独特。只不过小说可以通过虚构塑造人物形象,而报告文学只能基于真实的人物作非虚构的再现。"③这里指出的可以说是属于叙事文学写作的基本逻辑。但是这样的逻辑,在 20 世纪 80 年代后期"问题报告文学"轰动一时之际,曾被

① 李春雷:《朋友——习近平与贾大山交往纪事》,北京:中国言实出版社,2014 年。
② 熊育群、钟红明:《长篇非虚构作品以文学的力量记录历史,留下现场——对话〈钟南山:苍生在上〉》,《文汇报》2020 年 5 月 13 日。
③ 丁晓原:《非虚构文学:时代与文学的"互文"》,《东吴学术》2018 年第 5 期。

人否定并丢弃。写作了《中国体育界》等报告文学的尹卫星甚至认为："报告文学在彻底摆脱其他文学样式的时候，不要有一种羞羞答答的缠绵，这种缠绵不能要。这并不意味着报告文学本身不需要艺术性，比如小说家一直认为文学是人学，要写人，我认为对我们报告文学家来说束缚最大的就是这东西。"①置于当时"问题报告文学"的语境中而论，这样的观点不无可取之处。但那是报告文学的一个"非常态"，我们不能将"非常态"的某种特殊性，转化为"常态"中的普适性原则。这样的观点对于报告文学写作的误导是显见的。这使得文学性本来就不足的报告文学，作者写作中审美性生成的主体自觉更为缺失。

"问题报告文学"的价值，主要体现在"问题"。事实上，那些走过时间的优秀报告文学，许多都是因为表现了形神兼备的人物而走进了读者内心。李春雷的写作也是这样。无论是人物报告文学，还是事件或工程写作，其中的优异者，或是人物直接光彩照人地站立于"前台"，或是"背后"站着有型有范的人物。李春雷认为报告文学"不仅仅是关注生活本身，更主要的是要站在人类的高度，冷静地审视生活的背后，侧重于描摹和捕捉生活、生存、生命的坎坷或打斗过程折射在人类心灵深处的那一片片深深浅浅的投影，那一处处隐隐显显的伤痕，那一双双明明暗暗的泪眼"。这里李春雷不仅强调了报告文学要关注人物的存在，而且更指出了作者如何观照、书写人物。在他看来，"这才是报告文学永远的魅力，这才是报告文学永远的方向"②。

在李春雷的报告文学创作中，《木棉花开》《朋友》《摇着轮椅上北大》《寻找"红衣姐"》《县委书记》这一类人物报告文学占了很大的比重，而在《钢铁是这样炼成的》《北汽时代》等事物叙事作品中，作者也十分注重人物及其精神的塑造。作者对于人物的表现，注意通过具体的叙事组织，凸显人物的身份特征（类的特点）、所处的时代特性和人物自身的人性特质（个人性），既写实对象的外在形象和行状故事，更进掘其内在世界，以彰显浩瀚心神和"飞扬的灵魂"。写出人物的特性，是李春雷报告文学对人的再现一个基点。他的"两钢"作品，从"文学的"报告这一点而言，我以为写邯钢的这一部要明显胜于《宝山》。这部作品写到的人物很多，有的尽管着墨不多，但给读者留下了难忘的形象。金

---

① 麦天枢、尹卫星等：《1988·关于报告文学的对话》，《花城》1988 年第 6 期。
② 李春雷：《关于当前报告文学创作的思考》，《报告文学艺术论》，北京：作家出版社，2012 年，第 89 页。

福清是一个"弱女子",更是"铁姑娘"炉长。"一个未婚的瘦弱少女,带着50多个剽悍男人,开始了漫长又艰险的炼铁生涯。浓浓的水雾中,铁块温度还在100℃以上,根本无法用手搬运,只能两人用铁钳夹住两头往车上甩。甩铁是炉前工人最累的工作,而金福清从不示弱。但她毕竟是女人,多少次,她中暑昏倒在地。"高炉,钢水,甩铁,"瘦弱少女",在这样的画面中,人物弱中见刚的形象呼之欲出。"数数王明安的伤疤,大大小小不下20多处"[1],人物的"伤疤档案"静默中记录了怎样的危情场景?这样的特征化人物叙写,将邯钢人钢一样坚韧的创业者形象矗立了起来。

报告文学中人物表现的理想化则是性格化。非虚构写作中的性格化人物塑造,其前提是作者要能够深熟人物完整的"历史",把握人物丰富的精神世界,精研人物的性格逻辑,在此基础上,以适配的方式多维立体地垒筑人物作为特定的"这一个"的形与神。《木棉花开》中的任仲夷,是一个体衰的老人,也是一个资深的革命者,更是具有担当精神的改革开放勇士。既有作为省委第一书记的"高大",也有"岭南阿公"的性情趣味。《摇着轮椅上北大》的主人公郭晖是"一位高位截瘫的轮椅女孩","小学没有毕业","完全依靠自学,竟成为北京大学百年历史上第一位残疾人女博士"。作者没有将这样特异的故事只写成是一本灌满"心灵鸡汤"的励志读物,而以充分的性格化叙事,写实了一个精神的"大我"之人。"我要活下去""我要坐起来""我要走出去""我要上大学""我要考硕士""我要上北大"[2],正是这非凡的"我"在,创造了一片有"我"天空。作品通过对"我"叙事的强化,使人物在身体与精神的反差中,生成了富有内在张力和感染力的表达能量。

从主题取向而言,李春雷的报告文学多为"主旋律"作品。不少作者写作这类作品,人物表现往往"高大上",少了许多人物本有的生活质感。这样的作品真实感缺失,可信度不足,读者阅读的兴趣自然不高。李春雷的长篇《幸福是什么》,以质朴而精致的写实手法,构建了一座别致而美的郭明义雕像。郭明义是全国道德模范,新世纪雷锋精神传人。作者基于人物的这种身份设定,详细叙述郭明义学习雷锋、助人为乐的感人故事。但又没有将人物做单面化、模式化的定型书写。除了是雷锋精神的传人,作品中的郭明义还是一个与时

---

① 李春雷:《钢铁是怎样炼成的》,北京:中国文联出版社,2001年。
② 李春雷:《摇着轮椅上北大》,北京:光明日报出版社,2011年。

俱进的"潮人"，爱歌唱，能诗能文，还开了微博。同时，也是一个性格分明的多面体。郭明义"人缘好，脾气暴"，为工作曾和同事打架，"两人都拼命了"。过后重归于好，"偶尔还是会有争吵。但即使再着急上火，两人也不打架了，只是互相瞪瞪眼，咬咬牙，在耳朵边大喊大叫几声，再忍不住，就像两头发怒的公牛一样头碰头，拼命地顶撞安全帽，撞得'啪啪'直响"①。这样的本真写作，再现的是一个真实、可敬、可近、丰满的郭明义。

五、富有表现力的文学语言

"言而无文，行之不远。"文学是语言的艺术。语言不仅是记述客体对象的信息载体，也是呈现主体精神表情的符号。报告文学文体源于新闻文体的演化，其语言规制自然要有新闻语言的客观简明，表达中对主体自我的节制等；而作为一种文学样式，它又必须具有文学的形象、生动、趣味等，既体现文学语言的基本要求，也须有作者自带的语言个性。

作为散文作家和报告文学作家的李春雷，对语言有一种天然的敬畏，也有着特殊的敏感。这基于他对语言之于文学意义本能式的认知："我认为文学艺术首先要讲语言美"，"是勇士，首先要有闪亮的刀枪，才能上战场；是农夫，就要有好农具，才能种出好庄稼；是工人，就要有好工具，才能盖好楼，炼好钢；是歌者，就要练好歌喉；是作家，首先要有文字功底，才能笔下生辉，写好文章"②。在报告文学写作中，李春雷能把握特殊文体对语言的特殊要求，又追求语言表达的个人风格。恪守真实性是李春雷选词用语的底线。《朋友》起句："1982 年3 月，习近平到正定县任职后，登门拜访的第一个人就是贾大山。"原稿中没有"登门"。"想来并不精确。设想，一位县委副书记上任后，首先拜访的应该是主要领导、同事或老干部，怎么能是一位基层文化工作者呢。""我在'拜访'之前加上'登门'二字，这样一来，就合情合理了。"③但李春雷又不滞留在真实性的底线上，他十分重视并追求报告文学作为"艺术文告"应有的语言感觉和语

---

① 李春雷：《幸福是什么》，沈阳：春风文艺出版社，2011 年。
② 刘斌：《李春雷：花开时节听春雷——从短篇报告文学创作谈起》（访谈），《时代报告·中国报告文学》2015 年 5 月号。
③ 李春雷：《〈朋友〉创作前后》，《中国纪检监察报》2014 年 10 月 17 日。

言气场,这种感觉中有着丝绸般的滑润,而其气场则随物赋形,浩荡俊逸,入眼入心,雅正有致。这样的语言追求,使他的作品在报告文学界凸显出一抹灿亮的"春"意。

及物达人是李春雷报告文学语言表达的重要特色。及物达人,意谓作品的表述要准确到位地反映书写的对象。在报告文学这里,"及"和"达",不仅要求所报告的事物、人物必须客观真切,而且也能深得对象内在的神韵。因此,需要作者具有相应的语言直觉和运用能力。《夜宿棚花村》是一篇深获好评的作品,曾获得中国报告文学学会举办的全国优秀短篇报告文学奖一等奖。作品取材于汶川大地震,但作者并没有聚焦大灾凄厉的惨景,诉说人与自然的悲剧,也未参与抗震救灾的集体性歌唱,而是另辟蹊径,通过细致观察、现场感受,提取灾民大灾中坚毅自强,对重建家园充满信心和希望的生活小镜头,反映出同类写作中缺失但更具意义的主题。服务于取材和主题的需要,全篇语言多白描简笔,抓取所见,以本色存真。写村妇"她身材瘦削而结实,头上戴着一顶时髦的浅黄色旅游帽"。旅游帽的"浅黄色"为亮色,侧写人物的性格取向。问地震中家中情况,"她叹息一声:'全洗白啰。''今年的庄稼好吧?'我赶紧转移话题"。"果然,她的脸上立时多云转晴,笑一笑说:'今年春上雨水足,小麦、油菜都盈实,土豆也长得拳头大。'"记写人物语言,由"叹息一声"到"笑一笑说",前后转换中显示出人物在特殊情景中真实的心理反应。"我发现,饭锅和锅盖竟然都是畸型的。""她惋惜地说:'都被砸扁了,捏一捏,又圆了,还能用的。'"做晚饭时,"她又变戏法似的拿出一条猪肉","支使男人出门去借一撮味精,几粒花椒"。这里全没有宏词高论,只是一些简单的话语和细节,却也有力地强化了"虽然忧郁,却也坚定","他们牵着手,正在一步步地走出灾难,走向阳光"①的作品主旨。在寻常中发现独特,以有形、有意、有味的语言呈现独特。这样的作品就会生成非虚构写作的审美魅力。

报告文学是纪实性叙事文体,因此写实性是其语言的重要规定性。受制于对象写实表达的需要,作品常常会导入一些数据、名物等,有时也要记写一些专业性比较强的事项,这样必然会影响作品文学的语感。有经验的报告文学作家则往往采用虚实相生的方式,对这种叙事语言作必要的调和。所谓虚

---

① 李春雷:《夜宿棚花村》,《中国作家·纪实版》2008 年第 7 期。

实相生,就是在写实性叙事中,有机地嵌入主体性鲜明的想象性、抒情性语言,相对于写实语言的"刚性",更多地显示"柔和"。虚实相生的语言设置,具有多方面艺术功能,它既可调节单一性写实叙事,也具有结构的转换作用,更重要的还能丰富作品的表达方式,帮助读者更好地理解文本叙事的内涵。无疑,李春雷领悟到了纪实写作多属性语言转换的意义,犹如一个娴熟的语言指挥,将多声部的语言加以调适,从而形成属于自己的语言调性。《灰毛驴,黑毛驴》是一篇短篇作品,叙写内蒙古一地村民在企业和政府帮扶下养驴脱贫的故事。全篇多为写实语言,但也有一些"驴语",虚写中颇见意趣。"毛驴刚进门时,眨着陌生的大眼,看着这个一贫如洗的家,似乎有些失望。于是,便像一个个嘎小子,常常发脾气,吹胡子瞪眼,甩头吊屁股。""平时,他与驴们特别亲热。驴呢,也是他全家的亲密成员,看到他,咴咴叫,高兴时,欢天喜地,摇头摆尾。还会笑,呲牙咧嘴,做鬼脸,打滚儿撒欢。"①作者根据特定场景中的叙事逻辑,通过拟想,描写驴的情绪和心情,十分巧妙地以侧写的方式,在鲜明的对照中生动地反映出村民脱贫前后的变化。

唐代史学家刘知几曾说到古代叙事美学的基本原则:"夫国史之美者,以叙事为工,而叙事之工者,以简要为主";"文约而事丰,此述作之尤美者也"②。报告文学,虽然为近代发生的文体,但作为纪实文学的类属,中国古代的史传文学是它的重要源头。李春雷喜读《左传》《史记》等经典作品,反复浸润其间,积累养成凝练典雅、文约意丰的语感。他对报告文学写作中流行的大词、干语、套话保持着警惕,而以富有表现力的贴切语言、个性语言,真实又艺术地叙写多姿多质的生活存在。《寻找"红衣姐"》一篇比较典型地体现了李春雷作品简言丰意的特点。题目中"红衣姐"的人物命名视觉感强,而且别有蕴意。"寻找"设置悬念,牵引读者的阅读兴趣。开篇扣题而来,直奔所写人物:"吃完早饭,她去缴纳社保金。出门时,竟然鬼使神差地穿上了那件崭新的红上衣。她已经好多年没有这般心情了。""缴纳社保金",点出了人物的身份。"红上衣"及其好心情,为下文的叙写作了铺垫。极其简洁的文字,记写了多件事情,表达了多层意义。承接开篇是一节转接性叙写:"镇上的社保所,就在她居住的小巷口。小巷里挤满了一棵棵粗大的芒果树,翁翁郁郁,浩浩渺渺,像童年斑

---

① 李春雷:《灰毛驴,黑毛驴》,《光明日报》2019年2月1日。
② 刘知几:《史通·叙事》,浦起龙《史通通释》,上海:上海古籍出版社,1978年版。

斓的记忆,像青春蓬勃的梦想。"这是"虚"语,由当下叙事切换到人物过往生活的描写,写出了人物生活的不易,强化了这是一个缺钱的人物。作品核心部分写人物的拾金不昧,用语极其简要。"她惊呆了,看着地上散落的钞票,足有上万元。""惊呆"的神情,呼应了人物的身份和生活背景,从未见过这么多钱。但不为钱而动心:"她大喊:'佬细、佬细(老板),丢钱了,丢钱了!'""大喊",显示出为人所急的情状。"她的双脚,紧紧地踩住钞票","她瞪大眼,呆呆地站着,不敢弯腰"。这里没有丽词华语,没有赘言废话,"紧紧地踩住""呆呆地站着"①,这些具有行为特征的短句,写实了人物的形象,凸显了"红衣姐"的内在精神。这是对"文约事丰"精义又一次很切实的例说。

---

① 李春雷:《寻找"红衣姐"》,《人民日报》2015 年 4 月 15 日。

媒体的融通：张胜友论

第十六章
媒体的融通：张胜友论

　　1948 年出生于福建永定的张胜友，2018 年 11 月 6 日在北京去世。这位历任《光明日报》记者、光明日报出版社总编辑，作家出版社社长兼总编辑，中国作家协会党组成员、书记处书记，中国作家出版集团党委书记兼管委会主任，中央文史研究馆馆员等的张胜友先生，有人说其奇人异相，用词文雅中有着含蓄，其实他只是长得比普通人更加普通的常人而已。但是其貌不扬、身材小号的张胜友，他那有着广博的知识、深邃的思想、激扬的才情和风趣的性格的精神形象，却给人留下了难以遗忘的记忆。这是一个独具张力的生动的人。

　　我有幸有两次与他零距离接触感受的机会。一次是 2011 年 7 月底到 8 月初，中国作家协会创研部、中国作家出版集团等在北戴河创作之家组织召开"全国报告文学创作理论问题研讨会"。会上，张胜友作了《"坚守"是一种追求》的发言，结合自己的创作实践，强调报告文学作家必须坚守作品的真实性、题材的独特性和思想性、艺术性。会后，一行人就近到山海关等地作文化考察，其间，张胜友讲说文坛与社会的见闻，他的博闻强记以及福建普通话味颇重的幽默生趣，牵引着大家的视听。还有一次是 2018 年 7—8 月第七届鲁迅文学奖的评奖，大病初愈的张胜友主持报告文学奖的评定。已经担任过两届评委的我，本来没有列入初定的评委名单中。他读过我一些评论文章，以为我是一个专业的学者，较为认可。为此，张胜友专门联系中国作协负责评奖工作的领导，坚持要求让我继续参与评奖。他的知遇之情，一直感我心怀。

一、主体素养与融通置备

作为作家,张胜友有着多方面的才华显现。但无疑,最重要的是体现在报告文学的创作方面。不仅是在传统的以纸媒为载体的报告文学写作中,张胜友以其大量的产生过重要影响的作品,确立了他在从新时期到 21 世纪初十多年这一时段中国报告文学史上的地位,而且他更以对影视报告文学这种媒体间融通方式得心应手的运用和蔚为大观的创作成就,拓展并创造了报告文学存在的新美学样貌。

成就一个优秀的报告文学作家,需要具备许多的可能。报告文学是一种独特的时代文体。张胜友所生活的时代,中国社会发生着伟大的历史转折,拨乱反正,解放思想,改革开放,脱贫攻坚,全面小康,开启实现民族复兴的新征程。纷繁快进的时代生活,为报告文学的创作提供了无限丰富的资源。

这是一个报告文学的时代。时代和时代文体赋予了张胜友使命与责任。但这只是一种公共性的语境,它为个体创造了实现人生价值的可能性,张胜友内在所具有的素养和能力,与特定时代的"遇见"和应合,才使这样的可能性成为现实。通常而言,从报告文学文体的发生看,它是一种新闻文学样式,题材与内容具有非虚构的新闻性、真实性和实效性,而叙事和语言表达等又要体现出一定的文学性。这样,就需要写作者具有相应的新闻和文学等方面的素养和能力,而张胜友恰好与之适配并有卓然的表现。"胜友"之名是由其父取自唐代王勃的《滕王阁序》中的"十旬休暇,胜友如云"。张胜友父亲毕业于中山大学华南分院的中文专业,后任中学语文教师。除了家庭的文学影响,张胜友的文学天赋也是突出的。他能够写作多种文体,而于散文的写作尤能自出机杼。1977 年 12 月 26 日,张胜友同一天分别在《人民日报》《福建日报》发表了散文《闽西石榴红》和《登云骧阁》。其时他还是刚参加恢复高考后首次考试的待榜考生。作为散文家,张胜友有《武夷山水情》《闽西:客家神话》《土楼宣言》《走进徐迟故里:南浔》《父亲》《人生的卡片》等作品,出版过散文集《记忆》。从某种角度而言,报告文学中的"文学"更关联着散文的"文学",尤其是作者的语言和结构作品的能力。曾有一个时期,报告文学或类属于新闻作品,或收纳在散文特写之中。新闻记者是张胜友 1982 年春从复旦大学中文系毕业，分配到光明日报出版社后的第一个工作。新入职的张胜友就以《文艺体制改革的先行者——记沈阳张桂兰家庭剧团》《一包就灵——改革带来了希望》等长篇通讯的成功写作，初现出为人瞩目的新闻写作才华。其实，富有文学情采的长篇通讯也可视为报告文学的一种。张胜友在中央媒体的记者工作，既激活了一种职业的新闻敏感，同时又使他获得了更为阔大的视野和思想的时空。这些都直接促成了他走向报告文学的创作之途。

　　还有一点是十分重要的，就是张胜友对报告文学的情有独钟。这与新时期文学特有的时代氛围有关。中国的报告文学发生于近代，在 20 世纪 30 年代有正式的文体称名，并且已有夏衍《包身工》等名篇刊出，但在相当长的时期，报告文学并不独立成体。真正地成为独立的文体，以卓异的面貌和气质立于时代文学的潮头，则是在文学的新时期。时代需要报告文学，报告文学也需要时代。时代生活的激荡与丰沛，思想解缚后作家主体性的激活等，将报告文学推衍为波澜壮阔的"中国潮"。徐迟的《哥德巴赫猜想》以及张锲、程树臻、李延国、黄宗英、陈祖芬、柯岩等作家的报告文学，以文字见证实录中国当代历史的演进，并以报告文学特有的方式参与到思想解放和改革开放的政治议题。"张胜友与报告文学最初的结缘，可追溯到 1978 年春赴上海复旦大学报到的奔驰的列车上。在拥挤的车厢里，张胜友手捧一份 1978 年 2 月 17 日的《人民日报》，一口气阅读完徐迟的长篇报告文学《哥德巴赫猜想》，心潮澎湃，激动不已。入学后，张胜友又利用课余时间大量阅读徐迟、柯岩、理由、黄宗英、陈祖芬等一批当红的报告文学作家的作品。"①这一细节的叙述，既真实地反映了其时报告文学的巨大影响力，又清晰地表明了张胜友的文学价值取向。顺着这样的逻辑理路发展，张胜友就有了属于自己的很特殊的毕业论文选题。那时有的大学有"大"的精神，因材施教，有容乃大，允许学生可以根据自己的优长，以文学作品代替毕业论文。张胜友的毕业作品是报告文学《世界冠军的母亲》。当时的报告文学写明星冠军题材的比较多，张胜友在采访中发现乒乓国手李振恃的母亲很有故事，就另辟蹊径，以世界冠军的母亲作为作品的主人公。《世界冠军的母亲》发表在《青春》1981 年 9 月号，并且获得了《青春》报告文学征文一等奖。这是大学生张胜友的报告文学。这一作品写作过程中题材

---

① 　钟建红：《张胜友评传》，福州：海峡文艺出版社，2016 年，第 45 页。

视角调整的细节,显示了张胜友题材创新和智慧写作的意识和潜质。从张胜友报告文学创作的全程看,他的作品具有题材求异多样化、形式开新跨媒体等特点,尤其在影视报告文学创作上的独树一帜,都与作者这种先在的创新思维有关。正是兴趣使然和初步成绩的牵引,使得张胜友得以逐渐在报告文学领域登堂入室,成为中国当代报告文学名家。

以上诸种因素对于报告文学作家张胜友的造就,大致都是外显的,有迹可循。在我看来,作者苦难生活的体验和独立思想品格的建构等,是内在的不可忽视的重要因素。张胜友入读大学时已届而立之年,此前的他差不多是一个"农民":"我汇入'面朝黄土背朝天'的农民兄弟队列中,日出而作,日落而息,春播秋收,经年劳碌,尚不得温饱不得安宁。于是,我去筑公路、架大桥、修水库、挖矿槽、炸山石、打零工;我还去拜师学裁缝,挑着缝纫机走村串户挣钱糊口。割'资本主义尾巴'风声一紧,还曾被捉拿归案,扔进当地私设的大牢里喂蚊子。"①报告文学是一种非虚构的具有更多社会性价值的写作方式,它需要作者具有丰富的社会经验和切实的生活感知能力。有着这些困苦艰难经历的张胜友,更能理解底层生活的不易,体悟现实前行的意义,从而更能深刻地把握书写对象的本质及其意义。而入读复旦大学、在光明日报社从事记者工作这一时期,正是一个思想激扬的时代。张胜友深受浸润,对于历史和现实有了更多更深的思考。"思考,是一种智慧的痛苦","我学会了思考","我思考的目光,得以投向更为广阔的社会生活舞台"。"我为做人与作文立下了新的信条:'不再说一句违心的话,不再写一个违心的字!'""我要写自己认为值得写的文字。"②在张胜友的这些言说中,至少包含了三个关键词:思考(思想)、真实(拒绝违心)和价值("值得写")。主体思考的意识和能力,对于报告文学写作而言,是作品叙事获得某种深度模式的保证。深刻而独立的思想,既可保证报告文学写作不可或缺的真实性,更可以使写作者对这种真实性的存在作出理性的符合公理的价值评估。不违心的报告文学写作,基于作者善于思考的头脑。只有包含了真实而又有思想价值的作品,才是真正的报告文学。我们阅读张胜友的作品,特别是介入具有争议的社会热点题材的作品,如《命运狂想曲》《世界大串联》《历史沉思录》等,就可以感知其中真实的信度和思想

---

① 张胜友:《人生的卡片》,《中国青年》1989 年第 2 期。
② 张胜友:《人生的卡片》,《中国青年》1989 年第 2 期。

的力量。

通过以上有限的梳理，我想确认的是，仅从作家这一身份来看，张胜友是一个集散文家、记者和思想者于一体的报告文学作家。这是他的报告文学具有丰富的信息性、深刻的思想性和饱满的文学性等重要特质的根本原因。

二、短篇报告文学的历练与收获

如果从 1981 年发表《世界冠军的母亲》起始，到 2012 年 6 月 18 日《人民日报》的《天网恢恢——中国公安"清网大追逃"纪实》和 2014 年 5 月 27 日至 31 日《光明日报》连载的《百年潮·中国梦》电视专题片解说词为止计时，那么报告文学作家张胜友的创作绵延了近 35 年，从报告文学磅礴潮涌的新时期，贯穿到了此类写作已经常态化了的新时代。张胜友的报告文学具有显见的丰富性，这种丰富性既体现为作品书写题材和内容的多样广泛，由此作品所写在当时是时代第一现场的实录直播，而从今天看来，大多已沉淀为存活历史的档案卷宗；同时又显示出在作品写作方式的多机制和文本结构的因"体"制宜。"合作机制"是张胜友创作中一个特点，他的作品不少是独立完成的，但一些产生了重要影响的作品大多是合作撰写的，尤其是与大学同学胡平的组合，成就了新时期报告文学创作时空中灿亮的"双子星座"。胡平也是一位著名的当代报告文学作家，单独写作了不少重要的非虚构作品。从作品的题材形态看，张胜友的作品有的是人物类报告文学，有的则以报告事件、反映现象为主。从作品的体量和结构看，有采用传统结构模式写作的中短篇，也有因为与题材和主题的适配，采用集纳式或全景式结构的中长篇作品。从传播载体看，有只以传统的纸媒（报纸、期刊、图书等）为介质出版的文字作品，也有基于声像传播，以多种媒体（包括纸媒但不限于纸媒，还有电视、电影、广播）为载体的解说词类作品。张胜友作品的多样性，为我们认知新时期以来中国报告文学的形态和肌理，提供了一个很有意义的视窗。

在此先论述张胜友的传统纸媒作品。这是他在 20 世纪 80 年代末给自己近十年创作所作的一个充满张胜友式激情的小结："我写知识分子的辛酸历程犹如在写祖国的辛酸历程；我为赵燕侠率先组团改革却最终流产悲愤不已；我为中国五千万残疾人的命运掬一把泪唱一曲歌;我为祖国背驮十亿人口重负艰难前行而哀惋叹息;我展示红卫兵们昨日的悲剧场景与投身'世界大串连'洪流的莘莘学子今日之喜剧心曲;我探寻'海南汽车狂潮'的始末得失令某些人暴跳如雷;我抨击光怪陆离的'官倒'现象击节扼腕怒发冲冠……我和我的合作者胡平像两条狗气喘咻咻奔窜于大江南北,又似陀螺一般被裹卷入一场又一场'剪不断、理还乱'的'官司'旋涡中。然而,我没有一丝犹豫,半点悔意。"①在这小结中,张胜友给出了作品涉及的种种题材、写作时的心境、状态以及他们的执着。由此可见,这一时段的作品主题是与时代一致的改革,方式是当时报告文学流行的对现实的介入。这些作品的年代感非常清晰,在场地及时地为读者报告了改革演进中颇有意味的人和事,为后来者研究这一特殊而重大的年代提供了珍贵的"化石"。

检视作者创作的行程,我们可以看到张胜友是从人物报告文学的写作启程的,早期的作品多为人物类纪实之作。《世界冠军的母亲》是人物报告,他大学毕业后发表的第一篇报告文学《飞到联合国总部的神奇石块》(合作)也是人物报告。1984 年,张胜友与胡平合作写有多篇作品:《迢迢征途难——赵燕侠纪事》《你展示时代,展示自己》《从泥土里站起来的人——余守春纪事》《摇撼中国之窗的飓风——记陈天生和他的伙伴们》,从题目就可知道作品叙写的重心所在。1985 年 12 期《文汇月刊》刊有合作的《在人的另一片世界——中国残疾人福利基金会纪事》,而此作同时由广西民族出版社出版,更名为《邓朴方和他的伙伴们》。张胜友笔下的这些人物都是时代人物,不仅人物存在的背景具有鲜明的时代色彩,更重要的是在他们的身上激扬着富有特质的时代精神。"文学是人学,是人的社会关系的总和。文学的尊严与崇高与高贵,就在于它要表达的永远是热切呈现社会生活的纷繁多姿,深刻揭示人的命运和人性的本质。"②这是张胜友多年以后体悟文学真谛的言说,而实际上在他的创作中很早就有了切实的体现。赵燕侠、陈天生等是改革人物,而当时的改革注定艰难险阻。时代的命运规定了个人的命运,但不屈服于命运的安排,就是改革者"人性的本质"。张胜友的作品通过具体的叙事体现出的就是改革者冲破阻力、革故鼎新的进取精神。陈天生领办重组《科学与人》杂志,全方位地改革,

---

① 张胜友:《人生的卡片》,《中国青年》1989 年第 2 期。

② 张胜友:《父亲——张胜友语文教材作品集》,上海:文汇出版社,2014 年,第 5 页。

他和"他的伙伴们的事业,有如武汉三镇到处可见的正在建造中的高楼大厦一样崛起",他本人被特邀到北京"参加城市改革青年积极分子经验交流座谈会,并向中央领导汇报工作"。但作品叙事的重点不是鲜花和掌声,而是其背后的艰难。"没有不平,能有不平之后飞腾的感觉吗? 没有心酸,能有心酸之后成功的欢欣吗? 陈天生就这样开导自己,尽管有时是心里含着泪水来开导的。他把这称为改革者必须要掌握的一门艺术,名曰'化烦恼为一笑'。"①作品所写的是陈天生他们的个人故事,但却也是当时改革者共同的遭遇,而作为改革者,他们的价值也正体现在其中。作品写出的是一个时代改革者命运的真实,这也是时代的一种原真。

　　《飞到联合国总部的神奇石块》《邓朴方和他的伙伴们》,是题材和题旨相近的作品。《飞到联合国总部的神奇石块》所写人物,是"先天严重残缺,四肢仅存左手的年轻人"②蔡天石。一个只有数千字篇幅的作品,内容却是丰富充实。作品题名醒目而充满悬念,牵引着读者的阅读兴趣。全篇用三个小标题《一石激起千层浪——这是一块具有怎样神奇魔力的石块哟》《当他呱呱坠地时,命运就给他出了一道难题,一道非常人可以解答的难题啊》和《人们应该赞扬你的母亲——中华人民共和国政府》,分别叙写了这位青年残疾篆刻艺术家将刻有"纪念国际残废人年"的印章通过外交途径送到联合国总部获得赞誉、出生即肢残、特殊年代家庭困厄、自强不息苦学篆刻的故事,以及改革开放后他受到社会关怀、业有所成、回报祖国等事迹。在个体命运与国家命运相连的叙事中,凸显出人物坚强不屈的性格和开阔向远的精神。《邓朴方和他的伙伴们》所写人物及其故事有些特异,作品的容量也较大,但主题意蕴与《飞到联合国总部的神奇石块》是一样的。作品通过邓朴方、王鲁光、郭建模等个人命运的叙说和中国残疾人福利基金会创办前后重要事实的记写,深刻批判了动乱年代对人的摧残,肯定了新时期社会主义人道主义的复归与弘扬,赞扬残疾人不屈服于命运,"将大写的'人'字铺向蓝天"的精神价值。因为题材的独异和主题深新,作为此作压缩版的《在人的另一片世界——中国残疾人福利基金会纪事》,获得了第四届(1985—1986)全国优秀报告文学奖。张胜友报告文学中的人物不拘一格,他们有着不一样的面孔,作者注重所选人物的差异性及其意

---

① 张胜友、胡平:《摇撼中国之窗的飓风——记陈天生和他的伙伴们》,《中国青年》1985 年丛刊。
② 张胜友、章世敏:《飞到联合国总部的神奇石块》,《新闻与传播研究》1984 年第 2 期。

义的表达。《升腾的大地——彭培根纪事》中的彭培根，"他，就是赫赫有名的加拿大籍华人建筑师、中国第一家民办建筑事务所创办人"①。彭培根是一个有性格有故事的人物。"按大陆的说法，他也是'高干子弟'"，父亲为黄埔六期学生，曾是中将。彭培根在台湾地区上大学，到美国留学，移居加拿大创业有成。彭培根身上有一种刚正不阿的品格，更深怀着爱国之情，"真像一个巨大的谜"的大陆深深地吸引着这位游子，1981年10月放弃加拿大的优渥生活，携妻带子回国定居，立志做一个"龙的建筑师"，入职清华大学建筑系，创办大陆第一家民办建筑事务所。"彭培根纪事"是对"升腾的大地"最生动最有说服力的注释，它以一个典型个案彰显了中国的改革开放和改革开放的中国所出现的巨大新变。

三、宏观报告文学写作的创造

20世纪80年代后期，张胜友和胡平的报告文学发生了明显的变化。他们明确地表示："今后，报告文学也许会将视野投向更加广阔的天地。不断地拓展自己的题材容量，从历史到现实，从国内到国际，从社会到家庭，从人生到自然，从心里到哲理……并细腻地、不动声色地处理每一类题材，追求平缓里的深沉，追求弹性中的力度，追求人们身边大量熟视无睹事情里的丰富蕴含。同时，报告文学也许会挑剔起自己，它将与诗一样，讲究给读者留下情绪的空白地带；将与小说一样，注重结构与叙述方法；将与新闻一样，更多地在信息上下功夫。"②1986到1993年间，张胜友创作了《命运狂想曲——雷宇与海南"汽车狂潮"》（与邓加荣合作，《中国作家》1986年第5期）、《历史沉思录——井冈山红卫兵大串联二十周年祭》（与胡平合作，《中国作家》1987年第1期）、《世界大串联——中国出国潮纪实》（与胡平合作，《当代》1988年第1期）、《东方大爆炸——中国人口问题面面观》（与胡平合作，江苏文艺出版社1988年5月）、《沙漠风暴——海湾战争纪实》（《江南》，1993年第2期）。这些作品使"也许"

---

① 张胜友、胡平：《升腾的大地——彭培根纪事》，《生命交响曲》，北京：北京十月文艺出版社，1989年。

② 胡平、张胜友：《东方大爆炸——中国人口问题面面观》，南京：江苏文艺出版社，1988年。

大部分变成了事实。只是出于对作品新闻性和政治学、社会学等意义的更多的求取，使其曾经设想的"它将与诗一样，讲究给读者留下情绪的空白地带；将与小说一样，注重结构与叙述方法"等美学理想，无法得到落实。张胜友纸媒报告文学创作题材与结构的这种转型，也为他转向影视报告文学的写作做了铺垫。

张胜友报告文学创作由以人物报告为主，到以反映重大事件、重要现象为主的变化，是当时中国报告文学发展的大势使然。随着改革开放的展开和思想解放的深入，报告文学的客体和主体都发生了许多显著的改变。一方面在改革的推进中，社会问题凸显了出来，另一方面作家对现实生活介入的激情普遍高涨。这样展呈社会现象、揭示现实问题的报告文学就应运而生。1988 年是报告文学年，由全国百家期刊联合举办的"中国潮"报告文学征文，极大地影响着其时的文学界和中国社会，不少作品产生巨大的轰动效应。张胜友和胡平的《世界大串联——中国出国潮纪实》获得了"中国潮"报告文学征文优秀作品一等奖。同时获得一等奖的作品共 10 篇，其中大多数是像麦天枢《西部在移民》、李延国《走出神农架》和徐刚《伐木者，醒来！》等"问题报告文学"。由此可见，当时报告文学创作的"问题"转向是一个年代性的基本特征。相应于作品题材和主题的调整，作品的结构也由原来写人叙事的单一制式，转设成开放的全景式、集纳式以及"卡片式"的组织方式，作品信息报告的容量得以有效地扩大，介入对象的力度也有了明显的增强。我们通过张胜友他们作品的分析，可以认知这一类型报告文学的具体特点。

《东方大爆炸——中国人口问题面面观》，如其题目所示写的是中国的人口问题。20 世纪 80 年代，因为当时社会经济发展水平较低，无法支撑起巨量的人口，因此"人口问题"就成了"大爆炸"。这部作品内容上直击"问题"，而写法上则是"面面观"。作者围绕写作的主题，从住房、就业、人口出生质量、社会治安、交通、资源等多维度，作了较为全面而具体的展示，强化了"问题"存在的严重程度。此为典型的"问题报告文学"。《世界大串联——中国出国潮纪实》是张胜友纸媒作品中最具广泛影响的代表作，副标题揭示了写作的内容。久被闭关锁国的民族，一旦改革开放，留学出国就势如潮涌，不可阻挡，成为当时社会的重大热点之一，有人以为有利于改革开放，有人以为是严重问题。作者用报告文学"纪实"的方式，介入这场争论。作品有对"出国潮"生成时代背景的概述，有对准备出国留学者签证历程和场面的细描，有对"托福"考试的介绍以及由考试缴费所形成的外汇黑市的插叙，而主体部分"着重记述的是已经参加或者将要参加这一'世界大串联'的人们的生活轨迹和心路历程"①。采写的人物具有某种程度上的代表性,他们各有各的故事,作品详细地记写他们各自的人生遭际、出国的直接原因和心理、准备过程中的种种经历等,汇集了大量的信息,具有社会调查中的"样本"意义,也可视为当时对"世界大串联"感兴趣的读者的"参考书"。《沙漠风暴——海湾战争纪实》为张胜友的独著作品,是一部国际题材的报告文学。1990年8月2日伊拉克入侵科威特,"整个阿拉伯世界都震惊了。美国人也感到震惊"②。1991年1月6日美国发动对伊拉克的空中打击,"沙漠风暴"席卷而起。海湾战争牵动全球的高度关注,张胜友以记者的职业敏感,通过查询汇聚相关的新闻信息,阅读大量的背景材料,以对重大事件及时跟进的写作方式,实录正在进行之中的海湾战争。作品虽为"纪实",但作者并不简单地堆砌新闻与材料,而是基于传播效果的提升,对所取材料作重组强化,叙事也多具体生动。开篇以"上帝大概嫌世界太寂寞了"③一句领起,交代战争发生的前端事由,正文则用"美国东部时间"和"海湾时间"对举等结构方式,并叙美国和伊拉克双方的军事决策、军事行动以及种种反应,有效强化了"沙漠风暴"的进行时态和现场感,文本又有读者期待的海量信息。这部作品因其题材的独特和结构方式的创意获得好评,获得中国报告文学学会颁布的全国优秀报告文学奖。

经过多年的创作历练体悟,张胜友和他的合作者已经形成自己的报告文学观。"我们以为:报告文学的新闻性,在于向社会传递众所瞩目的人物或事件;而报告文学的战斗性,则在于通过对众所瞩目的人物或事件的真实而生动的描摹,昭示其深刻博大的社会意义。"④《世界大串联》《沙漠风暴》《命运狂想曲》等作品报告的是"众所瞩目的"事件、现象和人物,以信息容量大、受众关注度高的新闻性传播获得成功,同时,其中又有极其可贵的"战斗性"。这里的"战斗性"也可以理解为基于对写作对象客观呈现基础上作者的"思想性"介入。《命运狂想曲》的副标题是《雷宇与海南"汽车狂潮"》,雷宇曾任海南行政区主要领导,是一个"失败"了的改革者,因为对海南汽车倒卖事件负有领导责任而被免职处理。作品所写的人物和事件颇有一些敏感,但正因为"敏感"而

① 胡平、张胜友:《世界大串联——中国出国潮纪实》,《当代》1988年第1期。
② 张胜友:《沙漠风暴——海湾战争纪实》,《江南》1993年第2期。
③ 张胜友:《沙漠风暴——海湾战争纪实》,《江南》1993年第2期。
④ 胡平、张胜友:《生命交响曲·后记》,北京:北京十月文艺出版社,1989年。

更有书写的价值。作者不仅全面地呈现了海南汽车事件的过程和雷宇在海南主政的作为，而且也对人物作了客观的评说，雷宇没有徇私牟利，"为着开发建设海南而来"，"为着锐意改革而来"，"同时，他也是为着海南、为着改革而犯错误"①。作品对人物的介入性评价，涉及的是如何正确看待改革失败的重大问题。后来的事实也证明了作品深刻的预见，体现出此作重要的思想价值。《世界大串联》也具有作者的深思卓识，作品不仅展示了专业人才外流的严重现象，揭示了外流人才的深层心理，更透过纷繁的现象，挖掘现实中影响人物有所作为的体制机制弊端，提出了合乎对象逻辑的深刻思考，在作者看来，"在出国留学热的大潮里"，"或许还有隐隐生出某种危机的潜流。但与其不屑地或困惑地盯住它们，甚至夸大它们，不如将目光调回来"，"来一番严肃、深刻的自省"，"以更热情的双臂，去呼唤正在祖国广袤土地上崛起的经济体制改革和政治体制改革，更坚决些！更深入些！更猛烈些！""我们将敞开宽广的胸怀，欣喜地拥抱知识与人才奔涌的潮头。"观点极其鲜明，在辩证全面的论析中显示出作者的卓识。

在张胜友的事件类报告文学创作中，还有三篇作品也值得论析。1993 年以后，随着张胜友工作岗位的变动和创作重心转向以影视报告文学写作为主等原因，他传统意义上的纪实写作较少。《让汶川告诉世界——写在"5·12"大地震一周年之际》《北川重生》和《天网恢恢——中国公安"清网大追逃"纪实》等是他后期的重要作品。前两篇作品取材于汶川大地震后的救灾和重建。汶川大地震题材一度成为纪实写作的热点，张胜友的作品是热点过后的写作，作品写作的视角有所调整，基于大地震发生一周年的回溯，通过《生命高于一切》《众志可撼山岳》《托起明天的太阳》等段落的具体叙写，"告诉世界"震后汶川的中国经验和中国力量。《北川重生》的写作重心收缩到北川，"仅仅一年时间，一座北川新县城如神话般地矗立在安昌河畔"②。作品以"选址""援建""新生"过程的再现，呈现"北川重生"神话的真实。《天网恢恢》一篇可读性强，以"杀手：必倒于枪口之下""'演员'：最终在舞台上谢幕""天网恢恢疏而不漏"等富有故事性、戏剧性情节的叙述，从较小的切口记写"中国公安'清网大追

---

① 胡平、张胜友：《生命交响曲》，北京：北京十月文艺出版社，1989 年。
② 张胜友：《北川重生》，《人民日报》2010 年 9 月 29 日。

逃'"成果,凸显"共和国公安,人民的守护神!"①的写作主题。

四、媒体转型的自觉与建树

在张胜友三十几年的报告文学创作中,有两次重要的"变轨":一是由人物报告文学转为事件现象以及社会问题等的报告,结构模式由传统小型的人物叙事转向开放的多维度的宏观建构。这是在纸媒写作内部的转变。二是由纸媒写作"变道"到多媒体写作,由基于纸媒传播的宏观报告文学写作,转向基于声像等多媒体传播的影视片解说词的写作。这是一次具有全新意义的"变轨"。张胜友的影视解说词写作从 1988 年与胡平合作的《世纪风》发端,此篇作品包括《中国梦》《原野潮》《世纪风》等六个部分,收笔于 2015 年的《龙岩映象》,这是一部反映张胜友家乡福建龙岩的历史文化片,一部百年中国历史与现实的大叙事。在近 30 年的写作中,张胜友完成了近 40 部专题片的解说词,其中重要的代表作有《十年潮》《历史的抉择》《让浦东告诉世界》《风帆起珠江》《海南:中国大特区》《百年潮·中国梦》《海之恋:厦门 25 年大跨越》《闽商》《闽西:山魂海恋》《中国平潭岛》等。这些作品部分是与人合作完成的,但多数为其个人创作。作品数量之多,质量之高,影响之大,在中国报告文学作家中可能无出其右者。"1992 年 10 月 12 日,中国共产党第十四次全国代表大会在北京隆重开幕。是夜,邓小平调看了'十四大献礼片'……大型时政纪录片《历史的抉择》。在长达 90 分钟的观看中,老人家不感疲倦,兴致益然。他充分地肯定这部片子传递了中国必须坚定不移地沿着改革开放的道路上走下去的现实意义。""代表们也分批观看了《历史的抉择》。"②《历史的抉择》解说词的作者正是张胜友。张胜友的许多作品借助于影视传媒,将具有视觉冲击力的画面、富有内在感染力的音响和博大的信息容量、深刻的思想融于一体,产生了巨大的传播力。他也成为一个时代此类写作的一个整体性的标高。

张胜友报告文学写作的影视转向,有着相关联的时代文化逻辑、文体发展逻辑以及作者个人的逻辑。我们的时代已进入全媒体的时代,影视等大众文

---

① 张胜友:《天网恢恢——中国公安"清网大追逃"纪实》,《人民日报》2012 年 6 月 18 日。
② 钟建红:《张胜友评传》,福州:海峡文艺出版社,2016 年,第 108 页。

化传播方式早已"嵌入"日常生活，基于电子网络的移动传播和接受也成为日常生活的一部分。在这样的媒体环境中，原有基于纸媒的写作方式依然重要，但它显然已不能满足新的受众在"读图时代"多样化信息接受的需要。正如青年学者刘浏所说的，"新的传播技术不仅给予我们新的考虑内容，而且给予我们新的思维方式。以影视政论片为代表的新媒体写作带给我们新的文化价值观"。"大众媒介作为当代最重要的工具"，"它成为文学作品意义延伸的新载体，不仅受益无穷，更是大势必行"①。这就是我说的文化逻辑，它表征了作家写作传播方式变化的某种大势。而从报告文学文体发展来看，作为新闻文学的这种写作方式，原来主要是内容相对单一、结构容量较小的形态，而这样的建制自然不适应重大题材宏大叙事作品的写作需要，于是就有了新时期宏观报告文学的发生，而这样的构型和影视报告文学就有了内在的逻辑联系。评论家秦晋看到了两者之间存有的联通："政论电视片是电视专题片中的一个新鲜品种，是宏观综合报告文学与电视音像艺术的联姻。由于创作方式是先撰稿后编片，所以语言文字关乎整部片子的成败得失。报告文学的全景透视、综合结构，对社会历史文化的总体思考和对现实问题的宏观把握、系统剖析，在语言系统与画面系统的结合中可以充分展现，再加上音响的烘托，使电视思维与文学思维融为一体，空间艺术与时间艺术相互对位，于是便出现了具有极大感染力和冲击力的'综合效应'，形成一种包容社会政治文化、兼有文学和视听觉审美意味的新形式。"②秦晋较早地看到了"宏观综合报告文学与电视音像艺术""联姻"所生成的具有更多更强张力的新审美形式，肯定了"电视思维与文学思维融为一体"影视报告文学写作的重要意义。由此可见，谁对于这一文体逻辑能有自觉的把握并能够付之于实践，谁就有可能在报告文学创作中开拓出新的天地。尽管有一些研究者固守传统报告文学写作的观念，并不接纳影视非虚构文学这种新的文学类型，但张胜友自有定力。"我也不管人家说这个算什么东西，算不算报告文学？""我今后还会继续沿着这条路走下去。"③张胜友之所以能坚持和"坚守"影视报告文学的写作，是因为他从此类写作中看到和感知到了它的新的传播价值。"影视政论片正是传统的报告文学与新兴的

---

① 刘浏：《话语的聚变：张胜友报告文学创作的文体史意义》，《当代作家评论》2014年第3期。
② 秦晋：《代序：奋起于忧患的呼鸣》，张胜友《十年潮》，北京：中国友谊出版公司，1992年。
③ 张胜友：《"坚守"是一种追求》，《报告文学艺术论》，北京：作家出版社，2012年，第193页。

电视的一次有意义的联姻,组合的结果把报告文学的功能成几何级数地放大。""政论片由文学元素与电视元素相组合,即文学解说词与电视画面、音乐的自由切换又互为补充的组合形式,能够包容巨大的时空跨越,包容丰富而多层次的思想情感,包容从宏观到微观的阐述。大时代呼唤宏大叙事与鸿篇构架"①。由于他的笃行和潜心,张胜友创造了属于他的影视报告文学的品质和风格。

首先是作品凸显了鲜明的时代主题。中国的报告文学具有显见的中国特色,这种特色表现为具有高度社会责任感的作家对国家民族命运的强烈关注,体现为作品对现实生活和时代主题的优先表达。张胜友的影视片解说词,大部分属于"政论型"作品。政论性是报告文学文体的一个重要特性,新时期的报告文学承担了部分思想启蒙的功能,因此这种特性更为彰显。张胜友的影视政论写作,其基本主题是改革开放。改革是第一关键词。这样的主题设置,是时代的客观反映,也是作家的自觉选择。张胜友很明确地指认自己:"我是中国改革开放这场伟大社会变革的见证者、记录者、参与者和直接受惠者。"②告诉我们他在"在写作题材上的坚守,就是中国改革",并称他"到现在撰写的电视政论片已经有 30 多部了……全部指向一个主题:中国改革"。③ 他的主要作品所写都与中国改革开放的重大时空紧密关联:写于 1992 年的《十年潮》,是对新时期十年改革发端和潮涌的真实而又深情的摄照。《历史的抉择》副标题的是"邓小平南巡",作品以邓小平与深圳特区的特殊关联,呈现深圳改革开放的历史进程和所取得的辉煌成就。《风帆起珠江》是一部"献给中国改革开放 30 周年"的作品,从珠江口切入,在近代历史的痛点起笔,大写了中国改革开放的历史逻辑、时代镜像和重大意义。而《让浦东告诉世界》《海南,中国大特区》《风从大海来——献给厦门特区建设 30 周年》等作品,都取材于改革开放的重地,其主题的价值取向是在实录、深思中,表达了对时代大主题的生动而深刻的诠释。张胜友作品这种前置题材和主题的重大性以及信息含量,奠定了他创作当代史志性作品的价值之基。

其次是时空交错中的作品容量与分量。影视报告文学的写作需要主体有

---

① 张胜友:《影视政论片的时代性与艺术性》,《光明日报》2010 年 5 月 7 日。
② 丁晓平:《一朵爬山的云——张胜友纪事》.《中国作家·纪实版》2016 年第 2 期。
③ 张胜友:《"坚守"是一种追求》,《报告文学艺术论》,作家出版社,北京:2012 年,第 192 页。

机融合文学思维与影视思维。解说词本身是一个自在的系统，但它会直接影响到载体影视化的声像组织；而作者在创作解说词的时候，需要建构起可能的相适配的声像呈现模式，也就是说解说词的写作也要受制于声像等载体。张胜友影视报告文学写作总体上实现了两种思维的协同相生。影视报告文学由纸媒写作中的宏观报告文学转型而来，全景集纳的开放式结构大致与影视载体时空交错的画面组接方式相近。张胜友的作品大多为关联着时代重大主题的宏大叙事作品，因此，他注重基于作品主题的总体性规定，设计能有效达成写作大旨的结构装置。《十年潮》的主题反映新时期中国波澜壮阔的改革开放大潮，作者根据题材的客观存在和电视片的可能规模，将电视片结构成序篇和《历史的选择》《农村新崛起》《艰难的起飞》《走向新世纪》四集。序篇从"这是一个久远而深邃的梦"起始，影像从形制巍峨的故宫进入，"推开厚重的历史之门"。这样就极其自然而又逻辑地导出第一集《历史的选择》，承接的三集分别展示农村改革、城市经济改革和对外开放的艰难进程和标志性成果，真实地反映出十年改革开放的大要和细节。《百年潮·中国梦》是张胜友和徐锋担任总撰稿的一部重要作品，于 2014 年 5 月推出，产生了广泛的影响。这部作品以"中国梦"这一核心关键词，也是时代的主题词为统领，以电视政论专题片的形式，第一次对中国梦作了文字与声像融合的解读。电视政论片的"政论"其要义之一就是"论"，要体现出基于题材材料客观存在的具有穿透力的思想深度。《百年潮·中国梦》全方位多角度地解析中国梦的理论和实践，思想性的凝聚和挖掘贯穿其中。第一集《百年追梦》叙说中国梦的背景由来，解释它的基本内涵。其后的《中国道路》《中国精神》《中国力量》，从不同的方面解说中国梦的具体构成和基本内含，终集《筑梦天下》，从"天下"视角看取中国梦所具有的世界意义。当然，电视政论片的思想之"论"，并不是凌空蹈虚的空泛之说，它的力量来自文本具有声像传播特点的现实与历史信息的汇聚。《百年潮·中国梦》在材料的选择和调度上注意了信息的有效扩容，既有历史纵深的回溯，也有全球视野的观览；既有领导人的形象呈现和直接发声，也有中外许多权威专家的出镜点评，还汇入普通群众的生活实景和采访画面。叙事、说明、论说、画面描写以及情景实录等的有机合成一体，使接受者能从多种路径获得作品中包含的事实视像、思想启发和情感力量等。张胜友的《风帆起珠江》等代表作大都具有这样的特点。

　　另外就是张胜友影视报告文学有一种激扬文字中诗性流溢的风致。影视媒体作品的解说词,其文学性或艺术性生成、呈现的方式自然不同于以纸媒为单一载体的作品,尤其是政论或文化专题片的解说词,文本的主要建构不是相对完整的人物事件等的故事叙述,而是"想象"着跃动的镜头画面等的多样化的解说,因此很少用静态的单一的方式构篇,作品的艺术感是一种综合的整体的表达。既有具象生动的直观画面、诉诸听觉的适配音乐,还有富有多种张力的语言艺术。"影视政论片对语言运用也有其特殊要求,既是纪实的、叙事的、新闻报告式的,又是文学的、哲理的、诗化的,以造成强大的艺术感染力的,还须给画面和音乐节奏留足空间,给观众留足思索与回味的余地。"①张胜友影视报告文学的语言基本上就是这样的"多声部"的"交响"。张胜友不是诗人,但却是一个充满着诗人激情的报告文学作家。因此他的作品纪实中伴有激情,结构关键处蕴含诗意。《石狮之谜》是张胜友第一部福建题材的电视专题片解说词。这是作品的序:

> 大海问:"推动人类社会进步的车轮是什么?"
> 一个遥远的声音:"财富。"
> 大海问:"人的最大价值是什么?"
> 一个浑厚的声音:"创造财富。"
> 大海问:"石狮人的品格是什么?"
> 海浪声、惊涛裂岸声,伴随着一个坚毅的声音:"敢于创造财富……"

这无疑是一首别致而有深意的诗,诗的主旨直抵《石狮之谜》的谜底。石狮是一座滨海城市,作者以切合对象地理特性的想象,用拟人的修辞手法结构序篇,语言所呈现的画面由远及近,声音由低回高,"浑厚"而"坚毅",为全篇立定了意象丰富诗意扑面而来的基调。

"论"是电视政论片的灵魂,因此通常理性色彩较浓。但理而无趣会有损作品美感的建立。张胜友作品中自有其深刻的思想性的表述,而他的表述往往显示出某种理趣:"旧经济体制的败叶随被纷纷摇落,但堤坝尚未最后冲决;新经济体制的芽苞已绽开枝头,但大厦尚未拔地而起——中国的经济改革大

---

① 张胜友:《影视政论片的时代性与艺术性》,《光明日报》2010年5月7日。

潮,正是在两座山峰的峡谷间奔湍飞泻。"①"有人把长江比喻为一条龙,那么上海刚好处于龙头的位置,而浦东则是龙的眼睛。""有人又把长江比喻作一张弓,那么地处海岸线中心点的浦东,恰似一支射向太平洋滚滚风涛的离弦的'箭'。"②这样的表述不只是生动形象,而且在新颖的喻说中,蕴含着深刻而富有意味的思想。思想之美,由此呼之欲出。

---

① 张胜友:《十年潮》,北京:中国友谊出版公司,1992 年。
② 张胜友:《让浦东告诉世界》解说词。

后 记

　　这是一部迎接自己即将开启的退休生活的学术著作,明年此时我早已居家办"公"(学术研究是一种重活,年老体渐弱,不可重负,轻闲自适为宜);也是一次致敬自己过往岁月的写作,写作的过程也是回望的过程。光阴荏苒,现在才有了真切的体验,而年少的时候作文当中一次次的"光阴荏苒",那不过是"为赋新词强说愁"罢了。转眼之间,小时候已成遥远,但也好像就在昨天,光景历历在目。春天里,躺在泥醒草青的麦田边,嗅着大地芬芳,仰望蓝天白云,梦想着像鸟儿一样飞翔。高中毕业后回乡,做过一小段时间的小学民办教师,后在大队担任团支部书记,开河、筑路,正是长身体的时候,虽然很不堪青年突击队的活重,但为了积攒能被推荐工农兵上大学的条件,苦累身心也不言。不久梦想之门被推开了,不是推荐,而是统考。在历史的快进中,1977 年高考恢复,寒冬里匆匆忙忙备考,次年春三月入读本科中文系,从此人生有了新的可能。"77 级"成了一个曾经赤脚走在乡间小路上的年轻人的光荣与梦想。致敬那一段改变大历史小历史的历史,感恩生我养我的父亲母亲。

　　我的学术研究大体上有两条线路,一条是报告文学,另一条是散文。1999年经由当时在苏州大学的朱志荣老师的推荐,在安徽大学出版社出版了《20 世纪中国报告文学理论批评史》,这是我的第一部学术专著,也是学术界第一次对报告文学理论批评史所作的系统梳理。2001 年在上海三联书店出版了博士论文的减缩本《文化生态与报告文学》。这两种著作的写作奠定了我报告文学研究的学术基础。此后出版的著作有《中国现代报告文学论》(上海百家出版社)、《文化生态视镜中的中国报告文学》(复旦大学出版社)、《中国报告文学三十年观察》(作家出版社)、《报告文学的体与变体》(广东高等教育出版社)等。我在精神层面上可能是比较"散文"的,而且报告文学本来就在散文大文体之中,所以很自然地进入散文研究这一条道上来。《五四散文的现代性阐释》(苏州大学出版社)是我研究散文的第一本专著,薄薄的,但它鼓励着我前行于此途。《媒体生态与现代散文》(上海三联书店)、《行进的现代性:晚清五四散文论》(中国社会科学出版社)、《精神的表情:现代散文论》(广东人民出版社),这些是我研究散文的一些学术收获。

这两条学术线路关联着我的两个学术背景。我博士论文的选题是报告文学,而博士后研究报告做的是晚清五四散文。申请立项了两个国家社科基金项目,都以"优秀"结项,结项成果一为《行进的现代性:晚清五四散文论》,另一个就是《转型的风景:全媒体时代中国报告文学论》这部著作。这部著作的内容主要包含了三个方面,一是相关重要话题的论述,二是重要作品评论,三是代表作家研究。新时期蔚为大观的报告文学,经过一段时间的盘整后,最近十多年又趋活跃,写作者很多,可读作品也不少,但这一时期的报告文学,由于社会生活和文化生态已大不同于以前的存在,正开始着它的转型。促成报告文学转型的因素有种种,但无疑"全媒体时代"是一个要素。第一章《全媒体时代的中国报告文学转型》,可以说是本书的一个论纲。我以"'全媒体'时代中国报告文学转型"为题申请立项课题,论文《论"全媒体"时代的中国报告文学转型》发表在《文学评论》2020 年第 1 期,为《新华文摘》《中国社会科学文摘》《中国现代、当代文学研究》等转载复印。有一个时期,报告文学与非虚构之间比较纠缠,也有引人关注的争论。我是报告文学与非虚构的"调和主义"者,非虚构的盛行表示着报告文学需要转型,而排斥了报告文学的非虚构,也就没有了它的包容漫溢。对此,我也有一些有感而发的言说。作家作品的论评是本著作的重要部分,它们是我阅读与思考的一份记录。看起来两方面的研究积累了不少成果,但其实有一些没有更多的价值。作为一个学者,我所做有一点意义的工作是以文化生态的视角和方法观照研究中国报告文学文体的演化,另外就是从传媒与文学的关联中,较为系统地研究散文和报告文学的发展。

自然,学术研究无所谓退休与否。很多的学者老骥伏枥,志在千里。我是属狗的,自然没有远志。人生犹如飞翔,年富力强时当尽力向着天宇奋飞,以便日后下行时能更长久地自然而然地顺势滑翔。很清楚记得自己在 1976 年挣得了 602 个工分,这是全生产队最高的。参加高考的那年也有 576 个工分。我很看重自己苏州市劳动模范的称号。今年除了出版主编的共 100 多万字的《新中国文学史料与研究·报告文学》(南京师范大学出版社)和《江苏新文学史·报告文学》(江苏凤凰文艺出版社),还在《人民日报》《光明日报》《人民日报·海外版》《文艺报》《中国艺术报》《中华读书周报》《中国社会科学报》《中国科学报》《中国青年报》《解放日报》《新华日报》《羊城晚报》等报刊,发表了20多篇评论。这一切似乎遥相呼应了高中毕业后我在广阔天地勤劳的身影。不负人生的另一面是不勉强自己。岁月不饶人,敬畏大自然。向着未来,闲云自在。

感谢东方出版中心领导、编辑,尤其是马晓俊主任、黄升任主任、钱吉苓老师等对拙著出版给予的关照和付出的辛劳。每一次出版,都是一种相遇,也是缘分。

丁晓原
写于常熟虞山之南尚湖之北
2022 年 10 月 10 日